너무 **낡은** 시대에 너무 **젊게** 이 세상에 오다

불멸의 아티스트 17명의 초상

너무 **낡은** 시대에 너무 **젊게** 이 세상에 오다

불멸의 아티스트 17명의 초상

박명욱 지음

gB
그린비

너 무 낡 은 시 대 에 너 무 젊 게 이 세 상 에 오 다

재출간 제의를 받고도 일 년 반이 넘도록 원고를 손에서 떠나보내지 못했다. 절판된 책을 다시 내게 되었으니 응당 기뻤을 터이지만, 알량한 글 몇 편에 기대 건너온 세월을 돌아보니 누추하기가 이를 데 없어서였을 것이다. 한때 이 책은 나의 의사-정체성이자 사회적 알리바이였다. 그 가장 아래서 얼마나 편안했는지, 그러므로 얼마나 남루했는지, 그러므로 마음이 얼마나 어두웠는지. 오래 망설이다 지난 열정이 안쓰러워 다시 이 책을 세상으로 내보낸다. 죄스럽지만, 잘 살지 못한 삶하고도 슬며시 화해를 부추기는 나이 탓으로 돌리고 싶다.

'넓은 집 책 마당'이라는 뜻의 '박가서장'이라는 출판사에서 펴낸 초판에 실려 있던, '마이너 총서'의 발문, 디자이너와 편집자의 글, 한 친구에게 준 헌사는 제하고 출간한다. 책의 길은 끊기고, 동인들은 흩어지고, 맥락은 다했다. 모든 것이 언젠가는 사위고 스러지기 마련이지만, 그것들 앞에서 속수무책인 것이 때로는 인정하기도, 견디기도 싫어진다. 결국에는 그 또한 속수무책일 테지만.

미련하고 빤한 망설임을 오래 기다리고 거둬준 그린비에 고마움을 전한다.

2004년 1월 19일
박명욱

너 무 낡 은 시 대 에 너 무 젊 게 이 세 상 에 오 다

별로 붉지 않았던 오일간의
생을 뒤쪽으로 넘기며

1992년 초여름쯤으로 기억된다. 『지성과 패기』라는 한 잡지가 '폭력'이라는 주제로 여러 각도의 글들을 모아들이면서, 지성도 시원찮고 패기하고도 별로 인연이 없는 내게, 이 주제와 날카롭게 대결한 예술가 한 명을 소개해 달라는 말을 넣어 왔다. 그 즈음에 마침 파졸리니에 대한 관심을 살살 키우고 있던 참이라, 머뭇머뭇, 부랴부랴, 그에 대한, 내만에는 자못 비장한 글을 만들어 건네 주었다. 그런데 행인지 불행인지 그 글이 그 호에서 누락되고 다음 호에 실리면서 「한 예술가의 초상」이라는 고정난을, 오붓하게 독립된 한 자리를 차지하게 되었다. 누군가 권력이란 주먹으로 책상을 쾅 내려치는 것이 아니라 엉덩이로 앉는 것이라고 말했는데, 이 경우 그것이 권력을 향해 있는지 아닌지는 가늠하기 어렵지만 어쨌거나 난 엉덩이를 내려 버렸다. 무적(無籍)의 설움이 뭉게뭉게 피어나던 무렵이라, 비록 종이 위이긴 하지만 어딘가에 연루되었다는 것에 다소 안도하기도, 흐뭇해 하기도 했던 것 같다. 그게 사단이었다. 그게 사단이 되어, 엉덩이가 짓무를 정도로 그 자리에 눌러앉아 있는 동안에, 「동일 문화」라는 잡지의 「예술과 예술가」라는 난에도 염치없이 엉덩이를 나눠 주는 동안에, 파졸리니의 뒤를 이어 열여섯 명의 예술가들이 세계의 여기저기에 흩어져 있는 무덤에서 줄줄이 불려 나와 자신들의 지난한 삶과 예술의 역정이 흉하고 볼품 없는 짧은 글 속에 구겨지는 수모를 겪었다. 그런데, 그저 한 번 세상의 빛을 본 것만으로도 민망한 그 글들이, 이번에 책으로 묶여져 나온다. 환장할 노릇이다.

한 자리를 차지하고 나니까 생각도 많아져서 나름대로 작가 선정에 몇 가지 원칙을 세웠다. 탁월한 예술적 성취가 있을 것, 그 삶의 행정이 순결하고 치열할 것, 그럼에도 불구하고 일반에 널리 알려지지 않은 작가일 것. 그리고 무엇보다도 내 삶이나 생각, 느낌에 관여적일 것, 말하자면 내게 특별한 호소나 울림을 주는 작가일 것. 그렇지만 밝히기 잔망스러운 이런저런 사정들에 채여 이 원칙들은 제대로 지켜지는 산뜻한 기쁨을 누리지 못했다. 언제나 그렇듯이, 원칙주의자는 나중에 쓸쓸하다.

이 작업이 진행되는 동안 내내 나를 사로잡은 것은, 각 예술가들의 삶과 예술을 움직인 내적 충동, 내적 동인을 밝혀내고 싶다는 욕구였다. 그러기 위해 매번 나는 그들의 삶을 축약해서 살아야만 했다. 나는 아마도 저 신화 속의 불도둑처럼 그들의 삶과 예술에 자욱하게 번져 있는 취기를 훔치고 있었는지도 모르겠다. 때로는 취하지 못했고, 때로는 너무 취해서 허우적거렸다. 취해야 했고, 또 취기에서 빠져 나와야 했다. 살아보지 않으면, 취하지 못하면, 글도 없으므로.

파졸리니에게서는 집단적인 악과 난투하는 개인의 도덕과 아름다움을,

가우디에게서는 광대한 시와 상상력의 대지를,

플라스에게서는 피를 걸고 하는 세계에 대한 도발과 공격을,

사티에게서는 귀순과 타협을 모르는 미학과 실존의 불행을 견인하는 좌세(坐勢)를,

스티글리츠에게서는 자신의 삶과 당대의 문화를 기획하는 힘을,

다자이에게서는 세계의 배후를 바라보는 자의 처절한 순결주의를,

콜비츠에게서는 투쟁과 사랑을 하나로 녹이는 모성적 용광로를,

상드라르에게서는 세상의 그 무엇으로도 가두어 둘 수 없는 정신의 자유를,

브랑쿠시에게서는 운명을 역전시키는 등푸른 용기를,

로르카에게서는 시와 풍토와 혁명의 동거를,

아버스에게서는 인간 현실과 대면하는 면도날 같은 긴장을,

위트릴로에게서는 술집과 정신병원 사이에서의 아름다운 추수를,

클림트에게서는 지옥의 사랑을 혹은 사랑의 지옥을,

니진스키에게서는 한 경이로운 춤꾼의 고독과 파열을,

셀린에게서는 세계를 거시하는 자의 날카로운 풍자를,

카파에게서는 자기 앞의 생을 향해 돌진하는 박력을,

보슈에게서는 인간의 어둠에 대한 깊고 무서운 통찰을,

나는 읽어내고 싶었고, 또 그것을 전하고 싶었다. 알게 되겠지만, 모두 여의치 않았다.

이 어수선한 취기의 기록들을 만들고 있는, 혹은 아는 이의 표현을 빌자면, '짜내고' 있는 와중에, 지구 반대쪽의 크고 화려한 도시에서 몸의 뒤쪽을 서늘하게 하는 장문의 편지 한 통이 날아들었다. 어찌어찌 해서 이 글들을 접하게 된 한 선배가 미욱한 후배의 어설픈 글쓰기를 근심해서 보낸 이 편지에는, 이 글들이 지닌 감상성, 무논리성, 현학 등에 대한 벌건 부지깽이 같은 질타와 "햇빛이 없으면, 얼음 속에서 익어 가는 법을 배워야 한다"는 뜻의 간곡한 자숙의 권유가 뒤섞여 있었는데, 나는 그 뒤로도 글들을 계속 이어나갔으며 지금 그 글들을 묶은 책의 머리말을 쓰고 있으므로, 그 선배의 곡진한 애정을 보기 좋게 배은한 셈이 되고 말았다. 무슨 말을 할 수 있을 것인가, 그저 대승의 혜량을 구할 뿐.

한 시인은 "나이 삼십에 비로소 시장기를 아노라"라고 썼다. 삼십하고도 몇 해를 더 넘기고 나서야 비로소 스산한 시장기를 느끼는 지금의 이 마음이 무참하다. 모든 게 이 빌어먹을 시장기 때문임을, 용서하라, 독자여. 세상은 고해실이 아닌데 난 자꾸만 고해하고 싶고, 사제들은 잔인할 것이며, 용서는 없을 것이다.

산과 들에 꽃 사태 났다는 소문이 무성하다. 이미 많은 꽃들이 피고 졌으며, 앞으로도 그럴 것이다. 몇 년 전 어느 봄날에 담장 밑에 후둑후둑 떨어져 있는 목단 꽃잎들을 보며, 따스한 봄볕 아래서 몹시 소슬해 했던 기억이 새롭다. 열흘 붉은 꽃이 없다〔花無十日紅〕더니, 딱 그랬다. 별로 붉지 않았던 내 생의 오일은 이미 지났고, 나머지 오일은 기약이 없다. 그 오일이 붉을 것이라는 기약은 둘째치고, 수중에 들어온다는 기약조차. 그 나머지 오일이 내게 허락된다면, 아마 내 생의 노정은 결심(決心)에서 방심(放心)으로, 마음을 묶는 길에서 마음을 푸는 길로 흐르는 것이 될 것이다. 도대체 그 가엾고 어린 마음을 결박해 뭘 어쩔 것인가. 곁길이 많은 마음이여, 내 언제쯤 널 칭칭 동여매고도 근심하는 날들에서 벗어날 것인가, 내 언제쯤 널 풀어 주고 너보다 먼저, 너보다 멀리 도망갈 수 있을 것인가. 그러나 아직은, 아직은, 나는 너의 계엄군이다, 마음이여.

기명(記名)은 욕이 될 터. 몇 안 되는 분들에게 고마움을 전한다. 세계는 열 명 내외다.

1997년 4월 10일
박명욱

CONTENTS

| 일러두기 |

1 인명 및 지명 표기는 「외래어 표기법」(1986년 문교부 고시)에 따랐으며, 「브리태니커 백과사전」 표기를 참고했다. 단, 현지 발음이 익숙해져 있는 경우는 현지 발음을 따랐다.

2 단행본과 신문 · 잡지 등에는 겹낫쇠(『 』)를, 영화 · 연극 · 그림 · 조각 · 건축물 등의 작품과 논문 · 칼럼 등에는 홑낫쇠(「 」)를, 정당과 단체 이름 등에는 가랑이표(〈 〉)를 사용했다.

너무 **낡은** 시대에
너무 **젊게**
이 세상에 오다

Pier Paolo Pasolini

파졸리니,

불꽃 같은

그러나 위험한

삶

(01) Pier Paolo Pasolini(1922~1975)

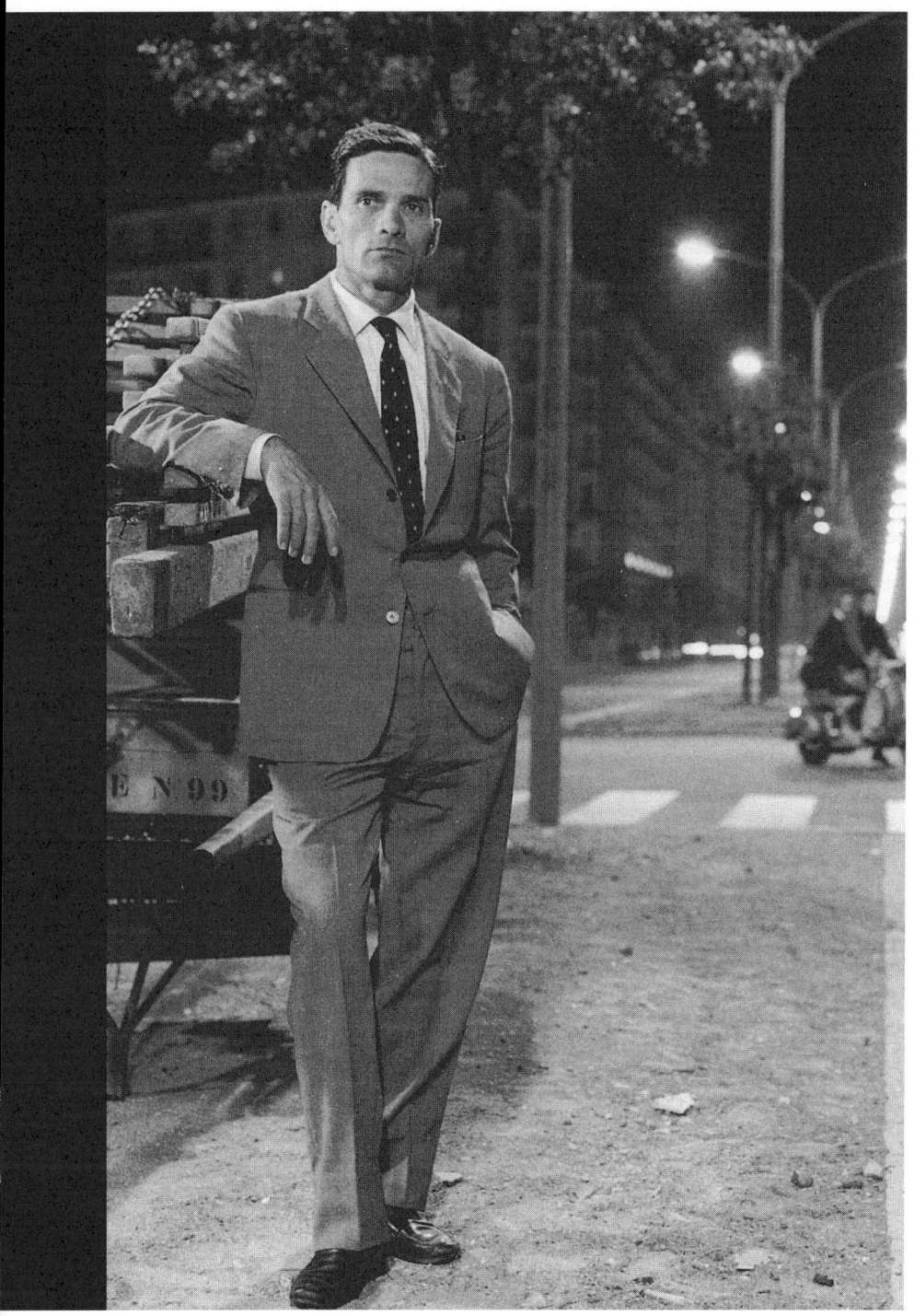

치아레오시(G. Chiareossi)가 찍은 피에르 파올로 파졸리니.

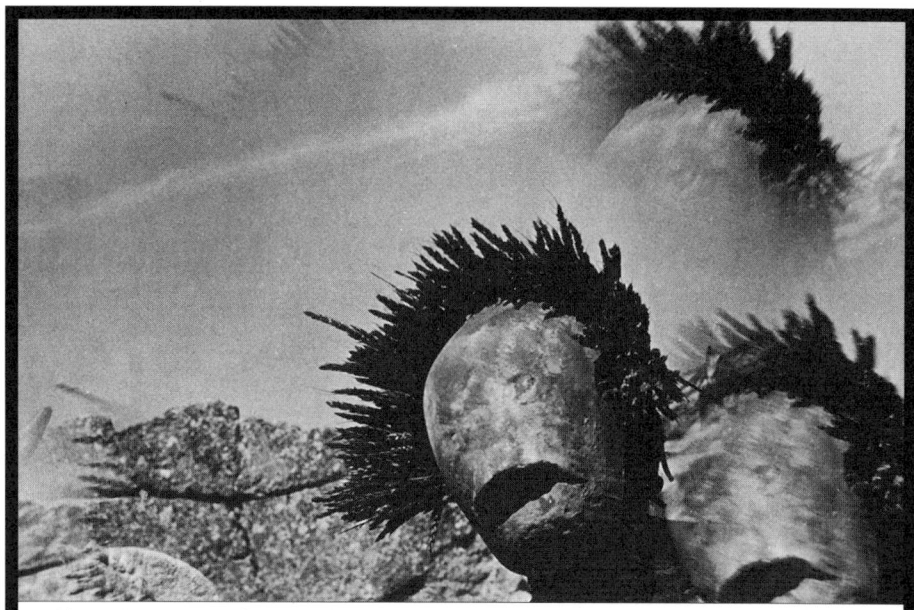

• 위 | 1970년에 제작된 영화 「메데아」(Medea)의 한 장면.
• 아래 왼쪽 | 예수로 분한 배우와 파졸리니를 대비시킨 사진. 마르크시즘, 정신분석학과 더불어 기독교는 그의 사상과
작품의 근간을 이루는 중요한 요소 중의 하나다. • 아래 오른쪽 | 사진의 왼쪽 배우는 「돼지 우리」(Porcile)의 클레망티.

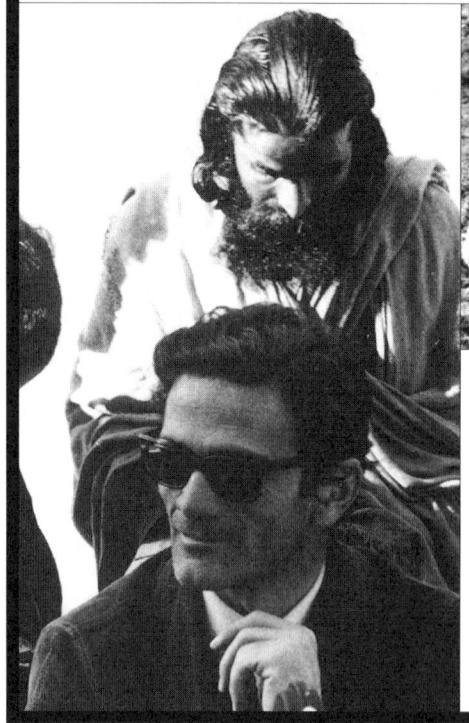

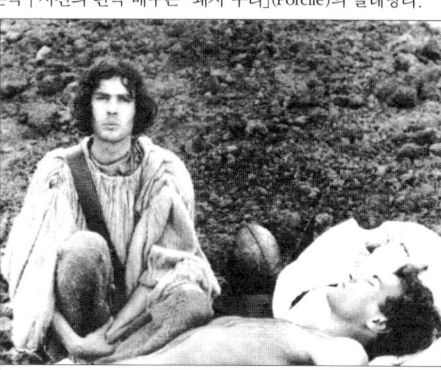

● 한 국가가 한 시민에게, 한 집단이 한 개인에게 조직적으로 심리적 혹은 물리적 폭력을 가할 때, 그 개인이 받을 타격의 정도를 상상해 본다는 것은 그리 어려운 일이 아니다. 더구나 그 개인이 범용한 개인이 아니라 시대에 대한 날카롭고 예리한 비판의 칼날을 소지하고 있는 예술가이거나 사상가일 때, 그들에게 가해질 폭력의 광포함은 도를 더할 것이다. 예술적·사상적 생명만이 아니라 개인의 실존까지도 위태로워지는 것이다.

우리는 이러한 예를 역사 속에서 힘들이지 않고 찾아볼 수 있다. 도덕적 편견과 예술적 몰이해 때문에 생애의 대부분을 정신병원에서 보내야 했던 카미유 클로델, 그 예술의 천재성으로 인해 역시 말년을 정신병원에서 보내야 했던 '잔혹연극'의 기수 앙토넹 아르토, 나치 치하에서 탈출하여 갖은 고초를 겪으며 도보로 프랑스를 횡단하여 다다른 스페인 국경에서 독일군에게 넘겨 버리겠다는 국경 마을 경찰서장의 농담에 그만 약을 먹고 죽음을 결행한 프랑크푸르트 학파의 발터 벤야민, "우리는 이 인간의 두뇌 활동을 20년간 정지시켜야 한다"는 적의에 찬 판결문을 안은 채 오랜 수형 생활 끝에 숨진 이탈리아 공산당의 창시자 안토니오 그람시 등. 이들은 모두 시대와 도덕의 광기와 폭력에 희생당한 사람들이 아닐 수 없다. 아무리 탁월한 검객이라 하더라도 칼 한 자루로 시대와 맞설 수는 없을 것이며, 그들이 시대에 내놓은 칼자국에선 시간이 좀 지나야 피가 흐를 것이다. 어쨌든 이제 이러한 희생자들의 명부에 피에르 파올로 파졸리니(Pier Paolo Pasolini, 1922~75)를 덧붙이려 한다.

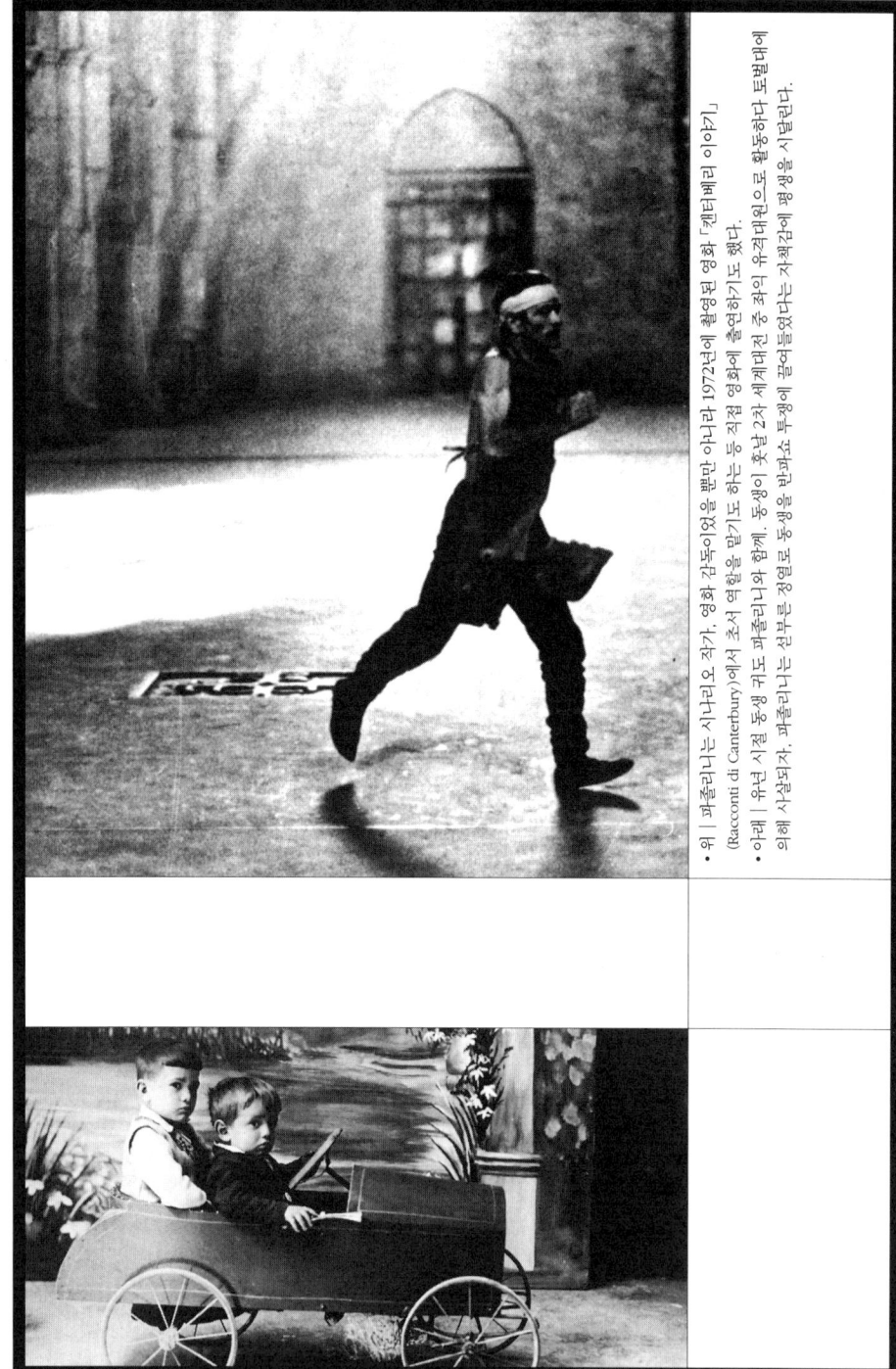

• 위 | 파졸리니는 시나리오 작가, 영화 감독이었을 뿐만 아니라 1972년에 촬영된 영화 「캔터베리 이야기」
(Racconti di Canterbury)에서 초서 역할을 맡기도 하는 등 직접 영화에 출연하기도 했다.

• 아래 | 유년 시절 동생 귀도 파졸리니와 함께. 동생이 훗날 2차 세계대전 중 좌익 유격대원으로 활동하다 토벌대에
의해 사살되자. 파졸리니는 슬픔을 정렬로 동생을 반파쇼 투쟁에 몸담았다는 자책감에 평생을 시달린다.

● 파졸리니는 우리에게 우선 영화 감독이다. 1970년대에 하길종 감독에 의해 잠시 소개되어 영화학도나 식자층에서만 간간이 회자되어 오다가, 1992년 연세대학교 축제 기간 중에 파시즘에 대한 강렬한 비판을 담은 그의 유작「살로 또는 소돔의 120일」(Salo o le 120 giornate di Sodoma)이 상영되어 한 차례 물의를 빚으면서 수면 위로 떠올랐고, 근래에 이르러 여러 영화 서클이나 문화학교, 특히 전주 국제영화제의 회고전을 통해 비로소 그 이름이 일반에 널리 알려지게 되었다. 그러니까 파졸리니는 우리에게 여전히 영화 감독인 셈이다. 그러나 영화 감독으로서의 파졸리니는 그의 전체상의 일부에 불과하다. 그의 본령은『성당의 나이팅게일』『장미꽃 모양의 시』『우리 시대의 신앙』『그람시의 유해』등의 시집을 상자한 바 있는 시인이며, 또한 그는「삶의 아이들」「폭력적인 삶」등의 소설을 발표한 전후 이탈리아 문단에서 가장 탁월한 소설가이자,『오피치나』『코리에라 델라 세라』『누오비 아르고멘티』같은 잡지, 일간지의 논단을 통해 예리한 필봉으로 이탈리아 사회를 해부한 저널리스트, 문학 평론가, 화가, 영화 배우이기도 하다.

파졸리니는 1922년 이탈리아 볼로냐에서 출생했다. 그의 부친은 파시스트 장교였고, 모친은 초등학교 교사였다. 그는 부친에 대해 거의 전적인 적대감을 갖고 있었으며, 훗날 "나의 모든 사회적, 이데올로기적 투쟁은 아버지와의 투쟁이다"라고 말할 정도로 그에게 있어서 '아버지적인 것'이란 산업 사회의 억압적 문화, 파시즘 등 인간의 자유로운 삶과 사고를 제한하는 모든 체제와 제도를 의미했다.

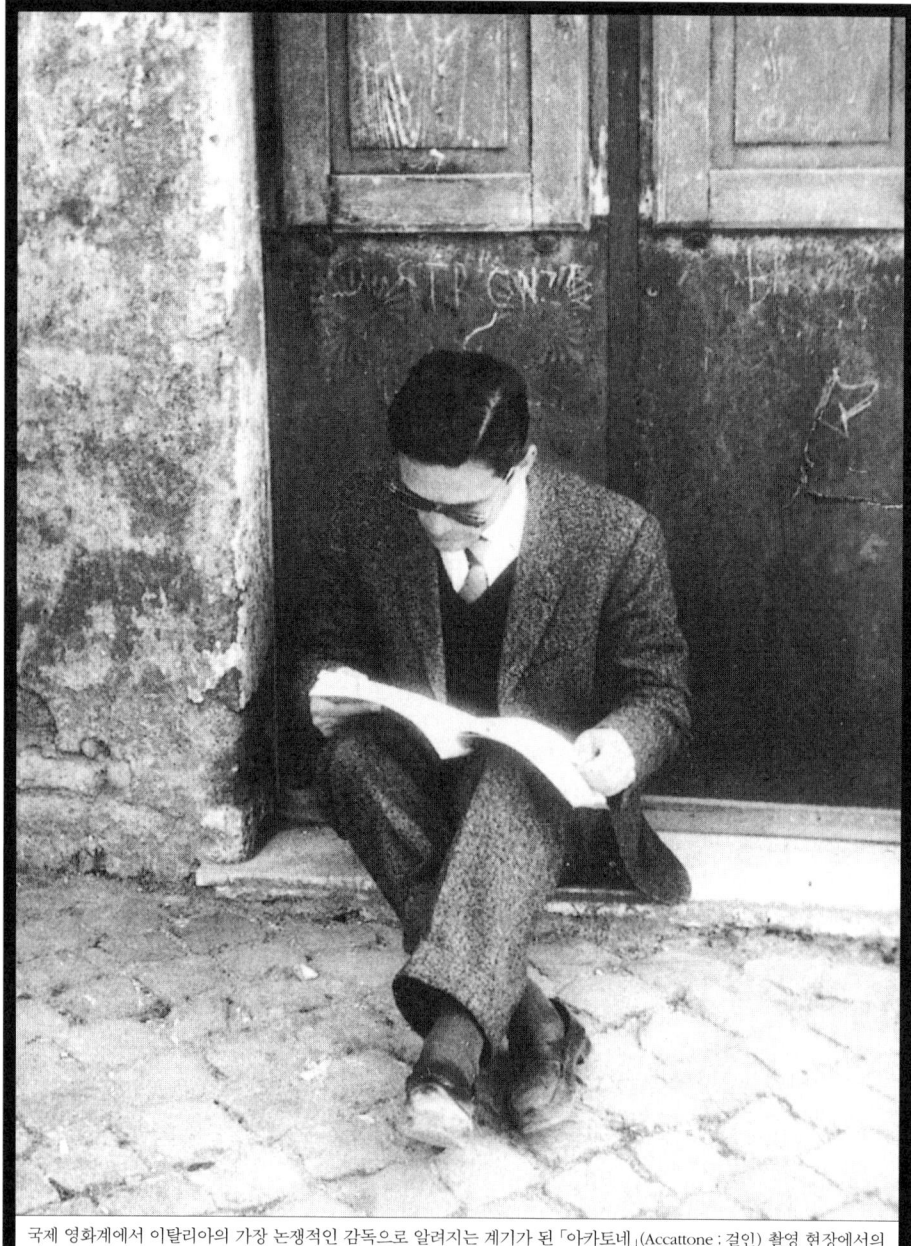

국제 영화계에서 이탈리아의 가장 논쟁적인 감독으로 알려지는 계기가 된 「아카토네」(Accattone : 걸인) 촬영 현장에서의
파졸리니. 펜노니(A. Pennoni) 사진.

● 부친의 잦은 임지 변경에 따라 떠돌이로 소년 시절을 보낸 후, 그는 갈바니 중·고등학교를 거쳐 1945년 볼로냐 대학에서 파스콜리(Giovanni Pascoli, 1855~1912 ; 이탈리아 사르데냐의 고전학자·시인)에 대한 논문으로 석사 학위를 취득한다. 그는 중학교 교사직으로 생계를 영위하면서, 『상속인들』이라는 잡지를 운영하고 이탈리아 공산당에 입당하여 강도 높은 문화 운동과 정치 투쟁을 전개하기 시작한다. 그러자 명성과 함께 평생을 두고 그를 따라다닐 박해의 그림자가 다가온다. 그는 동성애 혐의로 고발되었고, 교사직에서 해임되었으며, 공산당에서도 제명되었다. 이탈리아 집권당인 〈기독교 민주당〉에 대한 노골적인 비판 때문이었다. 그는 자신의 제명을 결정한 〈우디네 공산당 연맹〉 앞으로 다음과 같은 편지를 보낸다. "한 달 전에 〈기독교 민주당〉 소속의 한 의원이…… 〈기독교 민주당〉원들이 저의 파멸을 준비하고 있음을 넌지시 아주 우회적인 방법으로 제게 알려준 바 있습니다. …… 어제 아침 저의 어머니는 거의 실신 직전에 이르렀고 …… 저는 그 분이 밤새 신음하며 울부짖는 소리를 들었습니다. …… 〈기독교 민주당〉원들의 악랄한 밀고는 놀랄 일이 아닙니다. 그보다 전 당신들의 몰인정에 놀라고 있습니다 ……."

빗발치는 여론의 비난을 견디다 못해 그와 모친은 어느 겨울날 새벽, 프리울리를 떠나 도망치듯 로마로 향한다. 하지만 파졸리니가 쉽게 일자리를 구하지 못해 별수없이 모친이 가정부 일을 해서 생계를 꾸려나가지 않으면 안 되었다.

한동안 어머니는 가정부로 일해야만 한다. 그런데도 나는 이 고통을 조금도 치유하지 못하리라. 왜냐하면 나는 프티 부르주아이고, 모차르트처럼 웃는 법도 모르니까.
「무비올라에 비친 일생」 중에서

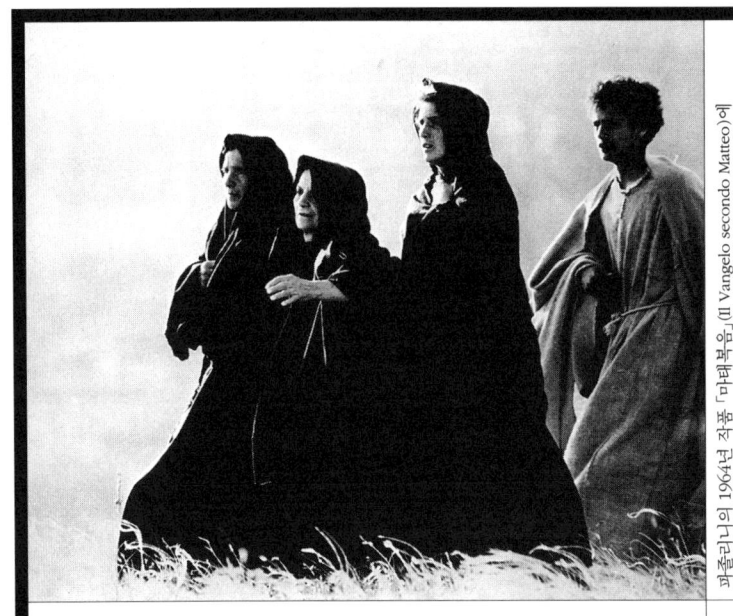

파졸리니의 1964년 작품 「마태복음」(Il Vangelo secondo Matteo)에 예수의 어머니 마리아로 출연한 파졸리니의 어머니(왼쪽에서 두번째).

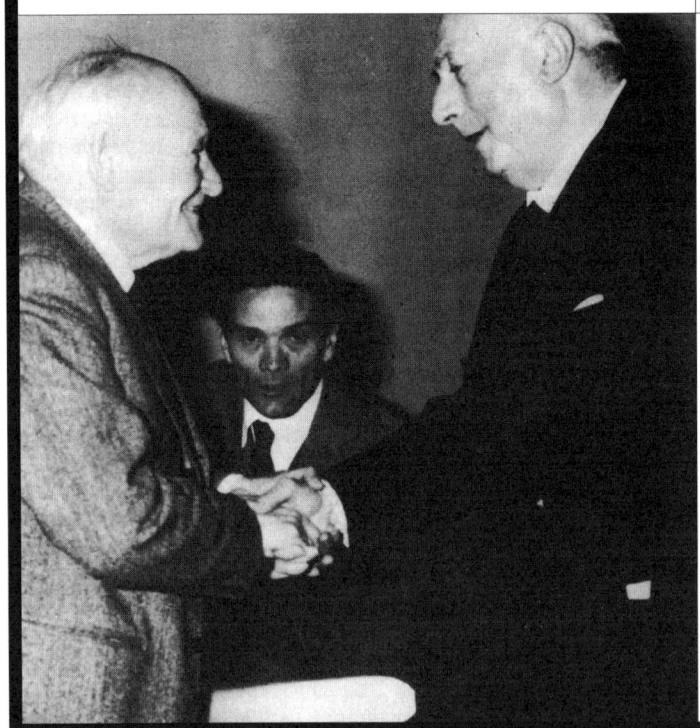

파졸리니의 소설 「폭력적인 삶」은 1959년 '크로토네 시 문학상'을 수상한다. 당시 심사 위원이었던 시인 주세페 웅가레티, 소설가 카를로 에밀리오 가다와 함께.

● 훗날 그의 영화에 예수의 어머니 마리아로 출연하는 그의 모친이 가정부 일을 그만두기 위해서는 3년을 더 기다려야만 했다. 1953년 '프란체스코 페트라르카 중학교'의 교사직을 얻은 그는, 비로소 궂은 일을 손에서 놓게 된 모친과 함께, 그의 소설 「폭력적인 삶」(Una vita violenta)의 무대가 될 로마 교외의 폰테 마몰로로 이주하여, 맞은 편에 대형 교도소가 있는 타리에레 가에 거처를 정한다.

> 콜로세움의 고양이처럼 가련하게
> 온통 먼지와 석회로 뒤덮인 작은 마을에서
> 나는 살았네, 도시에서도
>
> 시골에서도 멀리 떨어진 그 곳, 매일매일을
> 흔들리는 버스 속에 꽉 끼인 채로.
> 매번 가고, 매번 오는 길이
>
> 땀과 고통의 골고다 언덕이었네.
> 후텁지근한 안개 속의 그 지루한 걸음들
> 식탁 위에 빽빽이 쌓인 종이들 앞에서 맞는
>
> 그 길고 오랜 황혼들, 진창의 거리들, 나지막한 담장들,
> 문 대신에 커튼을 두르고 벽마다 칠이 벗겨진,
> 석회를 뒤집어 쓴 누추한 집들 가운데에서……
> *시집 『그람시의 유해』 중에서*

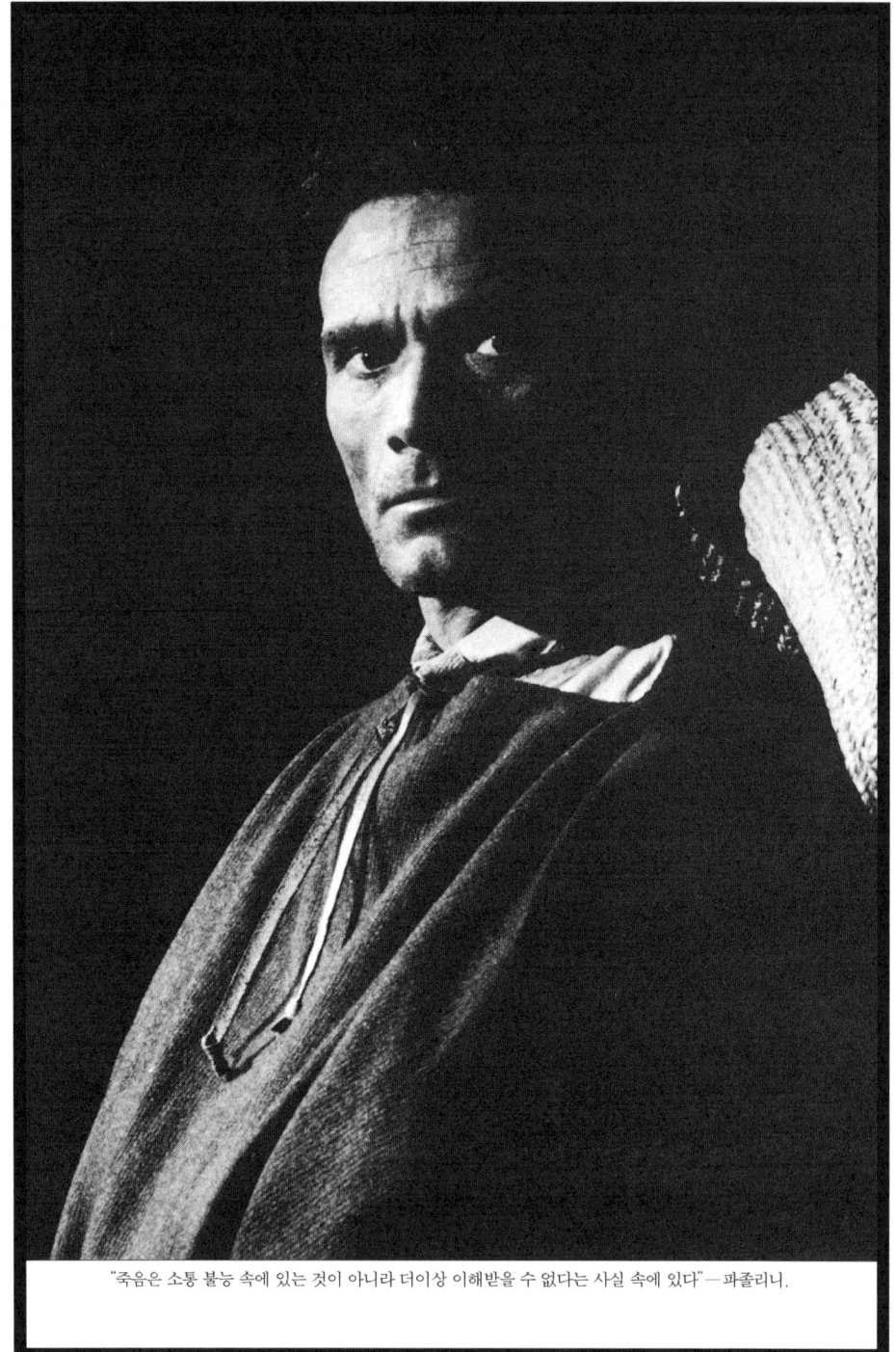

"죽음은 소통 불능 속에 있는 것이 아니라 더이상 이해받을 수 없다는 사실 속에 있다"―파졸리니.

너 무 낡 은 시 대 에 너 무 젊 게 이 세 상 에 오 다

● 비록 생활은 여전히 어렵고 비참했지만, 로마 외곽에서의 삶은 주변부 프롤레타리아트에 대한 그의 애정을 확고히 해주었으며, 그의 예술적 천분을 마음껏 펼칠 수 있는 장을 마련해 주었다. 그는 부지런히 소설과 시를 써내고 여러 일간지에 기고하고, 루이스 트랜커 · 볼로니니 · 마리오 솔다티 감독 등의 영화 시나리오를 집필하고, 직접 몇 편의 영화에 출연하기도 한다. 또한 잡지 『오피치나』를 창간하여 정치와 문학의 관계에 대한 지상 논쟁을 주재하고 수많은 평론과 시를 발표하면서, 그는 점차 이탈리아 문화계의 유력 인사로 부각되기 시작한다.

그러나 아울러 그에 대한 조직적인 탄압 또한 더욱 그 세를 더해 갔다. 소설 「삶의 아이들」(Ragazzi di vita)은 음란 출판물 혐의로 재판에 회부되었으며, 한 주유소 종업원은 파졸리니가 '황금 총알이 장전된 권총'으로 자신을 습격하여 2천 리라를 훔쳐 갔다고 고발했다. 이 사건은 신문에 대대적으로 보도되었고, 그의 집에 경찰의 가택 수색이 실시되었으며, 우익 언론뿐 아니라 좌익 언론 또한 그를 격렬히 비난했다. 그는 결국 무죄로 풀려났지만, 이 사건으로 인해 이탈리아 국적을 포기하고 싶다는 선언까지 하게 된다. 그는 당시 일간지에 이러한 글을 게재하여 자신의 울분을 토로하고 있다. "어느날, 어떤 미친 녀석이 내가 검은 모자를 쓰고 검은 장갑을 끼고 황금 총알이 장전된 권총으로 위협하여 제 돈을 훔쳐 갔다고 날 고발했다. 이 고발은 정당하고 진실한 행위로 인정되었다. 그럴 수밖에 없는 것이 어떤 후진적인 문화 수준에서는 작가와 작중 인물을 동일시하려는 경향이 있기 때문이다. 즉 도둑을 묘사하는 사람은 도둑인 것이다."

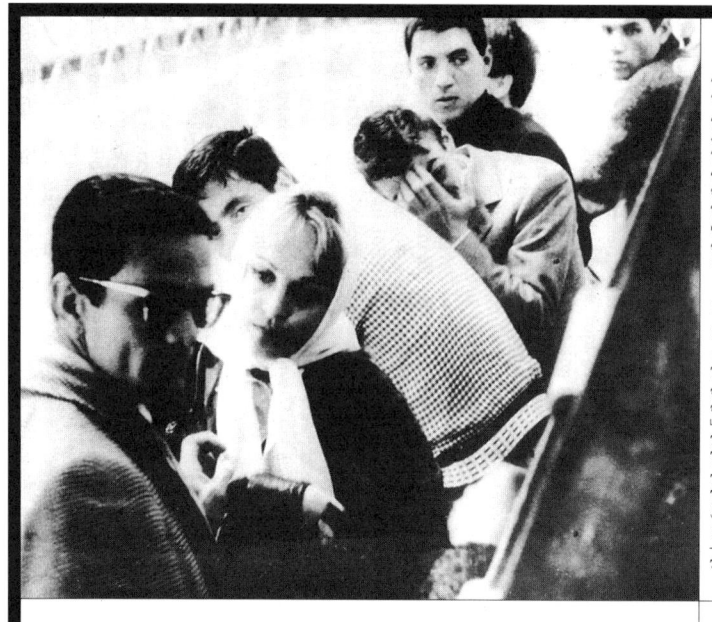

- 위 | 1962년작 영화 「백색 치즈」(La Ricotta)에 출연했던 라우라 베티, 포랑코 치티 등과 함께.
- 아래 | 성악가 마리아 칼라스(가운데), 어머니와 함께 한 파졸리니.

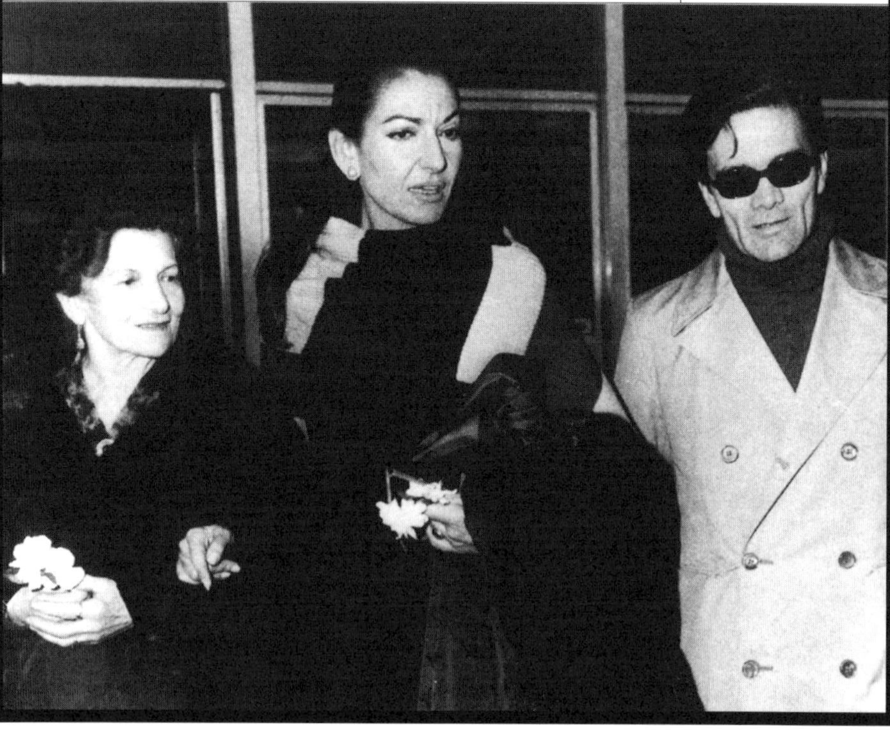

● 시나리오 작가와 배우로서만 영화에 관계하던 그는 1961년 「아카토네」를 만들면서 마침내 감독으로서의 길에 들어선다. 그러나 그의 영화는 수난의 역사였다. 「아카토네」가 로마에서 개봉되자 네오 파시즘 단체인 〈신유럽〉의 회원들이 극장으로 난입하여 관객들을 위협하고 의자를 들어내고 스크린에 검은 잉크를 뿌리는 등 일대 소동을 벌였으며, 베니스 영화제에 출품된 「마마 로마」(Mamma Roma)는 '미풍 양속을 훼손시킨다'는 이유로 경찰에 의해 고발당했고, 「백색 치즈」는 종교 모독으로 상영 금지 판결을 받았다. 또한 「마태복음」이 베니스 영화제에서 상영되었을 때에는 극우 단체 회원들이 대거 입장하여 욕설을 퍼붓고 썩은 계란을 던지는 등 난동을 부렸으며, 「테오레마」(Teorema ; 定理)는 '대중의 정숙한 정서를 손상시킨다'는 이유로 고발당했고, 「데카메론」(Decameron)은 밀라노, 로마, 나폴리 등 개봉되는 곳마다 물의를 일으키며 약 30여 건의 고발을 불러일으킨다. 게다가 파졸리니는 네오 파시스트들에 의해 여러 차례 테러를 당했고, 끊임없는 잠재적 테러의 위협에 시달렸다.

이탈리아 사회 내에서 파졸리니는 거의 완전하게 고립되어 있었다. 적은 많았고 친구는 드물었다. 집권 〈기독교 민주당〉과 네오 파시스트들에게는 타도의 표적이 되었고, 공산당으로부터도 경원당했으며, 문화계는 물론 일반 여론도 그에게 등을 돌렸다. 게다가 바티칸의 미움까지 샀다. 1959년 교황 12세가 서거하자 그는 「어느 교황에게」라는 시로 독설을 퍼붓는다.

> 당신이 그 자리에 앉아 있는 동안, 무수히 많은 사람들이
> 당신 눈앞에서 죽어 넘어갔소. 두엄더미 돼지 우리 속에서
> 설마 그걸 몰랐다고 하진 않으시겠지, 계율 따위를 어기는 건 죄가
> 아니라는 것을.
> 조금도 선을 행하지 않는 것, 바로 그게 참된 죄악이라는 것을.
> 「어느 교황에게」 중에서

그럼에도 불구하고 그가 그의 영화 「마태복음」과 「테오레마」로 두 번이나 〈세계 가톨릭 영화위원회〉에서 대상을 받았다는 것은 아이러니컬한 일이 아닐 수 없다. 이 영화들로 그는 세계적인 감독으로서의 명성을 획득한다.

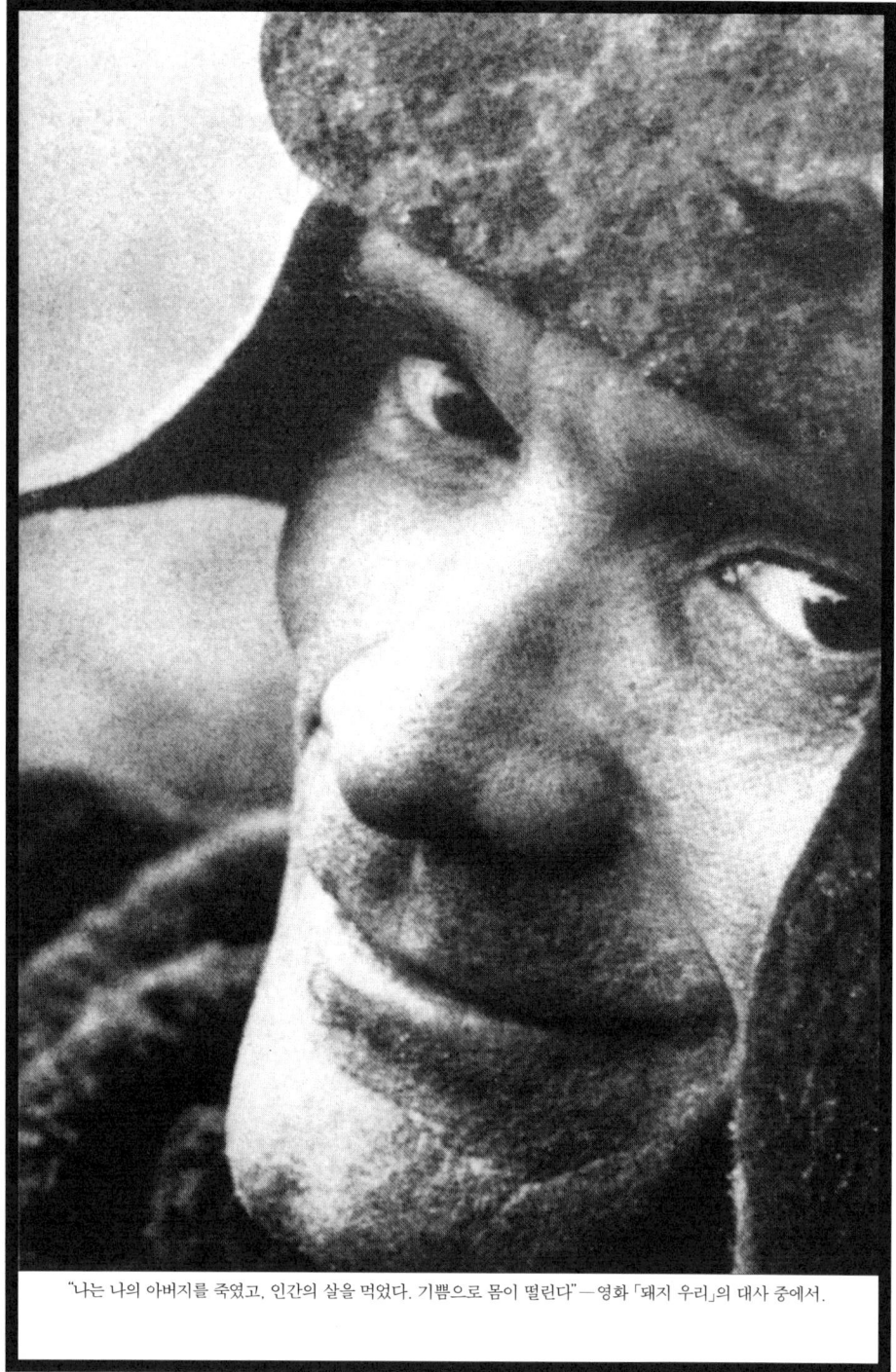

"나는 나의 아버지를 죽였고, 인간의 살을 먹었다. 기쁨으로 몸이 떨린다"—영화 「돼지 우리」의 대사 중에서.

● 1975년 11월 2일 로마 근교의 공터에서 칼로 난자당하고 차바퀴에 으깨진 파졸리니의 시체가 발견되었다. 살인범 주세페 펠로지가 체포되었으며 그 전날 정오쯤에 파졸리니를 살해했다고 자백했다. 그 시간에 파졸리니는 자택에서 모친과 점심을 함께 하고 있었다는 사실은 무시되었고, 그날 밤 파졸리니 뒤를 따라가고 있었던 자동차에 대한 익명의 제보 그리고 현장에 서너 사람이 더 있었다는 유력한 증거들에도 불구하고, 1979년 4월 상고 법원은 펠로지가 파졸리니의 단독 살해범이라는 최종 판결을 내림으로써, 이 사건의 배후는 영원한(?) 미궁 속에 빠져 버렸다.

파졸리니의 일생은 발목을 잡고 늘어지는 지루한 재판과 백색 테러로 점철되었다. 그는 '유태인이나 동성 연애자 같은, 자신들과는 다른 사람들에게 느끼는 막연하지만 뿌리 깊은 증오'를 후광처럼 두르고 살았던 사람이다. '폭력은 정당한가?'라는 질문은 경우에 따라선 수상한 질문일 수도 있다. 이 질문은 능숙하고 교묘하며 완벽하게 폭력을 구사할 수 있는 자들이 폭력에 기반한 그들의 체제가 위협당할 때에 짐짓 되물어 오는 질문이기 십상이기 때문이다. 그러나 정작 이 질문을 제기할 자격이 있는 한 작가는 말이 없다. 말할 수 없다. 그는 살아남지 못했다. "아들이 자라 아버지의 어깨 너머를 바라볼 수 있게 될 때 비로소 역전의 드라마는 시작된다"라고 사르트르는 말한 바 있다. 파졸리니는 실패한 아들인가, 아닌가?

피에르 파올로 파졸리니 연보

1922년—00세	이탈리아 볼로냐에서 출생.
1935년—13세	갈바니 중·고등학교 입학. 파스콜리, 다눈치오, 셰익스피어의 작품을 탐독하고, 교사인 시인 안토니오 레날디의 영향으로 랭보에 매료됨.
1942년—20세	볼로냐 대학에 입학하여 예술사와 이탈리아 문학 전공. 잡지 『상속인들』 창간. 첫 시집 『카사르사 시편』 출간.
1945년—23세	시인 파스콜리에 대한 논문으로 석사 학위 취득.
1947년—25세	발바소네에 있는 중학교에서 2년간의 교사 생활 시작. 이탈리아 공산당 입당.
1949년—27세	동성애 혐의로 교사직에서 해임되고 공산당에서도 제명됨. 모친과 함께 로마로 이주.
1954년—32세	시집 『가장 빛나는 청춘』 발간. 「강의 여인」 「산중 수인」 등의 시나리오 집필.
1955년—33세	정치 예술 평론지 『오피치나』 창간. '콜롱비 귀도티 상' 수상작인 소설 「삶의 아이들」이 음란 출판물로 기소됨. 시인 주세페 웅가레티가 서면으로 옹호.
1959년—37세	소설 「폭력적인 삶」으로 '크로토네 시(市) 문학상' 수상.
1961년—39세	시집 「우리 시대의 신앙」으로 '키안챠노 시(市) 문학상' 수상. 권총 강도 혐의로 기소. 우익 언론은 일제히 그를 '쓰레기 같은 문학적 선동가' '깡패와 창녀들의 대변인' '포르노 작가'로 비난.
1962년—40세	베니스 영화제에 「마마 로마」 출품.
1964년—42세	시집 『장미꽃 모양의 시』 출간. 영화 「마태복음」으로 〈세계 가톨릭 영화 위원회〉 대상 수상.
1965년—43세	장 폴 사르트르의 헌시가 수록된 소설 『푸른 눈의 알리』 출간. 롤랑 바르트와 교유 시작.
1966년—44세	미국을 여행하며 아메리카 흑인들과 접촉. 알렌 긴스버그의 시를 발견. "옛날에 마카도를 읽은 이래로 나는 지금까지 이렇게 형제애를 느끼게 하는 작품을 읽어 본 적이 없다."
1967년—45세	베니스 영화제에 「오이디푸스 왕」 출품.
1968년—46세	영화 「테오레마」가 〈세계 가톨릭 영화 위원회〉 대상 수상.
1970년—48세	영화 「메데아」 개봉. 알베르토 모라비아, 마리아 칼라스와 아프리카 여행.
1973년—51세	일간지 『코리에레 델라 세라』의 논단 집필 시작.
1975년—53세	로마 외곽에서 처참한 시체로 발견됨. 유작 「살로 또는 소돔의 120일」이 파리에서 개봉. 시, 소설, 영화 외에 평론집 『정념과 이데올로기』 『이단의 체험』 『아름다운 깃발』 등이 있음.

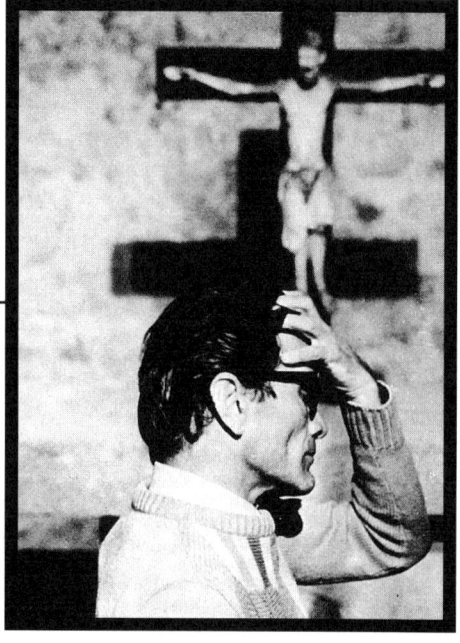

안토니오 가우디,

(02) Antonio Gaudi(1852~1926)

지상에서 가장 화려한 꿈

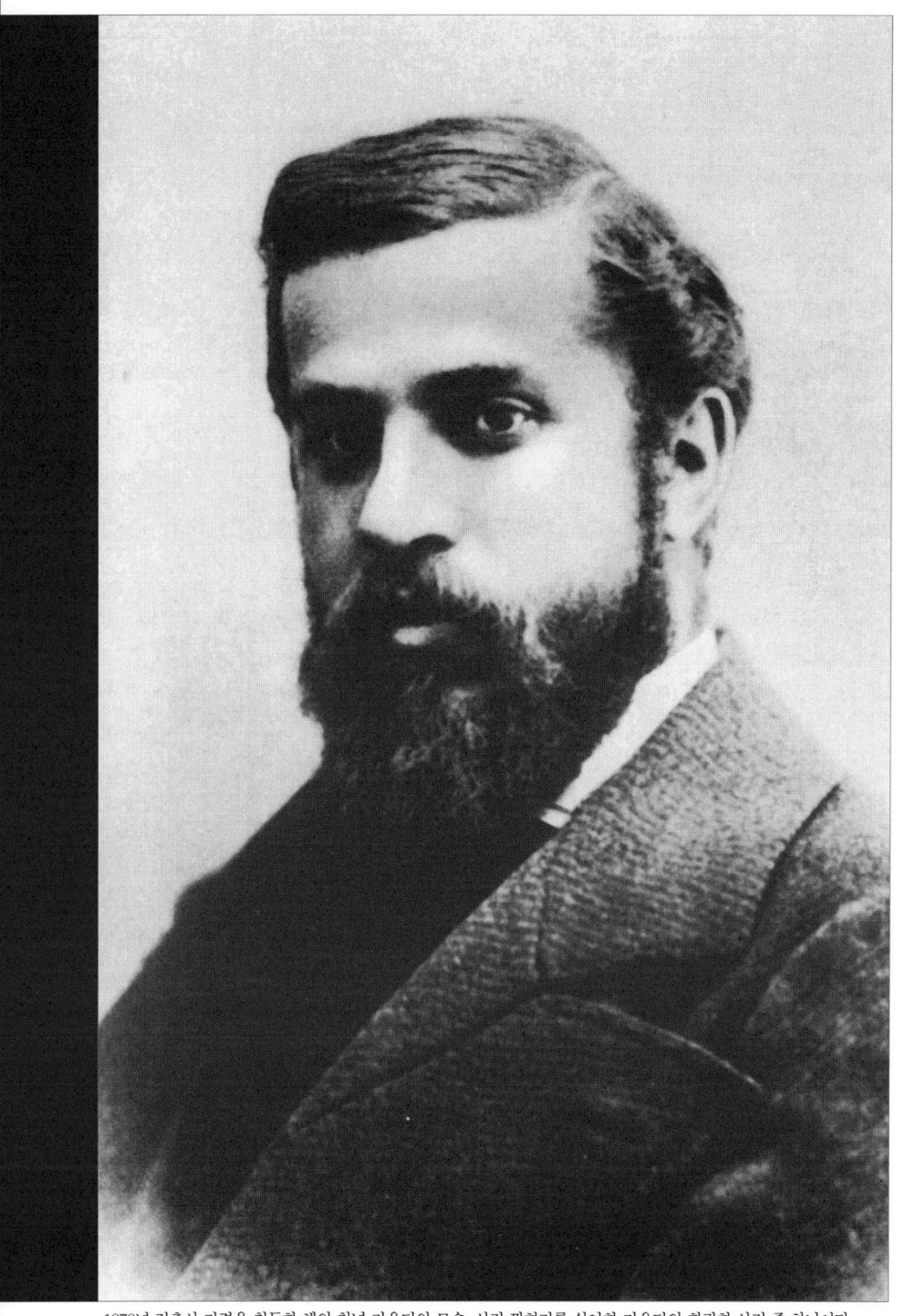

1878년 건축사 자격을 취득한 해의 청년 가우디의 모습. 사진 찍히기를 싫어한 가우디의 희귀한 사진 중 하나이다.

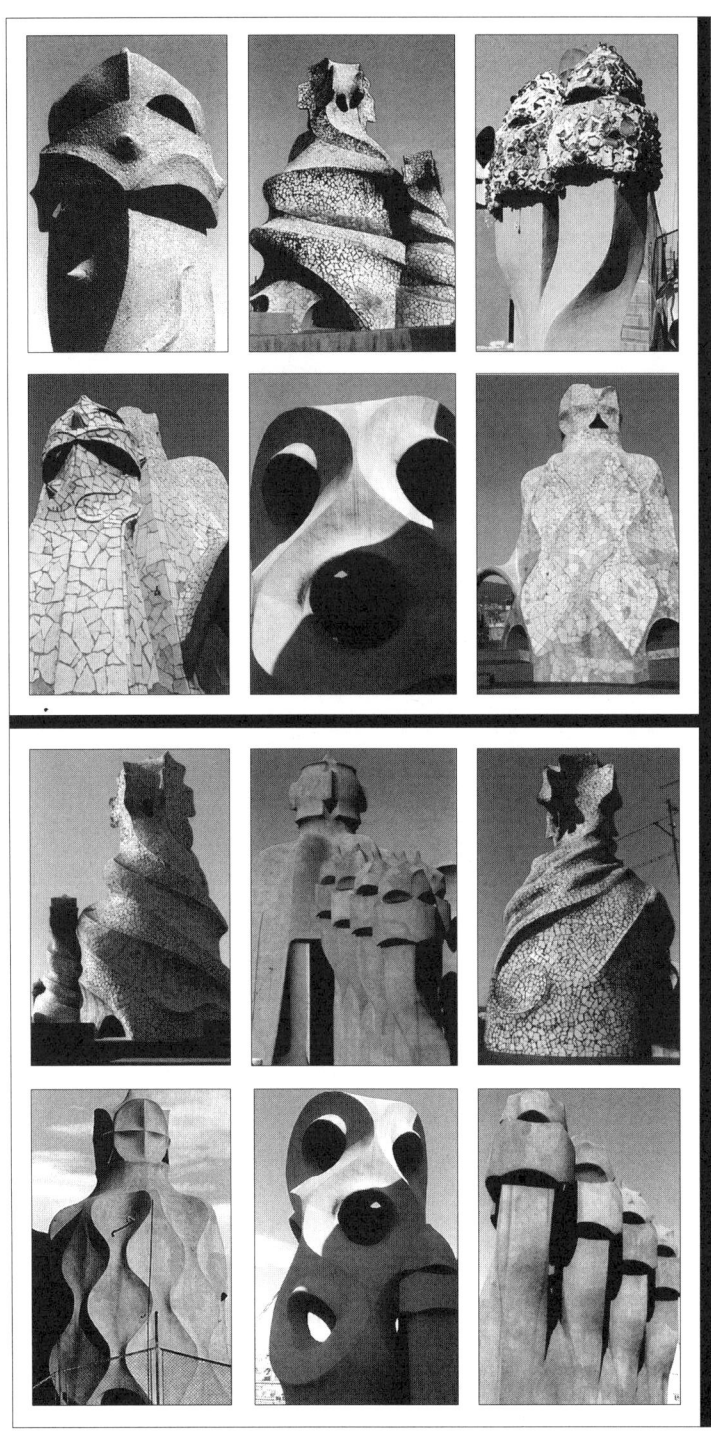

「카사 밀라」(Casa Mila) 지붕 위에 있는 각양각색의 굴뚝 디자인. 가우디 예술의 특징이 선명히 드러난다.

● 건축은 예술인가? 심란한 질문이다. 바벨탑의 신화에 도전하는 마천루들과 그림 같은 그리고 그 내부는 더 그림 같을 빌라들과, 성냥갑 같은 혹은 통조림 통 같은 아파트들과 산허리에 주렁주렁 매달린 남루한 집들과 저 원시 시대에나 있었음 직한 철거 형태의 주거들이 동시대적으로 존재하는 이 시대의 비동시대성, 그 흉칙한 부조화의 풍경이 먼저 떠오르기 때문이다. 그러나 번들거리는 과시적 욕망의 언저리뿐만 아니라 생존의 신음 소리 그 한복판에도 건축은 존재한다. 앞서의 질문에 답하자면, 그렇다, 건축은 예술이다. 그러나 건축의 '예술'은 때로는 현상이고 때로는 요청이다. 프랑스의 헤겔 부흥 운동에 결정적 기여를 한 철학자 코제브는, 헤겔에 대해 논하면서 저 유명한 '반지'의 비유를 남겼다. 반지를 반지이게 하는 것은 반지의 빈 공간이라는, 즉 존재를 존재이게 하는 것은 무(無)라는 것이 그것인데, 거기서 '반지'라는 단어를 빼고 '집'이라는 단어를 끼워 넣어도 그 의미와 울림에는 변함이 없다. 집 하면 우리는 우선 집의 형태와 장식적 외관을 떠올리지만, 그러나 정작 우리가 사용하는 것은 벽과 벽 사이의 빈 공간이다. 빈 공간이 없는 집은 이미 집이 아니다.

인간이 지구상에 등장한 이래로 이 무(無)에 대한 사유, 이 공간에 대한 꿈은 한번도 중단된 적이 없다. 비바람을 막아야 할 필요는 중단되어도 좋을 성질의 것이 결코 아니기 때문이다. 건축은 바로 이러한 공간에 대한 꿈이자 열정이다. 그리고 그 수많은 꿈들 중에서 스페인의 건축가 안토니오 가우디(Antonio Gaudí, 1852~1926)가 꾸었던 꿈은 가장 아름답고 화려하고 경이롭다. 마치 저 머나먼 우주에서 반짝이다 지상으로 내려꽂힌 별들처럼. 그의 꿈은 증기처럼 가볍고 경쾌하면서도 악몽처럼 무겁고 깊다. 그 속에는 넘실대는 파도도 있고 뱀이 문대고 지나간 자국도 있고 만개할 대로 만개한 꽃도 있으며, 환희와 격정에 찬 노랫소리도 있고 어두운 무의식의 회랑을 울리는 음울한 메아리도 있다. 그의 건축은, 건축은 '응고된 음악'이어야 하고, 건축가는 시인, 화가, 조각가, 도예가, 수학자, 장식가, 이 모두의 재능을 지녀야 하며, "예술로서의 건축은 인간을 매혹하는 것들 ─상상력, 마력, 환상, 시─로 인간의 꿈과 영혼을 풍요롭게 하여야 한다"(지오 폰티, 『건축 예찬』)는 명제에 넘치도록 부응한다.

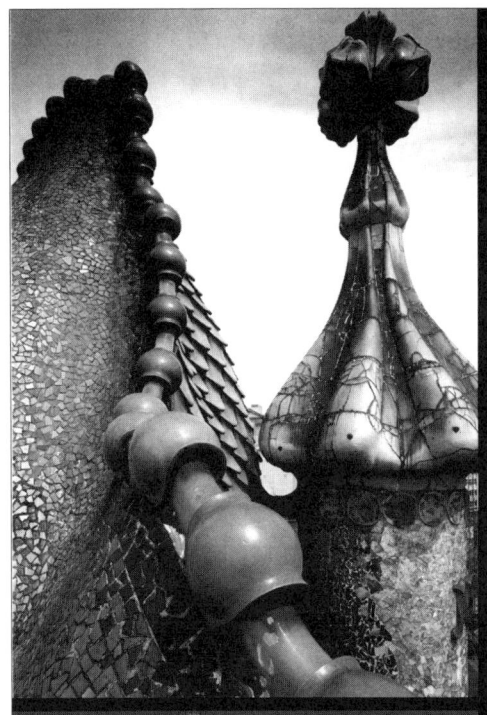

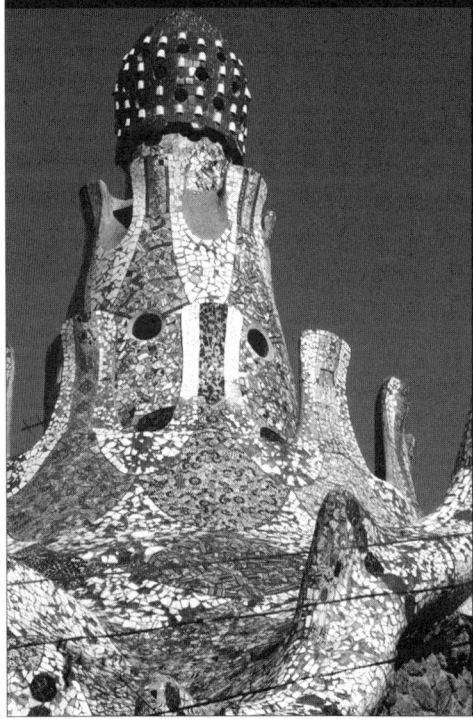

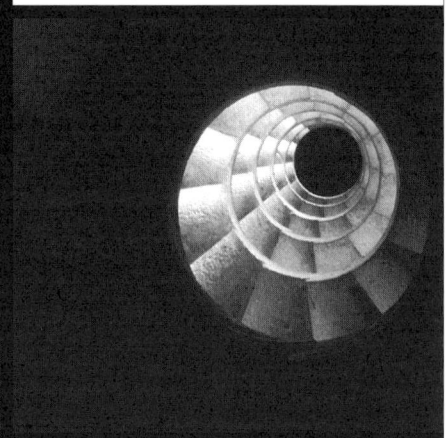

• 왼쪽 위, 아래 | 가우디적 상상의 예들. 공룡의 등을
연상케 하는 「카사 바트료」(Casa Batllo)와 「구엘 공원」
(Panque Guell) 관리실의 지붕 디자인.
• 오른쪽 | 「사그라다 파밀리아」(Sagrada Familia)의 여러
탑 가운데 하나의 내부 나선형 계단.

● 환상적 건축의 창시자, 근대 건축의 선구자, 진정한 천재, 가우디라는 이름 뒤를 따라다니는 수사들이다. 그리고 건축사(建築史)는 그를 벨기에의 빅토르 오르타, 프랑스의 액토르 기마르, 스코틀랜드의 찰스 매킨토시, 오스트리아의 오토 바그너 등과 연결시켜 '가장 위대한 아르 누보 건축가'로 분류하기도 한다. 아르 누보(Art Nouveau ; 신예술)는, 독일에서는 유겐트스틸(Jugendstil ; 청년 양식), 이탈리아에서는 스틸레 플로레알레(Stile Floreale ; 꽃의 양식)로 불리기도 하는데, 장식성을 앞세워 양식적 궁지를 벗어나려 한, 19세기 말에서 20세기 초에 걸쳐 유럽 전역과 북미를 휩쓸었던 국제적인 건축 미술 운동이었다. 그러나 아르 누보 건축가로 가우디를 분류하려는 것은 여행 가방 속에 담요를 쑤셔 넣으려는 것과 같다. 아르 누보는 모든 역사적 양식으로부터의 탈피를 추구했지만, 가우디 양식의 원천은 고딕 예술과 무데하르 예술(Mudejar Arts ; 12~16세기에 걸쳐 스페인에서 성했던 아라비아 예술의 영향을 받은 기독교 예술)이었다. 물론 그것들의 창조적 수용이었음은 두말 할 나위가 없다. 또한 대부분의 아르 누보 건축가들은 가구나 난간, 외벽에만 장식적으로 곡선을 사용했지만, 가우디는 건물 전체를 복잡한 곡면으로 구성했다. 그러므로 가우디에 대한 영국의 건축사가(建築史家) 펩스너(Nikolaus Pevsner)가 내린 "19세기 후반의 선구자들과는 매우 다른 배경을 지니며, 근대 건축 운동이 취한 방향과는 다른 방향을 취한 일종의 아웃사이더로서, 그에게 어떤 역사적 지위를 부여하려고 할 때마다 누구나 고민하지 않을 수 없다"는 평가는 매우 타당해 보인다. 그의 건축은 어떠한 건축사적 분류도 거부하는, 오직 '가우디의 건축'이라고밖에 분류될 수 없는, 그런 건축이었다.

가우디는 1852년 6월 25일 타라고네 근처의 레우스 시에서 동(銅)세공업자 프란시스코 가우디의 아들로 태어났다. 집안은 그리 넉넉한 편이 아니었고, 어렸을 때부터 잦은 병치레에 시달려야 했으며, 더구나 그를 평생 괴롭힐 류머티즘이 이미 어린 육신을 점령해 그는 또래 아이들처럼 자유롭게 뛰어놀지 못하고 고독한 소년 시절을 보내야 했다. 비록 육신은 마음대로 놀릴 수 없었지만 그의 눈과 생각은 그를 둘러싼 일상적인 세계 속으로 날카롭게 파고들어 갔으며, 그는 아픈 아이 특유의 조숙함과 놀라운 통찰력으로 주위를 놀라게 하곤 했다.

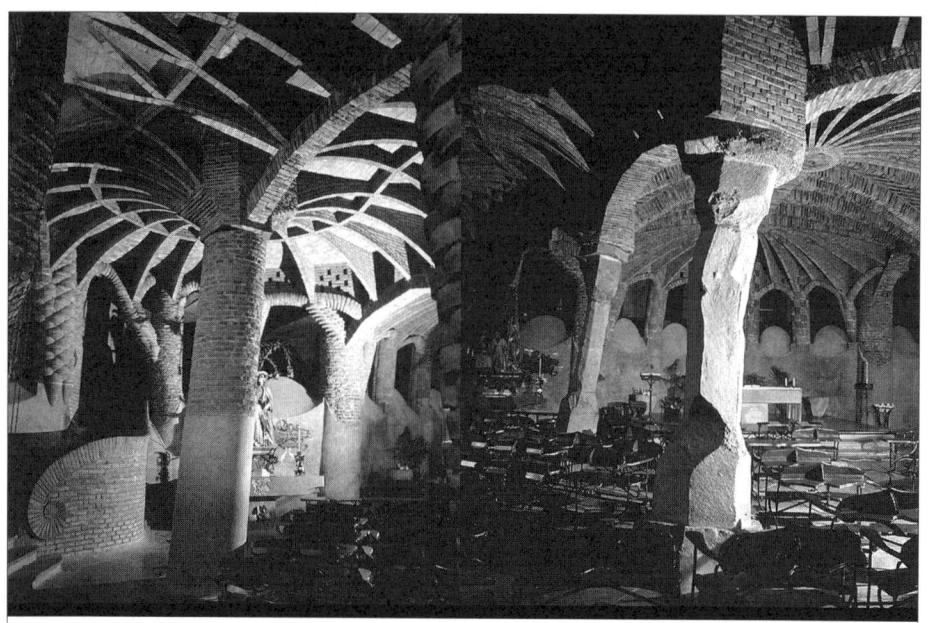

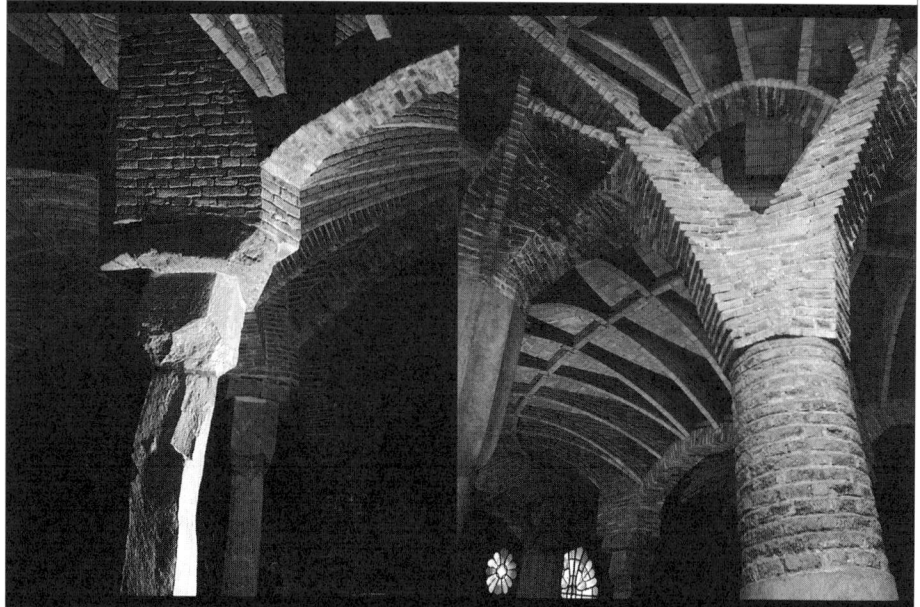

「콜로냐 구엘 성당」(Esglesia de la Colonia Guell)의 내부 기둥들.

너 무 낡 은 시 대 에 너 무 젊 게 이 세 상 에 오 다

● 레우스 시의 베렌게르 초등학교에 다닐 때부터 그의 건축에 대한 관심은 남다른 데가 있었다. 그리고 〈에스꼬라피오스회〉에서 설립한 학교에서 5년간 중등교육을 마친 후 17세 되던 해 그는 마침내 본격적인 건축 공부를 하러 바르셀로나로 향한다. 세기의 전환기에 있었던 바르셀로나는, 한 야심에 찬 건축학도가 건축을 배우고 그 뜻을 펼치는 데 이상적인 장소였다. 도시 곳곳에는 낡은 건물들이 개축을 기다리고 있었고, 면과 철강 산업의 발달로 인구가 급속도로 증가하여 건축에 대한 새로운 수요가 계속 창출되고 있었기 때문이었다. 또한 신흥 부호들 주위에 모여든 젊은 예술가들을 중심으로 새로운 이상에 대한 탐구와 고민이 뜨겁게 진행되고 있었다. 가우디 작업의 대부분이 바르셀로나에서 행해진 것은 이러한 시대적 환경과 밀접한 관련이 있다. 한 미친 물고기가 뛰어놀기에 충분히 넓은 연못, 바르셀로나는 바로 그런 도시였다.

바르셀로나 대학 이공학부를 거쳐 바르셀로나 시립 건축전문학교에 입학한 가우디는, 영국의 예술 이론가 존 러스킨(John Ruskin)의 저술에서는 "장식은 건축의 근원이다"는 가르침을, 다른 학생들과 마찬가지로 그가 성경처럼 옆구리에 끼고 다녔던 11~13세기의 프랑스 건축을 다룬 비올레 르 뒤크(Viollet-le-Duc)의 저서 『대화록』에서는 과거 양식의 무비판적인 수용에 대한 경고를 배우며, 자기 건축의 방향을 잡아나가기 시작한다. 이러한 이론적 탐구와 병행하여 그는 생계 유지를 위해 그리고 실무 경험을 쌓기 위해 빌라르, 폰세레 같은 건축가들의 사무실에서 일한다. 그가 과제로 학교에 제출한 도면들은 그 유례없는 대담성 때문에 종종 교수들의 회의에 찬 감탄을 불러일으켰으며, 1877년 그가 졸업 작품으로 제출한 대학 강당 설계안을 심사하면서 학장 에리아스 토헨트가 남긴, 자신이 건축사(建築士)의 칭호를 한 천재에게 주려는 것인지 한 광인에게 주려는 것인지 모르겠다는 말은, 그의 시도가 얼마나 대담했던가를 단적으로 보여 준다. 결국 그는 아슬아슬한 점수를 받으며 간신히 학교를 졸업하고 1878년 3월 건축사 자격을 취득한다.

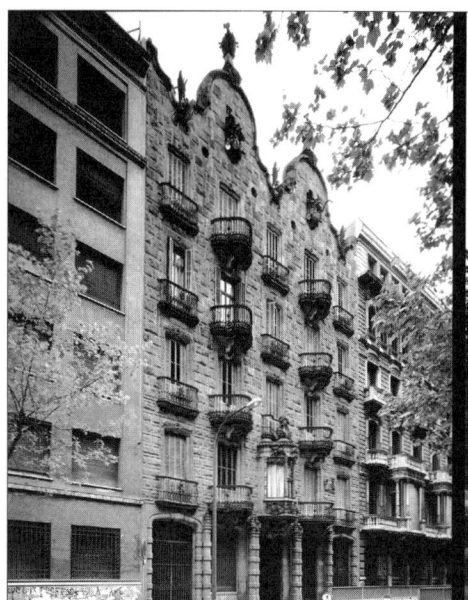

「카사 칼베트」(Casa Calvet)의 전경.

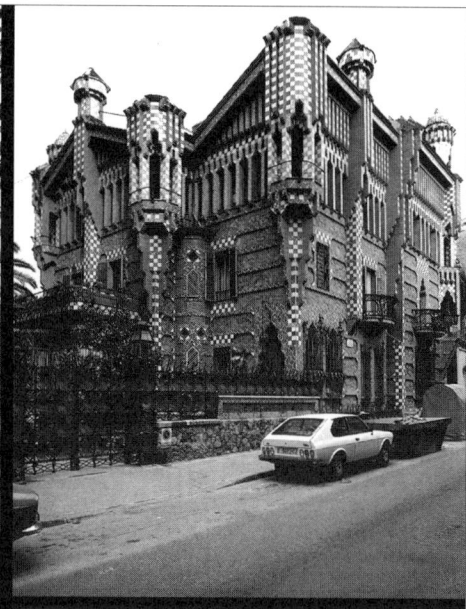

「카사 비센스」(Casa Vicens)

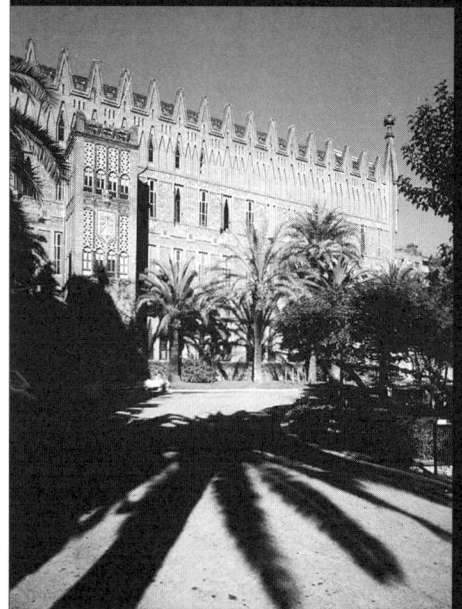

「테레사 학원」(Colegio Teresiano)

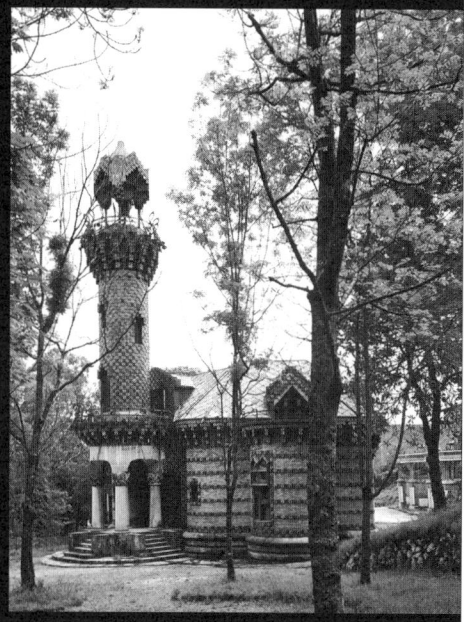

「카사 엘 카프리초」(Casa El Capricho)

● 젊은 가우디는 가난했고 생계 유지를 위해 끊임없이 작업에 매달려야 했지만, 바르셀로나 제일의 댄디였다. 그는 최고급 양복과 최고급 실크 해트만을 고집했고, 일류 헤어드레서에게 수염을 손질받았으며, 섬세하게 디자인된 명함을 가지고 다녔다. 또한 그는 반교권주의자이고 자치주의자였다. 레우스와 바르셀로나를 포함하는 카탈루냐는 오랜 역사와 고유의 언어를 지닌 지방이었으나, 근대에 들어와 카스티야 지방의 지배를 받는 스페인 왕국이 등장하면서 19세기 초에는 학교에서 카탈루냐어를 가르치는 게 금지될 정도로 점차 그 독립성을 상실해 가고 있었다. 1880년 무렵부터 이 잃어버린 언어와 문화를 되찾고 자치권을 회복하려는 '카탈루냐 부흥 운동'이 거세게 일기 시작했으며, 가우디 또한 그 운동에 가담하여 지역사와 토착 예술을 공부하고 중세의 고딕 양식을 연구했다.

학교를 졸업한 후, 바르셀로나 시청으로부터 시내 곳곳에 설치할 가로등 설계를 의뢰받은 것을 시작으로, 그는 회교 건축과 고딕 예술의 영향이 뚜렷한 그의 초기 작품들을 속속 빚어내기 시작한다. 「카사 비센스」「카사 엘 카프리초」「테레사 학원」 같은 건물들이 바로 그것들이었다. 그리고는 「아스토르가(Astroga) 사제관」「카사 데 로스 보티네스」「카사 칼베트」 같은 작품들을 통해, 과거 양식의 모방과 답습에서 벗어난 독자적인 양식을 보여 주기 시작한다.

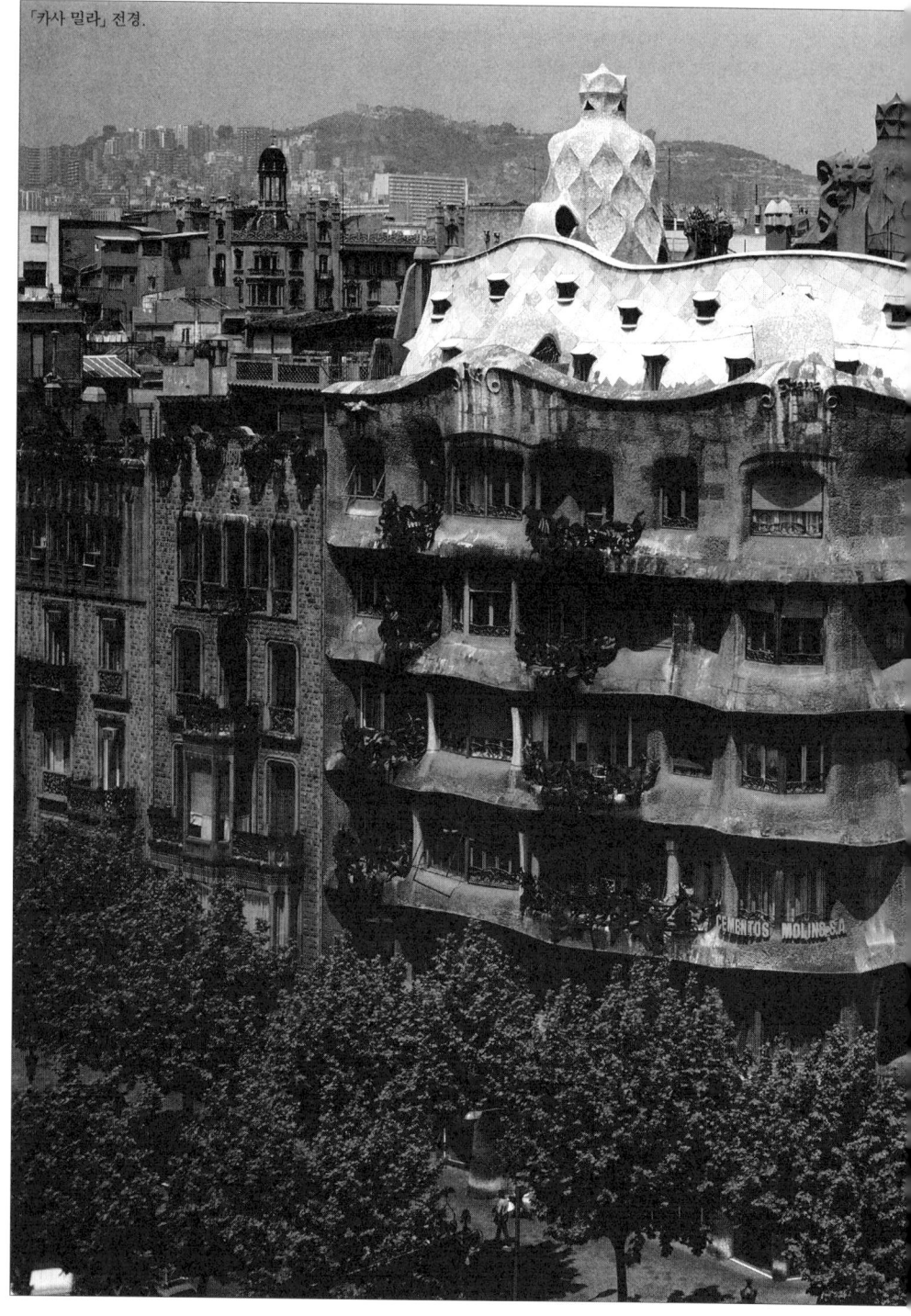

「카사 밀라」 전경.

너 무 낡 은 시 대 에 너 무 젊 게 이 세 상 에 오 다

● 1878년 가우디는 파리 만국박람회에 한 장갑 상회를 위한 진열 케이스와, 수채화로 그린 「마타로 노동자 협동 조합 설계안」을 출품한다. 그리고 그것은 그보다 여섯 살 위인 에우세비오 구엘의 눈길을 끌었고, 그때부터 가우디의 삶과 건축에 지대한 영향력을 행사한 한 우정이 시작되었다. 구엘은 벽돌 제조업으로 큰 돈을 번 갑부이자 후에 남작이 된 교양인으로, 가우디에게 당대의 진보적인 시인, 화가들과 교유할 수 있는 장을 마련해 주었을 뿐만 아니라, 그에게 「핑카 구엘」 「구엘 저택」 등의 설계를 의뢰한, 친구이자 후원자, 그의 건축에 대한 열광적인 지지자였다. 1900년 바르셀로나 시가가 한눈에 내려다보이는 페라다 산 기슭에 5헥타르의 부지를 확보한 구엘은, 그가 오래 전부터 꿈꿔왔던, 자연과 완벽하게 조화를 이루는 전원도시의 설계를 가우디에게 맡겼다. 음악당, 강연장, 학교 등을 포함해 총 60여 동의 건물이 들어설 예정이었던 「구엘 공원」은, 14년간의 공사에도 불구하고 두서너 채의 건물과 산책 회랑, 중앙 광장밖에는 건설되지 못했지만, 원숙기에 접어든 가우디의 대작으로 순수하고 거침없는 시적인 상상력의 산물이었다.

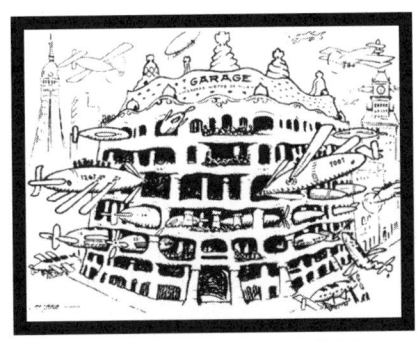

「카사 밀라」의 디자인에 촉발되어 그려진 만화.

이제 초기의 조각적 조형 시대가 끝나고 후기의 구조적 조형 시대가 시작되고 있었다. 1904년 그라시아 가에 있는 한 건물의 개축이 시작되자 바르셀로나 시민들은 깜짝 놀랐다. 지금까지 그렇게 기묘하게 생긴 집은 한 번도 본 적이 없었기 때문이었다. 「카사 바트료」에 이어 1905년부터 「카사 밀라」가 지어지기 시작하자 시민들의 놀라움은 경악으로 변했다. 시민들은 그 건물에 '페드레라' (pedrera ; 채석장) '말벌집' '고기 파이' 같은 별명을 붙여 부르곤 했다. 「카사 밀라」는 가우디 건축 양식의 절정을 보여 주는 만년의 최후의 대작이었다.

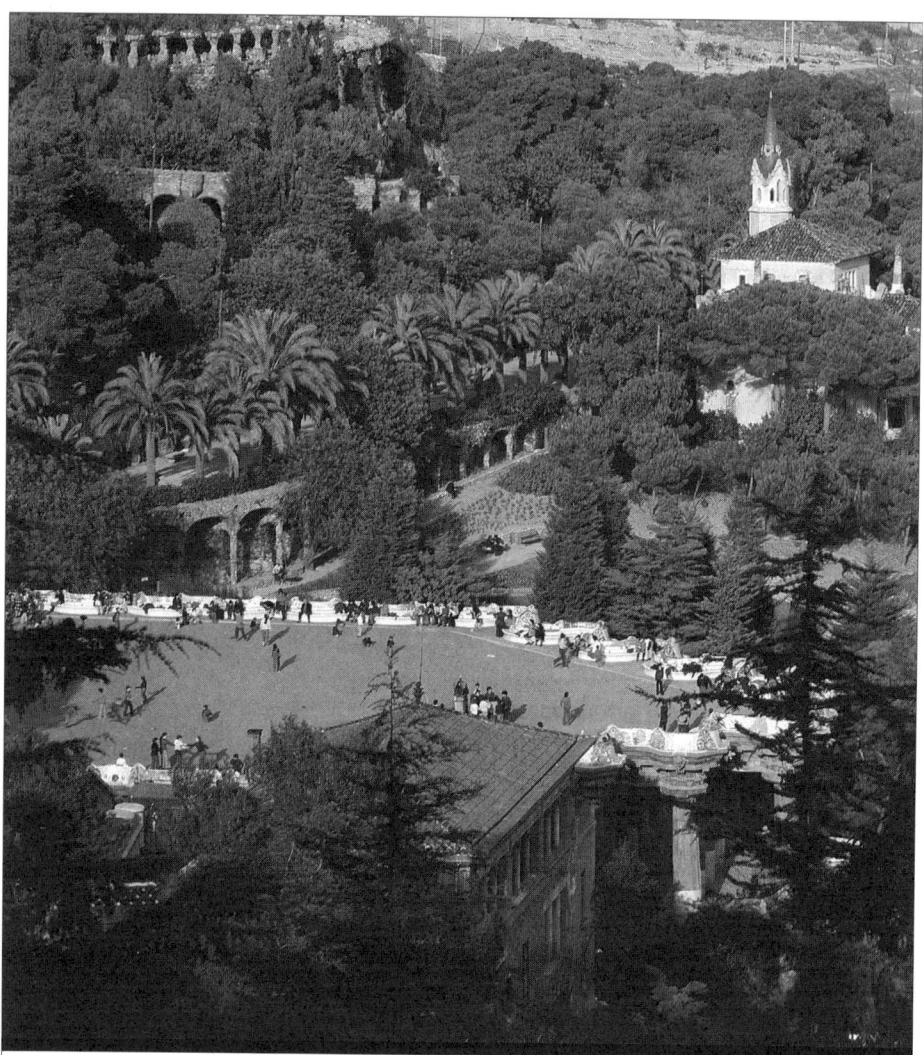

「구엘 공원」 전경.

너무 낡은 시대에 너무 젊게 이 세상에 오다

● "당신은 내가 어디서 모델을 발견했는지 궁금하지 않으십니까? 그것은 똑바로 서 있는 나무에게서입니다. 줄기는 우선 큰 가지들을 받치고, 큰 가지는 잔가지들을 받치고, 잔가지는 잎사귀들을 받칩니다. 그리고 모든 부분이 조화롭고 장엄하게 성장합니다. 일찍이 신이 그것을 창조한 이래 이제 건축가가 그것을 창조합니다." 「사그라다 파밀리아」(성 가족 교회) 설계 워크숍에 참석한 한 방문객에게 가우디가 한 말이다. 「카사 밀라」를 완공한 이후 그는 일체 다른 작업은 하지 않고 1883년 빌라르의 뒤를 이어 총감독으로 일하고 있던 이 성당의 건축에만 전념했다. 그것은 거대한 기둥들의 숲이었으며, 금세기의, 가톨릭 2천 년 신앙의 기념비적인 작품이었다 (이 성당의 공사는 지금도 계속되고 있다).

1926년 6월 7일, 가우디는 그의 류머티즘에 대해 의사가 내린 처방에 따라 일을 마친 후 여느 때와 마찬가지로 저녁 산책에 나섰다. 그리고 전차에 치였다. 그의 명성은 바르셀로나 시민들 사이에 두루 퍼져 있었지만, 아무도 거리에 쓰러져 있는 그 초라한 옷을 걸친 노인을 얼른 알아보지 못했다. 남루한 행색 때문에 택시 운전사들이 태우기를 꺼리는 바람에(어떻게 그 운전사들을 찾아냈는지는 모르겠지만, 그들은 훗날 색출되어 처벌받았다) 거리에서 잠시 지체된 후, 그는 몇몇 시민들에 의해 성 십자 병원으로 옮겨졌지만 3일 후 그는 결국 자리에서 일어나지 못하고 세상을 뜨고 말았다. 그의 장례는 바르셀로나 시민들의 애도 속에 성대하게 거행되었고, 그의 시신은 그의 유언과 로마 교황청의 특별 배려에 따라 그가 43년간을 매달려 작업했던 「사그라다 파밀리아」의 크리프타(crypta ; 교회나 성당의 지하 공간으로 성자 혹은 교회에 봉사한 사람의 묘소로 이용된다)에 안장되었다. 그는 레우스에서 태어났지만 이제 자신의 손으로 만든 또 다른 불멸의 고향 아래 영원히 묻힌 것이다.

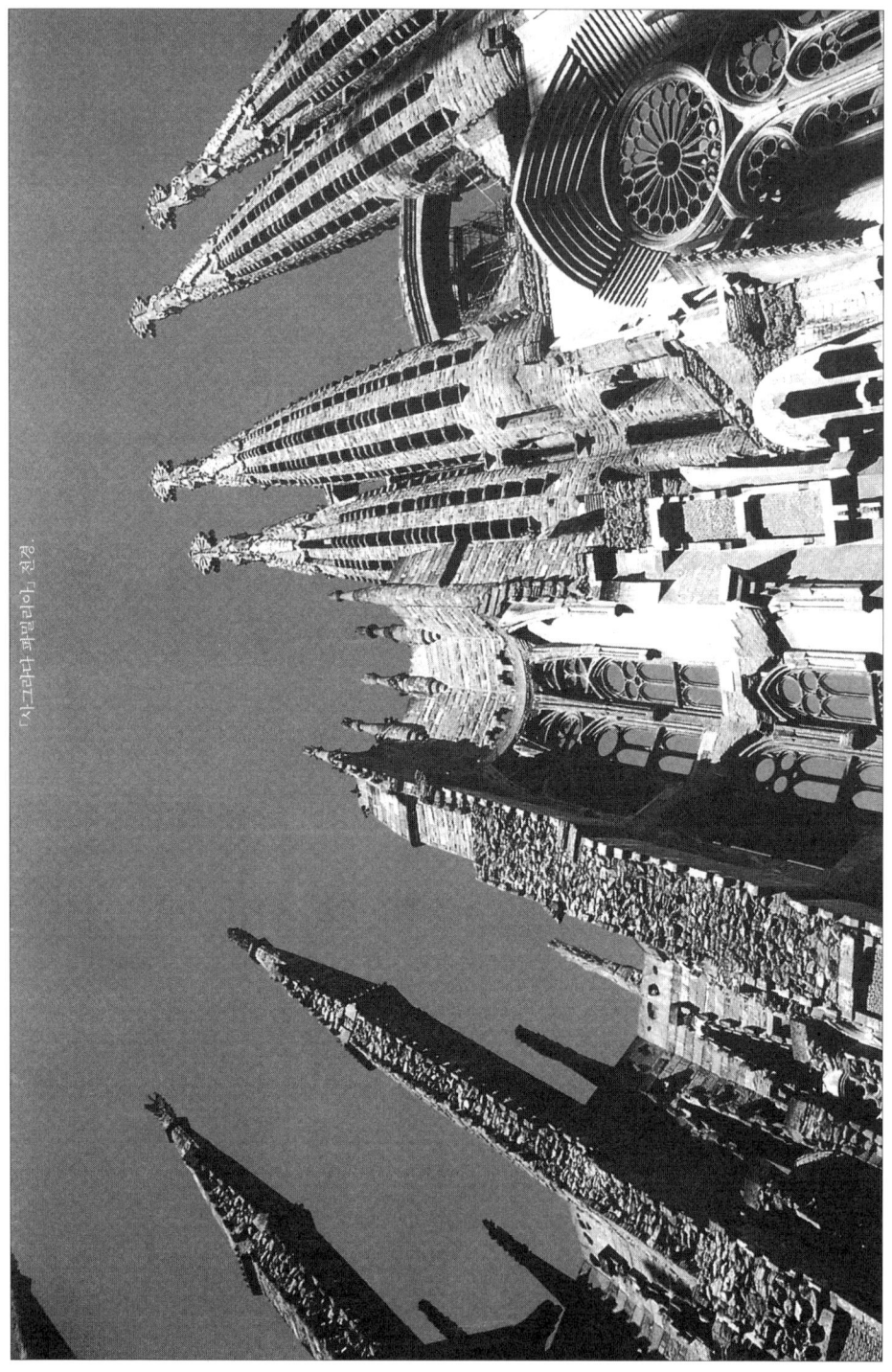

「사그라다 파밀리아」 전경

너 무 낡 은 시 대 에 너 무 젊 게 이 세 상 에 오 다

● 그의 삶은 어찌 보면 모순과 반전으로 가득 찬 삶이었다. 그는 젊은 날에는 오스카 와일드나 보들레르가 그랬듯이 댄디의 이상을 추구했지만, 말년에는 초라한 식사와 검소한 옷차림으로 일관했으며, 또한 청년 시절에는 반교권주의자였으나 만년에는 독실한 가톨릭 신자였다. 이러한 그의 삶에 변함없는 상수가 하나 있었다면 그것은 미친 조물주의 그것과도 같은 건축에 대한 열정이었다. 그는 평생 독신으로 지냈고 사적인 삶에는 거의 시간을 할애하지 않았으며 그의 삶 전부를 건축에 바쳤다. 1974년 '뮌헨 건축 페어'에서 요셉 비드만은 "황량한 기능적 건물들의 대지 위에 솟아 있는 위무의 오아시스, 단조로운 회색 건물들 사이에서 빛나는 귀중한 보석"이라는 말로 그의 건축에 대해 경의를 표했다. 건축가로서의 그는 한 마디로 '건축의 단테'였다.

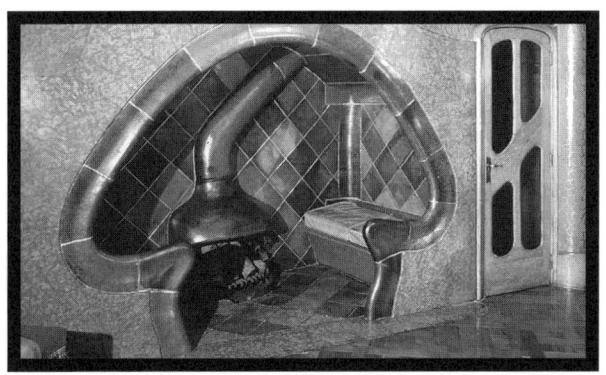

「카사 바트료」의 벽난로.

"나는 나에게 다시 삶이 주어져서 그 삶의 장소를 선택하라고 한다면 가우디의 「구엘 공원」에서 살겠다. …… 한 예술가가 자신의 꿈을 아름답게 표현한 곳에서 산다는 것, 다시 말해서 예술가의 위대한 꿈 속에서 산다는 것처럼 행복한 일이 어디 있으랴"(「김현 예술 기행」에서). 타계한 문학 평론가 김현은 이렇게 말했다. 그러나 가우디의 작품 앞에서 생각이 많아지는 것이 어디 김현뿐이겠는가. 나도 「카사 바트료」의 그 자궁 같은 벽난로 앞에 앉아 생이 다하는 날까지 존재의 오수(午睡)를 즐기고 싶다. 결코 화들짝 놀라 깨는 일 없는 기나긴 꿈을 꾸며 ……. 그러나 꿈은 너무나 깨지기 쉽고, 꿈의 바깥은 언제나 벼랑이다.

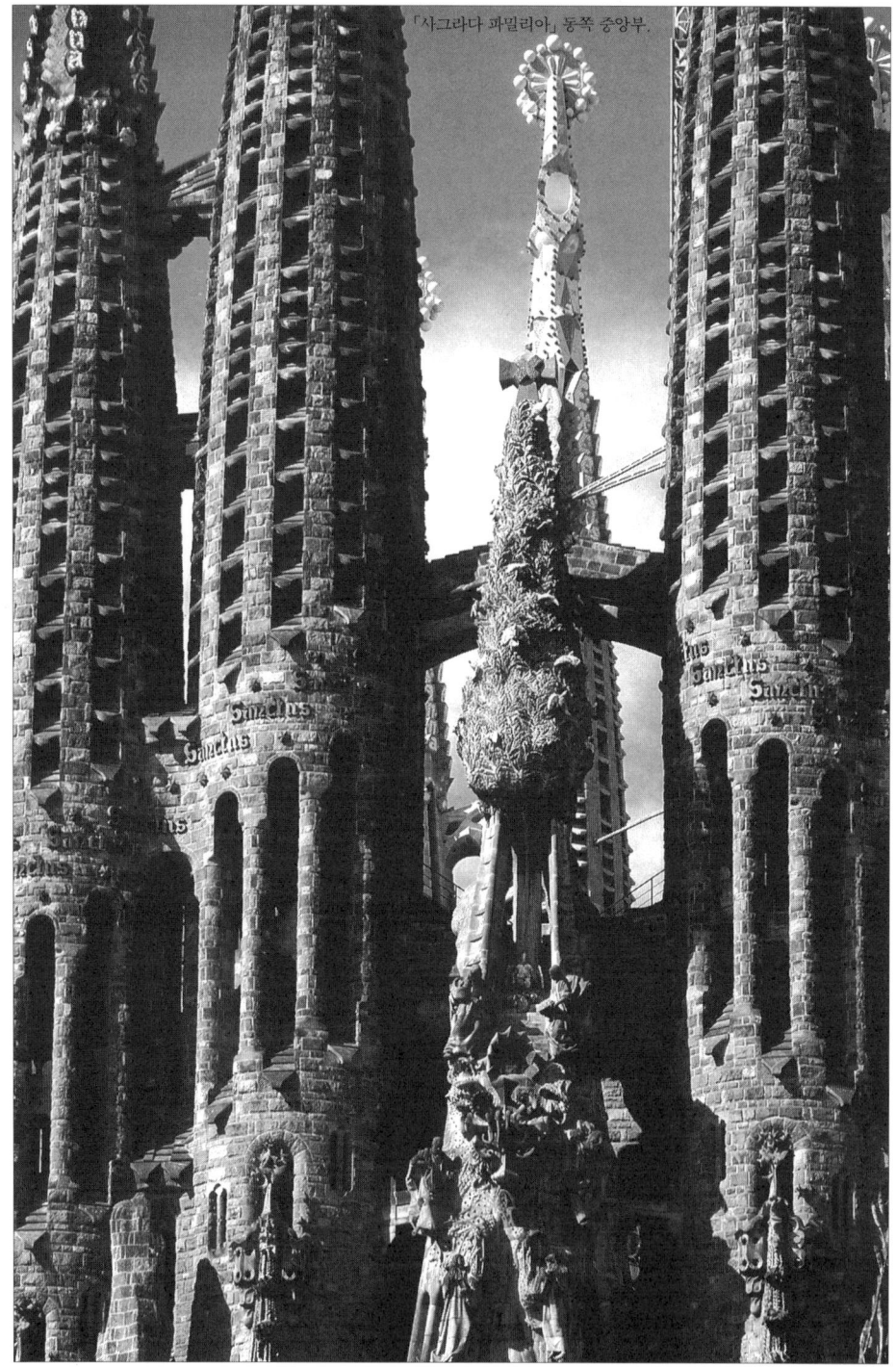

「사그라다 파밀리아」 동쪽 중앙부.

안토니오 가우디 연보

1852년—00세	스페인의 레우스에서 동(銅)세공업자 프란시스코 가우디의 아들로 출생. 병약하고 궁핍한 어린 시절.
1860년—08세	베렌게르 초등학교 입학.
1863년—11세	에스꼬라피오스회 부설 중등학교에서 5년간 수학.
1869년—17세	바르셀로나 대학 이공학부 입학.
1873년—21세	바르셀로나 시립 건축전문학교 입학. 건축가 호세 폰세레의 사무실에서 도제 수업. 사우다데라 공원의 금속제 급수조 설계 담당. 심오한 독창성 누설.
1877년—25세	공예 디자인 콩쿠르에 응모했으나 낙선. 졸업 작품으로 대학 강당 설계안 제출.
1878년—26세	건축사 자격 취득. 바르셀로나 시 가로등 설계. 주택 「카사 비센스」 작업에 착수. 파리 만국박람회에 「마타로 노동자 협동 조합 설계안」 출품. 에우세비오 구엘과의 교유 시작.
1883년—31세	빌라르의 뒤를 이어 「사그라다 파밀리아」 성당 건축의 총감독에 임명. 별장 「엘 카프리초」 작업에 착수.
1884년—32세	「핑카 구엘」 개수 공사.
1886년—34세	「구엘 저택」 설계.
1887년—35세	「아스토르가 사제관」 설계.
1888년—36세	「테레사 학원」 설계.
1892년—40세	모로코의 「프란시스코회 아프리카 본부 건물」 설계.
1898년—46세	「카사 칼베트」 설계.
1900년—48세	「구엘 공원」 작업 시작.
1904년—52세	「카사 바트료」 개축.
1905년—53세	공동 주택 「카사 밀라」 작업 시작.
1910년—58세	파리에서 '가우디전' 개최.
1911년—59세	열병에 걸려 피레네 산맥에서 요양.
1918년—66세	위대한 후원자 에우세비오 구엘 사망.
1926년—74세	산책 도중 전차에 치여 3일 후 사망. 로마 교황청의 특별한 배려로 「사그라다 파밀리아」 성당의 크리프타에 안장됨. 묘석의 명문은 다음과 같음. "안토니오 가우디 코르넷. 레우스 사람. 향년 74세. 모범적 인생을 보낸 인물. 대예술가. 그리고 경이로운 작품인 본 성당의 작가. 바르셀로나에서 생을 마감하다. 1926년 6월 10일. 아무쪼록 이 위대한 인간의 부활을 기대하며, 편안히 잠들기를."
1936년	내전으로 「사그라다 파밀리아」 성당의 크리프타가 파괴되고 가우디의 묘가 파헤쳐짐.
1939년	생전의 지인들의 확인 작업을 거쳐 다시 매장됨.

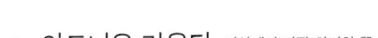

실비아 플라스,

(03)Sylvia Plath(1932~1963)

어떤

삶과 죽음의 풍경

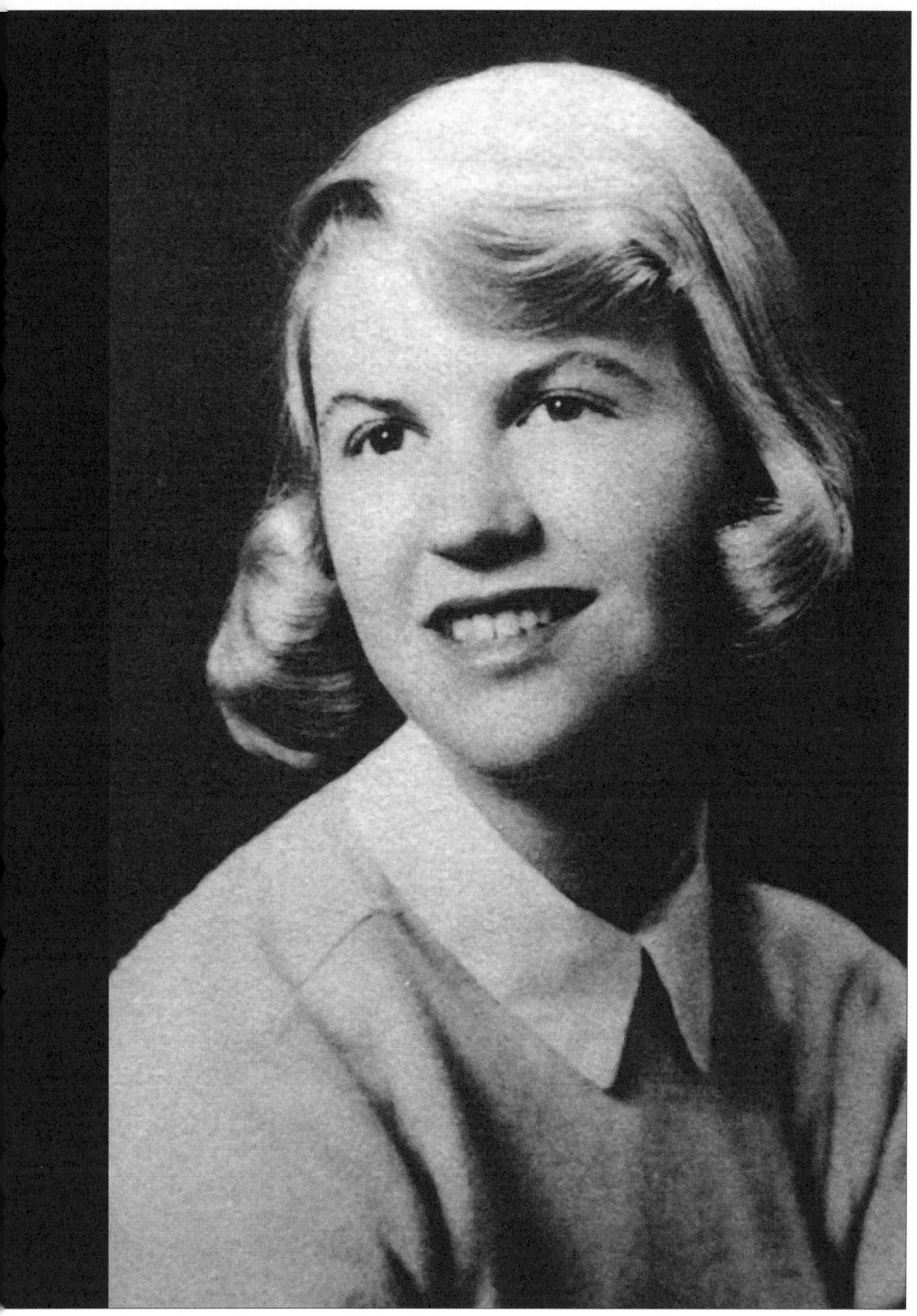

1955년 실비아 플라스의 스미스 대학 졸업 사진.

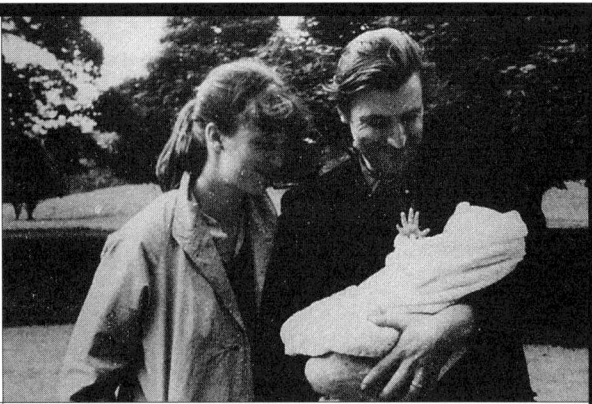

• 위 | 딸 프리다를 안고 있는 테드와 플라스.
1961년에 찍은 사진.
• 아래 | 1962년 영국 데본에서, 실비아가
'두 송이의 장미' 라 불렀던, 딸 프리다와 아들
니콜라스와 함께.

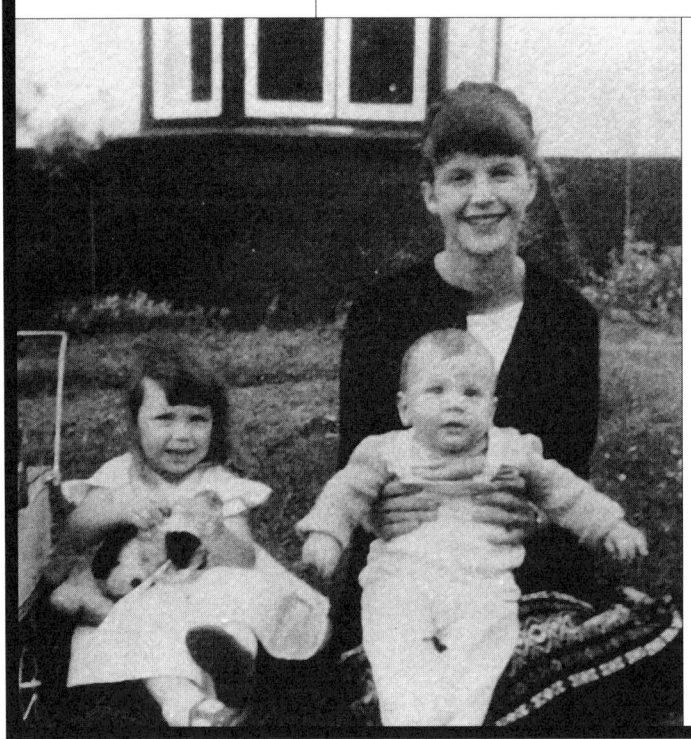

● "문: 왜 실비아 플라스가 도로를 건너갔을까?/답: 다가오는 트럭에 부딪히려고." 1970년대 초 미국의 어느 대학 신문에 게재되었다는 24개의 실비아 플라스 (Sylvia Plath, 1932~63) 수수께끼 중의 하나다. 그 나머지 23개가 무엇인지는 알 수 없지만, 그녀의 자전적 장편 소설 「벨 자」(Bell Jar)를 읽은 사람이라면 이런 종류의 수수께끼는 얼마든지 만들어낼 수 있다. 왜 실비아 플라스는 목욕탕 욕조에 따뜻한 물을 가득 채웠을까? 동맥을 끊고 그 속에 들어가 누우려고. 왜 실비아 플라스는 그 건물의 7층까지 올라갔을까? 떨어졌을 때 여전히 목숨이 붙어 있으면 안 되니까, 등등.

『거상』(巨像, The Colossus) 『에어리얼』(Ariel) 같은 뛰어난 시집의 저자인 한 여류 시인에 대한 사후 모독에 가까운, 짓궂기 짝이 없는 대학 신문의 이러한 희롱은, 그러나 세 번의 자살 기도 끝에 마침내 31세의 나이로 요절한 그녀의 사망 기사가 『타임』지에 대서 특필된 이후 미국 내에서 확산 일로를 걸어온 그녀의 높은 대중적 인기와 지명도를 반영한 것이다. 그녀는 비록 그녀 사후의 일이긴 하지만, 『시선집』(The Collected Poems)으로 퓰리처 상을 수상하기도 한다. 그녀의 삶은 얼핏 보기에, 빠르게 성공으로 치닫다 요절한 전형적인 미국적 신화다. 그리고 그것은 다른 미국적 신화와 마찬가지로 실제 이상으로 부풀려지고 덧칠되고 극화된 감이 짙다. 그러나 그것은 그녀에 대한 부박하고 허황한 신화화에 책임을 물을 일일 뿐, 그녀의 삶이나 문학을 치죄할 일이 아니다. 그녀의 삶과 문학은 '내밀한 인간 경험에 대한 수직적 탐구'라고 할 만한, 두려움을 모르는, 아니 차라리 두려움을 벗삼는, 맹렬하고 치열한 것이었다.

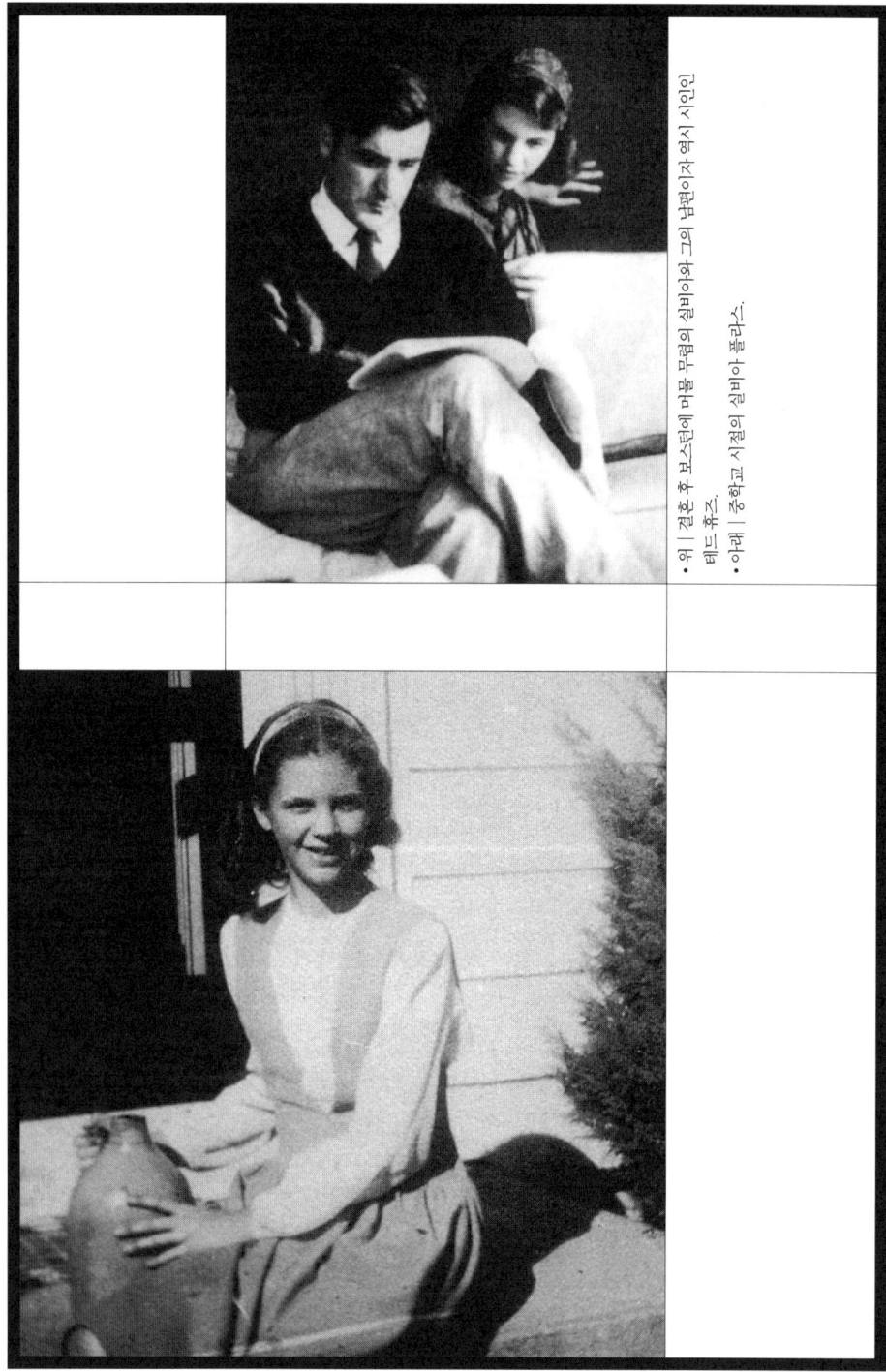

• 위 | 결혼 후 보스턴에 머물 무렵의 실비아와 그의 남편이자 역시 시인인 테드 휴즈.

• 아래 | 중학교 시절의 실비아 플라스.

● 실비아 플라스는 1932년 10월 27일 보스턴에서, 보스턴 대학의 생물학 교수이자 땅벌 연구의 세계적 권위자인 오토 플라스와 교사인 오렐리어 쇼버 사이의 장녀로 태어났다. 보스턴 근처의 해변 도시 윈스롭에서 보낸 행복하달 수 있는 그녀의 어린 시절은, 그녀가 여덟 살 되던 해 갑자기 그녀의 부친이 사망함으로써 때 이르게 막을 내리고, 무방비 상태의 그녀를 기습한 이때의 버림받고 상처받은 느낌, 분노와 슬픔과 상실감은 끊임없이 그녀의 삶에 출몰하며 때로 그녀를 심각한 정신적 위기로 몰아 넣곤 한다. "나는 여덟 살이 될 때까지는 정말 순수하게 행복했었지만 그후 다시는 그렇게 행복하지 못했다." 1952년 이제 스무 살이 된 그녀는 어느날, 잠시 부친의 묘소에 들른 후 집으로 돌아와 모친의 금고에서 정신과 의사가 그녀에게 처방해 준 수면제를 다량으로 빼낸 다음, 모친에게는 "아주 오랫동안 산보하러 나갑니다"라는 알쏭달쏭한 메모를 남겨 놓고는, 아무도 몰래 지하실로 내려가 후미진 구석 장작더미 뒤에 누워 준비해온 수면제를 입 안에 털어 넣는다.

그때까지 그녀의 삶은 외관상으로는 나무랄 데 없이 성공적인 장밋빛 인생이었다. 여덟 살 때 이미 시가 활자화되며 신동 소리를 들었고, 고등학교 재학 중에는 『크리스천 사이언스 모니터』지에 전쟁에 대한 냉소적인 시 「쓰디 쓴 딸기」가 게재되는 등 일찍부터 남다른 시재를 드러냈다. 1950년 「스텔과 댈저스」를 쓴 소설가이자 그녀의 친구이며 후견인인 올리버 히긴즈 프라우티의 장학금으로 대학에 입학한 그녀의 대학에서의 활동은 그야말로 눈부신 것이었다. 그녀는 줄곧 장학금과 '스트레이트 A'를 놓치지 않았고 미국의 대학 우등생 친목 단체인 〈파이 베타 카파〉(Phi Beta Kappa)의 회원이었으며, 시로 '스미스 대학 문학상'을 두 차례나 받았고 『스미스 리뷰』의 편집인으로 활동했으며, 『세븐틴』지에 그녀의 시와 단편 소설이 실리기도 한다. 그뿐만 아니라 1951년 그녀는 뉴욕의 유력한 여성지 『마드모아젤』이 공모한 문학상에 「민튼 가에서의 일요일」이란 소설로 당선되어, 대학 담당 초청 편집인으로 한 달 동안 뉴욕에서 화려한 일정을 보내기도 한다.

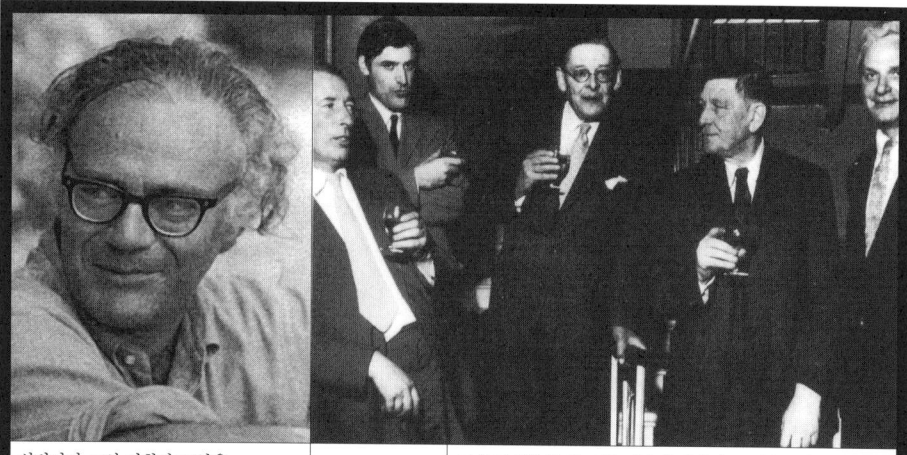

실비아가 그의 시창작 교실을
수강했던, 보스턴 태생 시인이자
문학 평론가인 로버트 로웰.

1960년 6월 함께 모인 영국의 대시인들. 왼쪽부터 루이스
맥니스, 테드 휴즈, T. S. 엘리어트, W. H. 오든, 스티븐
스펜더.

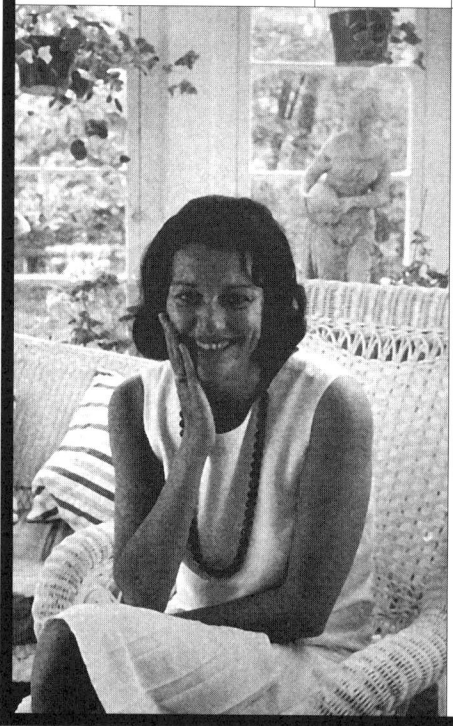

실비아의 친구이자 시인인 앤 섹스턴.

● 그러나 이런 외면적 성공과는 달리 그녀의 내면은 고통과 회의로 가득 차 있었다. 그녀가 신경 쇠약에 걸려 정신병원에 입원하고 끔찍한 전기 충격 요법을 받고 마침내 수면제를 들고 그녀의 집 지하실로 내려간 것은 뉴욕에서 돌아온 후의 일이었다. "나는 창작에 있어서나 사회적, 경제적인 면에서나 한꺼번에 성공의 물결을 타고 부상했다. 그러나 결국 6개월간의 파탄이 뒤따라오고야 말았다." 치밀하게 실천된 그녀의 자살 기도는, 그러나 우연과 기적의 합작으로 무산되고, 그녀는 정신병원으로 되돌아가 '암흑, 절망 그리고 신생(新生)과 정신적 소생의 뼈아픈 고통'을 체험한다. 이후 스미스 대학에 복학하여 성공적인 삶의 항로를 다시 시작한 그녀는, 도스토예프스키 소설에 나타난 이중 인격을 주제로 한 논문으로 스미스 대학을 수석으로 졸업하고, 〈풀브라이트 장학금〉을 받아 1955년 영국의 케임브리지로 유학 길에 오른다.

1956년 그녀는 케임브리지의 한 파티 석상에서 뛰어난 젊은 시인 테드 휴즈(Ted Hughes)를 만난다. 그리고는 몇 달 후 그와 결혼하여 파리에서 스페인에 이르는 긴 여행을 한 후, 그 이듬해 미국으로 건너와 모교인 스미스 대학에서 영문학 강사로 교편을 잡는다. 대학 강단에 선다는 것은 그녀의 오랜 꿈이었고, '스미스 대학에서 한두 명 나올까 말까 한 훌륭한 강사'라는 인정도 받았으나, 그녀는 창작에 매진하기 위하여 이내 교직 생활을 청산하고, 앤 색스턴과 함께 보스턴 대학에서 로버트 로웰의 시 강의를 청강하며 '태양을 숫돌 삼아 몸을 갈아, 날카로운 칼날처럼 성스럽고 얇고 가장 근본적인 어떤 것'으로 만들려는 노력을 계속한다. 남편 테드가 구겐하임 창작기금을 받은 해인 1959년, 두 내외는 미국 전역을 여행한 뒤 다시 영국으로 건너가 런던에 자리를 잡는다. 그 이듬해인 1960년 첫딸 프리다가 태어나고, "마치 곁눈질로나 볼 수 있는 어떤 것으로부터 끊임없이 협박당하고 있는 듯한 위협감" 앞에 취약하게 노출된 한 자아의 불안이 흐르는 그녀의 첫 시집 『거상』이 마침내 윌리엄 하이네만 출판사에서 출간된다.

● 그녀는 이엉으로 지붕을 엮은 시골 저택을 구입하여 데본으로 이사한 후 창작 지원금을 얻어내 '자신의 과거로부터 벗어나기 위한 시도'로서 장편 소설 「벨 자」(The Bell Jar ; 화학 실험 등에 쓰이는 밑이 뚫린 투명한 종 모양의 유리병)를 집필하면서, 또 한편으로는 가정 주부로서 아이를 양육하고 남편을 내조하는 일에 전력을 다한다. 그러던 어느 날 그녀는 자동차를 몰고 가다 무작정 길 밖으로 방향을 돌려 두번째 자살을 시도한다. 어린 시절에 불시에 찾아든 부친의 죽음을 경험한 이후, 그녀에게 '성인'(成人)이란 '살아남은 사람'(survivor)을 뜻했으며, 자살이란 일종의 부활과 소생의 의식, 그녀에게 그녀 자신만의 삶의 자격을 부여해 주는 하나의 '성인식' 같은 것이었다. 이번에도 그녀는 살아남았으나 그것은 그녀가 살아넘긴 또 하나의 죽음이었을 뿐이었다. "나는 다시 한 번 그걸 해냈다 / 십 년에 한 번씩 / 나는 그걸 용케도 해낸다 // 일종의 살아 있는 기적…… / 내 나이 겨우 서른 / 그리고 고양이처럼 나는 아홉 번을 죽어야 한다." (「라자로 부인」 중에서)

1962년은 그녀에게는 힘든 해였다. 한 차례 유산을 하고 맹장 수술을 받고 난 후 힘들게 얻은 아들 니콜라스가 그녀에게 기쁨을 안겨 주기는 했지만, 아일랜드를 여행하고 돌아온 후 남편과 별거에 들어가면서 그녀의 삶은 한층 더 버거워졌다. 그녀는 여름 내내 독감과 고열에 시달리면서 어린 두 아이를 돌보고, BBC 방송국에 통근하고, 런던에서 살 집을 물색하고, 그녀의 내면에서 이글거리는 창작욕에 쫓기며 힘겨운 삶을 영위한다. 그 해 겨울, 런던에는 150년 만의 최대 한파가 밀어닥쳤다. 길가의 차들이 선 채로 얼어붙고, 전기가 끊기고 수도 파이프가 얼어 터지는 그 혹독한 겨울에, 그녀는 그녀가 어렵게 찾아서 세를 낸, 시인 예이츠가 살던 집에서, 그 언젠가 부친이 사망했을 때처럼 홀로 이 지상에 버려진 채, 병과 우울과 외로움과 추위에 시달리며, 새벽마다 "아기 울음 소리도, 우유병을 정리하는 우유 배달부의 유리 음악도 아직 시작되기 이전, 여전히 푸르스름한, 영원에 가까운 그 시각에" "아빠, 아빠, 너 개자식, 이젠 끝장이다" 같은, 시가 아니라 차라리 '폭행이나 구타'라고 해야 할, 죽음의 그림자가 질척거리는 격렬하고 비극적인 시들을 써낸다.

● 1963년 2월 11일 월요일 아침 여섯 시경, 그녀는 먹을 것을 마련해 아이들 방에 갖다 놓고는 부엌으로 건너가 타올로 문틈과 창문틈을 꽁꽁 막은 뒤 가스 밸브를 틀어 놓고 부엌 바닥에 길게 눕는다. 당시의 여러 가지 정황은 그녀의 진짜 의도가 무엇이었는지를 의심하게 만든다. 그녀는 자신의 시에서 "두 송이의 장미"라고 표현했던 두 아이를 끔찍하게 사랑했고, 더구나 두 아이의 운명이 전적으로 그녀 손에 달려 있었으며, 술렁거리는 문단의 평판 등으로 자신이 빚어내고 있는 문학이 만만치 않은 것이라는 걸 어렴풋하게나마 인식하고 있었다. 또한 파출부 아가씨가 그날 아침 9시에 오기로 되어 있었으며, 아래층에 사는 늙은 화가가 아침 일찍 일어난다는 것을 그녀는 잘 알고 있었다. 그러나 귀가 먹은 늙은 화가는 그날 따라 보청기를 끼지 않고 잠자리에 들었으며 게다가 그녀의 부엌에서 흘러 내려온 가스로 기절하는 바람에 파출부 아가씨는 열리지 않는 현관문을 두드리며 우왕좌왕할 수밖에 없었다. 수도 배관공들이 도착하여 11시가 넘어서야 겨우 그녀의 집 문을 부수고 들어갔을 때, 그녀는 이미 생사의 경계를 넘어서고 있었다. 손에는 "제발, 의사를 불러 주……"라는 글과 의사의 전화번호가 적힌 쪽지를 쥔 채.

"여인은 완성되었다 / 그녀의 죽은 // 몸뚱아리는 성취의 미소를 걸치고 있다 / 어느 그리스인의 숙명의 환상이 // 그녀가 입은 주름잡힌 토가 속에 흘러내리고 / 그녀의 맨발이 // 말하고 있는 듯하다 / 자, 우리, 멀리도 왔구나, 이젠 끝났다." 「끝모서리」 중에서

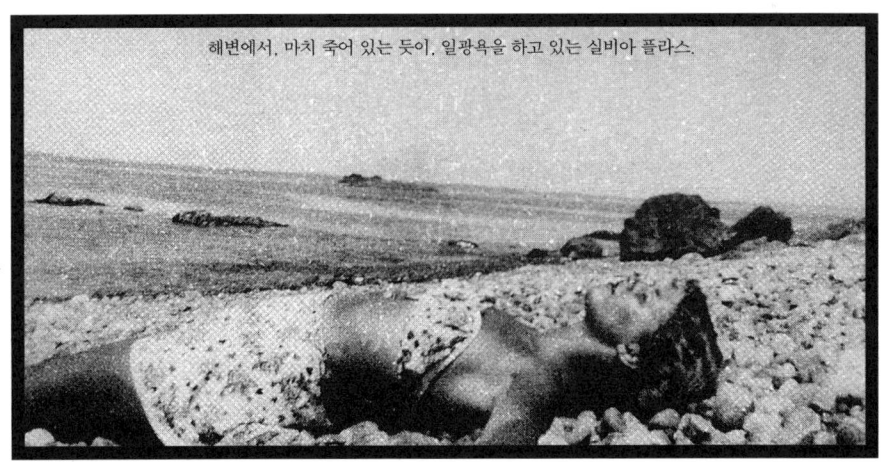

해변에서, 마치 죽어 있는 듯이, 일광욕을 하고 있는 실비아 플라스.

● 그녀는 자신의 삶을, 빠져나갈 구멍도 없고 공기도 통하지 않는 '벨 자' 안에서의 삶이라고 생각한 듯하다. 그녀는 "죽은 아이처럼 성장을 멈춘 채 벨 자 안에 갇혀 있는 사람에게는 이 세상 자체가 악몽이다"라고도 썼고, "나는 자신이 없었다. 언젠가 대학에서, 유럽에서, 어디에서든지 이 숨막히는 벨 자가 다시 나를 덮치지 않으리라고 어떻게 확신할 수 있겠는가"라고도 썼다. 그녀에게서 생명의 대기를 앗아간 그 벨 자는 과연 무엇이었을까? 환한 생의 미소가 가시기도 전에 느닷없이 뒤통수를 때리는 잔인하고도 가혹한 죽음의 그림자? 아니면 어처구니없을 정도로 어리석고 부조리하고 폭력적인 이 세계? 그것도 아니면 영혼의 자유를 주고 사야 하는 그 초라하고 아늑한 실존? 이 지상에서의 삶이 기막히게 행복하고 즐거울 시인은 없다는 말로, 무책임하게, 대답을 대신해두자.

그녀는 자신의 목숨을 유린하는 '벨 자'와 바로 그 목숨을 걸고 도박판을 벌여 두 번은 이겼지만 세번째는 이기지 못했다. 가장 무시무시한 내깃돈을 잃고 말았던 것이다. "죽음이 감히 우리에게 찾아오기 전에 우리가 먼저 그 비밀스런 죽음의 집으로 달려들어간다면 그것은 죄일까?"라고 셰익스피어는 말했다. 그것이 죄인지 아닌지를 판단하기는 어렵다. 그러나 목숨을 누리고 있는 이상, 산 자가 죽음 너머를 넘보는 일은 삼갈 일인 성싶다. 왜냐하면 영화 「라임라이트」에서, 잊혀지고 한물 간 왕년의 대희극 배우로 분한 찰리 채플린이, 가난과 무명과 기회 없음을 슬퍼하며 자꾸 죽으려고만 하는, 아래층에 사는 한 젊고 아름다운 발레리나에게 한 말처럼, 언젠가는 우리를 찾아올 죽음을 피할 수 없는 것처럼, 삶도 피할 수 없는 것이기 때문이다.

실비아 플라스 연보

1932년—00세	미국 보스턴에서 출생.
1940년—08세	부친 사망. 보스턴 교외의 보수적인 중산층 도시 웰슬리로 이사.
	개머리얼 브래드포드 고등학교 재학. 습작 시작.
1950년—18세	장학금으로 스미스 대학 영문과 입학.
1951년—19세	『마드모아젤』지의 초청 편집인으로 뉴욕에 체류.
1952년—20세	음독 자살 기도. 정신병원 입원.
1954년—22세	하버드 대학 하계학교에서 독문학 공부.
1955년—23세	스미스 대학 수석 졸업. 풀브라이트 장학금으로 케임브리지에서 1년간 수학.
1956년—24세	영국 시인 테드 휴즈와 결혼.
1957년—25세	미국으로 귀국. 스미스 대학 영문과 강사로 재직.
1958년—26세	스미스 대학 사직. 보스턴 대학에서 로버트 로웰의 시강의 청강.
1959년—27세	미국 전역을 여행한 후 영국행.
1960년—28세	딸 프리다 출생. 첫 시집 『거상』 출간.
1961년—29세	데본으로 이사. 〈유진 섹스턴 연구원〉으로부터 창작 지원금을 얻어내 장편 소설 「벨 자」에 착수.
1962년—30세	아들 니콜라스 출생. 아일랜드 여행. 남편과 별거에 들어감. 두 아이와 함께 런던으로 이사.
1963년—31세	빅토리아 루카스(Victoria Lucas)란 필명으로 『벨 자』 출간. 추위와 외로움과 상실감에 시달리며 폭발적인 시 창작. 2월 11일 아침, 가스 자살로 자신의 삶을 중단함. 유고 시집 『에어리얼』(1965), 『물을 건너며』(1971), 『겨울 나무들』(1972) 출간됨.

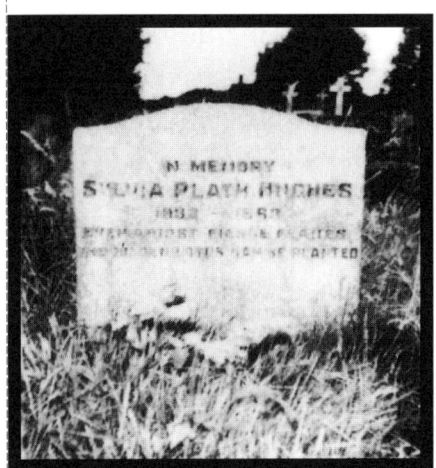

영국 요크셔에 있는 실비아 플라스의 묘비. "불꽃처럼 격정적인 삶을 살면서도 황금빛 수련을 꽃피운 실비아 플라스 휴즈를 기념하며" 라는 비명이 새겨져 있다.

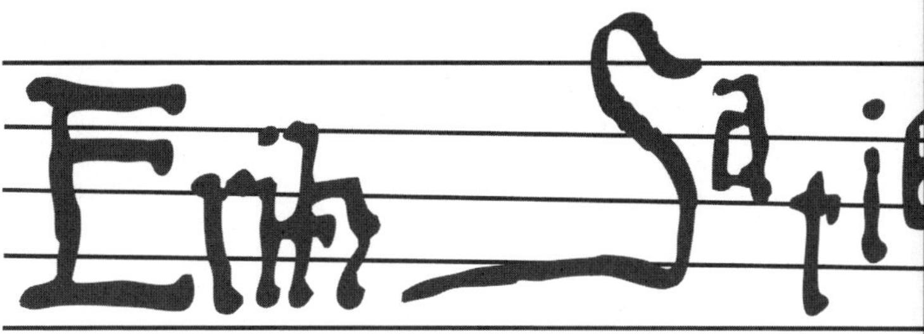
Erik Sati

에릭 사티,

(04) Erik Satie(1866~1925)

너무 낡은 시대에 너무

젊게 이 세상에 오다

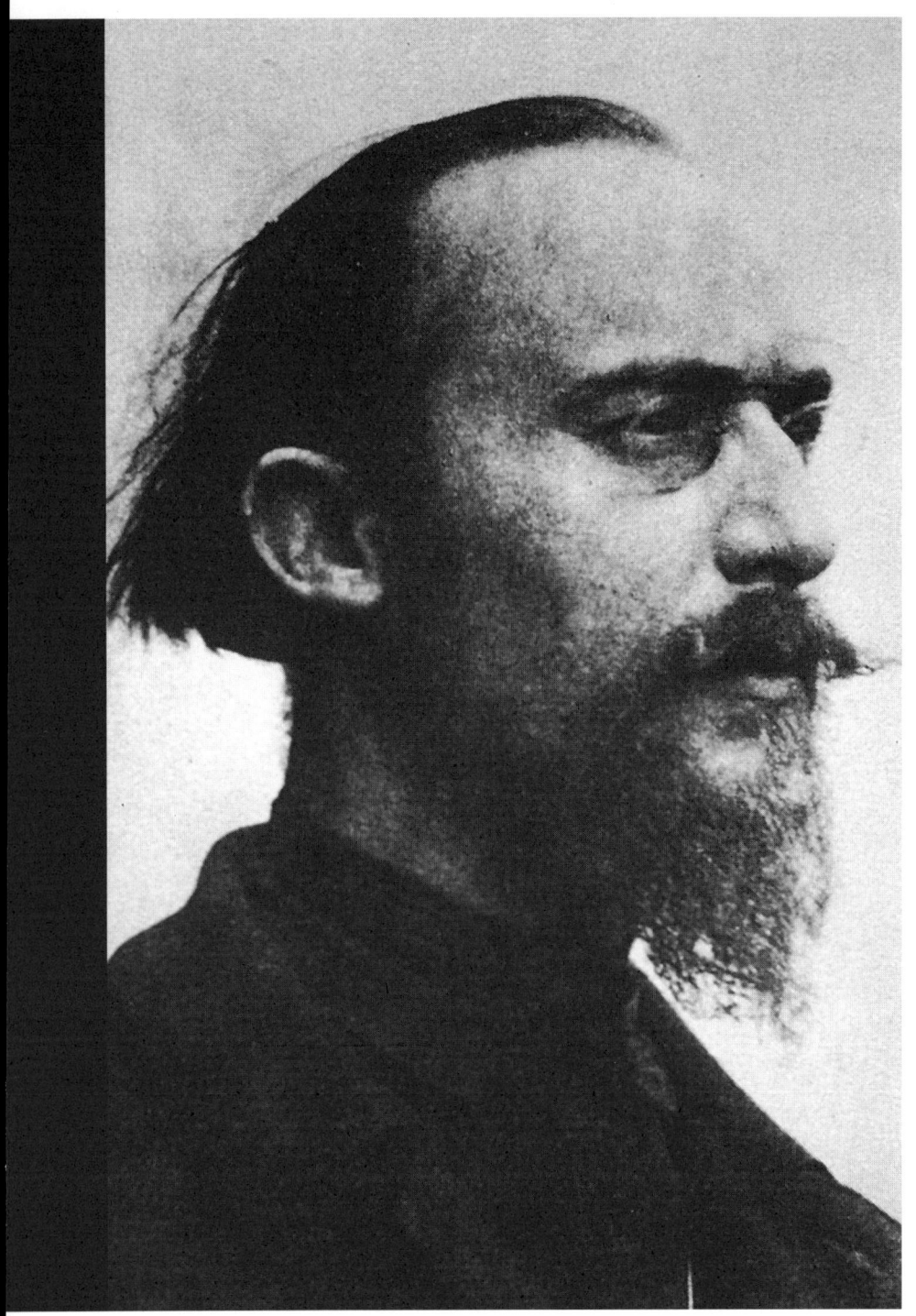

'코 안경을 걸치고 염소 수염을 기른' 에릭 사티.

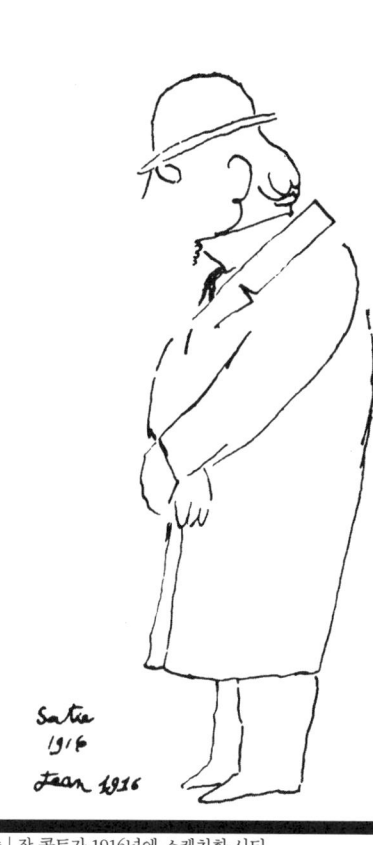

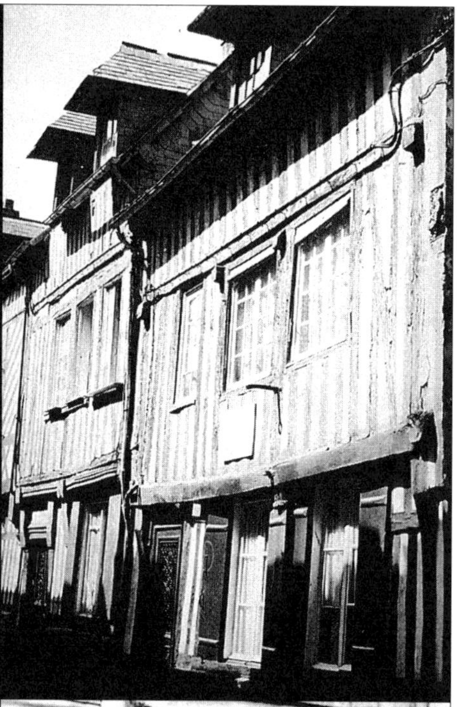

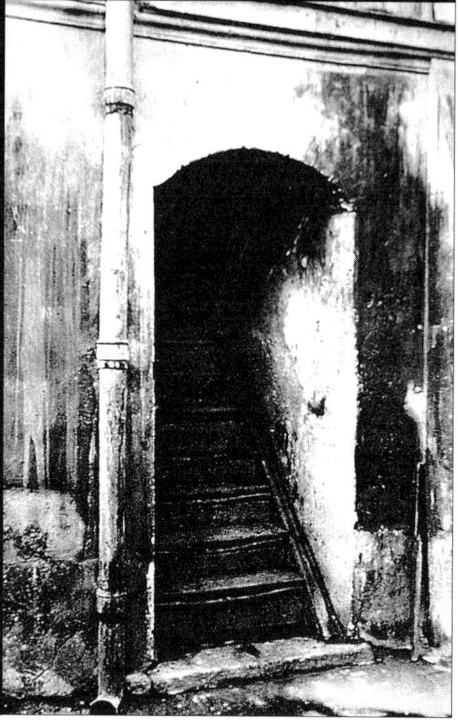

- 왼쪽 | 장 콕토가 1916년에 스케치한 사티.
- 오른쪽 위 | 노르망디 옹플뢰르에 있는 사티의 생가.
- 오른쪽 아래 | 사티가 살았던 파리 교외 아르쾨유의 누추한 거리에 있는 집. 조각가 브랑쿠시가 찍었다.

너무 낡은 시대에 너무 젊게 이 세상에 오다

● "저녁마다 그들은 수프를 먹고는 바닷가로 파이프 담배를 피우러 갔다. 담배 냄새 때문에 물고기들이 재채기하곤 했다. 이 황량한 섬에서 로빈슨 크루소는 조금도 즐겁지 않았다. '여긴 정말 너무 황량해.' 그는 말했다. 그의 흑인 하인 프라이데이도 같은 생각이었다. 그는 제 선량한 주인에게 말했다. '그래요, 주인님. 황량한 섬이에요. 여긴 정말 너무 황량해요.' 그리고는 커다랗고 시커먼 그의 머리를 설레설레 흔들었다."

안느 레(Anne Rey)의 사티 평전인 『에릭 사티』는 이렇게 다니엘 데포의 「로빈슨 크루소」에서 한 대목을 인용하면서 시작되고 있다. 사티 생전에 그 집에 들어가본 사람은 아무도 없었다. 스스로 '상아탑'이라고 이름 붙인, 파리 교외 아르쾨유의 누추한 거리 중심에 있는 한 건물의 3층에 위치한 자신의 거처에서 그는, 그 누구의 방문도 허용하지 않고 죽기 전까지 27년간을 혼자 고독하고 가난하게 살았다. 그의 사후에 비로소 사람들이 그의 집에 들어가 발견한 것은, 굳게 봉해진 창문(이웃에 사는 호기심 많은 한 부인네가 망원경으로 자주 염탐하는 바람에 봉해 버렸다고 한다)과 구석구석에 쳐진 을씨년스런 거미줄과 고장난 피아노 뚜껑 밑에 감춰진 쓰레기들과 집 안을 가득 메운 잡동사니들이었다.

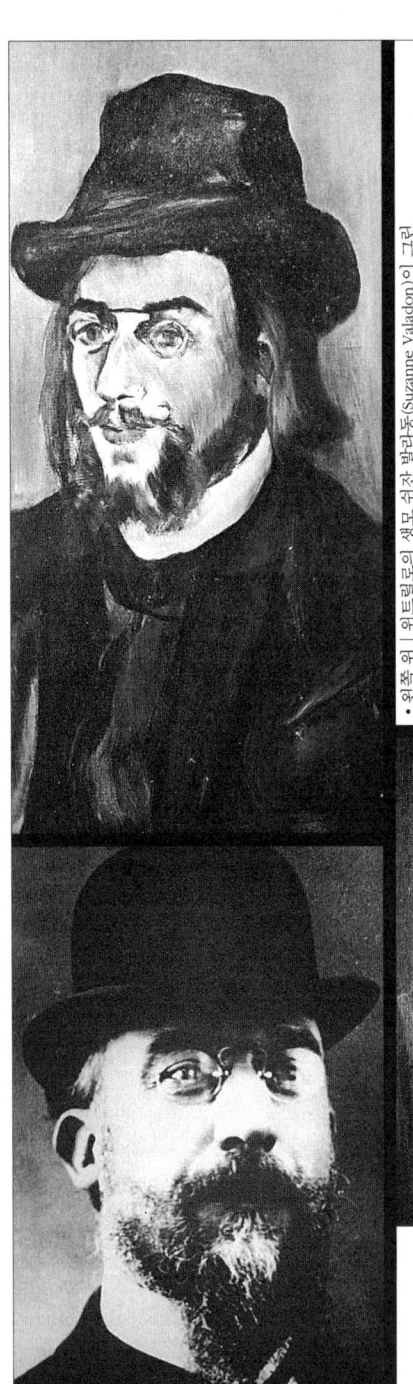

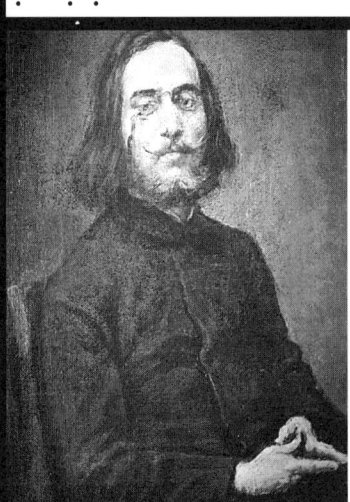

- 왼쪽 위 | 위트릴로의 생모 쉬잔 발라동(Suzanne Valadon)이 그린 사티의 초상.
- 왼쪽 아래 | 1910년경의 사티.
- 오른쪽 | 데부탱(Desboutin)이 그린 사티의 초상.

● 드뷔시, 라벨과 같은 동시대 거장들에게 깊은 음악적 영향을 주었고, 장 콕토, 피카소, 피카비아, 르네 클레르 같은 시인, 화가, 영화 감독 등과 어울려 당대의 미학적 운동을 선도하면서 혁신의 물꼬를 트는 데 결정적인 기여를 했으며, 전후에는 프랑스의 젊은 작곡가 그룹인 〈6인조〉(Les six)와 〈아르쾨유 악파〉(l'Ecole d'Arcueil)의 정신적 지주로 추앙되었고, 사후에는 미국의 전위 음악가 존 케이지(John Cage)에 의해 현대 음악의 선구자로 존중받은 이 20세기 음악계의 이단적 존재 에릭 사티(Erik Satie, 1866~1925)의 내면을 관류하고 있었던 것은, 자신의 재능에 대한 긍지와 자부 대신에 끔찍한 고독이었다. 끊임없는 음악적 실험과 기행과 떠들썩한 스캔들로 점철된 그의 삶의 외적 드라마에 의해 가려진 그의 내실(內室)은, 저 무인지경의 '황량한 섬'과 다를 바가 없었다. 로빈슨 크루소에게는 프라이데이라도 있었으나 그에겐 아무도 없었다. 일급의 예술가들이 그의 주위에서 명멸했고, 많은 젊은이들이 그를 추종했으나, 그는 언제나 혼자였다. 그는 해학과 조롱과 익살로 그 음울한 내부를 가리고 스스로 택한 가난과 고립 속에서 쓸쓸하게 살다 죽어갔다. "나는 완전히 혼자다. 고아처럼 혹은 고독한 벌레처럼."

그의 음악을 듣는다. '시간의 간격'에 대한 강렬한 인식 위에 구축된 음들이 공간 속으로 툭툭 던져진다. 그 음들은 언제나 표현의 문턱에서 아슬아슬하게 멈추어 선다. 화려한 색채도 떨리는 격정도 없고, 차이코프스키식의 감상성도 바그너식의 감각의 극단적 표현도 없다. 평이한 구성과 단순한 형식에 실려 전개되는 순수하고 투명한 음의 세계. 반(反)바그너리즘, 반(反)표현주의, 반(反)인상주의, 이러한 것들이 사티 음악의 강령들이었다. 그의 음악은 음악사적으로는 드뷔시와 라벨 사이에 있었고, 양식사적으로는 낭만주의와 인상주의에서 벗어나 신고전주의로 가는 길 속에 서 있었다. 음악이 끝난다. 뚜렷한 인상이 잡히지 않는다. 이상한 허탈감에 사로잡힌다. 다시 듣는다. 아, 이런 음악이었던가.

발레극 「금일휴관」(Relâche, 1924년)의 작곡 노트.

● "나는 1866년 5월 17일 노르망디의 옹플뢰르에서 태어났다. 옹플뢰르는 센 강의 시적인 물결과 영불 해협의 거친 파도가 동시에 밀려오는 아주 작은 도시였다." 그의 모친은 영국 태생의 개신교도였고, 부친은 가톨릭교도로 해운 중개업을 하고 있었다. 1872년 온 가족이 파리에 정착한 후 모친이 사망하자 그는 조부모에게 맡겨져 옹플뢰르의 기숙학교에 넣어진다. 그러나 학교는 일찍 모친을 여의고 가족에게서 떨어져 나온 이 우울한 소년의 외로움을 달래 주지 못했고 따라서 그는 점차 반항적이고 게으른 소년으로 변해 갔다. 자주 드나들던 생트 카트린느 교회의 오르가니스트인 비노(Vinot)로부터 받은 피아노 레슨이 그에게 유일한 위안이 되어 주었다.

13세가 되던 해인 1879년 부친이 피아니스트 바르넷슈 부인과 재혼함으로써 파리로 상경한 그는 파리 음악원(Paris Conservatoire)에 입학하게 된다. 라비냐크(Albert Lavignac) 등으로부터 피아노, 화성학, 솔페지오(solfeggio ; 계이름을 사용하는 성악 연습) 등을 배웠으나 그는 이내 감옥같이 어두운 건물들과 엄격하고 경직된 아카데미즘에 염증을 느꼈다. "그곳은 내적인 즐거움도 외적인 즐거움도 없고, 오직 음습하기만 한 곳이었다." 시인 콩타민느 드 라 투르(Contamine de la Tour)가 그의 삶에 들어온 것도 이 무렵이었다. 사티는 그의 영향을 받아 플로베르의 소설을 탐독하고 바흐 · 쇼팽 · 슈만의 음악에 심취했으며, 노트르담 사원에서 시간을 보내고 국립도서관에서 고딕 예술을 연구하기도 하면서 학교와는 동떨어진 생활을 영위한다. 학교 수업을 등한시하고 밖으로만 나돌던 그는 마침내 1886년 파리 음악원을 자퇴하고 새로운 활력과 모험을 찾아 보병으로 군에 입대한다. 그러나 그는 자신이 고약한 감옥에서 또 다른 감옥으로 옮겨 앉았을 뿐이라는 사실을 재빨리 깨달았다. 어느 몹시 추운 겨울 밤, 그는 벌거벗고 살을 에는 듯한 혹독한 바람 속을 활보한다. 이로 인해 그는 폐충혈에 감염되었고 그 덕분에 제대가 허락되면서 마침내 몽마르트르의 저 자유로운 대기 속으로 던져지게 된다.

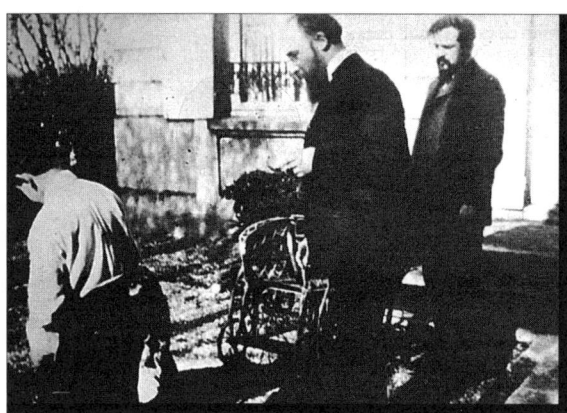

드뷔시 집에서의 사티(가운데), 오른쪽이 드뷔시.

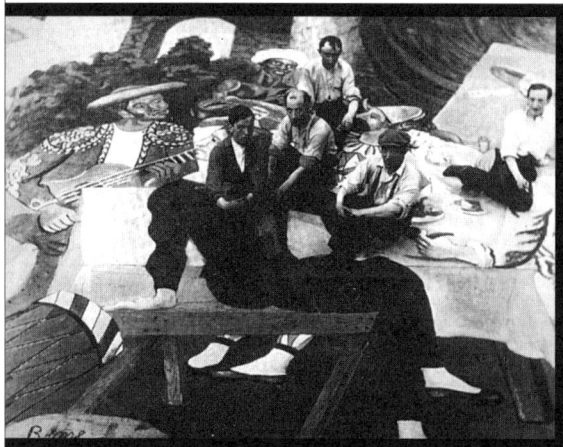

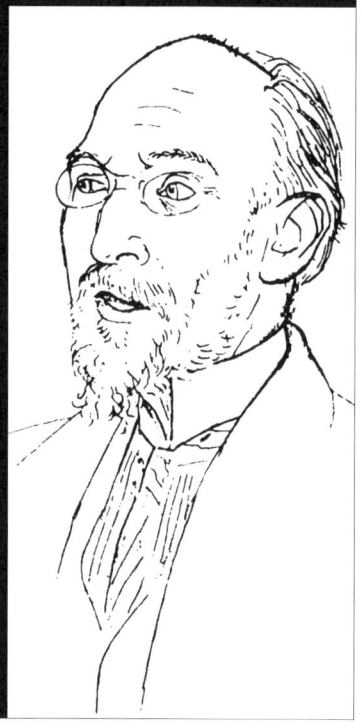

• 왼쪽 | 사티가 음악을 맡았던 발레극 「파라드」(Parade : 사열, 열병)의
무대를 만들었던 피카소와 미술진들.
• 오른쪽 | 피카소가 그린 사티의 초상.

● "나는 여기서 내 인상을 설명하고 싶어 입이 근질근질할 지경이다. 짙은 밤색의 머리털과 눈썹, 회색눈(아마 흰색이 섞여 있을 것이다), 넓은 이마, 높은 코, 보통 크기의 입, 큰 턱, 신장 1미터 67센티미터. 상당히 짧은 청소년기를 보낸 후, 나는 그럭저럭 보통의 젊은이가 되었다. 그 이상은 아니었다. 내가 비로소 사유하고 음악을 쓰기 시작한 것은 내 삶의 바로 이 시기부터였다." 파리로 돌아온 그는 집을 나와 코르토 가에 거처를 정하고 자신의 비순응적인 기질과 조화를 이룰 수 있는 삶, 즉 예술가로서의 삶을 시작할 준비를 한다. 그는 생계를 잇기 위해 몽마르트르에 있는, 예술가들의 집결지인 유명한 카바레 '흑묘'(黑猫)에서 피아니스트로 일하면서 이 보헤미안들과 삶의 위험과 가난 그리고 미학적 비타협을 공유한다. 그리고 지체없이 그의 작품 중 오늘날 가장 많은 사랑을 받고 있는 피아노곡들, 「오지브」(Ogives) 「사라방드」(Sarabandes) 「짐노페디」(Gymnopédies) 「그노시엔」(Gnossiennes) 등을 작곡하면서 서서히 그 심오한 독창성을 누설하기 시작한다.

그는 봉두 난발에 펠트 모자를 쓰고 코 안경을 걸치고 염소 수염을 기르고 큰 나비 넥타이를 맨 모습으로 몽마르트르를 휘젓고 다니며 폭음을 했고 엉뚱하고 기발한 행동으로 주위 사람들을 놀라게 했으나, 그것이 필사적으로 자신의 내면을 감추려는 광대 놀음이라는 것을 헤아리는 사람은 없었다. 사람들이 '벽장'이라고 놀렸을 정도로 옹색하고 비좁은 숙소에 기거하며, 모든 것에 경이를 느끼면서 즐거이 카바레와 선술집을 드나들었으나, 그는 또한 노트르담 사원의 궁륭(穹窿;돔) 아래도 떠나지 않았다. 그는 미사에 꼬박꼬박 참석했으며, 그레고리안 성가에 젖어들었다. 그리고 조세핀 펠라당(Josephin Péladan)이라는 기묘한 인물과의 만남을 계기로 이른바 '신비주의적인 사티'(1885~95)의 모습을 확정한다.

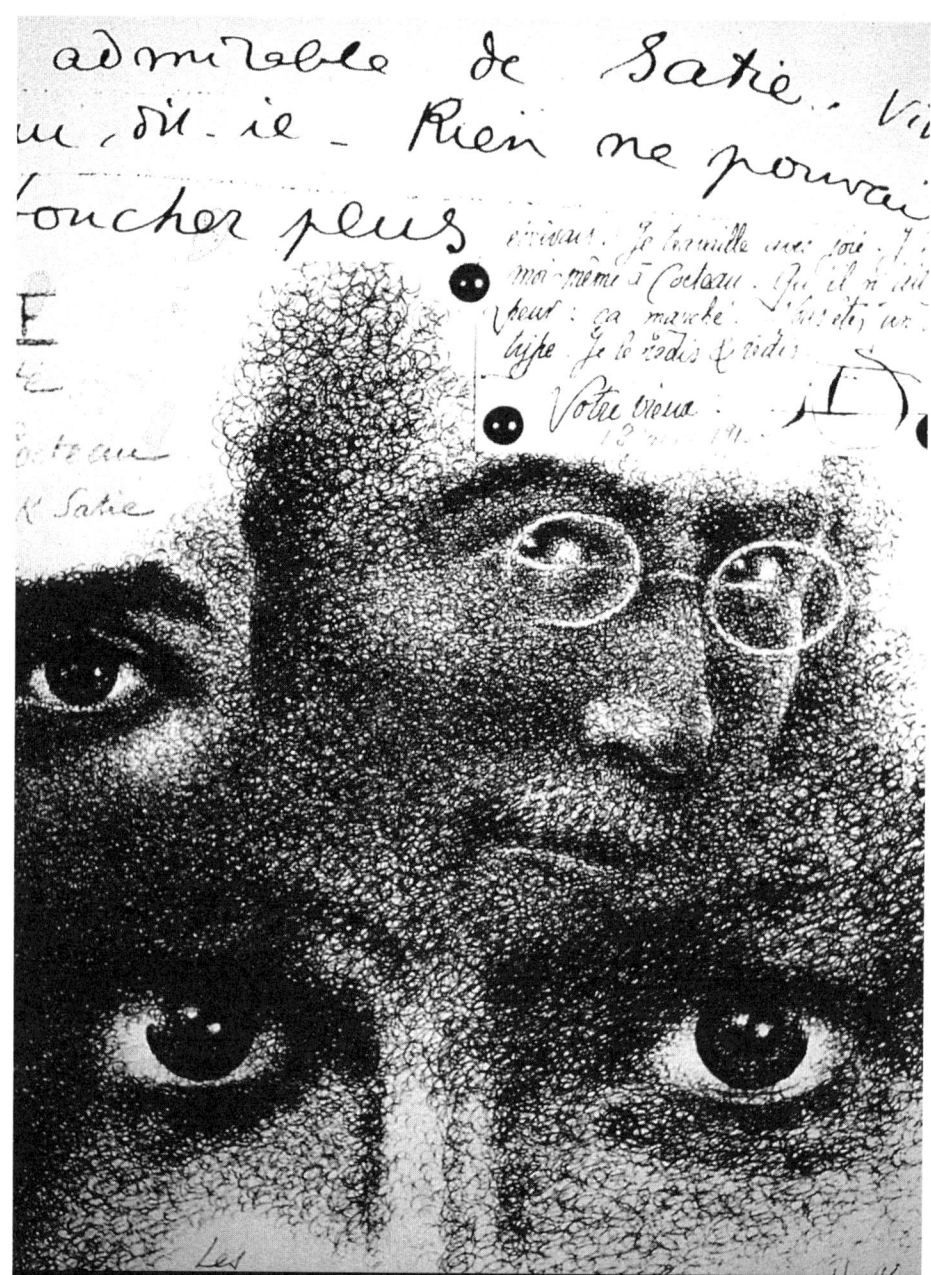

발랑틴 위고가 그린, 발레극 「파라드」의 공동 작업자들 중의 사티.

● 일명 '사르'(Sâr)라고도 불리는 조세팽 펠라당이라는 사내는 신비주의와 관능성을 결합한 「양성인」(兩性人)과 「최상의 악덕」 같은 소설을 쓴 작가였으며, 문인과 화가들을 규합해서 〈미학적 장미 십자단〉이란 걸 창설하고 그 교조 노릇을 하고 있었는데, 사티도 회원으로 끌어들였다. 신규 회원은 다음과 같은 서약을 해야만 했다. "나는 예술과 신비를 통하여 미를 추구하고 찬양하고 사랑할 것을 내 영원한 생성을 걸고 맹세하노라. 또한 어떠한 위험에도 굴하지 않고 미를 현양하고 미에 봉사하고 미를 옹호할 것이며, 미의 이상에 내 마음을 바치기 위해 관능적 사랑으로부터 내 마음을 지킬 것이며, 그것의 조야한 이미지에 불과할 뿐인 여인에게서 결코 시를 구하지 않겠노라." 그러나 불과 1년이 채 못 되어 사티는 잡지에 공개 서한을 보내 그에게 작별을 고하고 미학적 독립을 선언했지만, 이 시기에 「장미 십자단의 종소리」와 「별들의 아들」(펠라당의 동명의 희곡을 위한 부수 음악)을 작곡했다. 그리고 「가난한 자들의 미사」를 마지막으로 '신비주의적인 사티'의 시기는 막을 내린다.

이 최초의 음악적 분출의 시기에 드뷔시와의 오랜 우정도 시작되었다. '흑묘'에서 일하다가 옮겨간 카페 '오베르주 뒤 클루'에서 두 사람의 상봉은 이루어졌다. 드뷔시의 인상주의와 사티의 반(反)인상주의는 결코 양립할 수 없는 것이었음에도 불구하고 두 사람의 관계는 오래 지속되었다. "둘을 보노라면 마치 아주 상이한 조건에 놓인 두 형제를 보는 것 같았다. 한 사람은 부유했고, 한 사람은 가난했다. 한 사람은 개방적이긴 했으나 지나치게 자신의 우월성을 내세웠고, 또 한 사람은 어릿광대의 분장으로 자신을 숨긴 불행한 인간이었다"(루이 라로이). 스스로 자신을, '가난 씨'(Mousieur le Pauvre)라고 불렀던 사티는 매주 점심을 대접받으러 드뷔시의 집에 가곤 했다. 드뷔시는 사티보다 네 살 위였고 이미 유명한 음악가였지만 사티의 영향하에서 당시 프랑스 전 예술계를 휩쓸고 있던 바그너의 미학으로부터 결정적으로 이탈할 수 있었다. 사티가 준 이러한 영향에 대해 드뷔시는 「짐노페디」 두 곡을 관현악으로 편곡해서 사의를 표명하기도 했다.

● 펠라당과 결별한 후 사티는 〈예수님이 인도하시는 예술의 메트로폴리탄 교회〉를 설립하여 시대의 심미적 · 도덕적 타락을 경고했으며, 교향악단 〈라무르〉의 정기 연주회에 뛰어들어 주먹다짐을 벌이기도 하고, 〈예술원〉에 입후보했다가 낙선하자 생상스에게 결렬한 항의 서한을 보내기도 하는 등 갖가지 기행을 연출하면서 점차 절망 속으로 빠져든다. 또한 그는 자신이 지금까지 의탁해 온 신을 '무능하고 어리석은 노인'이라고 규탄하기도 한다. 세기말이었다. 그는 새로운 생활을 시작하기로 결심하고 아르쾨유로 거처를 옮긴다. "삶은 내게는 너무나 견딜 수 없는 것이어서 나는 내 영지 속에 은둔하기로, 상아탑 속에서 혹은 또 다른 철옹성 속에서 내 나날들을 보내기로 결심했다. 나는 이렇게 해서 염세적 태도를 지니게 되었고 우울증이 깊어 갔으며 납빛을 한 음울한 인간으로 변해 갔다."

이러한 내적 위기와는 대조적으로 익살스럽고 유머러스한 그의 음악의 두번째 진화 단계인 '해학적인 사티'(1897~1915)의 시기가 도래한다. 그는 '조롱의 시대'가 도래했다고 외쳤다. 이 시기에 작곡된 그의 곡들은 하나같이 기발하고 야유적이며 우스꽝스러운 제목을 가지고 있다. 「차가운 작품들」 「배(梨) 모양을 한 세 개의 소품」 「한 마리 개를 위한 물렁물렁한 진짜 전주곡」 「바싹 마른 태아」 「그림 같은 유치함」 「성가신 과오」 「춤추는 슬리퍼」 「나무로 만든 한 뚱뚱한 신사의 크로키와 교태」 「지긋지긋한 고상한 왈츠」…… . 그뿐만 아니라 그의 악보에는 통상의 연주 지시표 대신에 '놀라움을 지니고' 라든가 '이가 아픈 꾀꼬리같이' 라든가 하는 말들이 씌어져 있다. 단순한 재현이 아닌 창조적인 연주에로의 권유였을 것이다. 그러나 의욕적이고 왕성한 작곡 활동도 생활에는 별 도움을 주지 못했다. 그는 차비 마련도 어려워서 때로 파리까지 걸어 나와야 했으며, 생계를 위해 샹송을 작곡하기도 한다. 그리고 오랜 세월 부당하게 딜레탕트 취급을 받아 온 것에 대한 반동으로 마흔 살의 나이에 파리에서 가장 엄격한 음악 학교인 스콜라 칸토룸(Schola Cantorum)에 입학하여 루셀(Roussel) 밑에서 성실하게 대위법을 공부한다. 1차 세계대전이 발발했다. 전쟁의 포연 너머로 콕토, 피카소, 르네 클레르 등과의 빛나는 만남과 명성이 기다리고 있는, 그의 음악의 제3기 '다다이스트 사티'(1916~25)의 시기가 다가오고 있었다.

● 1차 대전 초기에 그는 장 콕토를 만났고 콕토는 이내 그의 음악의 숭배자가 되었다. 콕토는 발레극을 구상하고 있었고 그것을 사티에게 설명했다. 사티는 타자기, 사이렌 소리와 기계적인 리듬, 최소한의 주제를 지닌 음악을 작곡해냈고, 콕토는 그의 음악을 '군살이 제거되고 쇄신된 건강하고 새로운 음악'이라고 격찬했다. 이렇게 해서 피카소가 무대 장치와 의상을 디자인한 '입체파 발레' 「파라드」(Parade)는 1917년 디아길레프가 이끄는 '러시아 발레단'에 의해 파리의 샤틀레 극장 무대에 올려졌다. 자선 공연을 내세웠으나 결과는 대소동이었다. 공연 때마다 휘파람, 야유, 욕설이 쏟아져 나왔고, 이 작품을 옹호하는 사람들과 비난하는 사람들 간에 격렬한 논쟁이 벌어졌다. 소송이 뒤따랐고 결국 8일간의 금고와 100프랑의 벌금형 판결이 내려졌으나, 이 사건은 사람들의 호사 취미에 불을 질러 사티를 단번에 전위의 상징적 인물로 부각시켰고, 그는 프랑스 음악계의 주목을 한몸에 받았다. 비록 그의 음악에 대한 진정한 이해에 기인한 것은 아니었으나 어쨌든 이 작품을 계기로 그의 주위에는 많은 젊은 예술가들이 모여들었으며, 그 중에는 미요(Milhaud)를 위시한 〈6인조〉(Les Six; '프랑스 6인조'라 불리며 미요 외에 풀랑크, 오네게르, 오리크, 뒤레, 타유페르 등이 있었다. 이 이름은 비평가 앙리 콜레가 「러시아 5인조, 프랑스 6인조 그리고 에릭 사티」라는 글에서 사티의 음악과 콕토의 시에서 영향받은 프랑스 작곡가들을 가리키며 쓴 데서 유래했다)도 있었다. 그들은 사티를 음악적 스승으로 받들며 반(反)드뷔시, 반(反)독일의 기치를 내걸었으나, 그들이 존경하는 음악가들의 목록에 스트라빈스키와 쇤베르크 또한 포함시킴으로써 프랑스적 정신의 부활과 새로운 음악의 탄생을 바라며 그들을 지지한 콕토를 비롯한 많은 예술가들을 배신했다. 이 쓸쓸한 추이를 지켜보면서 사티는 스스로 자신의 성취를 부정하고 다음과 같이 결연히 선언한다.

"사티 악파는 없다. 사티즘이란 존재할 수 없는 것이다. 사람들은 내게서 사티즘에 대한 적의만을 발견하게 될 것이다. 복속이란 예술에 있어서 불필요한 것이다."

● 생애 말년에 접어들었으나 그는 지치지 않고 계속 작품을 써 나갔다. 1918년 비 내리는 3월에 드뷔시가 병사했다. 그는 이 죽음의 충격을 딛고 플라톤의 「대화」를 근거로 해서 소크라테스의 삶과 죽음을 다룬 소프라노와 오케스트라를 위한 칸타타 「소크라테스」를 작곡했고, 이어 르네 클레르의 무성 영화 「막간」(entr'acte ; 발레극 「금일휴관」의 막간에 상영되었던 영화)의 음악과, 발레 「메르퀴르」(Mercure ; 로마 신화의 신 메르쿠리우스의 불어 표기)와 「금일휴관」(Relâche ; 극장이 휴관할 때 게시하는 문구)을 작곡했다. 그리고 1925년 7월 1일 '성 요셉 병원'에서 한 달여를 투병하다 59세의 나이로 갔다. 사인은 간경화였다.

그는 반바그너주의자, 반인상주의자, 신고전주의자, 다다이스트, 이 모두였고 동시에 이 모두가 아니었다. 그는 끊임없이 스스로를 갱신하면서 언제나 미학적 십자군의 선두에 서 있었다. 그의 사후에 존 케이지는 전세계 전위들에 의해 가장 존경받는 프랑스 음악가가 된 사티의 개척자적 노고에 경의를 표했다. 그의 음악은 드뷔시, 라벨 같은 대가들에 가리워진 채 사후 반세기가 훨씬 더 지난 지금에도 마땅한 음악사적 지위가 주어지지 않고 있다. 그러나 그것은 차라리 영원한 전위만이 누릴 수 있는 행복한 숙명인지도 모른다. 그의 음악은 오발이었을까? 판단하기엔 아직 이르다. 왜냐하면 그가 쏜 화살은 지금도 대기를 가르며 과녁을 향해 날아가고 있는 중이기 때문이다.

"나는 너무 낡은 시대에 너무 젊게 이 세상에 왔다."
이렇게 그는 자신의 삶과 음악을 요약했다.

에릭 사티 연보

1866년—00세	프랑스 노르망디의 옹플뢰르에서 출생. 여섯 살 때 모친이 사망한 후 조부모 밑에서 양육됨. 오르가니스트인 비노에게 피아노를 사사받음.
1879년—13세	부친의 재혼과 함께 파리로 상경하여 파리 음악원에 입학.
1886년—20세	아카데미즘에 대한 반발로 파리 음악원을 자퇴하고 군에 입대. 이내 폐충혈로 의가사 제대.
1887년—21세	코르토 가에 거처를 정하고 몽마르트르의 카바레 '흑묘'에서 피아니스트로 일함. 세 개의 중요한 피아노 연작들, 「사라방드」(1887), 「짐노페디」(1888), 「그노시엔」(1890) 작곡. 커다란 펠트 모자, 봉두 난발, 염소 수염, 큰 나비 넥타이를 맨 기묘한 차림과 엉뚱한 행동으로 세인의 주목을 끔.
1891년—25세	카페 '오베르주 뒤 클루'에서 드뷔시를 만나 교유를 시작. 작가이자 점성술사인 조세핀 펠라당이 이끄는 〈미학적 장미 십자단〉에 가입. 「장미 십자단의 종소리」 「별들의 아들」 작곡.
1898년—32세	파리 교외 아르쾨유에 정착. "커다란 녹색의 눈을 가진 작고 슬픈 소녀처럼" 찾아온 가난을 벗함. 「차가운 작품들」 「배(梨) 모양을 한 세 개의 소품」 작곡.
1905년—39세	스콜라 칸토룸에 입학하여 루셀 밑에서 성실히 작법 공부.
1912년—46세	작곡가로서 난숙한 경지에 이름. 「바싹 마른 태아」 「지긋지긋한 고상한 왈츠」 같은 익살스러운 제목의 피아노곡들 양산.
1917년—51세	발레극 「파라드」의 음악 작곡. 샤틀레 극장에서 공연되어 대소동을 일으킴.
1918년—52세	드뷔시 사망. 「소크라테스」 작곡.
1920년—54세	피카비아, 트리스탕 차라와 함께 다다 운동.
1924년—58세	발레 음악 「메르퀴르」와 「금일휴관」 작곡.
1925년—59세	평생에 걸친 과도한 음주가 원인이 되어 간경화로 성 요셉 병원에서, 독창적이고 금욕적이고 고독했던 삶을 마감. 아내도 아이도 남기지 않음.

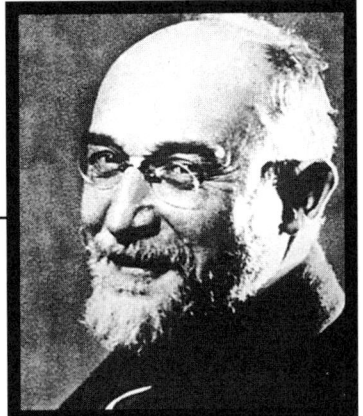

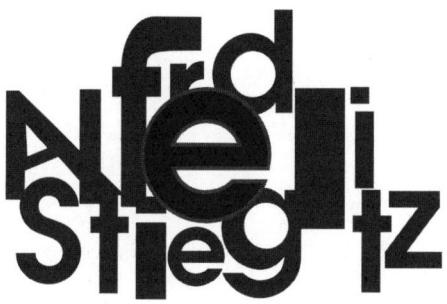

사진의 아버지,

스티글리츠

(05) Alfred Stieglitz(1864~1946)

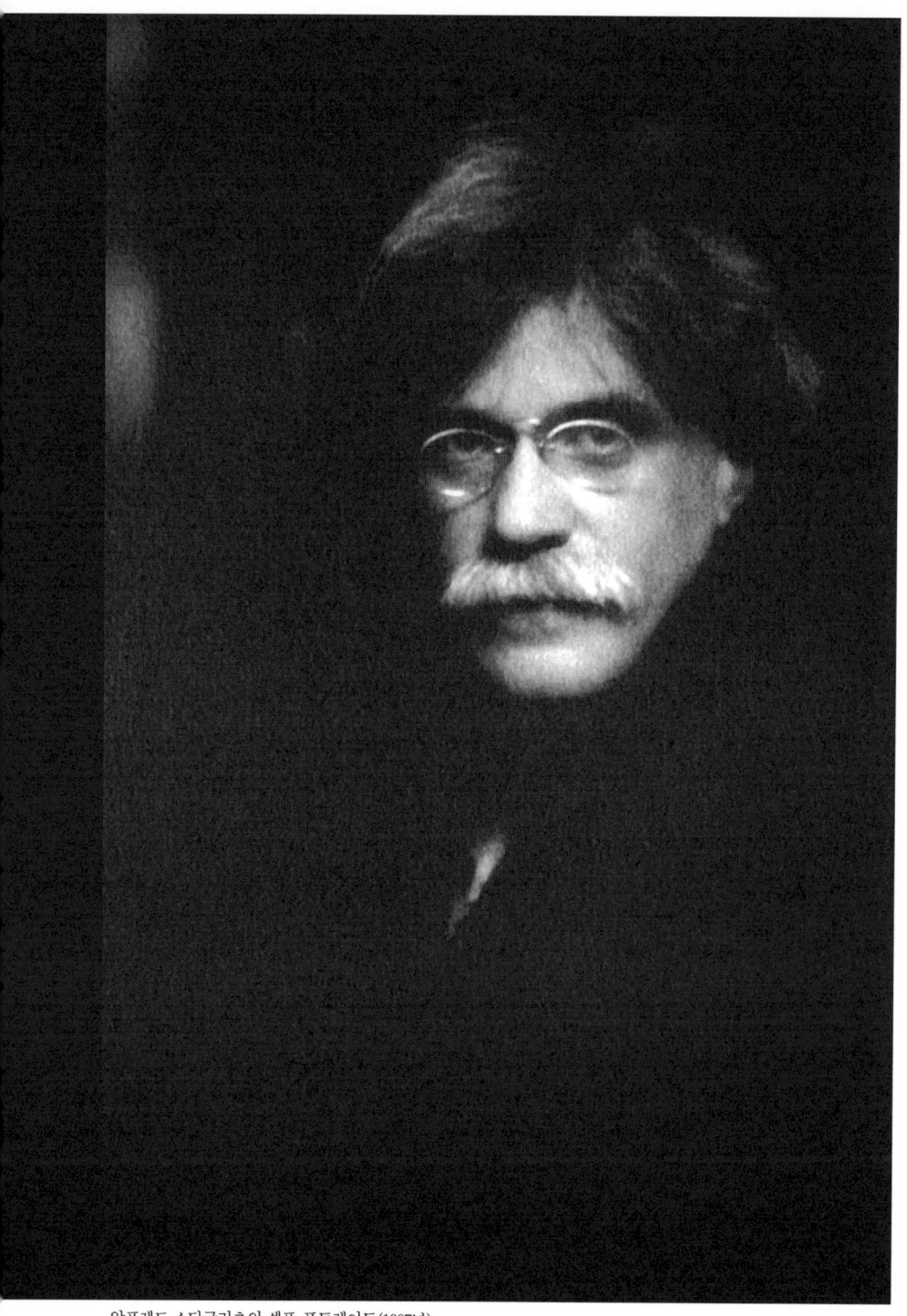

알프레드 스티글리츠의 셀프-포트레이트(1907년).

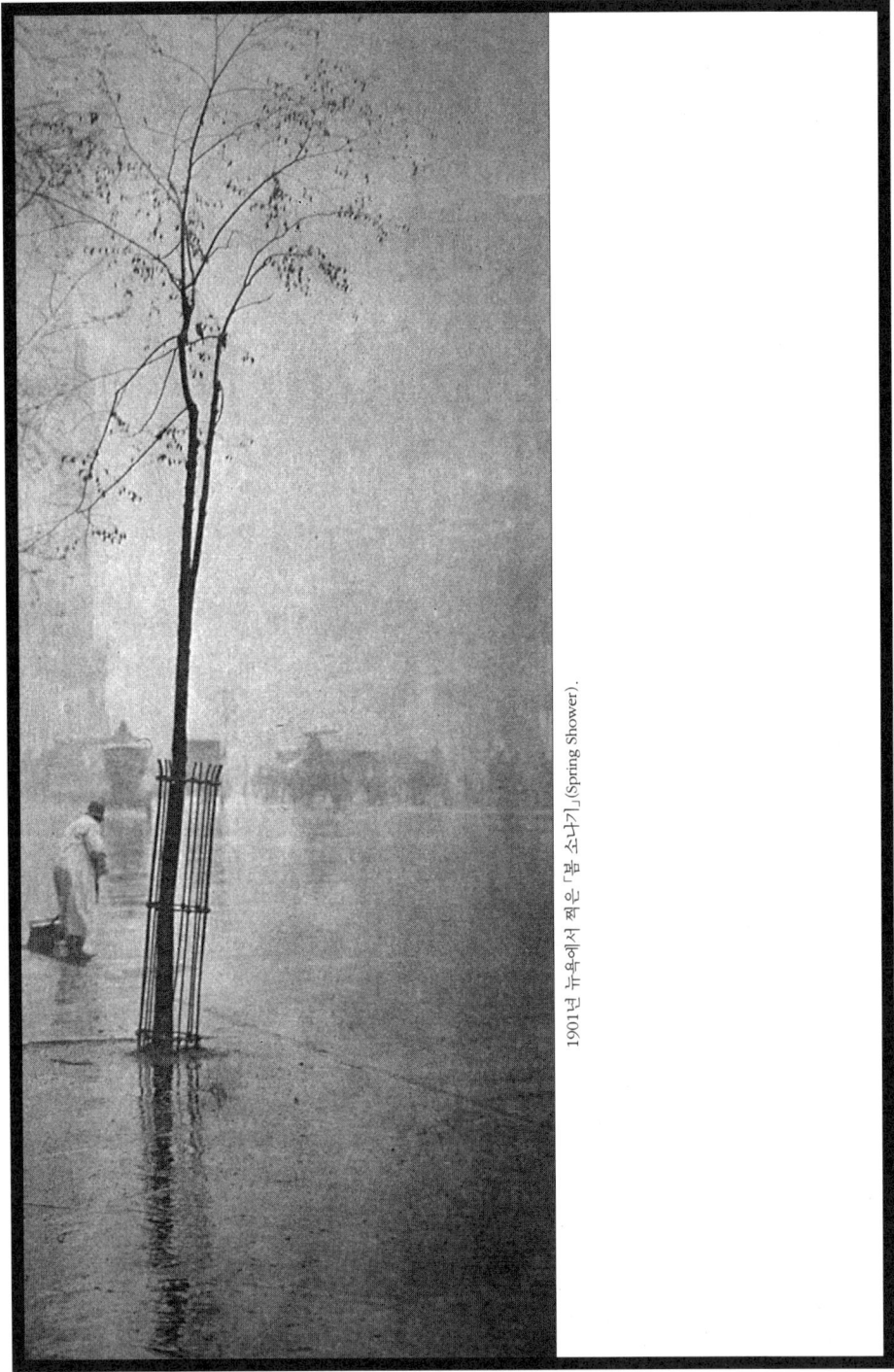

1901년 뉴욕에서 찍은 「봄 소나기」(Spring Shower).

너 무 낡 은 시 대 에 너 무 젊 게 이 세 상 에 오 다

● "1883년에 일어난 예기치 않은 사건 하나가 내 삶을 완전히 뒤바꿔 놓았다. 어느 날 베를린에 있는 한 가게 앞을 지나다가 무심코 진열장 안으로 시선을 돌렸을 때, 나는 온통 흥분에 사로잡히고 말았다. 거기에는 작은 렌즈가 달린 큐빅 박스 — 그 것의 이름은 카메라였다 — 가 하나 놓여 있었다. 나는 사진을 찍어야 되겠다고 결 심하곤 7달러 50센트 가량을 주고 그 상자를 샀다."

무릇 삶에는 전기(轉機)라는 게 있는 법이다. 이 우발적인 구매 행위는 독일로 기계공학을 공부하러 간 한 청년의 운명을 돌려 놓았을 뿐만 아니라 사진사(寫 眞史)의 지각 변동을 예고하는 조짐이 된다. 1822년 니에프스가 발명하고 다게 르에 의해 보강되어 1839년 물리학자 아라고를 통해 〈프랑스 과학 아카데미〉에 정식 보고됨으로써 세상에 등장한 사진은, 초기에는 회화의 강력한 자장 안에 놓인 초상 사진과 이른바 살롱 사진이 주류를 이루고 있었다. 사진이 독자적인 영역을 확보하면서 비로소 영화와 더불어 기술 복제 시대의 대표적인 예술 양식 으로 자리 매겨지기 위해서는 두 명의 걸출한 앞잡이들의 출현을 기다리지 않으 면 안 되었다. '카메라의 시인'이라고 불리는 외젠 앗제(Eugène Atget, 1856~ 1927)와 '현대 사진의 아버지'로 추앙되는 미국의 사진가 알프레드 스티글리츠 (Alfred Stieglitz, 1864~1946)가 바로 그들이다.

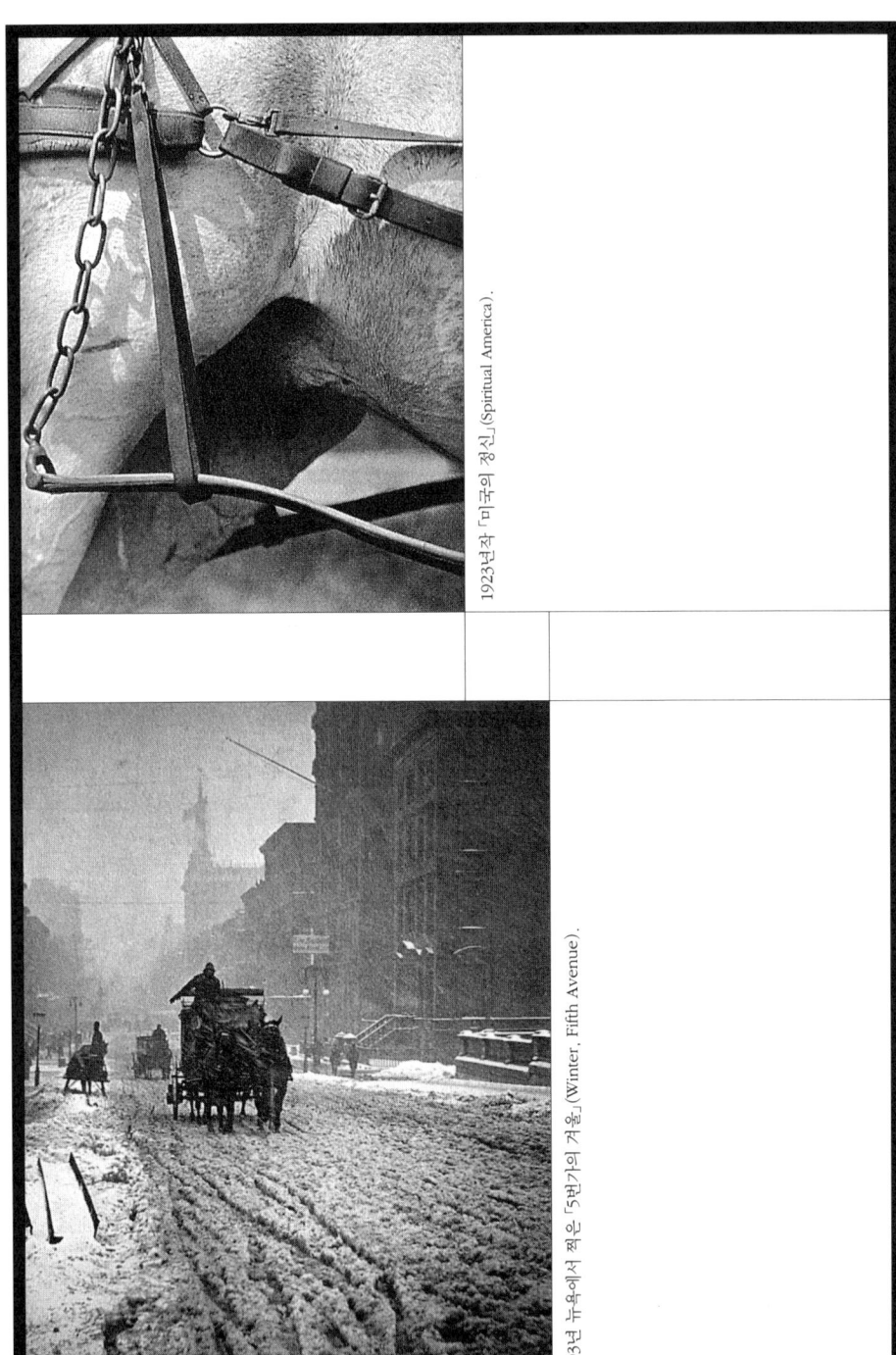

1923년작 「미국의 정신」(Spiritual America).

1893년 뉴욕에서 찍은 「5번가의 겨울」(Winter, Fifth Avenue).

너 무 낡 은 시 대 에 너 무 젊 게 이 세 상 에 오 다

● 스티글리츠 사진의 역정은 그대로 사진사를 축약한다. 그는 살롱 사진으로부터 출발해서 「역마차 종점」「5번가의 겨울」「삼등 선실」 같은 다큐멘터리적 시각에 입각한 사실주의 사진들을 지나 후기에는 세계와 인간의 투쟁을 은유화한 「이퀴벌런트」(Equivalent) 연작들에 도달함으로써, 초기에 설정한 좌표에서 크게 벗어나지 못했던 다른 작가들과는 달리, 한 작가가 해내기 힘든 자기 갱신의 모범적인 예를 제공했다. 또한 그는 예술적 표현의 장애 요소로 간주되던 사진의 기계적 기록성을 장점으로 전화시킴으로써 예술로서의 사진을 구현했으며, 순수 사진(straight photo)의 '어떠한 종류의 기교도 속임수도 감상도 없는' 미학을 확립하고, 〈사진 분리파〉(Photo Secession)의 수장으로서 당대의 사진 운동을 선도했다.

하지만 이런 빛나는 성취들에도 불구하고 스티글리츠를 사진 작가로서만 평가하는 것은 불충분하다. 그가 만들거나 주재한 많은 잡지들——『카메라 노트』(Camera Notes) 『카메라 워크』(Camera Work) 등——과 그가 설립한 많은 화랑들——사진 분리파 화랑(Photo Secession Gallery), 인티미트 화랑(Intimate Gallery), 미국의 공간(An American Place)——을 통해서, 그는 사진뿐만이 아니라 아프리카와 유럽의 현대 예술을 미국에 소개하고, 태동 중이던 미국의 현대 예술을 진작시킨, 20세기 초 미국에서 가장 영향력 있는 문화적 힘이자 큰 일꾼이기도 했던 것이다.

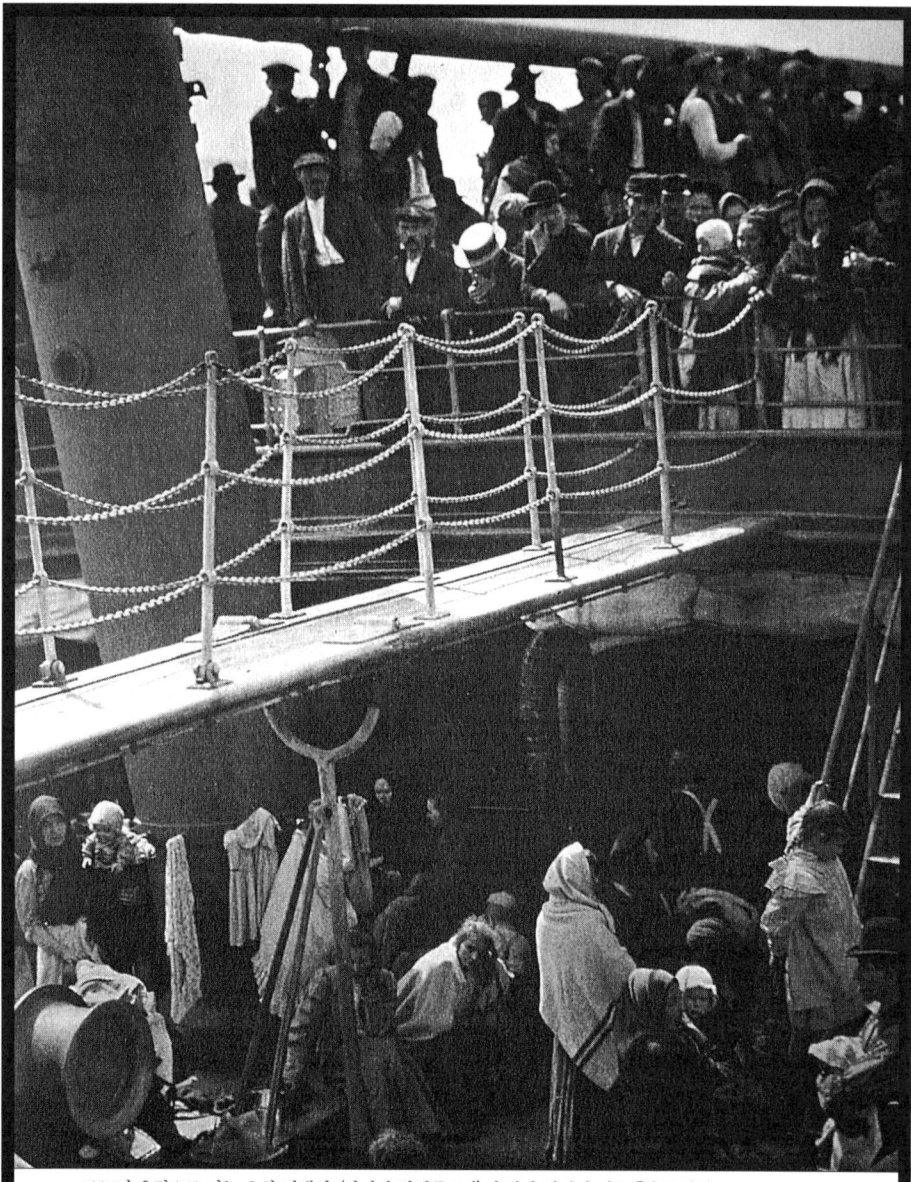

1907년 유럽으로 가는 호화 여객선 '카이저 빌헬름 2세'의 갑판 위에서 찍은 「삼등 선실」(The Steerage).
사실주의 미학을 잘 보여주는 걸작으로 평가되는 이 사진을 스티글리츠 또한 대표작으로 꼽았다.

● 스티글리츠는 독일에서 이주해온 에드워드 스티글리츠의 6남매 중 장남으로 태어났다. 모직물상을 하는 부친의 사업이 순조로운 덕분에 집안은 제법 풍족한 편이었으며, 뉴욕에서 고등학교를 마친 후, 기계 기사가 되어 주기를 바라는 아버지의 뜻을 따라 1881년 17세의 나이에 독일로 건너간다. 처음에는 베를린 공과대학에서 기계공학을 전공했으나, 우연한 기회에 구입하게 된 카메라를 계기로 사진에 흥미를 느껴 베를린 대학으로 적(籍)을 옮기고 빌헬름 포겔 교수 밑에서 사진 화학을 공부한다. 실험을 거듭하던 그는 1887년 영국의 한 사진 잡지가 현상한 공모에 일등으로 당선되면서 황홀한 사진의 첫 키스를 받는다. 이후 그는 3년여 동안에 150개가 넘는 메달을 수상할 만큼 발군의 사진적 재능을 드러내면서, 유럽 각지를 쏘다니며 사진 촬영에 몰두한다.

이 분방하면서도 환희에 찬 유학 생활은 누이의 죽음을 계기로 양친이 그를 미국으로 소환함으로써 중단되고, 1890년 그는 미국으로 향한다. "아메리카에 대한 내 깊은 애정에도 불구하고 유럽을 떠나올 때에 난 몹시 슬펐다. 뉴욕으로 돌아온 후 나는 유럽의 생생한 문화에 진한 향수를 느꼈다. …… 그 며칠 후 나는 「역마차 종점」을 찍었다. 눈 속에서 방수 옷을 입은 한 마부가 김이 무럭무럭 나는 말들에게 물을 주고 있었다. 자신의 갈증을 해소시켜 줄 존재를 가진 말들은 얼마나 행복할 것인가."

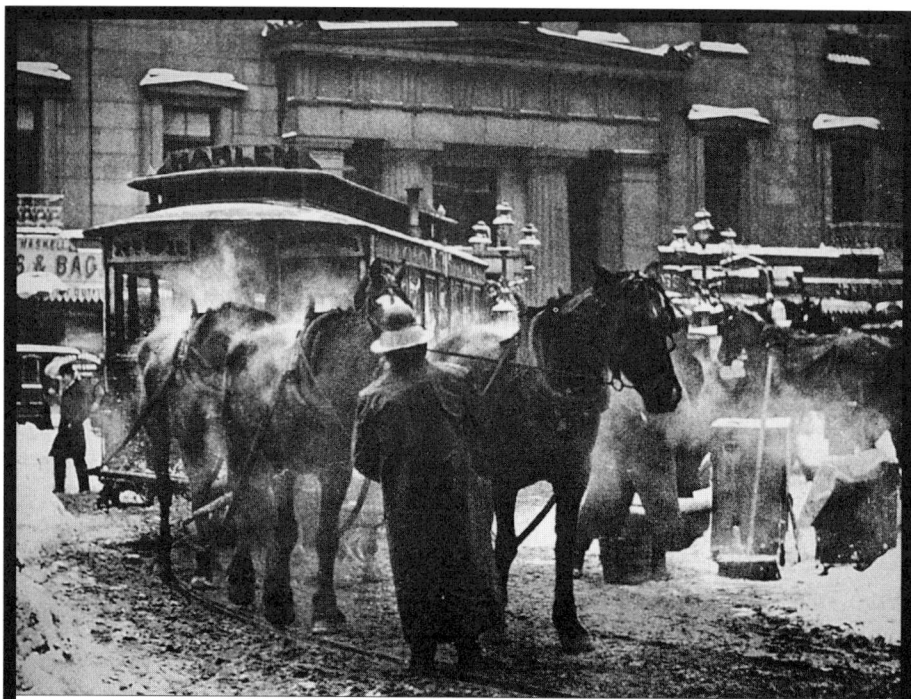

• 위 | 1893년 뉴욕에서 찍은 「역마차 종점」(The Terminal of the Car Horses).
• 아래 | 알프레드 스티글리츠의 사인.

너 무 낡 은 시 대 에 너 무 젊 게 이 세 상 에 오 다

● 사진 제판업에 손을 댔다가 실패했으나 엠머린과 결혼하면서 새 생활을 시작한 그는 1893년 잡지 『미국 아마추어 사진가』의 편집장이 되면서부터 예술과 사진 과학을 접목한 작품들을 양산하기 시작한다. "내 초기 사진들을 본 화가들은 그것들이 그들의 그림보다 뛰어나다면서 나를 부러워했다. 하지만 그들은 불행히도 사진은 예술이 아니라고 말했다. 나는 이해할 수 없었다. 사진을 '기계적'이라는 이유로 경멸하면서 어떻게 내 작품에 찬사를 보낼 수 있는지를. 나는 그 자리에서 결심했다. 사진을 새로운 표현의 수단으로 인정하고 다른 예술 형식과 마찬가지로 존중하게 만들겠다고."

결단의 시기가 왔다. 진작부터 기존 사진가 단체의 한계를 절감하고 있던 그는 마침내 1902년 에드워드 스타이켄, 프랭크 유진, 클래런스 화이트 같은 젊은 작가들을 규합하여 〈사진 분리파〉라는 새로운 단체를 결성하고 사진사에 한 획을 긋는 역사적인 사진 운동을 시작한다. '분리'(secession)란 말은 유럽의 전위 예술가들이 아카데믹한 체제로부터의 독립을 역설할 때에 종종 쓰는 용어였다. 이 운동의 현실적인 수렴을 위해 그는 1903년에, 1917년 폐간될 때까지 지령 50호를 발간한 이 단체의 기관지 『카메라 워크』를 창간하고 1905년 '사진 분리파 화랑'을 개설한다. 뉴욕 5번가 291번지에 자리잡고 있었기 때문에 훗날 '291'로 더 유명해진 이 화랑은, 사진 전시는 물론이고 마티스, 로댕, 피카소, 브랑쿠시, 브라크의 작품 같은 유럽의 현대 예술이 미국으로 들어오는 통로 역할을 톡톡히 했으며 또한 존 마린, 마스덴 하틀리, 아더 도브 같은 미국 내 전위 화가들의 '실험실'이자 자궁이기도 했다.

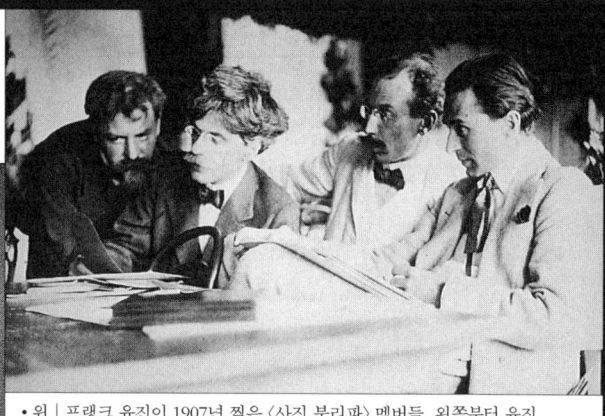

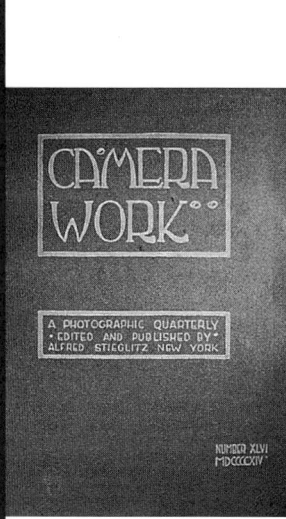

• 위 | 프랭크 유진이 1907년 찍은 〈사진 분리파〉 멤버들. 왼쪽부터 유진,
스티글리츠, 쿤, 스타이켄.
• 왼쪽 | 〈사진 분리파〉의 기관지 『카메라 워크』(1914년 10월호, 46호)의 표지.
스타이켄이 디자인했다.
• 아래 | 스티글리츠가 1918년에 찍은 조지아 오키프의 초상. '미국 추상적
풍경화'의 대가인 그녀는 1924년 스티글리츠의 두번째 아내가 된다.

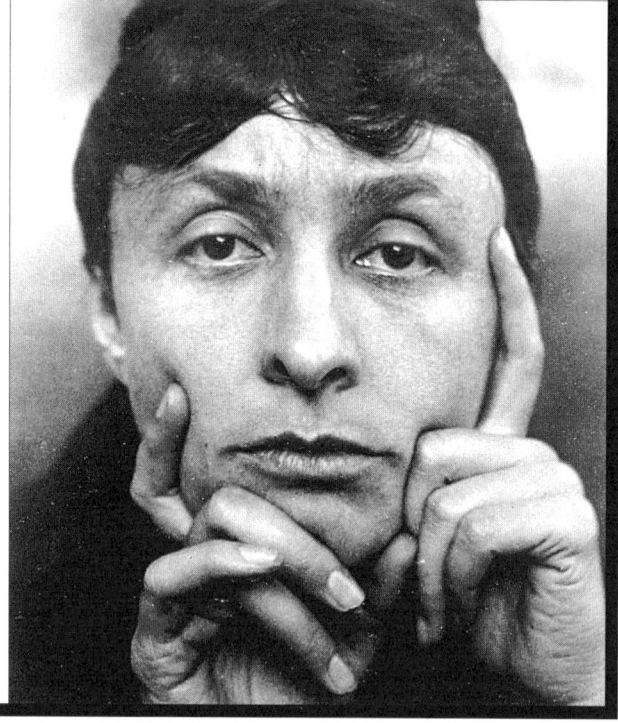

너 무 낡 은 시 대 에 너 무 젊 게 이 세 상 에 오 다

● 그는 미국 사진계뿐만 아니라 문화계의 중심 인물로 부각되었고 국제적 명성도 얻었지만 1차 세계대전의 발발로 깊은 절망에 빠져들었다. 독일계 이주민의 후손인 그에게 싸늘한 시선들이 쏟아졌고 모든 활동도 난관에 봉착했다. "291을 가득 메웠던 수많은 열광들은 전쟁 때문에 서서히 사라져 갔고, 친구들도 하나둘씩 떨어져 나갔다. 나는 291을 정치적 단체로 변질시킬 수 없었고, 독일은 모두 그르고 연합국은 모두 옳다는 식으로 생각할 수도 없었다. 291에서 진행된 작업들은, 나는 그렇게 느꼈다, 보편적인 것이었다. 사람들은 내게 세계의 모든 끔찍함은 독일로부터 오고 모든 프랑스인과 영국인은 성자라는 것을 증명하려고 노력했다. 나는 참으로 가슴이 아팠다."

한쪽 문이 닫히면 다른 쪽 문이 열리듯, 실의에 잠겨 있던 스티글리츠가 훗날 추상적 풍경화의 대가로 일가를 이룬 젊고 재능 있는 화가 조지아 오키프(Georgia O'keeffe)를 만난 것도 이 무렵이었다. 그녀의 수채화가 보여 주는 급진적인 단순함에 감동한 그는 그녀의 전시회를 주선하고 그녀 또한 그의 사진 모델이 되어 주면서 둘의 사이는 급격히 가까워진다. 이 절망과 사랑을 비벼 그는 묵은 껍질을 벗어버리듯 1922년경부터 저 유명한 일련의 구름 사진들로 나아갈 수 있었다.

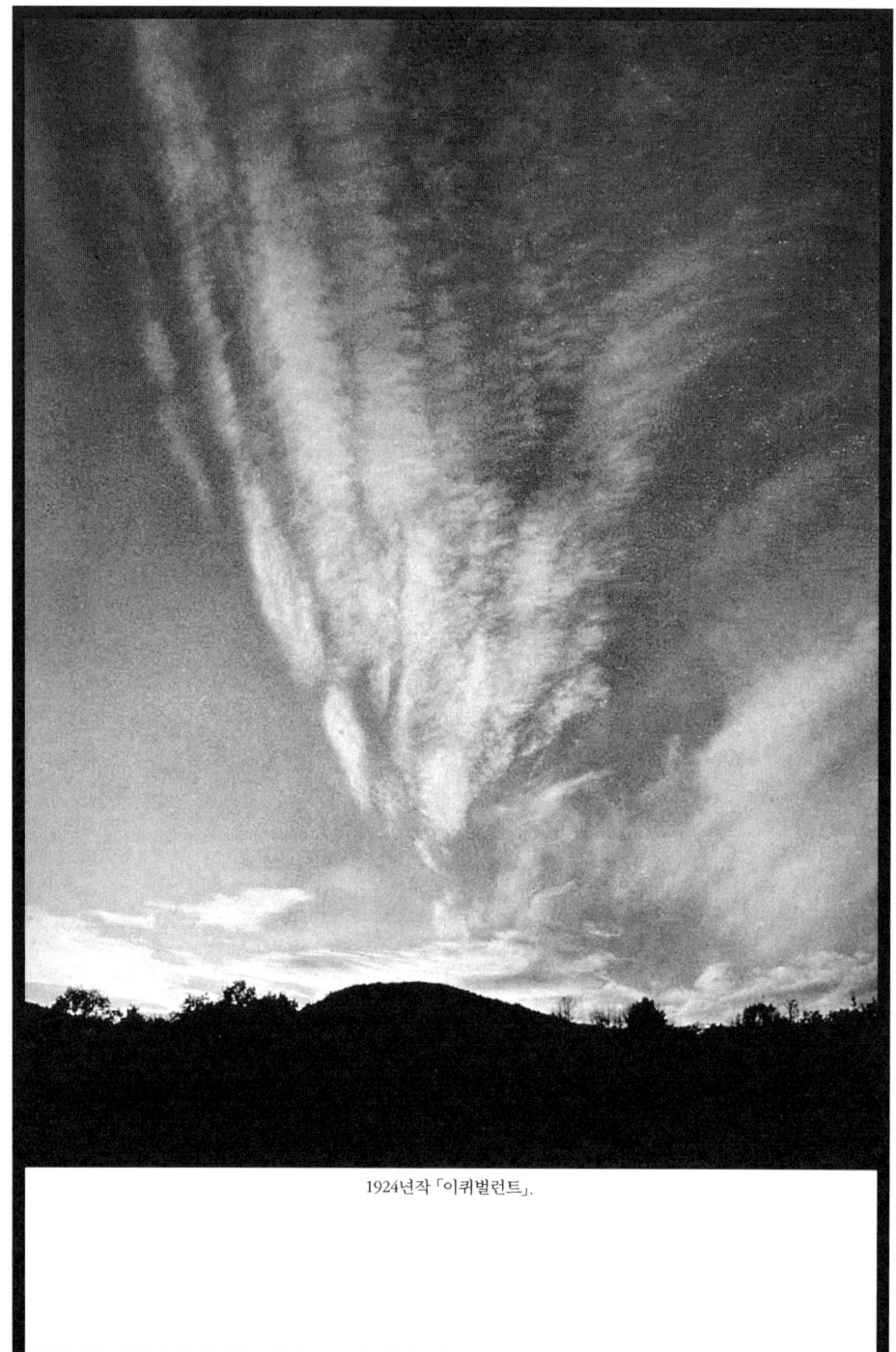

1924년작 「이퀴벌런트」.

● "구름이 나의 관심을 사로잡았다. 나는 40여 년 동안의 작업을 거친 후 비로소 내 인식을 명확히 하기 위해, 내 삶의 철학을 시험하기 위해 그것들을 찍고 싶었다. 그리고 나는 나의 사진들이 하나의 고정된 테마, 이러저러한 나무나 얼굴, 실내 장식, 어떤 특별한 우연에 전적으로 의존하고 있지 않다는 것을 보여 주고 싶었다. 구름은 세상 도처에 있었다. 여전히 모든 짐으로부터 자유로운 채." 이 구름 사진들, 모두 「이퀴벌런트」라는 제목이 붙은 이 사진들은 역설적이게도 '혼돈'에서 '사실'로의 이행을 보여 주는 것이 아니라 '사실'에서 '혼돈'으로의 망명 혹은 혼돈의 적극적인 수용을 보여 준다. "나의 사진들은 세계의 혼돈에 대한 그림이며 또한 내가 그 혼돈과 맺고 있는 관계에 대한 그림이다. 나의 사진들은 인간의 균형을 끊임없이 전복하는 세계와 그러한 세계에 대항해서 다시 균형을 되찾으려는 인간의 영원한 투쟁을 보여 준다."

1924년은 그의 생애에서 가장 눈부신 한 해였다. 〈영국 왕실 사진가협회〉가 그에게 미국에 회화 사진을 창시하고 그 진흥에 기여했으며 일찍이 시도된 바 없었던 가장 예술적인 사진 잡지 『카메라 워크』의 창간과 발행에 기여한 공로에 대한 보답으로 공로 훈장을 수여했고, 조지아 오키프와의 사랑도 결실을 맺었다. 그러나 무엇보다도 중요한 것은 사진에 대해 문을 굳게 닫아 걸었던 미술관들이 그의 사진에 대해 문을 열기 시작했다는 사실일 것이다. 그것은 사진을 예술로 인정시키기 위해 평생을 투쟁한 그의 노고에 대한 최초의 보상이었고, 보스턴 미술관을 선두로 해서 메트로폴리탄 미술관, 뉴욕 현대 미술관 등이 차례로 그의 사진을 다른 예술 형식과 동일한 베이스를 가진 예술로 공식 승인했다.

● 1944년 필라델피아 미술관에서 〈한 개인의 역사—알프레드 스티글리츠 ; '291' 과 그 다음다음 해 그는, 지병인 심장병으로 고생하면서도 각종 전시를 진두 지휘하던 자신의 화랑 '미국의 공간'에서 사망했다. 시신은 그가 어린 시절을 멱감았던 조지 호수 근처의 가족 소유지 내 한 소나무 밑에 매장되었다.

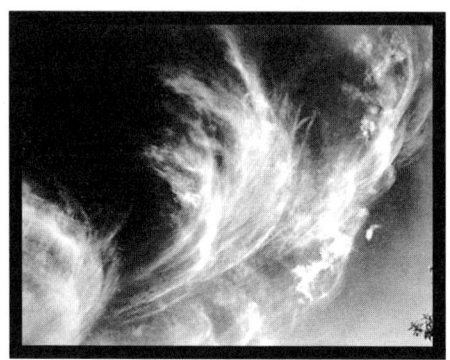

1930년작 「이퀴벌런트」.

"사진은 나의 열정이고 진실에 대한 추구는 나의 강박 관념이다." 이 말은 그의 삶과 사진을 추동하며 그를 거장이게 한 힘을 응축하고 있다. 그에 대해 '현대 사진의 아버지'라는 평가가 내려진다는 것은 그가 이미 확고한 전통이 되었음을 의미한다. 그러나 전통이 언제나 순기능만을 하는 것은 아니다. 그것은 때로 유령처럼 횡행하며 뒤에 오는 사람들에게 뿌리치기 힘든 복종을 강요한다. '아버지'로서의 시효가 다한 이 인간을 저 대가들의 공동 묘지로 돌려 보내자고 말한다면, 그것은 놀라운 갱신을 거듭해온 이 사진이라는 분야에서는 그리 대담한 발언이 아니다. 극복하고 잊어 버리는 것, 어쩌면 이것이 대가에 대한 가장 참된 예우일지도 모른다. 그러므로 이 짧은 글은 잊어 버리자고 마지막으로 한번 해보는 회고의 성격을 갖는다. 누구도 거역하지 못했던 저 역사의 뒷길로 사라지면서 그는 어떤 평가가 자신에게 내려지기를 기대했을까? "사람들은, 비문을 새기듯, 나에 대해 말해 줄지도 모른다. 그의 관심을 끌지 않는 건 아무것도 없었다고." 그렇다면 이미 평가는 충분했던 셈이다.

1864년 1월 1일 뉴저지 주 호보컨에서 산(産)하고 1946년 7월 13일 뉴욕에서 몰(沒)했다.

알프레드 스티글리츠 연보

1864년 ─ 00세 미국 뉴저지 주 호보컨에서 독일계 이주민인 모직물상 에드워드 스티글리츠의 6남매 중 장남
으로 출생.

1871년 ─ 07세 사립학교 찰리어 인스티튜트 입학.

1879년 ─ 15세 뉴욕의 시티 칼리지에서 수학.

1882년 ─ 18세 독일로 건너가 베를린 공과대학에서 전기 기계공학 전공.

1883년 ─ 19세 사진과의 운명적인 조우. 다음해 베를린 대학으로 이적하여 사진 화학 공부.

1887년 ─ 23세 런던의 사진 잡지 『아마추어 사진가』의 현상 공모에 「휴일의 작업 경쟁」으로 당선. 유럽
각처를 돌며 사진 촬영에 몰두.

1890년 ─ 26세 누이 플로라의 사망을 계기로 미국으로 귀국. 베를린 대학 시절의 친구들인 요제프
오베마이어, 루이 슈바르트와 사진 제판업 시작.

1893년 ─ 29세 엠머린 오베마이어와 결혼. 『미국 아마추어 사진가』지의 편집장을 맡음. 이 무렵부터
「5번가의 겨울」 「역마차 종점」 같은 현대 사진 예술의 고전으로 불리는 작품들 생산.
사진집 「뉴욕의 아름다운 풍경」(1897), 「미국의 풍경」(1899) 출간.

1894년 ─ 30세 영국의 전위 사진가 협회인 〈연결 고리〉(Linked Ring)에 미국 최초의 회원으로 초대.

1902년 ─ 38세 〈사진 분리파〉(Photo Secession) 결성. 그 후속 작업으로 '사진 분리파 화랑'(일명 291)
개설(1905). 기관지 『카메라 워크』(Camera Work) 창간(1913). 이후 291을 통해 피카소,
루소, 피카비아 등 유럽의 진보적인 예술을 소개하며 미국 현대 예술의 발흥에 지대한 공헌을 함.

1913년 ─ 49세 국제 현대 예술전(일명 Amory Show) 명예 부회장 역임. '291' 화랑에서 개인전 개최.

1917년 ─ 53세 1차 세계대전의 여파로 '291' 폐쇄. 『카메라 워크』 폐간.

1922년 ─ 58세 구름을 소재로 한 「이퀴벌런트」 연작 시작.

1924년 ─ 60세 화가 조지아 오키프와 결혼. 〈영국 왕실 사진가협회〉로부터 공로 훈장 수여.

1925년 ─ 61세 '인티미트 화랑' 개설.

1929년 ─ 65세 '미국의 공간' 개설.

1934년 ─ 70세 『미국과 알프레드 스티글리츠』 발간. 도로시 노먼 등이 주축이 되어 그에 대한 집단적
포트레이트 사진 촬영.

1941년 ─ 77세 뉴욕 현대 미술관이 그의 사진을 공식적으로
예술로 인정하고 그의 사진전 개최.

1946년 ─ 82세 뉴욕에서 숙환으로 사망. 향년 82세.
그의 중요한 사진들이 메트로폴리탄
박물관에, 편지와 자료들이 예일 대학에
소장됨.

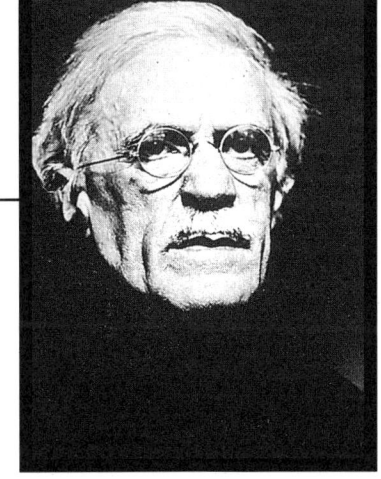

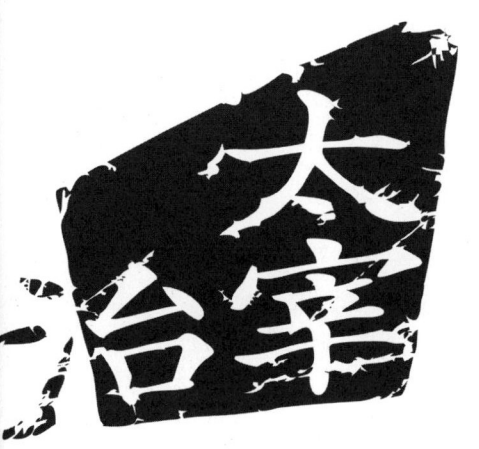

마
이너
문학의
순교자,

다자이 오사무

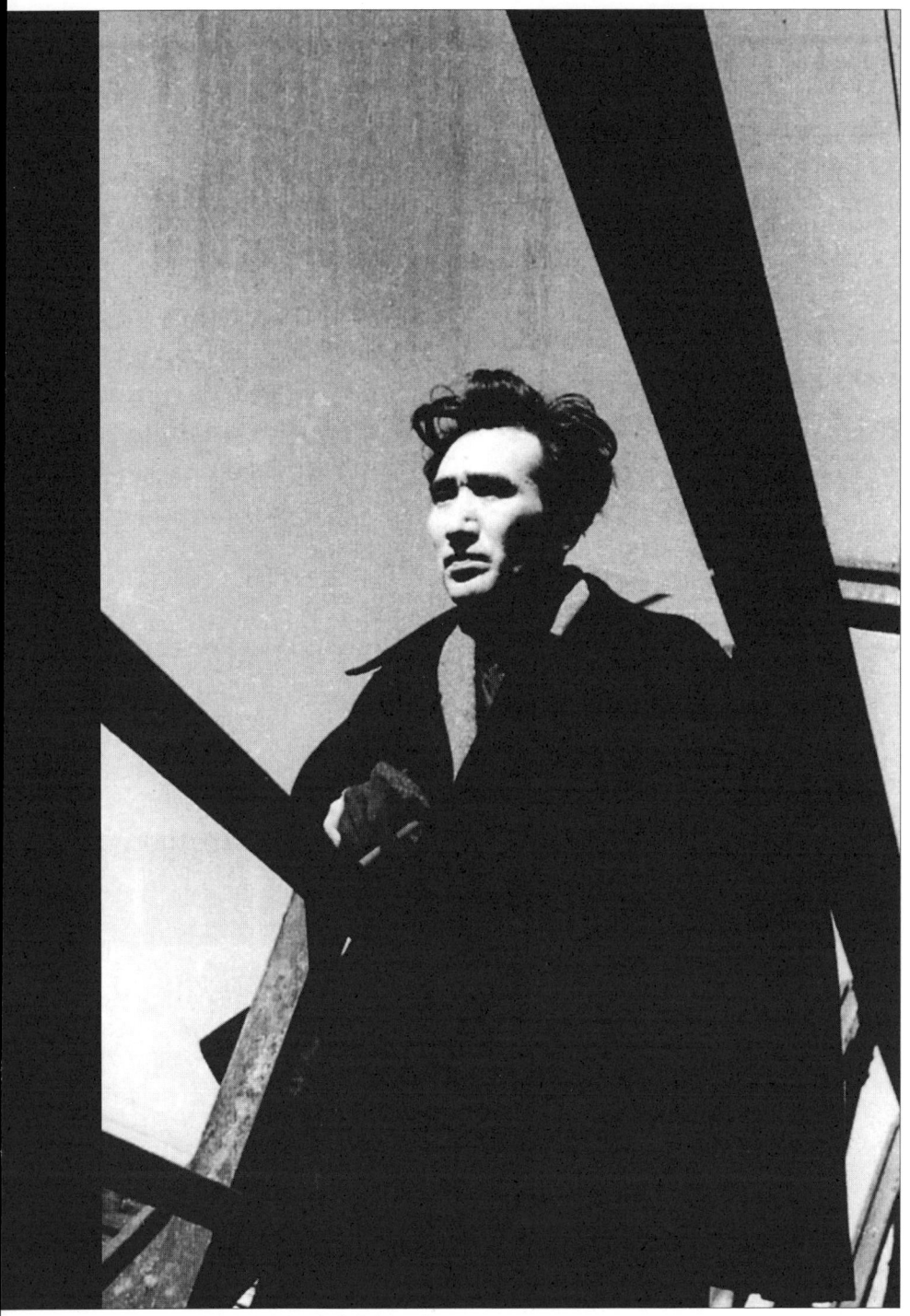

1948년 도쿄 미타카의 한 육교에 선 다자이 오사무.

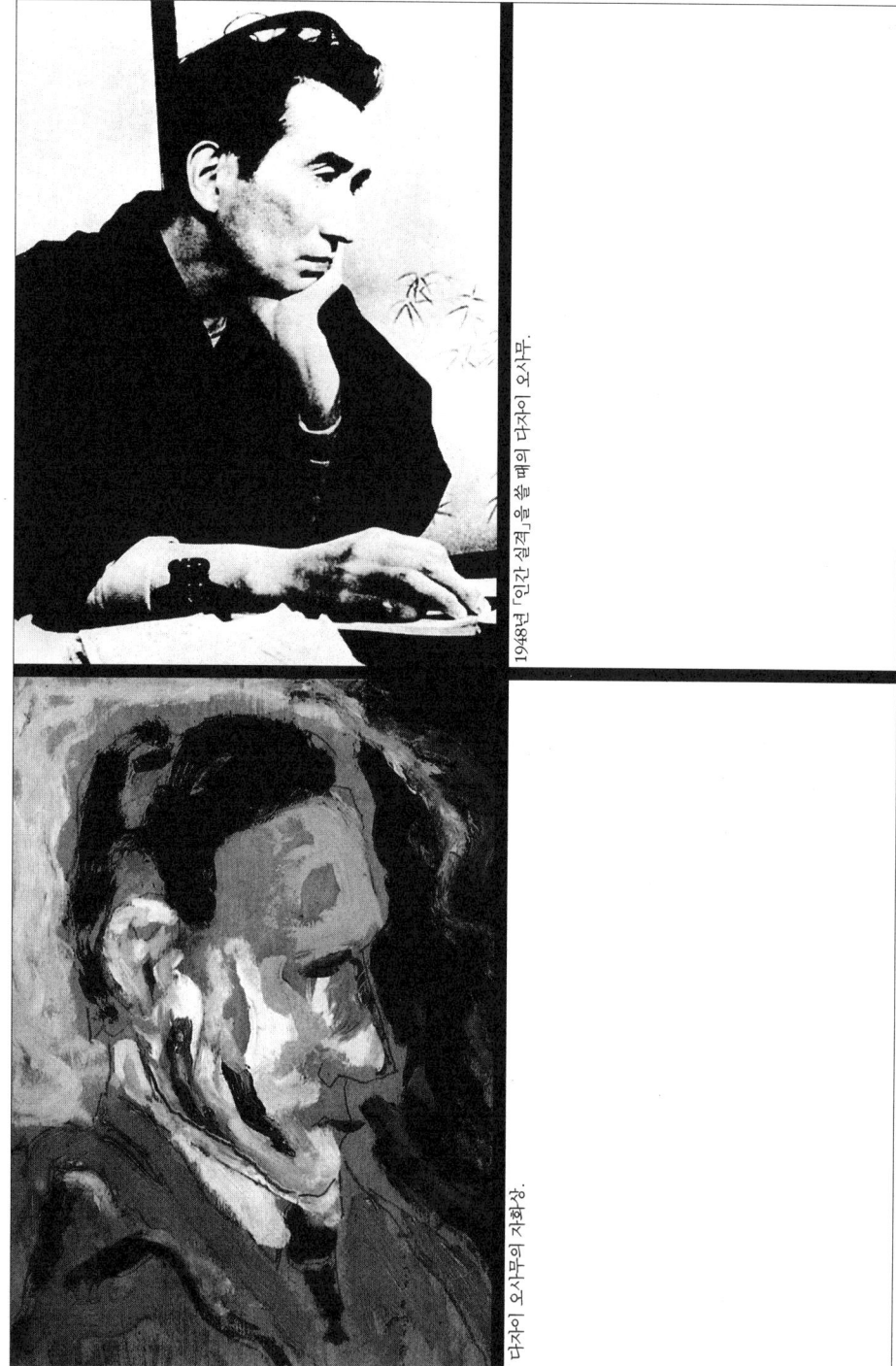

1948년 「인간 실격」을 쓸 때의 다자이 오사무.

다자이 오사무의 자화상.

● 저문 저자에서 몇 되의 석유와 배추를 사 들고
太宰治같이 시든 남자를 만나러 오는 그대여
하나님의 기침 소리보다 더 적막한 눈발이
퍼부어 내리는 이 백팔 번뇌의 뜰에서 입맞추자

　　　이가림, 「겨울의 불꽃」 전문

학생 운동을 하다가 제적을 당하고 또 감옥에도 다녀온 소위 의식 분자(意識分子)인 그 여대생은 헤어지는 자리에서 "개인은 언제나 패배할 수밖에 없어요. 그게 역사의 법칙이며 인간의 비극이지요."라는 말과 함께 나에게 두 권의 책을 주었던 것입니다. 누런 황토빛 표지의 시집 「황토」와 다자이 오사무라는 일본 작가의 소설집 「인간 실격」이었는데, "우리 세계에서 가장 무서운 혼의 사내들이랍니다. … 아시겠지요"라고 엄숙한 얼굴로 말하였습니다. 그렇게 만나게 된 것이 문학이었습니다.

　　　김성동, 「황야(荒野)에서」 중에서

손에 잡히는 대로 뽑아 본 이 인용문들은 그의 인간과 문학이 한국 문학의 앞 세대들에게 어떤 영향을 주었는지 그 수용의 편린을 보여 주고 있다. 묘한 것은 그 수용이, 한 문학권과 다른 문학권의 맞대응이었다기보다는, 한 문학권의 작가가 다른 문학권의 작가에게 일 대 일의 방식으로 은밀하고도 비밀스런 내적 전언을 전달하는 형태로 이루어졌다는 사실이다. 그의 인간은 한 시인의 젊은 날을 "太宰治같이 시든 남자"라는 동류 의식과 친화감으로 채색했고, 그의 문학은 한 소설 속의 주인공을 문학에 입문시키는 안내자 역할을 했다. 그 주인공의 독백 속에 작가의 짙은 육성이 배어 있음은 물론이다.

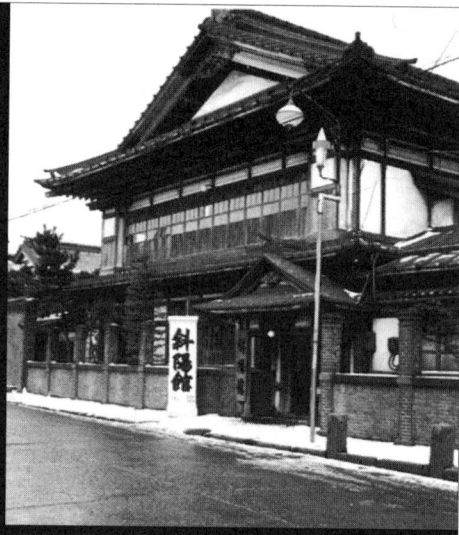

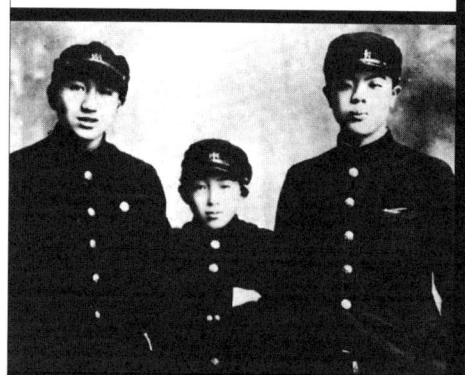

- 위 | 아오모리 현 쓰가루에 있는 다자이 오사무의 생가.
- 가운데 | 아오모리 중학교에 다닐 때의 다자이 오사무.
- 아래 왼쪽 | 히로사키 고등학교 때의 다자이 오사무.
- 아래 오른쪽 | 1935년 무렵의 다자이 오사무.

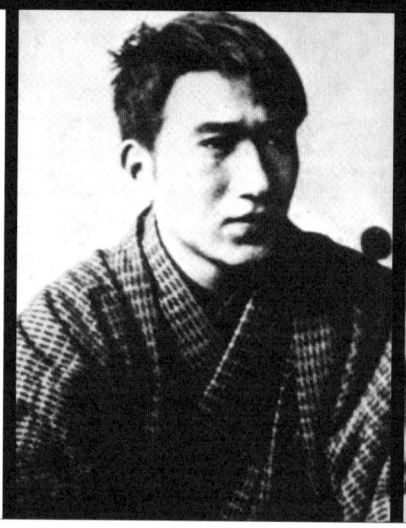

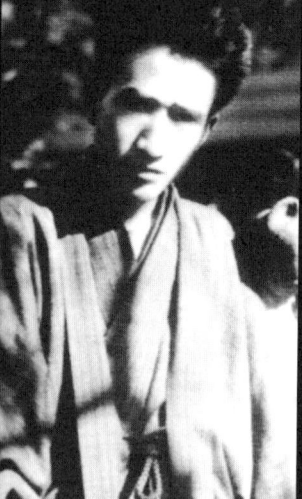

● 그는 분명 병들고 '시든 남자'였다. 약물 중독, 폐결핵, 알코올 중독이 그의 길지 않은 삶의 뒷부분 반에서 핏기를 앗아가 버렸고, 네 번의 자살 기도와 숱한 자기 방기가 가뜩이나 지치고 쇠락한 그의 삶을 더욱 절룩거리게 했다. 그러나 동시에 그는 또한 '무서운 혼의 사내'이기도 했다. 그는 마치 소년 다윗처럼 단신으로 문학이라는 돌팔매 하나로 무장하고 나서서, 세상의 모든 악덕, 위선, 어리석음, 낡고 부패한 가치들에 맞서 자신의 전 존재를 불사르며 혹은 피흘리며 그 투쟁의 결과들을 기록했고 마침내 그 투쟁의 장에서 산화했다. 메이지(明治) 말년에 태어나, 일본의 제국주의적 야심이 엄청난 세계사적 희생을 낳은 격동의 시기, 나쁜 시대를 통과하며 「비용의 처」(ヴィヨンの妻) 같은 탁월한 단편들과 「사양」(斜陽 ; 석양) 「인간 실격」(人間失格) 같은 중·장편들로 일본 문학사의 한 획을 그었으며, 전후의 폐허 위를 방황하던 청년들의 정신적 지주로, 이른바 〈무뢰파〉(無賴波, Libertins)의 기수로 추앙되었던 일본의 소설가 다자이 오사무(太宰治, 1909~48)가 바로 그다.

본명이 쓰시마 슈지(津島修治)인 그는 메이지 42년 일본 본토 최북단에 위치한 아오모리(青森) 현의 쓰가루(津輕)에서 쓰시마 가(家)의 6남으로 태어났다. 귀족원 의원, 중의원 의원을 지낸 이 지방의 명사이자 대지주였던 부친은 사업 때문에 항상 동분서주했고, 모친은 병약하여 늘 병상에 누워 있었으므로, 그는 숙모며, 유모며, 하녀들의 품에서 자랄 수밖에 없었다. 변방에서 출생했다는 것 그리고 6남으로 '오즈카스'(의붓자식) 취급을 받으며 성장했다는 것, 이러한 지정학적·가정적 상황은 그에게 민감하고 불안한 감수성을 안겨 주었을 뿐만 아니라 반골 의식과 국외자 의식을 심어 주었다.

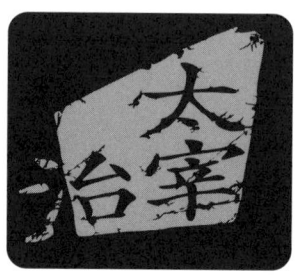

다자이 오사무 작품의 초간본들. 오른쪽에서부터 시계 반대 방향으로 『만년』 『도쿄 팔경』 『후가쿠 햐케이』 『쓰가루』 『인간 실격』 『사양』 『비용의 처』 『오토기조시』(전래되는 이야기를 새롭게 쓴 것)의 표지.

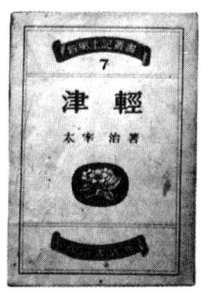
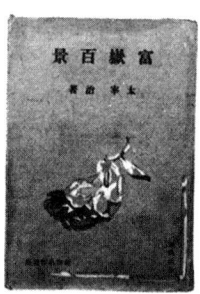
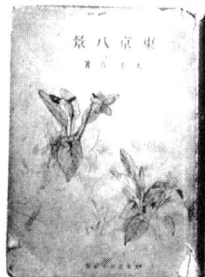

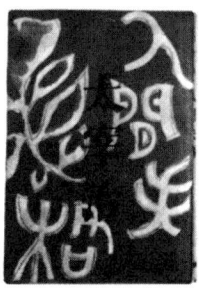
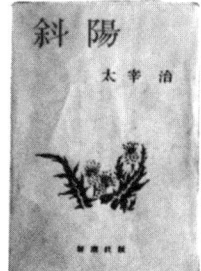
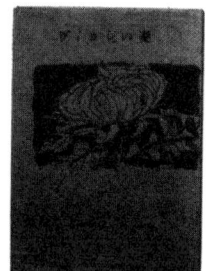
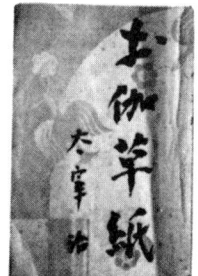

너 무 낡 은 시 대 에 너 무 젊 게 이 세 상 에 오 다

●아오모리(青森) 중학교를 거쳐 히로사키(弘前) 고등학교에 입학한 그는, 이즈미 교카(泉鏡花)와 아쿠타가와 류노스케(芥川龍之介)의 작품을 탐독하고 미술과 러시아 문학에 심취했으며, 학교 생활도 나무랄 데 없을 만큼 우수하게 영위했지만, 그 이면에서는 통상의 사춘기 이상의 심각한 분열과 정체성의 혼란을 겪고 있었다. 아쿠타가와의 자살 소식에 충격을 받아 칼모틴을 다량으로 먹고 최초의 자살을 기도한 것도 이 무렵이었다. 그러면서 그는 이러한 혼란의 출구로서 문학을 선택한다. "나는 모든 것에 대하여 만족을 얻지 못하고 언제나 공허한 몸부림을 치고 있었다. 나는 이중 삼중의 가면을 쓰고 있어서 무엇 때문에 어떻게 슬픈지 분간을 하지 못했던 것이다. 그러던 중 나는 어떤 쓸쓸한 분출구를 찾아내게 되었다. 창작인 것이다. …… 작가가 되자, 작가가 되자, 하고 나는 마음 속으로 염원했다."

1930년 도쿄 제국대학 불문과에 입학한 그는 고향에서 송금된 고액의 돈으로 퇴폐적인 생활을 하면서, 또 한편으로는 지하 공산당 조직에 가입하여 좌익 운동을 전개한다. 고등학교 재학시에 그가 만든 동인지의 제목이 『세포 문예』(細胞文藝)였다는 사실이 암시하듯 그는 이미 좌익 사상에 접해 있었고, 비합법과 반역에 대한 그의 생리적 매혹도 작용했지만 무엇보다도 성장기 내내 그를 짓눌렀던, 가난한 농민과 소작인들을 착취하여 축재한 자신의 집안에 대한 꺼림칙한 감정 때문이었다. 그는 행동 대장으로 '연필을 깎는 데도 쓸모가 없을 만치 화사한' 작은 나이프를 주머니에 넣고 무장 봉기를 준비한다고 이리저리 뛰어다니며 어설픈 혁명가의 포즈를 취한다. 그러나 정치 운동은 그에겐 불편한 옷 같은 것이었고, 동지들의 행태에도 위화감을 느낀 그는, 아주 재빨리 절망했다. 그리곤 예기(藝妓) 오야마 하쓰요(小山初代)와의 결혼 문제로 가문에서 파문당하는 사태까지 겹치자, 긴자(銀座)의 바 여급과 함께 가마쿠라(鎌倉)의 바다에 뛰어들어 정사(情死)를 기도한다. 여인은 죽고 구사일생으로 구조된 그가 자살 방조죄로 기소 유예 처분을 받음으로써 이 사건은 일단락되었지만, 그는 평생 죽은 여인에 대한 죄의식을 떨쳐 버리지 못했으며("내 생애의 아픔〔黑點〕이다"), 이때의 심정을 그는 몇 년 후 「어릿광대의 꽃」(道化の華)이라는 소설에 적고 있다.

● 비록 목숨은 건졌지만 희망 없는 나날들의 연속이었다. 오야마의 상경으로 을씨년스 런 동거 생활이 시작되었고, 여전히 신념 없는 좌익 운동에서 발을 빼지 못한 채 수시로 거처를 옮겨다니며 반(半)도피 생활을 하던 그는 장형의 권유로 1932년 아오모리 경찰서에 자수하여 각서를 쓰고 풀려남으로써 비합법 활동과 연을 끊는다. 그리고 일종의 유서처럼 「추억」(思ひ出)을 쓰기 시작한다. 1936년 발표된 처녀 창작집 「만년」(晩年)은 문단과 저널리즘의 주목을 받으며 단번에 그를 문제 작가의 대열에 올려 놓았으며, 제1 회 아쿠타가와 상 후보작으로 「역행」(逆行)이 선정되기도 한다.

그는 염원하던 작가의 길에 들어섰고, 즉각적인 문학적 성공도 거두었다. 하지만 문학이 그에게 구원은 아니었다. 그저 목숨을 부지해야 할 최소한의 이유였을 뿐. 극도의 자기 혐오와 허무주의에 빠져 몸부림치는 그에겐 하루하루가 '만년'이었다. 학업을 등한시한 결과 학교로부터는 낙제를 당하고, 집으로부터의 굴욕적인 경제적 지원에서 벗어나고자 응시한 신문사 입사 시험에서도 낙방하자 그는 또다시 가마쿠라의 산에서 자살을 기도한다. 이번에도 그는 속절없이 삶으로 되돌려졌으나 곧이어 발병한 급성 맹장염이 복막염으로 번지면서 중태에 빠진다. 설상가상으로 고통을 덜어 볼 요량으로 복용하기 시작한 루미날이 그를 중독으로 몰고 가면서, 그는 밤마다 몰래 병원을 빠져 나가 술을 마시거나 루미날을 투약해 거의 폐인이 되기에 이른다. 사방에 부채가 늘어나고 루미날 중독으로 기묘한 행동이 많아지자 이를 보다 못한 지인들은 그를 속여 강제로 정신병원에 입원시킨다. 믿었던 선배, 동료들에 의한 정신병원에의 감금, 게다가 입원 중에 벌어진 순수의 화신 같은 오야마의 다른 남자와의 통정은, 그를 힘겹게 세상과 연결해 주고 있던 끈을 잔인하게 잘라 버렸다. 그는 오야마와 동반 자살을 시도한다. 그리고 죽음은 이번에도 어김없이 그를 또다시 생으로 밀어냈다.

● 오야마와의 7년 동안의 동거 생활을 청산한 그는 이후 1년 반 동안 깊고 아득한 절망과 자기 부정 속에서 허우적거렸다. 그리고 마침내 이 어둡고 막막한 날들의 끄트머리에서 작은 불 하나가 점등되었다. 그것은 이제 자신의 인간으로서의 날은 다했으나, 작가로서의 삶은 남아 있을 것이라는, 가능할 것이라는 자각이었다. 1940년 발표된 「속천사」(俗天使)에서 그는 이렇게 쓰고 있다. "나는 새도 아니다. 짐승도 아니다. 그리고 인간도 아니다. …… 4년 전 이날 나는 어떤 불길한 병원에서 나오는 것이 허락되었다. …… 그때의 일은 지금부터 5 ~ 6년이 지나 좀 안정되면 정성을 들여 천천히 써볼 작정이다. '인간 실격'이라는 제목으로 말이다."

인간으로서의 자격을 상실한 인간, 영락한 인간이라는 슬픈 자의식을 가슴에 안은 채 그는, 파멸을 예감한 자의 기묘한 건강함 같은 것으로 창작에 매진하여 다자이 문학의 중기를 열고, 고등학교 교사인 이시하라 미치코(石原美知子)와 정식으로 선을 보고 결혼하여 평범한 소시민으로 새로운 생활을 시작한다. 이전의 「허구의 봄」 「20세기 기수」 같은 대담하고 실험적인 소설들과는 달리 「여생도」(女生徒) 「뛰어들어서 하는 호소」 「후가쿠 햐케이」(富嶽百景 ; 후가쿠는 후지(富士)산의 다른 이름) 같은 문학적 완성도가 높은 작품들을 속속 발표하면서, 그는 숨 가쁜 윤리적 자세 때문에 질식되어 있던 자신의 문학적 재능을 만개시킨다.

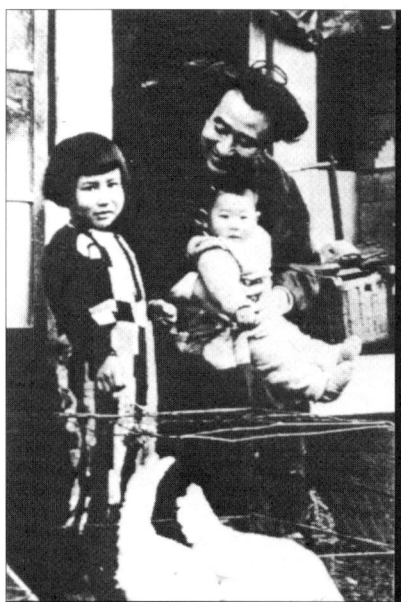

1948년 4월 미타카의 집에서 큰딸 소노코와
작은딸 마사코와 함께.

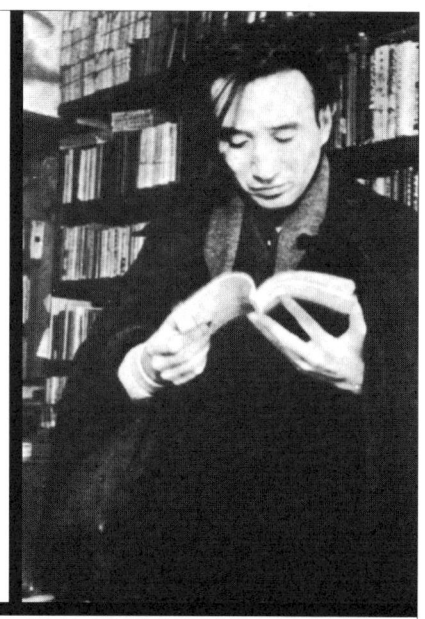

1948년 미타카의 한 서점에 들른 다자이 오사무.

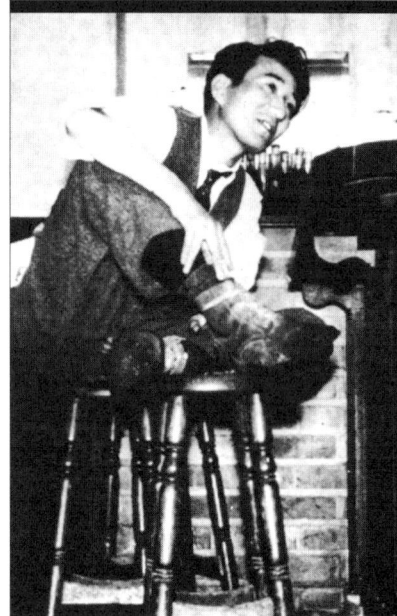

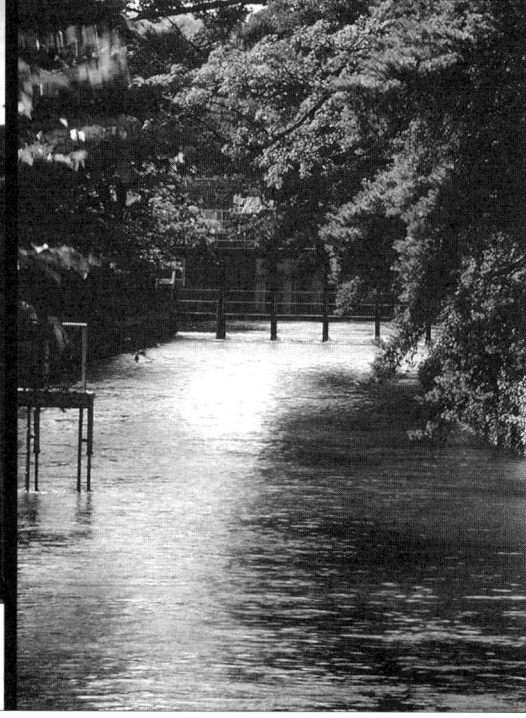

왼쪽 | 1947년 가을, 긴자의 한 술집에서.
오른쪽 | 다자이 오사무가 몸을 던진 도쿄의
다마가와 상수(玉川上水).

너 무 낡 은 시 대 에 너 무 젊 게 이 세 상 에 오 다

● 그러나 시대는 점점 파탄으로 치닫고 있었다. 그의 조국은 마침내 군국주의의 발톱을 드러내며 전쟁을 도발했고, 문인 징집령에 따라 그도 신체 검사를 받았으나 폐결핵으로 징집에서 제외되었다. 도처에서 울려 퍼지는 사나운 군가 소리가 개인의 양심이나 신념의 소리를 먹어 버리는 이 암울한 시대에, 〈문인 보국회〉 같은 단체에 소속되어 미친 시대와 같이 춤을 추거나 붓을 꺾어 버리고 내면으로 도피했던 대부분의 작가들과는 달리 그는 「신(新)햄릿」 「쓰가루」(津輕 ; 아오모리 현 서반부를 일컫는 명칭) 「우대신 사네토모」(右大臣實朝) 「석별」 같은 현대와 고전과 토착이 조화를 이룬 훌륭한 작품들을 씀으로써 이러한 광기에 답했다. 그리고 좁은 바다를 사이에 두고 이웃한 한 나라에게는 해방을, 일본인들에게는 패전을 안겨 준 그 전쟁이 끝나면서 다자이 문학의 최후 3년이 시작된다.

연일 계속되는 공습과 생활고를 피해 생가가 있는 쓰가루로 소개했다가 다시 도쿄로 올라 온 그는 왕성한 필력을 과시하며 「토가톤톤」 「친우 교환」 「겨울의 불꽃」 「비용의 처」 같은 작품들을 잇달아 발표한다. 대중은 그의 작품에 갈채를 보냈으며 문학사는, 자학과 역설의 미학을 보여 주고 있던 사카구치 안고(坂口安吾), 오다 사쿠노스케(織田价之助), 이시카와 준(石川淳) 등과 다자이를 묶어 〈무뢰파〉라는 꼬리표를 달아 주었다. 그리고 1947년 그는 그를 전후 최고의 인기 작가로 만들어 준 「사양」(斜陽)을 발표한다. 그것은 토지와 재산을 몰수당하고 가산을 팔아 연명하는 몰락한 귀족인 어머니, "사상? 거짓이다. 주의? 거짓이다. 이상? 거짓이다. 질서? 거짓이다. 성실, 진리, 순수? 모두 거짓이다"라는 완전한 회의 속에 자살을 결행하는 나오지(直治), 삶이 '어찌 할 도리없이 숨이 토막토막 막히는 대사업'인 퇴폐적인 작가 우에하라(上原), 그리고 '로자 룩셈부르크에게 새로운 경제학이 필요했듯이' 새로운 윤리를 요청하며 도덕적 혁명을 꿈꾸는 주인공 가즈코(和子), 이 모두가 어울려 엮어내는 '목숨의 황혼, 예술의 황혼, 인류의 황혼'에 울려 퍼지는 슬픈 만가(輓歌)였다. 「사양」은 공전의 베스트 셀러를 기록하면서 '샤요조쿠'(斜陽族)라는 말까지 유행시켰다.

● 이제 서른여덟의 나이를 넘어선 그는 작가로서는 무르익을 대로 무르익었으나, 자연인으로서는 죽음을 향해 타들어 가는 심지 같았다. 폐결핵이 재발해서 악화되었고 과로로 심신이 쇠약해질 대로 쇠약해진 그는 마치 미루어 두었던 숙제를 하듯 통렬한 영혼의 자화상 「인간 실격」을 쓰기 시작한다. 그리고 자신을 간호해 주던 야마자키 도미에(山岐富榮)라는 여인과 함께 쇼와(昭和) 23년인 1948년 6월 13일 다마가와 상수(玉川上水)에 몸을 던진다. 「인간 실격」 3회분 중 2회분이 『전망』 7월호에 발표된 후였고, 『아사히신문』에 「굿바이」가 연재되던 중이었다. 그리고 죽음이 마치 새로운 탄생이기라도 하다는 양 6월 19일 그의 서른아홉번째 생일이 되던 날 시신이 물 위로 떠오른다.

그의 문학은 이 세계의 불합리와 폭력을 경영하는 성인들의 문학이 아니었다. "어른이란, 배반당한 청소년의 모습이다"고 그는 쓴 바 있다. 그의 문학은 영원한 청년의 문학, 국외자의 문학, 마이너 문학이었다. 그의 일생을 섬약하고 퇴폐적인 예술가의 행보쯤으로, 혹은 '천재는 요절한다' 는 경박한 낭만주의적 작가관의 구현쯤으로 치부할 수도 있으리라. 하지만 우리는 그를 비난할 만큼 정치적으로 혹은 도덕적으로 순결하다고 자신할 수 있을까. 세계의 하늘 위로 여전히 미사일을 날리는 우리의 추악함 위로, 순응과 타협으로 점철되는 우리 일상의 불결함 위로 다자이 오사무의 문학은 오늘도 화농처럼 흘러내린다.

다자이 오사무 연보

1909년—00세	일본 아오모리 현 쓰가루 군 가나기에서 출생. 본명은 쓰시마 슈지(津島修治).
1923년—14세	현립 아오모리 중학교 입학. 동인지 『성좌』『신기루』 창간.
1927년—18세	관립 히로사키 고등학교 입학. 아쿠타가와 류노스케의 자살에 충격을 받아 학업을 방기하고 기방에 출입.
1929년—20세	좌익 사상에 접하고 동인지 『세포 문예』를 만듦. 하숙집에서 음독 자살 기도.
1930년—21세	도쿄 제대 불문과 입학. 가마쿠라 해안에서 한 바의 여급과 정사(情死) 기도. 자살 방조죄로 기소 유예.
1931년—22세	예기(藝妓) 오야마 하쓰요와 동거. 지하 사회주의 운동에 가담.
1932년—23세	아오모리 경찰서에 출두하여 각서를 쓰고 좌익 활동 청산.
1933년—24세	필명 다자이 오사무로 작품 활동 시작.
1935년—26세	대학 졸업 시험에 낙제. 신문사 입사 시험 실패. 가마쿠라에서 또다시 자살 기도. 소설 「역행」(逆行)이 '아쿠타가와 상' 후보에 오름.
1936년—27세	첫 작품집 『만년』 출간.
1937년—28세	오야마의 부정을 알고 그녀와 동반 자살 기도.
1939년—30세	그가 사숙해 오던 이부세 마스지(井伏鱒二)의 소개로 이시하라 미치코와 결혼. 도쿄 미타카에 정착. 「후가쿠 햐케이」 「사랑과 아름다움에 대하여」 등 집필.
1940년—31세	「속천사」 「달려라 메로스」 발표. 「여생도」로 기타무라 도코쿠(北村透谷) 문학상 수상.
1941년—32세	최초의 장편 소설 「신(新)햄릿」 발표.
1944년—35세	「쓰가루」 「우대신 사네토모」 완성.
1945년—36세	연합군의 공습으로 가족과 함께 고향으로 피신.
1947년—38세	「토가톤톤」 「비용의 처」 「앵도」 발표. 『신조』(新潮)에 「사양」 연재. 겨울에 단행본으로 출간.
1948년—39세	「인간 실격」 탈고. 야마자키 도미에라는 미용사와 다마가와 상수에 뛰어들다. 『다자이 오사무 전집』 간행.

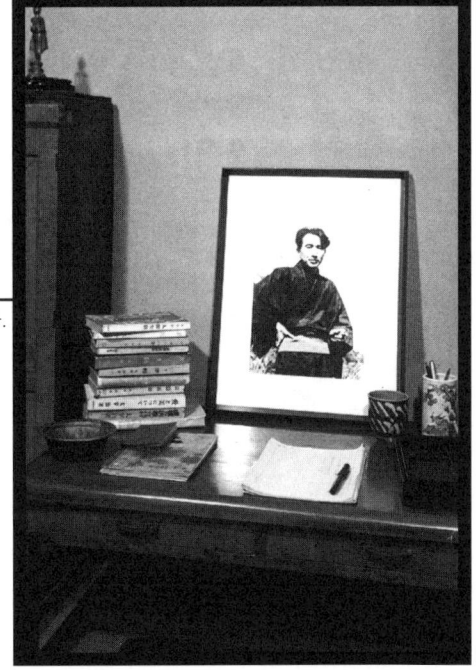

다자이 오사무의 유품들.

Käthe Kollwitz

캐테 콜비츠,

(07) Käthe Kollwitz(1867~1945)

착한
사마리아의
여인

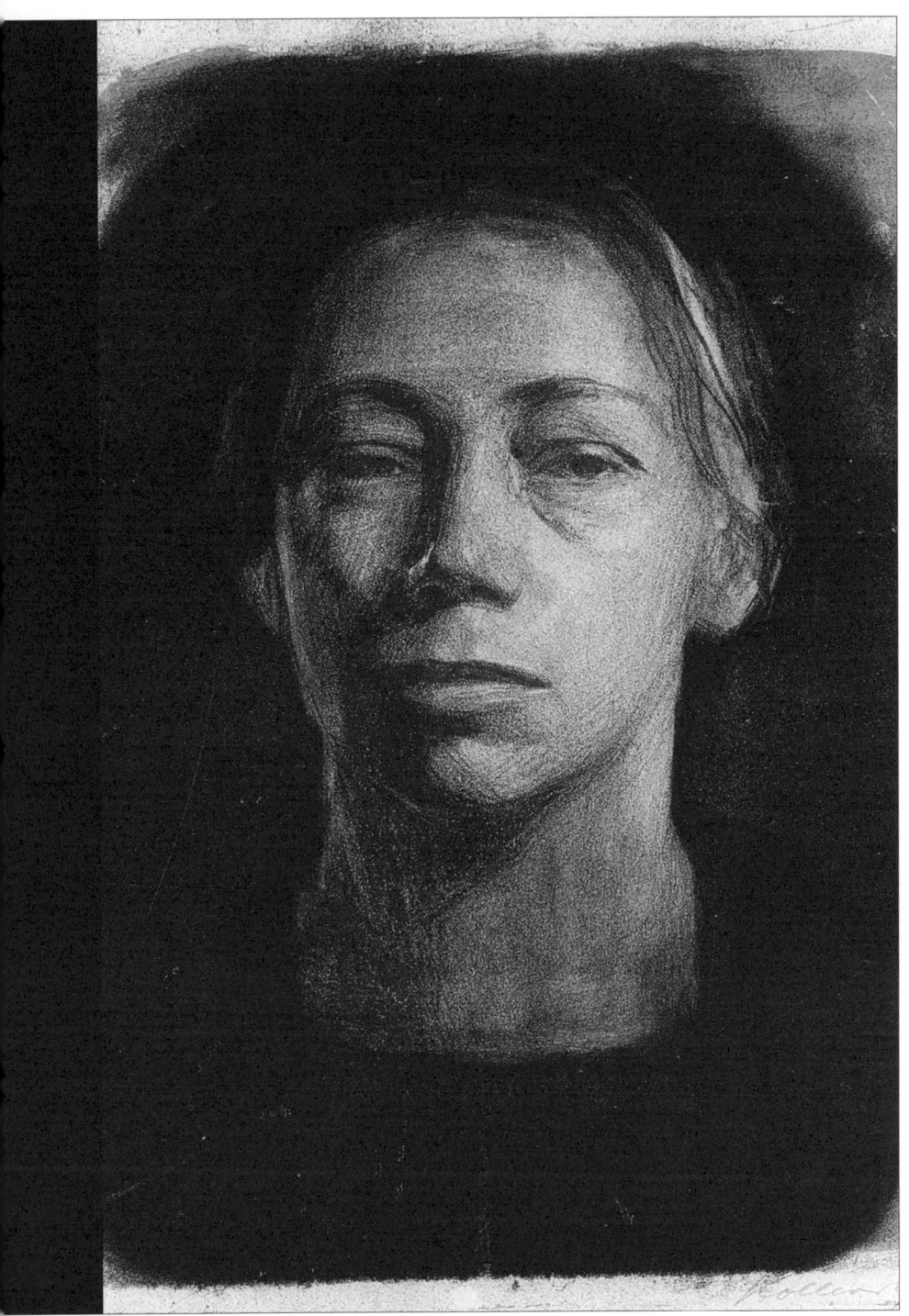

캐테 콜비츠의 자화상(1904년, 보스턴 현대 미술관 소장).

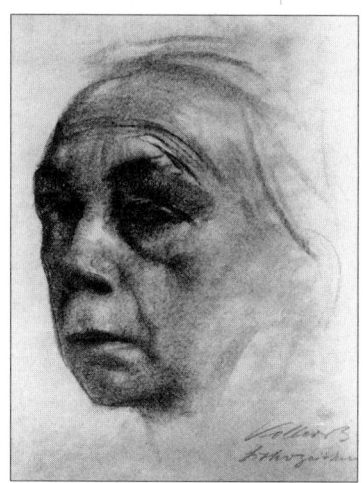

• 위 | 캐테 콜비츠의 1924년작 자화상.
• 아래 | 캐테 콜비츠의 「죽은 아이를 안은 여인」(1903년).

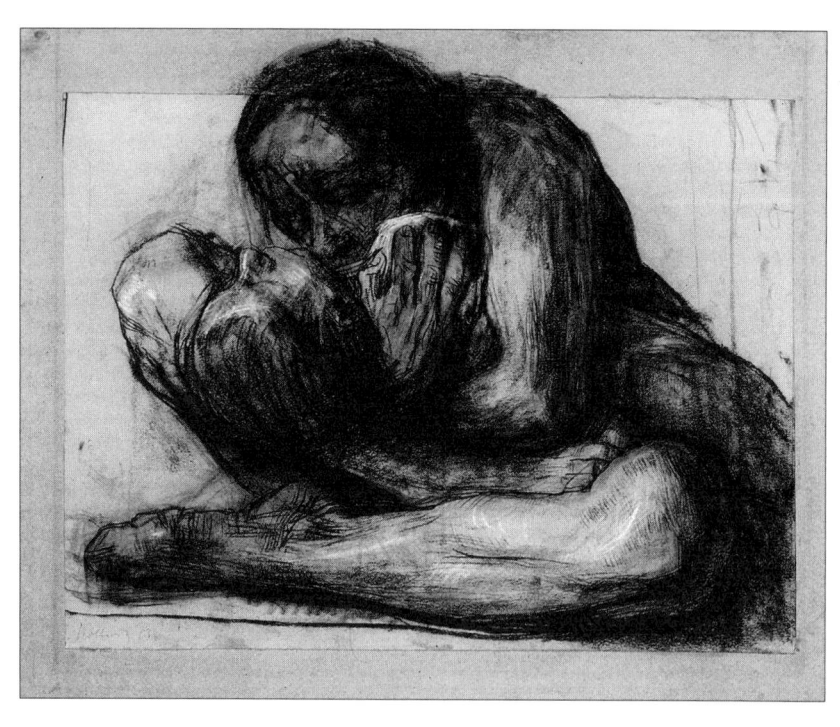

● 헐벗고 굶주리고 병에 걸려 신음하는 자가 있다면 무슨 수를 써서라도 그의 주린 배를 채워 영혼을 진정시키고, 그를 입혀 떨지 않게 하고 그를 병마에서 구해야 한다. 그의 불운과 나태에 이유를 물어 그를 방치해서는 안 된다. 그게 공동선이다. 더구나 그가 필사적으로 노동하고 생산하는 데에도 그 고통과 불행의 양이 좀처럼 줄어들지 않는다면, 원인은 어딘가 다른 곳에 있음이 틀림없다. 혹시 검고 잔인한 손이 있어 그 때문에 가뜩이나 얄팍한 그의 주머니가 더 홀쭉해지고 있는 것이라면, 그 손을 막아 그가 가져 마땅한 몫을 온전히 가지게 해야 한다. 그게 정의다. 이러한 정의는 무상으로 얻어지지 않는다. 무엇보다도 그것은 검고 잔인한 손을 가진 '강도'들을 향해 끊임없이 짖어댈 일군의 사람들을 요청한다. 그 책무를 지식인들이 짊어져야 함은 두말 할 나위가 없다. 그러나 그들이 '채찍과 당근'에 길들여져 본연의 사명을 포기할 때, 그들은 일찍이 폴 니장(Paul Nizan, 1905~40 ; 프랑스의 소설가)이 비난한 바 있는 지배 계급의 '집 지키는 개'로 전락한다. 가진 자, 배부른 자, 힘 있는 자들의 무한 증식에의 부도덕한 욕망을 향해 사나운 목청을 사용해야 하는 이 막중한 소임으로부터 예술가 또한 자유롭지 못하다. 예술에 내장된 비판적 기능이 필연적으로 그들을 첨예한 대결의 장으로 나서게 하기 때문이다.

그러나 자신의 예술로 불의한 시대를 고발하고 증언한다는 것은 그리 만만하고 안전한 일이 아니다. 무엇보다 무외(無畏)의 정신을 지녀야 하며, 때로는 자신의 생을 내줘야 하기 때문이다. 그렇지만 다행스럽게도 우리는 자신의 일인분의 삶을 대가로 치르고, 지배 계급의 등에 업혀 기생해온 예술의 운명을 반전시켜 놓은 몇몇 예술가들의 이름을 알고 있다. 농민 전쟁에 뛰어들었다가 체포되어 처참하게 육시(戮屍)를 당한 독일 르네상스 시대의 화가 라트게프(Jerg Ratgeb), 농민군에 동조했다는 이유로 다시는 끌을 쥘 수 없도록 두 손이 짓이겨진 조각가 리멘슈나이더(Tilman Riemenschneider), 파리 코뮌에 참여했다가 훗날 망명의 길을 걸어야 했던 리얼리즘의 대가 쿠르베(Gustave Courbet), 왕과 귀족들의 부패상을 고발하는 통렬한 풍자화와 징역형을 맞바꾸어야 했던 도미에(Honoré Daumier), 히틀러의 압제를 피해 망명한 스위스에서 결국 자살을 결행한 '표현파의 양심' 에른스트 키르히너(Ernst Kirchner), 바로 그 이름들이다. 그리고 캐테 콜비츠(Käthe Kollwitz, 1867~ 1945)가 있다.

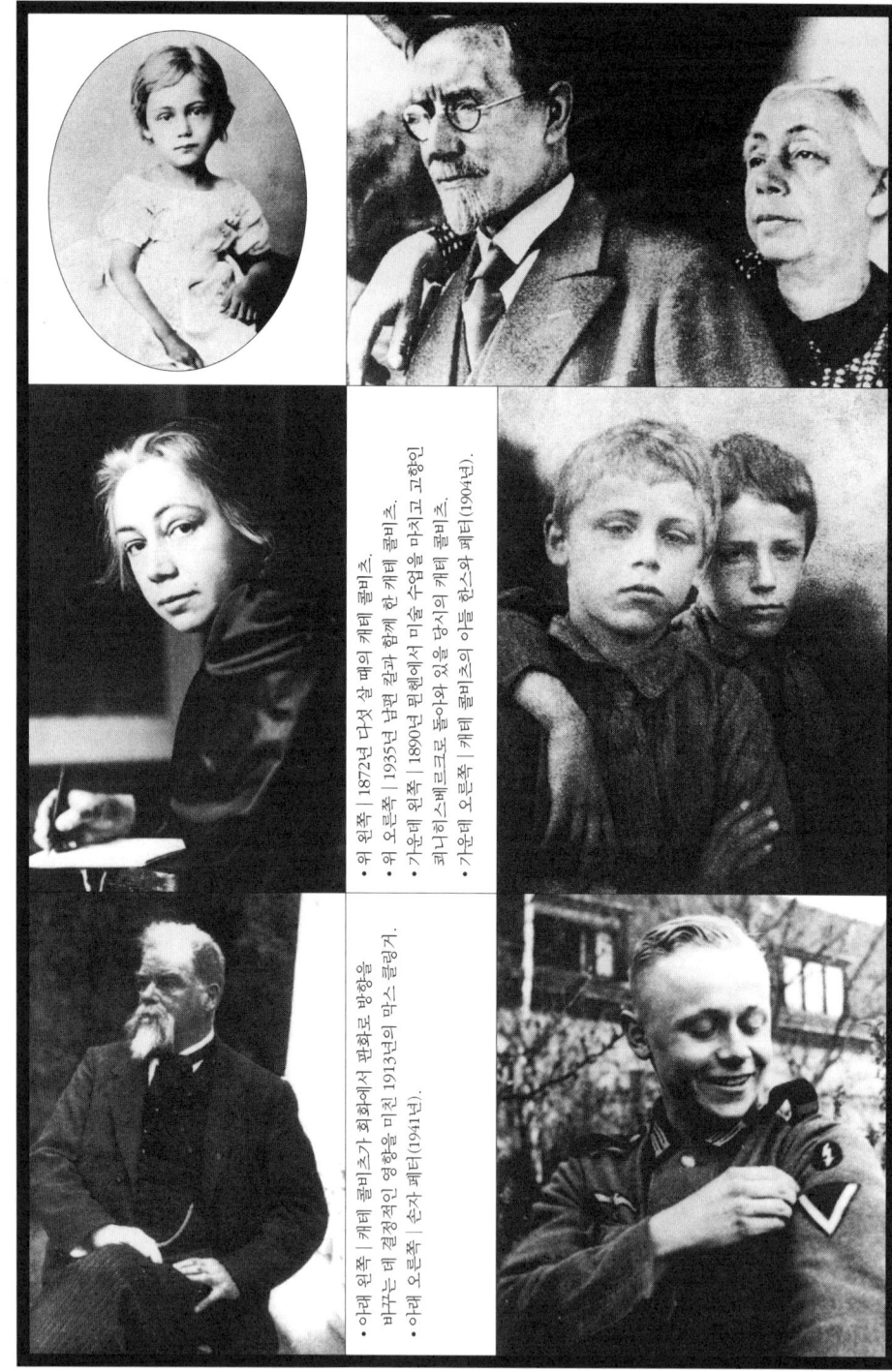

• 위 왼쪽 | 1872년 다섯 살 때의 케테 콜비츠.
• 위 오른쪽 | 1935년 남편 칼과 함께 한 케테 콜비츠.
• 가운데 왼쪽 | 1890년 뮌헨에서 미술 수업을 마치고 고향인 쾨니히스베르크로 돌아와 있을 당시의 케테 콜비츠.
• 가운데 오른쪽 | 케테 콜비츠의 아들 한스와 페터(1904년).

• 아래 왼쪽 | 케테 콜비츠가 회화에서 판화로 방향을 바꾸는 데 결정적인 영향을 미친 1913년의 막스 클링거.
• 아래 오른쪽 | 손자 페터(1941년).

● 대개의 위대한 이름들이 그러하듯 그녀의 이름에도 영욕이 교차한다. 빌헬름 황제 치하에서는 '쓰레기 같은 화가' 라는 비난을 받았고, 나치 치하에서는 '퇴폐 예술가' 로 분류되어 공직에서 추방당하고 침묵을 강요받아야 했다. 하지만 그녀는 19세기 말에서 20세기 전반에 이르는 격동의 전환기를 살며 프롤레타리아 회화의 선구자로, 반전 화가로 억눌리고 짓밟히고 소외된 사람들과 연대하는 길을 흔들림없이 걸어갔다. 루쉰(魯迅, 1881~1936)을 통해 중국에 소개되어 '신흥 목각(新興木刻)' 이라 불리는 중국의 신목판화 운동에 결정적 기여를 했고, 오늘날 전세계적으로 가장 널리 사랑받고 있는 독일의 여류 화가, 그녀의 무기는 판화 그리고 민중에 대한 열렬한 사랑, 그 둘이었다.

그녀는 1867년 프로이센의 쾨니히스베르크에서 태어났다. 뛰어난 신학자였던 외조부 율리우스 루프와 법관 생활을 청산하고 장인의 뒤를 이어 목수가 된 부친 칼 슈미트 밑에서 그녀는, 확고한 도덕적 세례를 받으며 성장하면서 동판 화가 마우러 등으로부터 받은 양질의 미술 교육을 자양으로 하여 화가로서의 꿈을 부풀려 나간다. 열여덟이 되던 해, 모친과 함께 여행한 베를린에서 그녀는 훗날 그녀의 작품에 중요한 모티프를 제공할, 언니 율리에의 이웃에 살던 극작가 하우프트만(Gerhart Hauptmann)과 일면식을 갖는다. "우리는 모두 장미꽃 화환을 둘러쓰고 포도주를 마셨다. 그러면 하우프트만이 「율리우스 시저」를 낭독했다. 우리 모두는 깊이 도취되었다. 얼마나 젊었던가. 이제 인생의 멋진 장이 새롭게 열리고 있었고, 그후로 나는 조금씩 그러나 간단없이 그 길을 헤쳐 나갔다." 자신의 꿈을 완성하기 위해 1885년 베를린 여자 예술학교에 입학한 그녀는 지도 교수 슈타우퍼 베른의 권유와 한 화랑에 전시된 막스 클링거(Max Klinger)의 동판화 연작 「어떤 인생」의 관람을 계기로 성장기 내내 키워 왔던 회화에의 꿈을 포기하고 판화 공부를 시작한다. 그것은 혁명에의 열정으로 들끓었던 20세기 전반부 독일의 변혁 운동에 가장 지대한 영향력을 행사한, 한 탁월한 판화가의 탄생을 알리는 서곡이었다.

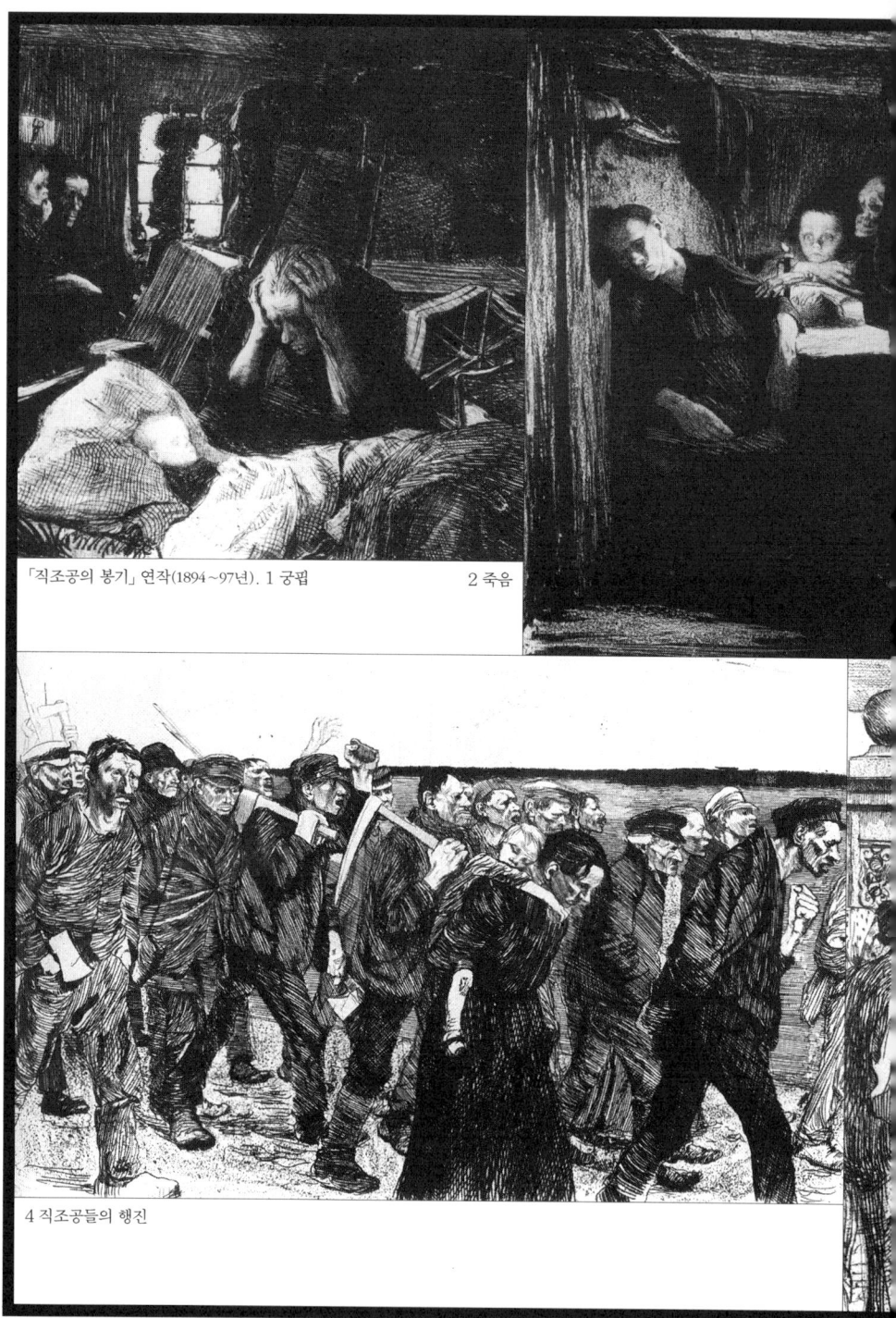

「직조공의 봉기」 연작(1894~97년). 1 궁핍   2 죽음

4 직조공들의 행진

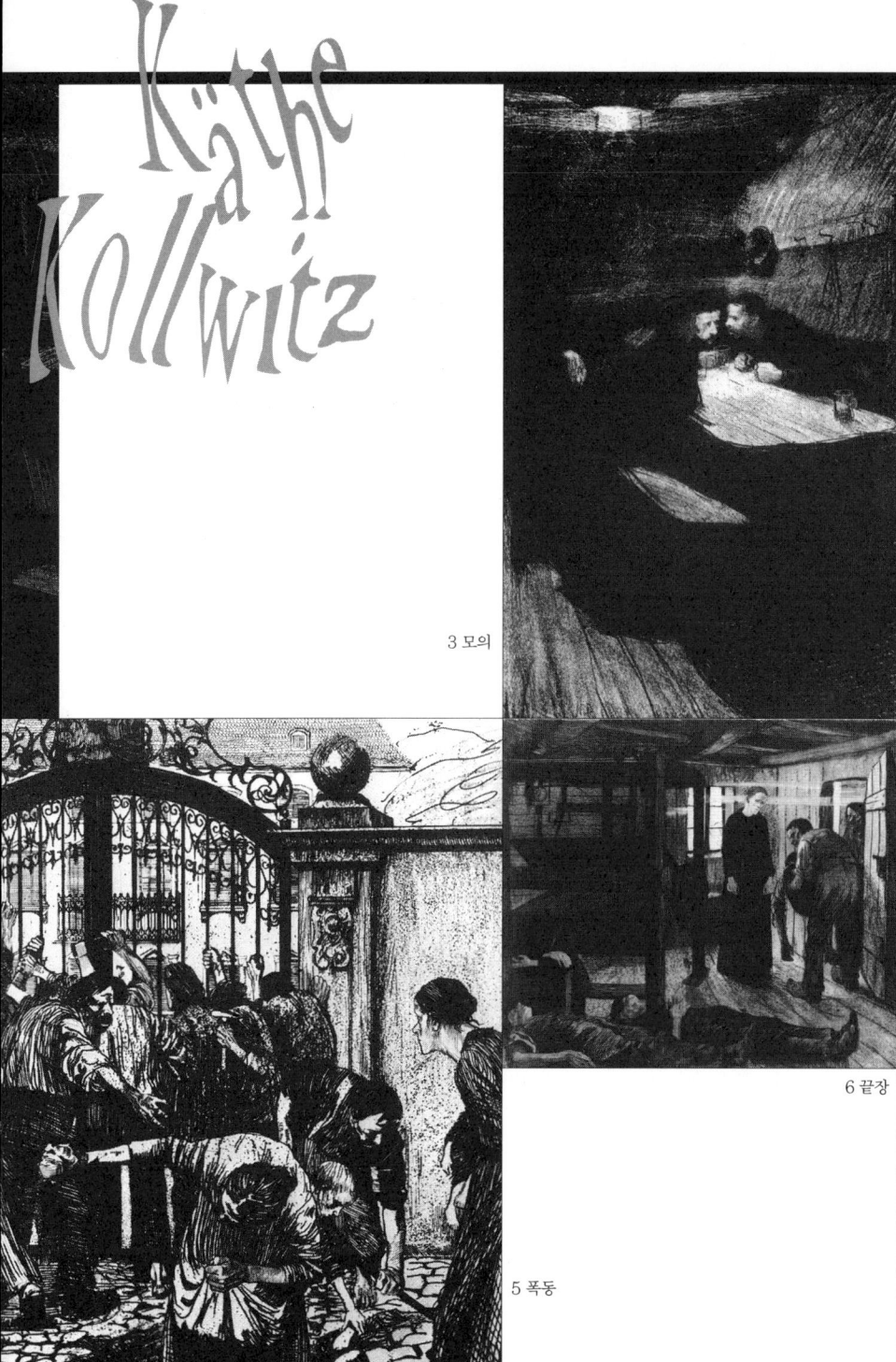

3 모의

6 끝장

5 폭동

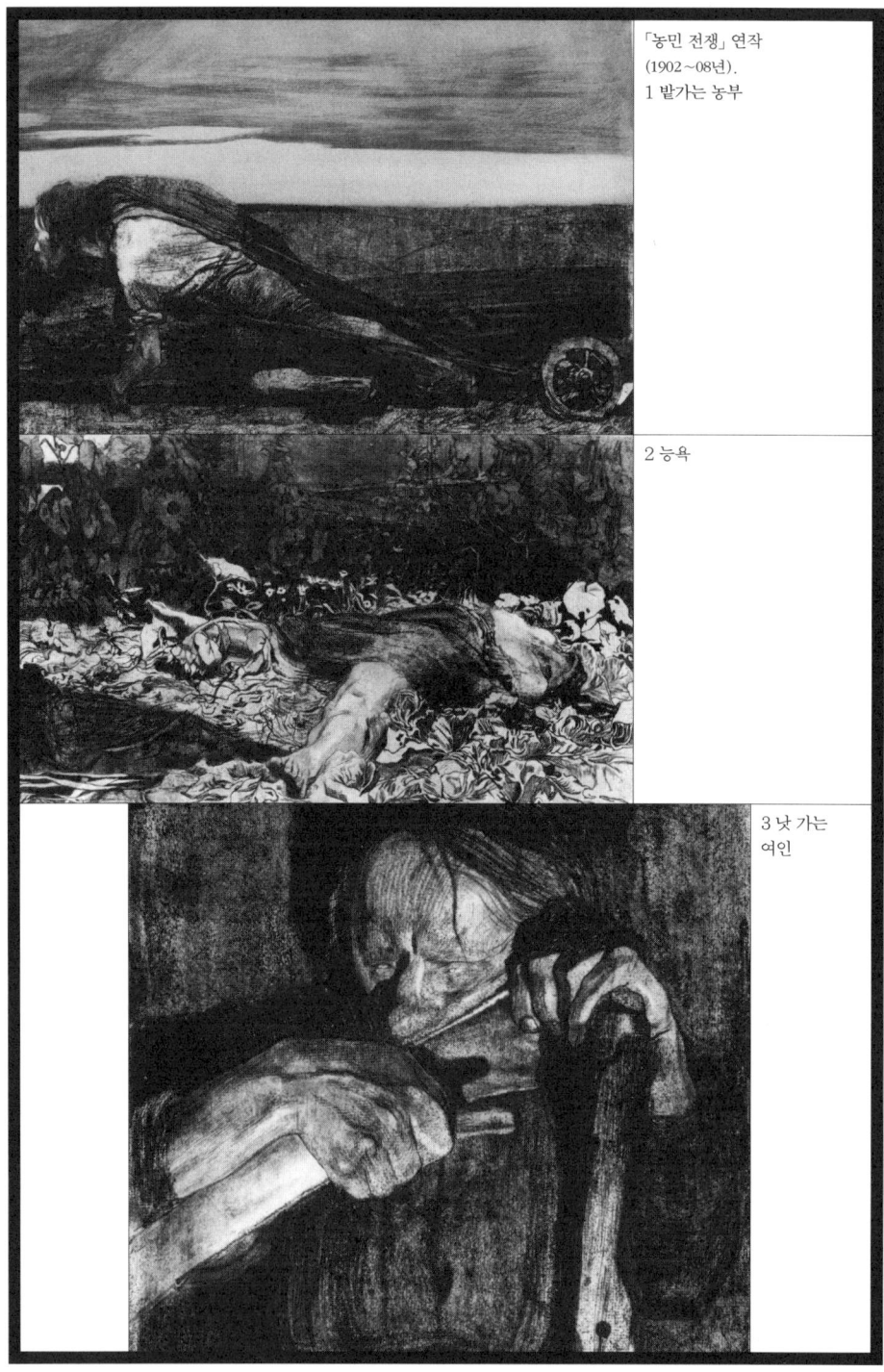

「농민 전쟁」 연작
(1902~08년).
1 밭가는 농부

2 능욕

3 낫 가는
여인

● 베를린에 이어 뮌헨 여자 예술학교에서 제도권 미술 교육을 어느 정도 갈무리한 그녀는, 1891년 어린 시절부터의 친구인 의사 칼 콜비츠와 결혼하여 베를린의 가난한 노동자 주거 지역인 슈판다우에 신접 살림을 차리고 남편이 개설한 무료 진료소의 일을 도우며 석판과 동판 작업에 몰두한다. 그녀는 이미 노동자 계급의 삶에 강한 매력을 느끼고 있었다. 그녀의 고향 쾨니히스베르크의 짐꾼이 그녀에게는 아름다웠고, 노동자들의 생활이 보여 주는 활달함과 건강함이 그녀를 사로잡았다. 그러나 그곳에서 그녀가 목도한 광경은 그녀의 낭만적인 생각을 여지없이 깨뜨리기에 충분한 것이었다. 실업과 질병과 기아로 가득 메워진 그 거리에 그들은 아무런 대책도 구원도 없이 내버려져 있었다. 비로소 사태의 위급함을 깨달은 그녀는 자신의 칼 끝에 그들에 대한 깊고 참된 연민과 그들의 고통 위에 번성하는 악에 대한 타는 듯한 분노를 싣기 시작한다.

그 분노는 1844년 슐레지엔 지방에서 일어난 삼베 노동자들의 봉기를 형상화하는 것으로 표출되었다. 1893년 하우프트만의 연극「직조공들」을 보고 충격을 받은 그녀는 그때까지 제작 중이던 졸라의 「제르미날」의 삽도(揷圖)를 중단하고 4년 동안 작업에 매달려 「직조공의 봉기」(Der Weberaufstand)를 완성낸다. 각기 '궁핍' '죽음' '모의' '직조공들의 행진' '폭동' '끝장' 이라는 제목이 붙여진 이 연작 판화는, 삼베 노동자들이 왜 봉기해야 했는지, 어떻게 도전했는지, 그리고 어떻게 좌절되었는지를 웅변적으로 보여 주고 있다. 30여 년 후 그녀는 다시 이 연극을 관람하곤 그날 일기에 이렇게 적는다. "'총 든 사람들은 나와라! 총을 메고 나와라! 각목을 날라와라!' 내가 「직조공들」을 처음 보았을 때에 느꼈던 그 감정이 다시 나를 엄습했다. 직조공들을 일어서게 하는 '눈에는 눈, 이에는 이' 의 감정, 그때 나는 그 감정으로 직조공들을 작품화했다. 나의 직조공들."

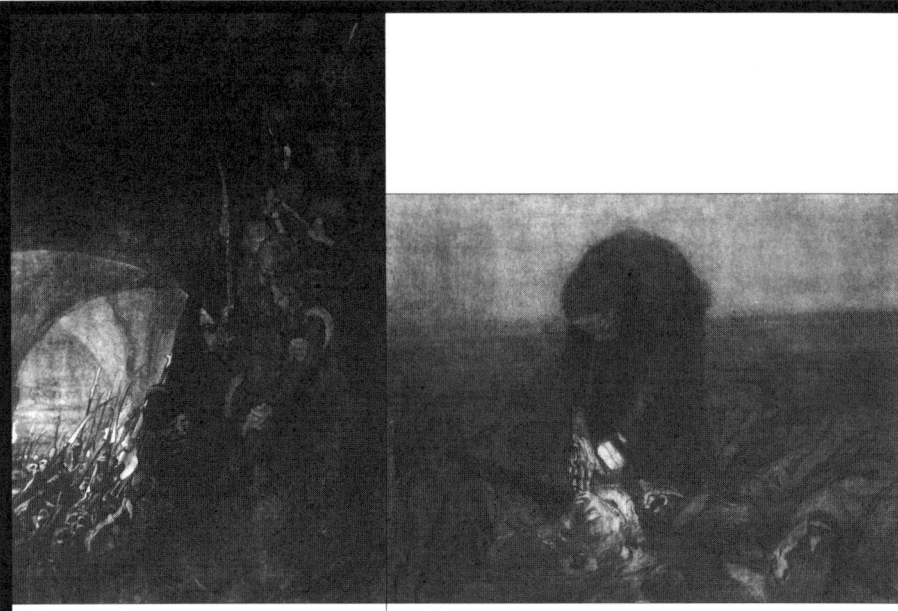

「농민 전쟁」 연작(1902~08년). 4 무장

6 전쟁터
5 돌격. 앞쪽에 있는 여인은 농민 전쟁 당시 농민군을 지휘했던 '검은 안나' 이다.

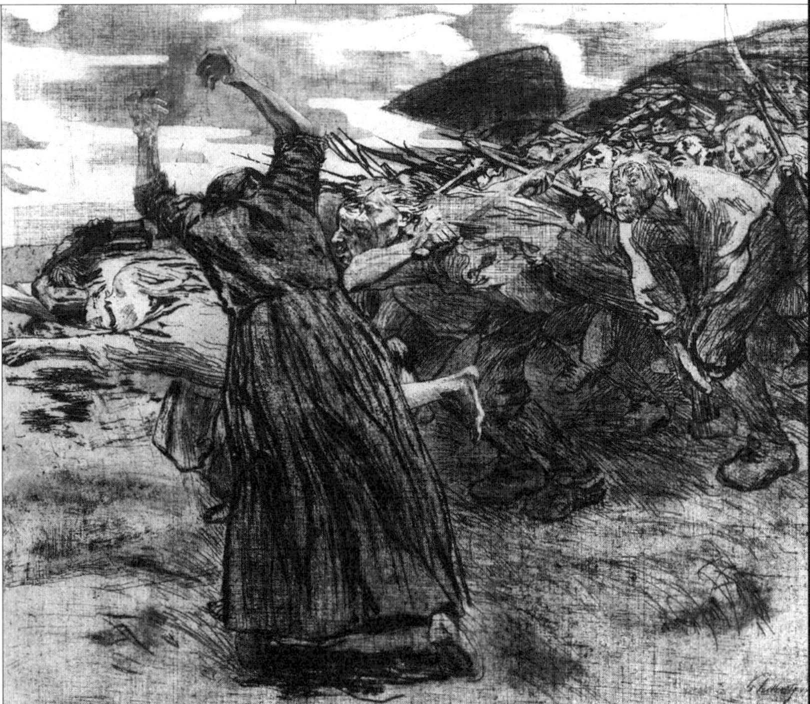

● 젊은 이상주의자들 사이에 크나큰 반향을 불러일으켰던 「직조공의 봉기」는, 베를린 미술대전에 출품되어 금상 수상이 확정되었다가 '시궁창 같은 그림'이라는 비난과 함께 황제 빌헬름 2세의 거부로 수상이 좌절되기도 했으나, '조형 예술 분야에서 계급 투쟁을 설득력 있게 형상화하려는 노력을 기울인 개척자'라는 후대의 평가를 콜비츠에게 내리게 하는 데에 결정적인 역할을 한다. 그리고 그 이듬해 드레스덴에서 개최된 독일 예술전에 다시 출품되어 끝내 최고상을 수상하고 만다.

"서른 살부터 마흔 살까지는 모든 면에서 매우 행복했다"고 그녀는 말했다. 「직조공의 봉기」로 그녀는 단번에 명성을 얻었고, 두 아들 한스와 페터가 무럭무럭 자랐으며, 자신이 수학했던 베를린 여자 예술학교의 교수직을 얻기도 했다. 그리고 아직은 '강력한 여성 해방적 전망을 지닌' 혹은 '프롤레타리아 혁명을 고취시킨' 여성 예술가로서의 정치적 입지에 대한 강요나 명성의 압박이 없던 이 시기에 그녀의 대작 「농민 전쟁」(Bauernkrieg)도 완성되었다.

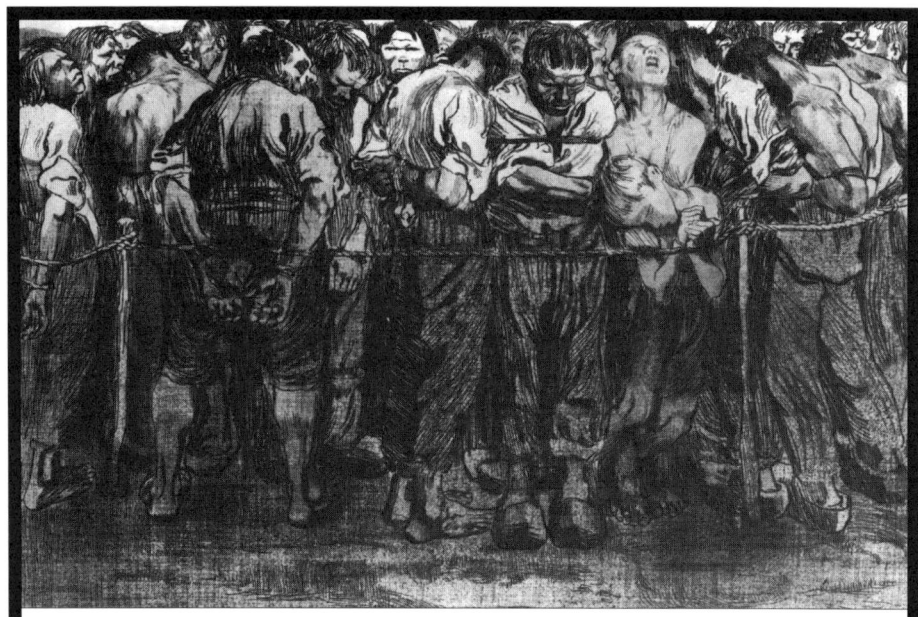

「농민 전쟁」 연작(1902~08년). 7 포로들

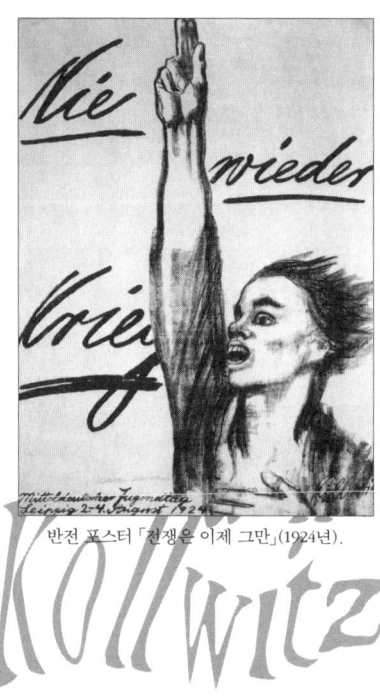

반전 포스터 「전쟁은 이제 그만」(1924년).

● 「직조공의 봉기」 이후 자화상, 누드화, 「죽은 아이를 안은 여인」 연작, 「단두대 주위에서의 춤」 「짓밟힌 사람들」 등 다양한 경향의 작품들을 제작하던 그녀는, 치머만 (Zimmermann)의 저서 「농민 전쟁」의 독서 등을 토대로 하여 1903년부터 「농민 전쟁」에 착수한다. '한 계급이 전체적으로 혁명적 운동에 참여하였던 독일 최초의 그리고 현재까지도 유일한 사건'으로 기록되고 있는 농민 전쟁은, 근대 독일 형성에 가장 큰 영향을 끼친 변혁 운동으로 1524년경 남부 독일에서 발생했다. 당시 농민들은 노예와 다를 바 없는 생활을 하고 있었고, 루터의 종교개혁이 던져 준 자유와 정의에 대한 열망이 전 독일을 휩쓸고 있었다. 수탈과 착취로 온갖 봉건적 특권을 누리고 있던 귀족들과 영주들에 맞서 들고 일어난 농민들은, 가혹한 규정과 관례를 폐지해 줄 것을 요구했으나 거부당하자 여기저기서 봉기하여 성과 교회를 불태운다. 그리고 그것은 무력에 의한 체제의 보복을 불러일으킴으로써 수만 명의 농민들이 떼죽음을 당하는 것으로 종결된다. 이 과정을 '밭 가는 농부' '능욕' '낫 가는 여인' '무장' '돌격' '전쟁터' '포로들'로 응축하고 있는 「농민 전쟁」 연작은, 전편이 강렬한 혁명적 증언과 보복 의지로 가득 차 있으며, 기술적으로도 가장 대담하고 야심적인 작품으로, 콜비츠 예술의 한 정점을 가리키고 있다. 이 작품을 완성한 후 그녀는 결연히 선언한다. "이제 나는 내 작품이 목적을 갖게 되었음을 확실히 의식한다. 구원도 없고 상담도 변호도 받을 수 없는 사람들, 정말 도움을 필요로 하는 이 시대의 사람들을 위해 한 가닥의 책임과 역할을 담당하려 한다."

그것은 지난 시대 농민들의 자기 구제의 몸부림의 형상화를 통해서 당대의 민중들에게는 스스로를 추스릴 수 있는 힘을 제공하고, 시대를 병들게 하는 자들에게는 그 일을 중단하지 않는다면 그와 같은 불행의 재현을 피할 수 없으리라는 준열한 경고를 주려는 시도였다. 일급 판화가로서의 공고한 명성, 빌라 로마나 상의 수상, 부상으로 주어진 이탈리아 여행, 풍자 시사 주간지『짐플리시시무스』(Simpliziccimus)에 프롤레타리아의 일상을 사실적이고도 감동적으로 묘사한 「임시 숙박소」 「가내 노동」 등의 게재, 「농민 전쟁」의 완성에 뒤이은 일들이었다. 그리고 전쟁의 참화를 겪으면서 그녀의 칼끝에는 투쟁적·대립적 세계관을 뛰어넘는 원대한 세계관이 실리게 된다.

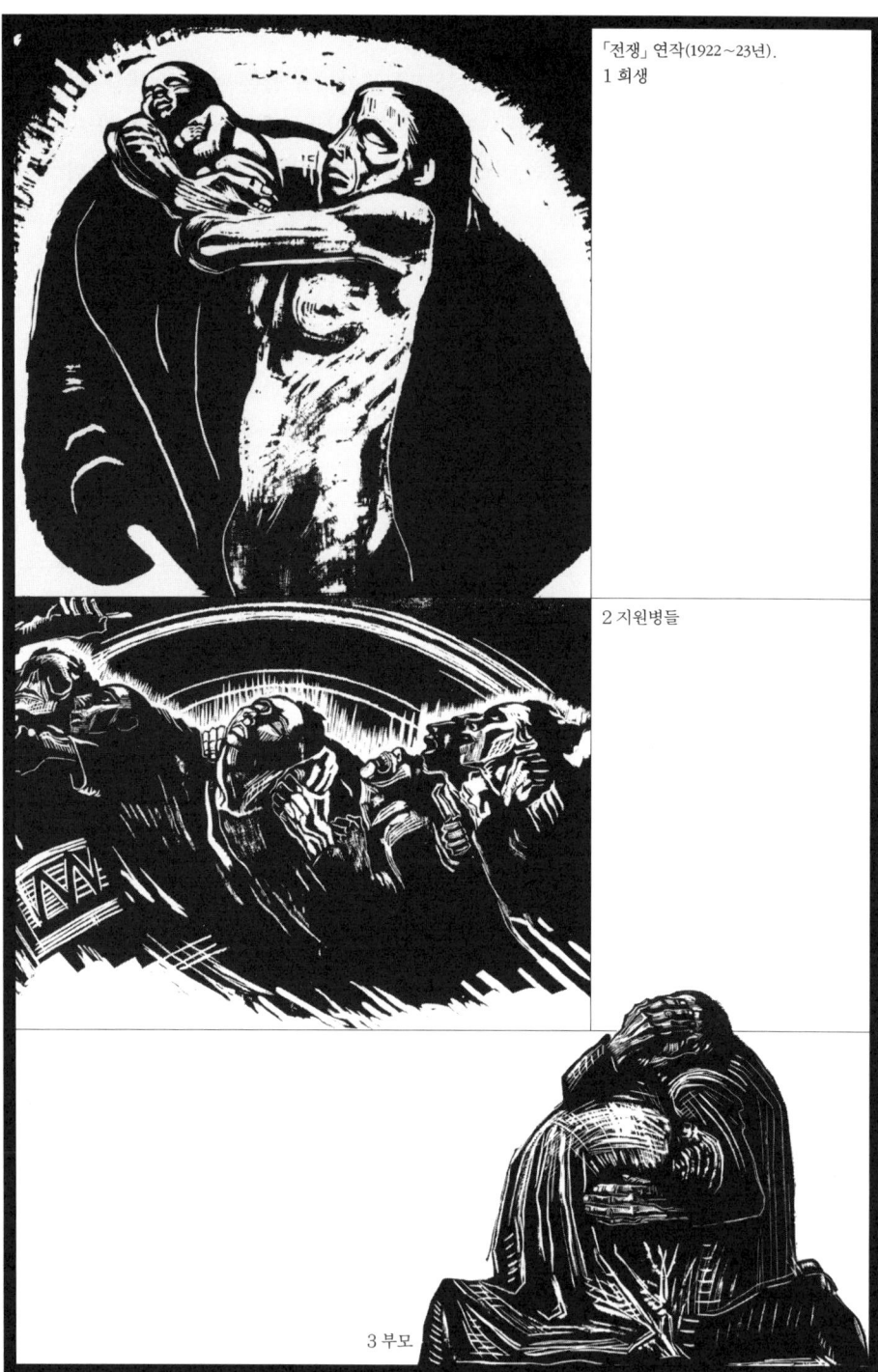

「전쟁」연작(1922~23년).
1 희생

2 지원병들

3 부모

● "사람이란 불행을 겪기 전에는 좀처럼 달라지지 않는 것 같다. 순전히 자기 의지에 의해서만 변신하는 사람은 본 적이 거의 없다. 그래서 변화란 더디게 일어나는 것인가 보다." 아들 페터가 1차 세계대전의 전장에서 산화한 지 2년 후인 1916년, 그녀는 말했다. 전쟁은 그녀에게 지옥 같은 고통을 안겨 주었지만 어머니로, 반전 화가로 다시 태어나게 했다. 고통당하고 투쟁하고 격려하는 여성에서 무참하게 스러지는 모든 목숨들을 끌어안는 큰 어머니로, 반전 화가로 그녀는 다시 태어났다. 그러나 그러기 위해서는 5년여 동안을 절망과 슬픔에 멱감지 않으면 안 되었다. 1919년 로자 룩셈부르크와 함께 〈스파르타쿠스 동맹〉을 창설했다가 살해당한 정치가 칼 리프크네히트를 추모하는 판화의 제작을 계기로 다시 의욕을 되찾은 그녀는 무려 17년간에 걸쳐 제작될 전몰 용사 기념비 「부모」에 착수하고, 1923년 목판화 연작 「전쟁」(Krieg)을 완성한다. 프랑스의 평화주의 작가 로맹 롤랑은 다음과 같은 그녀의 편지를 받는다. "나는 그 전쟁을 형상화해내기 위해 무던히 애썼지만 그것을 포착할 수는 없었습니다. 이제야 비로소 내가 말하고 싶어한 것을 어느 정도 말해 줄 목판화 연작을 완성하게 되었습니다. 그것들의 제목은 '희생' '지원병들' '부모' '과부1' '과부2' '어머니들' '민중' 입니다. 이 그림들은 마땅히 온 세계를 돌아다니며 이렇게 말해야 할 것입니다. 보시오. 우리 모두가 겪은 이 참담한 과거를."

저 유명한 반전 포스터 「전쟁은 이제 그만」 「독일 어린이들이 굶주린다」 「빵을 다오」 「러시아를 도우라」 같은 인도주의적인 작품들, '실업' '기아' '자식의 죽음' 으로 이루어진 연작 「프롤레타리아」 등이 발표된 것도 이 무렵이었다. 이제 그녀의 명성은 독일의 국경을 넘어 유럽은 물론이고, 미국, 러시아 등지로 두루 퍼져 나갔다. 1928년에는 〈베를린 예술 아카데미〉 판화 부문 의장에 임명되기도 했다. 그러나 아직은 그녀에게 휴식이 허락되지 않았다.

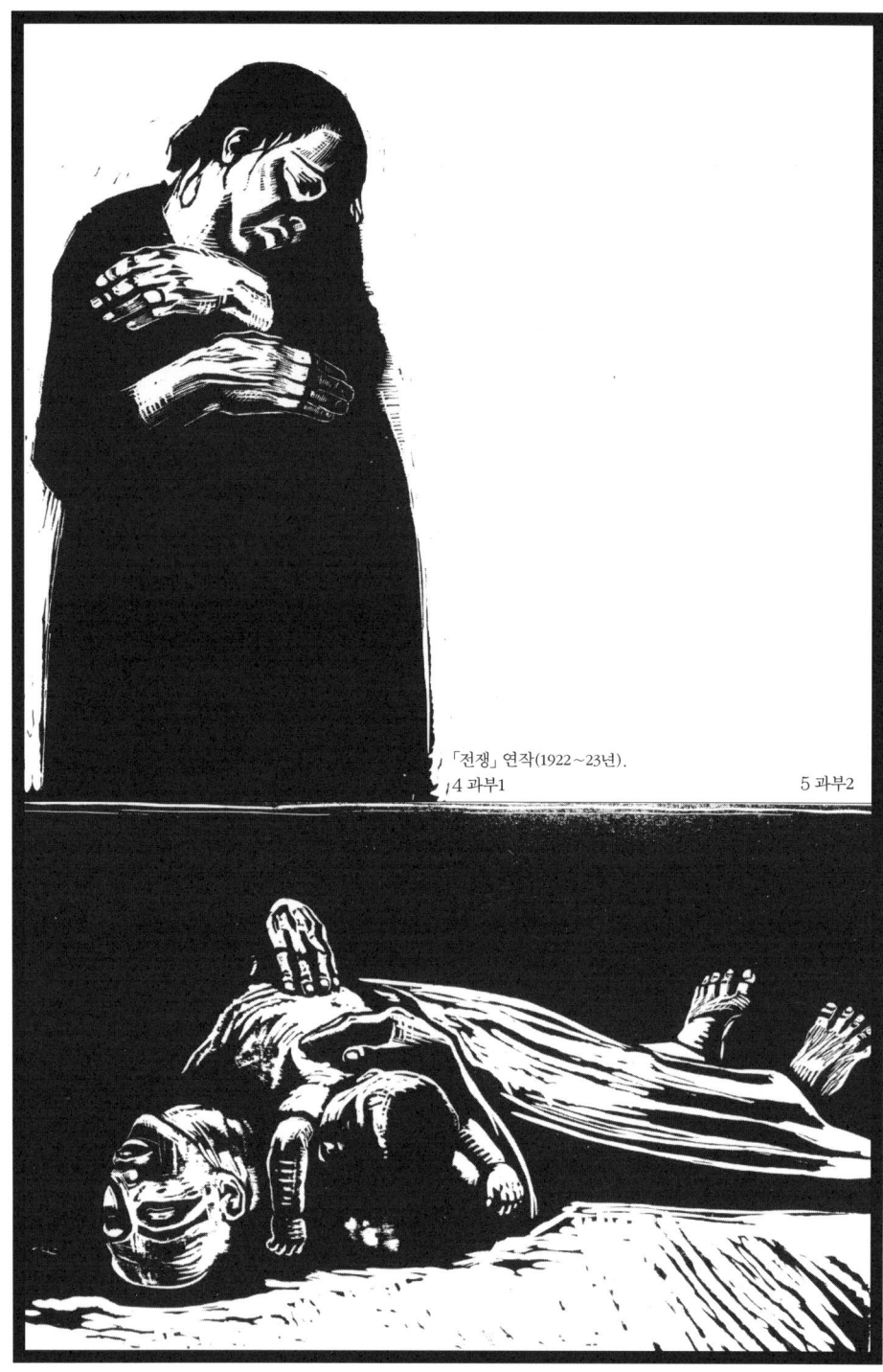

「전쟁」 연작(1922∼23년).
4 과부1

5 과부2

● 1933년 마침내 히틀러가 집권하자 그녀는 알베르트 아인슈타인, 하인리히 만, 아놀드 츠바이크 등과 함께 「긴급 호소」를 발표한다. "지금 이 순간 파시즘을 거부하는 모든 세력들이 원칙에 상관없이 결집되지 않는다면 독일의 모든 개인적, 정치적 자유는 곧 압살될 것이다." 결과는 여성으로서는 최초의 회원이었던 〈프로이센 예술 아카데미〉의 탈퇴 종용, 그녀의 작품에 대한 '퇴폐 예술'(Entartete Kunst)의 낙인이었다. 많은 예술가들이 나치의 탄압을 피해 외국으로 망명했다. 코코슈카는 영국으로, 베크만은 오스트리아를 거쳐 미국으로, 그로츠는 뉴욕으로 갔다. 그러나 에밀 놀데, 오스카 슐레머, 에른스트 발라흐, 콜비츠는 남았다. 사람들은 그것을 '국내 망명'이라고 불렀다. 저 멀리 중국에서는 루쉰이 이렇게 외치고 있었다. "이 위대한 예술가는 오늘날 침묵을 선고받았지만 그 작품은 점점 극동에까지 퍼지고 있다. 예술의 언어가 이해되지 않는 곳은 없기 때문이다."

1934년 또다시 엄청난 살육과 죽음을 예비하는 시대의 분위기를 감지한 그녀는, 마지막 연작 「죽음」에 착수하여 1937년 여덟 점의 석판화로 완성해낸다. 그리고 그녀의 예감대로 죽음은 뚜벅뚜벅 걸어와 사방에 피를 뿌렸다. 거짓 선지자에게 내몰려 무수한 목숨들이 전장의 이슬로 사라지는 것을 본 그녀는 침통하고 절박한 심정으로 1942년, 씨앗과도 같은 아이들에게 미래의 희망을 거는 마지막 석판화 「씨앗들이 짓이겨져서는 안 된다」를 제작한다.

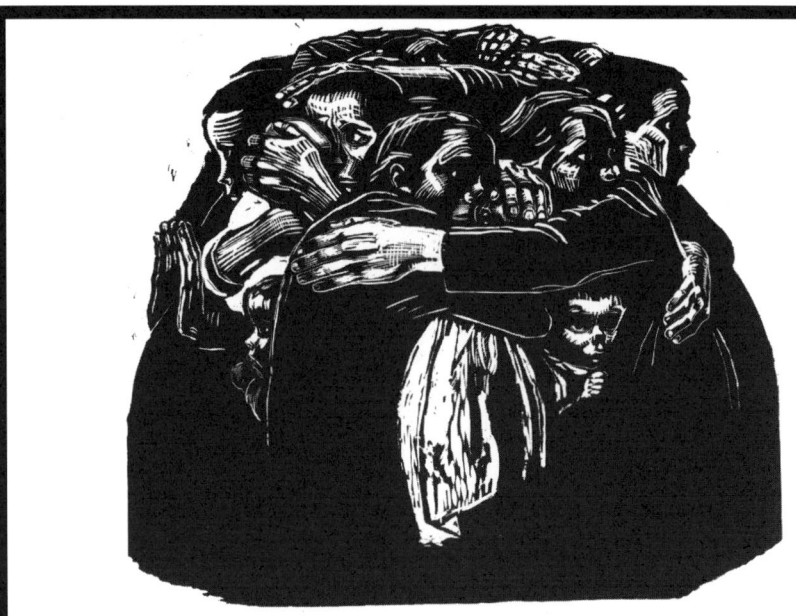

「전쟁」 연작(1922~23년). 6 어머니들

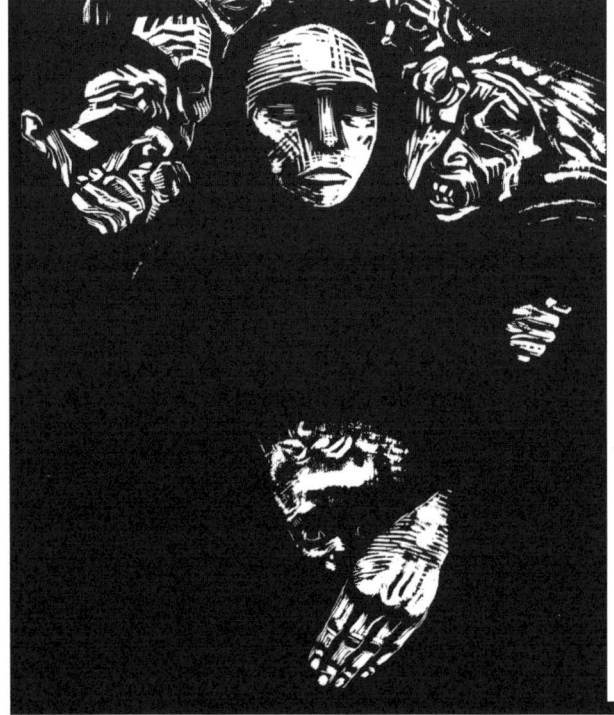

● "씨앗들이 짓이겨져서는 안 된다. 이제 이것은 나의 유언이다. 망아지처럼 바깥 구경을 하고 싶어 하는 베를린의 소년들을 한 여인이 저지한다. 이 늙은 여인은 자신의 외투 속에 이 소년들을 숨기고서 그 위로 팔을 올려 힘있게 감싸고 있다. 씨앗들이 짓이겨져서는 안 된다! 이 요구는 이제 「전쟁은 이제 그만」에서처럼 막연한 소원이 아니라 명령이다."

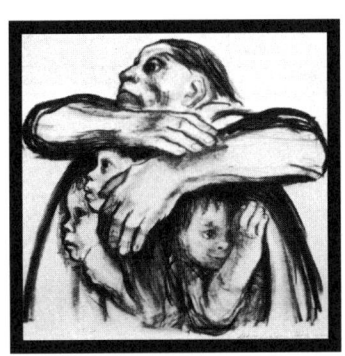

캐테 콜비츠의 마지막 석판화 「씨앗들이 짓이겨져서는 안 된다」(1942년).

「씨앗들이 짓이겨져서는 안 된다」는 자꾸 꺾이는 무릎을 곧추세워 혼신의 힘을 다해 마지막으로 피워낸 작고 소중한 불꽃 같은 것이었다. 그녀에게 가장 지대한 예술적 영향과 도움을 준 에른스트 발라흐도, 온화한 이상주의자로 평생의 동지이자 반려였던 남편 칼도 갔다. 그리고 전쟁이 이번에는 손자 페터를 앗아갔으며, 폭격으로 50년 동안 살았던 베를린의 집도 파괴되었다. 1944년 7월 그녀는 남은 가족들을 불러모아 놓고 말한다. "너희들과 작별해야만 한다고 생각하니 몹시 우울하구나. 그러나 죽음에 대한 갈망도 꺼지지 않고 있다. 그 고난에도 불구하고 내게 줄곧 행운을 가져다 주었던 내 인생에 성호를 긋는다. 나는 내 인생을 헛되이 보내지 않았으며 최선을 다해 살아왔다. 이제는 내가 떠나게 내버려두렴. 내 시대는 이제 다 지났단다." 그 이듬해 4월 그녀는 종전을 보지 못하고 드레스덴 근교의 모리츠부르크에서 전쟁 같았던 자신의 삶을 마감한다. 향년 78세였다.

●판화가 흥하는 시대는 결코 행복한 시대가 아니다. 판화가 발생한 중세는 무지와 잔혹과 독단이 인간의 눈을 가린 암흑기였고, 판화의 황금 시대를 구축한 독일 르네상스 시대는 종교 개혁과 농민 전쟁으로 유혈이 낭자했으며, 판화의 부활을 가져온 독일 표현주의 시대는 억압과 살육으로 점철된 공포의 시대였다. 그리고 오윤, 홍성담 같은 판화가들의 이름을 각인시킨 우리의 1980년대 또한 거기서 멀지 않다. 판화는 전환기의 예술 양식으로 그러한 시대의 환부를 아프게 드러낸다. 캐테 콜비츠는 판화가 성하는 그 불행한 시대 속에 거주하면서 혁명과 화가를 꿈꾸던 한 소녀에서 불 같은 분노와 투쟁 의지를 지닌 여인으로 그리고 마침내는 거대한 생명의 바다에 합류하여 눌리고, 밟히고, 소외된 채 야만과 폭력에 무참하게 스러지는 목숨들 모두를 포용하는 큰 어머니로 거듭나는 삶과 예술을 보여 주었다.

거짓 평화와 거짓 화해와 거짓 용서를 황망히 전도하기 위해서가 아니라 사람들 손에 정의의 검을 쥐어 주기 위해 지상에 내려온 젊은 혁명가 예수는, 제 스스로도 오랜 세월 핍박을 받아온 족속의 일원이면서도 '강도'를 만나 죽어가는 사람을 돕는 한 '착한 사마리아인'의 이야기를 들려 준다. "예수께서 대답하여 가라사대 어떤 사람이 여리고로 내려가다가 강도를 만나매 그 옷을 벗기고 때려 거반 죽은 것을 버리고 갔더라. 마침 한 제사장이 그 길로 내려가다가 그를 보고 피하여 지나가고 또 이와 같이 한 레위인도 그곳에 이르러 그를 보고 피하여 지나가되 어떤 사마리아인이 여행하는 중 거기 이르러 그를 보고 불쌍히 여겨 가까이 가서 기름과 포도주를 그 상처에 붓고 싸매고 자기 짐승에 태워 주막으로 데리고 가서 돌보아 주고 이튿날에 데나리온 둘을 내어 주막 주인에게 주며 가로되 이 사람을 돌보아 주라 부비가 더 들면 내가 돌아올 때에 갚으리라 하였으니 네 의견에는 이 세 사람 중에 누가 강도 만난 자의 이웃이 되겠느냐"(「누가복음」 10장 30~36절).

캐테 콜비츠 연보

1867년—00세	프로이센의 쾨니히스베르크에서 법관 출신의 목수 칼 슈미트의 네 아이 중 셋째로 출생.
1881년—14세	쾨니히스베르크에서 동판화가 마우러, 화가 에밀 나이데 등으로부터 미술 수업을 받음.
1885년—18세	베를린 여자 예술학교에 입학. 슈타우퍼 베른의 지도를 받음. 막스 클링거의 판화에 깊은 영향을 받음.
1888년—21세	뮌헨 여자 예술학교에서 수업.
1891년—24세	의사 칼 콜비츠와 결혼. 남편과 함께 베를린 북부의 빈민가에 무료 진료소를 개설하고 의료 봉사 활동과 창작을 병행.
1893년—26세	연작 판화 「직조공의 봉기」 착수.
1898년—31세	베를린 여자 예술학교에서 강의 시작.
1899년—32세	「직조공의 봉기」로 드레스덴에서 열린 독일 예술전에서 최고상 수상. 〈베를린 분리파〉에 가담.
1903년—36세	「농민 전쟁」 작업 시작.
1904년—37세	파리의 〈줄리앙 아카데미〉에서 조각 수업.
1907년—40세	〈막스 클링거 재단〉으로부터 빌라 로마나 상 수상. 이탈리아 플로렌스에 체류. 『짐플리시시무스』에 정기적으로 작품 기고.
1914년—47세	1차 세계대전으로 아들 페터가 전선에서 사망.
1919년—52세	여성으로는 처음으로 〈프로이센 예술 아카데미〉 회원에 임명됨.
1923년—56세	목판 연작 「전쟁」 완성.
1925년—58세	연작 「프롤레타리아」 제작.
1927년—60세	소련 여행. 모스크바에서 전시회 개최.
1928년—61세	〈베를린 예술 아카데미〉 판화 부문 의장에 임명됨.
1933년—66세	히틀러 집권. 〈프로이센 예술 아카데미〉 탈퇴.
1934년—67세	석판 연작 「죽음」 착수.
1937년—70세	당국의 불허 방침으로 작품전 무산.
1942년—75세	손자 페터가 2차 세계대전 중 러시아 전선에서 사망. 석판 「씨앗이 짓이겨져서는 안 된다」 제작.
1943년—76세	노르트하우젠으로 강제 이주.
1945년—78세	모리츠부르크에서 사망. 종전 후 유해가 베를린으로 옮겨져 안장됨.

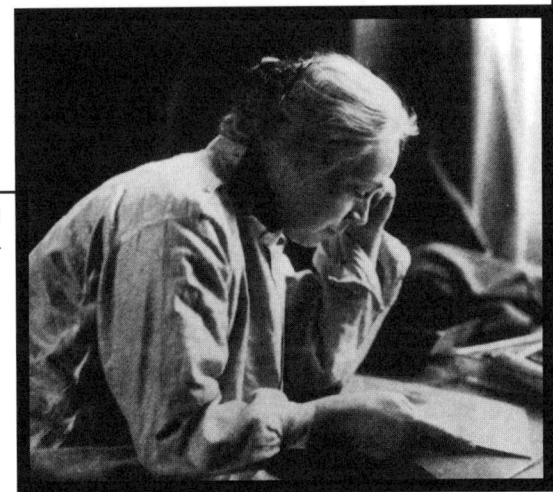

「농민 전쟁」 연작에 몰두하고 있을 때의 캐테 콜비츠.

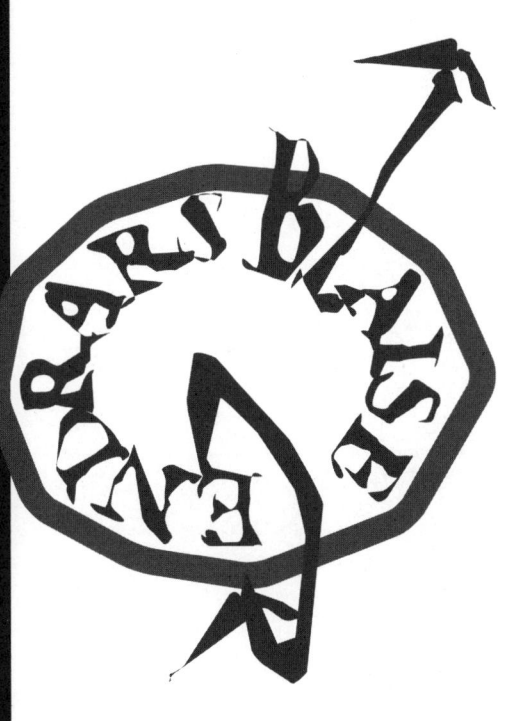

블레즈
상드라르,

구두창에
바람이
든
사내

(08) Blaise Cendrars(1887~1961)

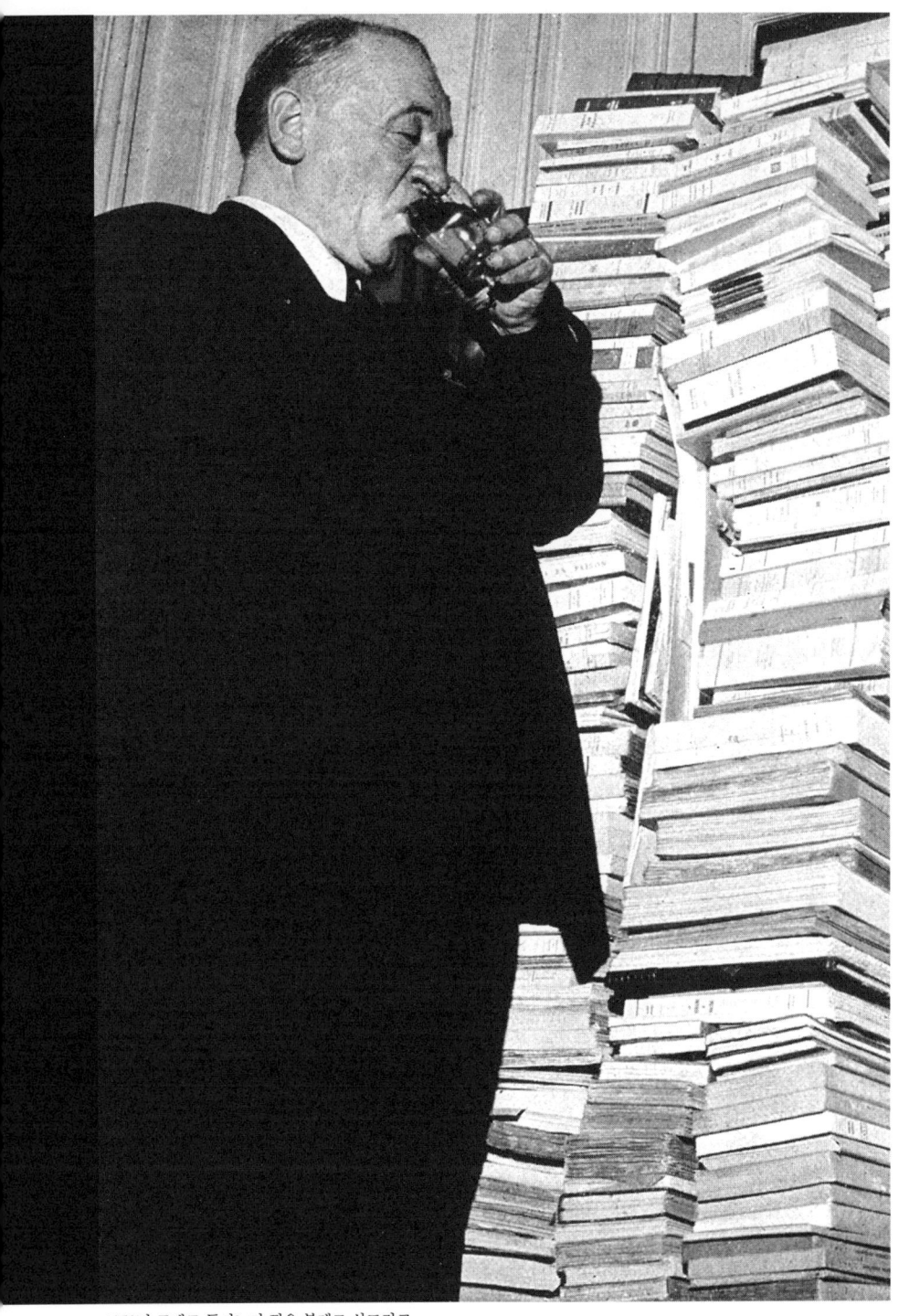

1950년 로베르 두아노가 찍은 블레즈 상드라르.

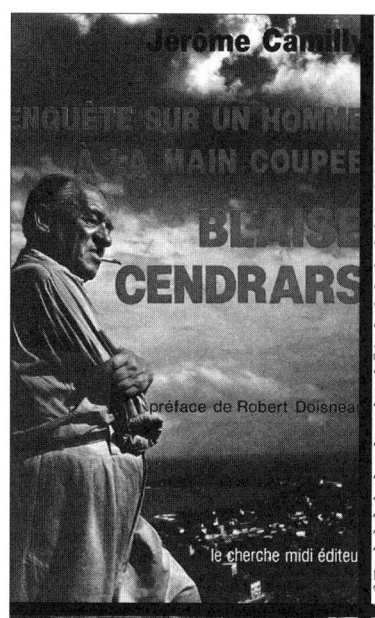

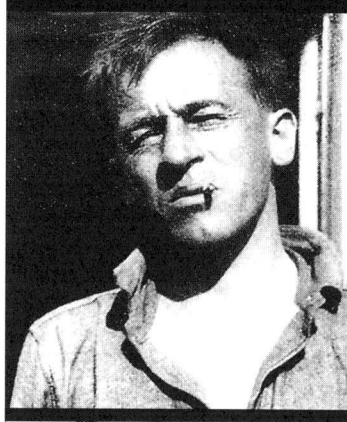

남미와 아프리카 밀림을 탐험할 즈음의 블레즈 상드라르.
레이몽이 그린 파나마 시절의 블레즈 상드라르.

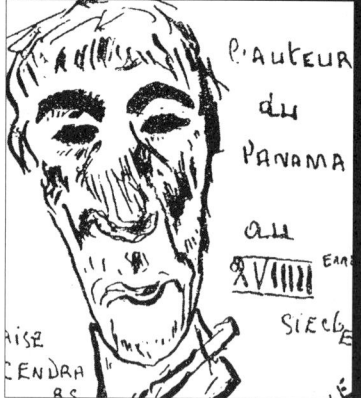

너 무 낡 은 시 대 에 너 무 젊 게 이 세 상 에 오 다

● "거의 40년 전부터 내가 그 용기를 사랑하고 그 천재성을 황홀하게 바라봐온 인간"(앙드레 말로), "그가 어딘가에 나타나면 삶은 갑자기 경이로워졌다. 삶이 인습적이기를 그쳤기 때문이었다"(자크 앙리 레베스크), "그는 시에 엄청난 포효를 끌어들였고, 우리 눈 속에 태양의 화덕과 같은 렌즈를 넣어 주었다"(피에르 세게르), "기욤 아폴리네르, 피에르 르베르디와 더불어 그는, 프랑스 시를 전복하고 거기에 새로운 활력과 숨결을 불어넣어 준 혁명의 주도자 가운데 한 사람이었다. 그는 시, 문학 그리고 20세기 예술의 역사에서 가장 중요한 위치를 점유했던 작가로 기록될 것이다"(필립 수포), "그는 위대한 인간이며, 위대한 작가이고, 더할 나위 없는 친구다. …… 그는 인간이 아니라 타이탄족의 거인 같은 존재일지 모른다. …… 그가 닻을 내린 곳은 바로 세계의 핵심이다"(헨리 밀러), "그를 잃어버리는 건 내 젊음을 한 번 더 잃어버리는 것이다"(장 콕토), "그는 20세기의 일리아드와 오디세이를 썼다"(미셸 라공).

여러 목소리가 발하는 이 매력적이고 경의에 찬 수사들은 모두 한 인간에게 바쳐지고 있다. 그 유례를 찾아볼 수 없는 편력을 통해 세계 지도를 두 발로 다시 그린 전무후무한 방랑자, 상징이나 비유를 통한 세계 인식이 아니라 세계 속으로의 과감한 돌진을 통해 프랑스 시를 고답파의 서재와 상징주의의 온실에서 구출해내고 새로운 전망으로 인도한 프랑스의 시인이자 소설가, 블레즈 상드라르(Blaise Cendrars, 1887~1961)다.

● "1887년 9월 1일 나는 시(詩)에서 태어났다." 그는 이렇게 썼다. 폴 포르는 자신을 시가 열리는 '시의 나무'(Poémier)라고 표현했는데, 이제 그는 자신의 고향이 '시'라고 말하고 있는 것이다. 그는 스위스의 라쇼드퐁에서 태어났다. 부친은 스위스, 모친은 스코틀랜드 태생이었고, 그의 본명은 프레데릭 소제(Frédéric Sauser)였다. 부모를 따라 이탈리아, 영국, 이집트 등지를 떠돌며 유년 시절을 보낸 후 14세 되던 해 뇌샤텔 상업학교에 입학한다. 그러나 학교는 이미 네르발과 발자크의 작품들을 탐독한 이 조숙아의, 불이 당겨진 방랑벽을 통어하기엔 역부족이었다. 1902년 그는 모친의 돈과 누이의 저금을 훔쳐 베란다를 타고 도망나와 바젤행 기차에 몸을 싣는다. "나는 위험에 대한 갈망을 지니고 있다. 난 서재 속의 인간이 아니며, 미지의 것이 불러내는 소리에 결코 저항할 수 없다. 쓴다는 것은 내 기질에 가장 반하는 일이다. 그러고 있노라면 나는 네 벽속에 갇혀서 백지를 잉크로 더럽히는 벌을 받는 사람처럼 괴롭다. 밖에서는 삶이 들끓고 있는데, 거리를 달리는 자동차의 경적 소리, 기관차의 기적 소리, 여객선의 고동 소리가 들려오고 있는데 말이다."

베를린, 함부르크, 쾰른을 거쳐 뮌헨에 이르자 돈이 떨어진다. "내가 뇌샤텔 상업학교에서 해방된 것은 겨우 6주뿐이었다. 돈이 한 푼도 없다. 어떡해야 하나. 집에 돌아가야 하나 아니면 …… 모르겠다." 그는 돌아가지 않았다. 아마 집에서 들고 나온 은식기라도 팔아 볼 요량이었던지 전당포 근처를 어슬렁거리다가, 아시아와 유럽을 오가며 보석 따위를 사고 파는 유태인 상인 로고빈을 만난다. 상드라르는 즉석에서 그에게 고용되었고(진짜 상업학교에 입학한 셈이다!) 이후 그와 함께 3년 동안 책이 가득 든 "엄청나게 크고 무거운 열 개의 상자"를 끌고 페르시아, 인도, 아르메니아, 시베리아, 중국을 주유한다. 이 기간 동안 그는 여러 종류의 삶의 질을 경험할 수 있었다. 혁명의 와중인 상트 페테르부르크에서는 무정부주의자들과 테러리스트들과 어울렸고, 1904년 베이징에서는 영사관에서 훔쳐낸 '메르퀴르 드 프랑스' 총서를 불쏘시개로 사용해야 했을 정도로 춥고 배고픈 겨울을 보내기도 했다. 그러나 이 여행은 우울한 이별로 끝나고 말았다. 로고빈은 자신의 딸과 결혼할 것을 강요했고, 그가 거절하자 밀수 혐의로 그를 고발했으며 쫓기는 몸이 된 그는 나폴리행 밀항선을 탄다.

● 1907년 스무 살의 나이가 되어 스위스로 돌아온 상드라르는 베른 대학에서 의학, 문학, 철학, 음악 이론 등을 공부하면서 시를 써보겠다는 열망에 사로잡힌다. "얼마 전부터 나는 점차 시에 빠져들고 있다. 그렇지만 시를 쓰고는 즉시 찢어 버리게 된다. 난 뭘 알 수 있을까?" 그러나 그의 타고난 방랑벽은 그로 하여금 또 한 번 학교를 박차고 나오게 했으며, 다음해에 프랑스로 건너간 그는 파리 교외에서 벌을 치고 크레송(물냉이)을 재배하며, 당시 대중적 인기를 누리고 있던 소설가 귀스타브 르루즈, 시인 레미 드 구르몽과 친교를 맺는 등, 잠시 정착이 주는 즐거움을 맛보다가 다시 유랑의 길에 나선다. 브뤼셀, 영국, 러시아를 거쳐 캐나다로 이어지는 이 여행을 그는 오르간 연주자, 농부, 트랙터 운전수 등 다양한 직업들로 생계를 영위하며 계속한다. 런던에선 한 뮤직홀에서 곡예사로 일하며, 아직 무명이던 찰리 채플린을 만나 그의 작은 다락방에서 기거하며 밤마다 『자본론』을 함께 읽곤 한다.

1912년 4월 피곤과 허기로 지칠 대로 지친 그가 뉴욕 거리에 나타난다. 거리를 배회하던 그는 한 교회 정문에 붙어 있는 헨델의 「메시아」 연주를 알리는 벽보에 이끌려 교회 안으로 들어섰고, 이 음악은 그의 절망적인 영혼을 송두리째 뒤흔들어 놓으며 섬광 같은 계시를 던져 주었다. 그는 빵 껍질이 수북이 쌓인 초라한 방에서 쓰다가 자고 깨어나선 또 썼다. 그와 가장 가까웠던 헨리 밀러는 이때의 그의 정신의 고양을 훗날 자신의 소설 『남회귀선』에서 이렇게 표현했다. "밤마다 뉴욕의 거리는 예수의 책형(磔刑)과 죽음의 이미지를 뿜어냈다. 눈이 내리고 극도의 정적이 거리를 감쌀 때면 뉴욕의 추악한 건물들로부터 장엄한 슬픔과 절망과 몸을 오그라들게 하는 파산으로 만들어진 어떤 음악이 흘러 나왔다." 이렇게 해서 신비스러운 비명 같은, 가장 아름다운 신앙과 미와 연민의 시, 프랑스 시에 자기 갱신의 확실한 계기를 마련해 준 기념비적 작품인 장시 「뉴욕의 부활절」(Pâques à New York)이 태어났다.

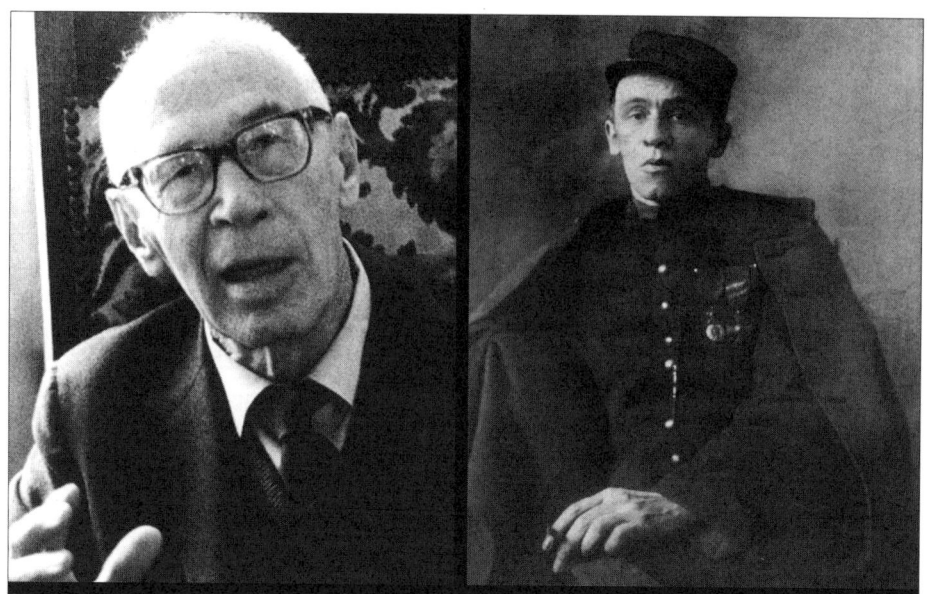

• 왼쪽 | 헨리 밀러. 그는 1934년 몽마르트르의 한 선술집에서 상드라르를 처음 만난 이래 25년간 서신을 교환하고, 상드라르의 작품을 미국에 소개하는 데 공헌하기도 하는 등 상드라르와 각별한 관계를 유지한다.
• 오른쪽 | 오른팔을 잃은 직후의 상드라르.

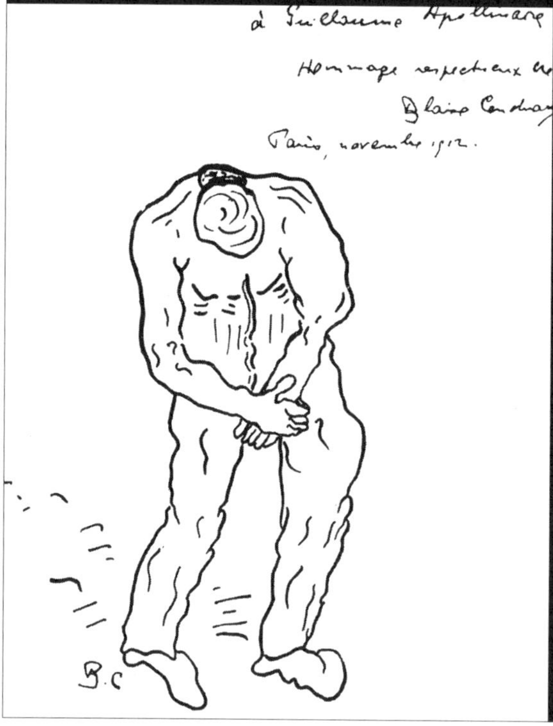

à Guillaume Apollinaire

Hommage respectueux de

Blaise Cendrars

Paris, novembre 1912.

B.C

1912년 상드라르가 아폴리네르에게 그려 준 데생. 오른팔을 잃기 전, 오른손으로 쓰고 그렸다.

● 거의 구걸하다시피 해서 연명해야 했던 뉴욕에서의 비참한 생활을 뒤로 하고 파리로 돌아온 그는, 벼룩이 튀듯 파리 시내 여기저기를 옮겨 다니며 살다가 사브와가에 정착한 후, 신인간 출판사를 설립하고 블레즈 상드라르라는 필명으로 「뉴욕의 부활절」과 「프랑스의 소녀 잔느와 시베리아 횡단 철도의 산문」을 발표한다. 그의 작품은 열광적인 반응을 불러일으켰으며, 이로 인해서 그는 프랑스 문단의 기린아로 주목받는다. 갑작스러운 문학적 명성은 파리의 문화계 중심으로 그를 끌어들였고 시인, 화가들과 교제하며 분방한 예술적 이상을 교류하던 중 1차 세계대전이 발발한다. 8만 8천 명의 지원병을 입대시킨 유명한 '외국인에의 호소'에 부응하여 자원 입대한 그는 하사로 임명된 후, 훗날 외인부대로 재편된 '제1외국인 보병연대'에 배속된다.

1915년 9월 29일 샹파뉴 공격 때에 그는 심한 부상을 입고 오른팔 절단 수술을 받는다. "내가 팔 하나를 잃어버린 바로 그날 구르몽이 죽었다는 사실을 알고 난 이상한 감동을 받았다. 그는 쉰일곱 살이었고 나병에 걸려 있었다. …… 이런 생각이 들 때마다 나는 진저리를 쳤다. 오른팔의 절단으로 인한 정신적 위축을 물리치기 위해, 입원한 지 며칠이 지나고 자리에서 일어나 앉을 수 있게 되면서부터 매일 새벽마다 나는 이불 속에서 15분쯤 나 자신과 투쟁했다." 그의 몸은 팔 하나를 잃었지만, 그의 문학은 훗날 소설 『잘린 손』(La main coupée)을 얻게 된다. "나는 적어도 한쪽 팔은 건져 가지고 파리로 돌아왔다. 그리고 내 삶에 대해서 처음으로 나의 왼손으로 시 한 편을 썼다. 「세상의 한복판으로」……, 나는 서른 살이었다."

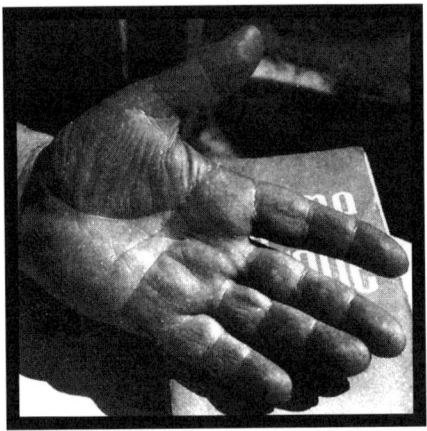

상드라르가 '사랑스러운 손' (ma main amie)이라고 불렀던 그의 왼손.

● 세계와 생명에 대한 의욕으로 재충전한 그는 마치 잃어버린 팔을 보상이라도 하겠다는 듯이 속기술을 배우고, 거친 운동에 몰두하고, 카 레이스를 하는 등 더 한층 맹렬한 삶을 영위한다. 장 콕토와 함께 사이렌 출판사를 설립하여 동분서주하고, 집시들의 순회 서커스 공연을 따라다니기도 하고, 또한 사랑에 빠진다. "난 센 강변에 살고 있다. 행복하다. 방금 레이몬느를 만나고 왔다. …… 당신은 하늘과 바다보다 더 아름답다고 …… 나는 여전히 그리고 언제나처럼 왼팔로 쓴다. 그러나 사랑을 하게 되면 떠나야 한다. …… 그리고 곧 나는 다시 출발했다." 그는 이번에는 사냥꾼 혹은 탐험가의 모습으로 1년에 몇 달씩을 남미와 아프리카의 밀림을 탐사하는 데 바쳤다.

이 시기는 또한 그의 예술적 재능이 만개한 시기였다. 그는 모딜리아니·샤갈·브라크·피카소 같은 화가들, 에릭 사티·스트라빈스키 같은 음악가들과 교류하며 현대 예술의 옹호와 현양을 위해 투쟁했고, 또한 막스 자콥·발레리 라르보 같은 시인들에게 많은 영향을 주었다. 특히 아폴리네르에게 끼친 영향은 결정적인 것이었는데, 그의 시는 곧바로 옷을 바꿔 입은 채 아폴리네르의 몇몇 시로 전환되었고, 그가 들려 주는 이야기들은 아폴리네르의 시 속에 녹아 들었다. 그는 장시『파나마, 혹은 나의 일곱 아저씨들의 모험』과『룩셈부르크에서의 전쟁』『열아홉 개의 탄력 있는 시』『세계의 끝』같은 시집들을 속속 발표했으며『흑인 시선집』을 펴냈고, 또한 영화에 몰두하여『영화의 ABC』『영화의 메카, 헐리우드』같은 이론서들을 출간하고, 영화 감독 아벨 강스와 함께 무성 영화「바퀴」를 직접 제작하기도 한다. "새로운 인간 족속이 나타날 것이고, 그들의 언어는 영화가 될 것이다." 그는 영화로 한때 돈을 좀 모으기도 했으나 이내 파산했고 대중의 몰이해 때문에 결국 영화를 포기하고 만다. 때는 바야흐로 세계의 경제 위기가 시작되던 1929년이었다. "나는 지쳤고 생전 처음으로 내 삶에 대해서 아팠다."

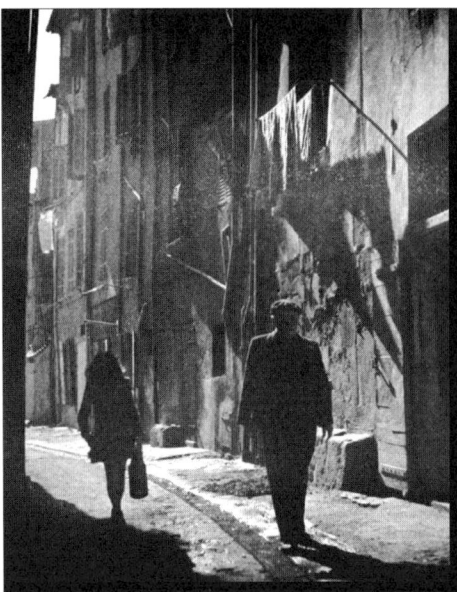

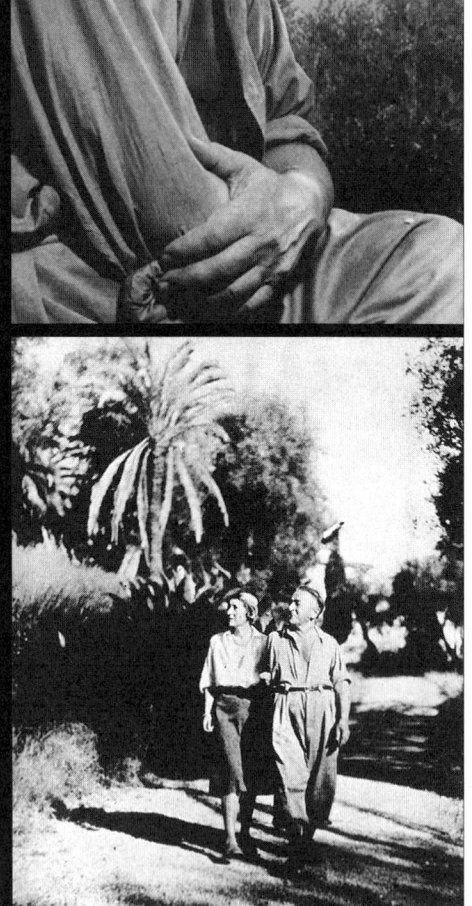

- 왼쪽 | 1945년 엑 상 프로방스에서의 상드라르.
- 오른쪽 | 로베르 두아노가 찍은 상드라르.

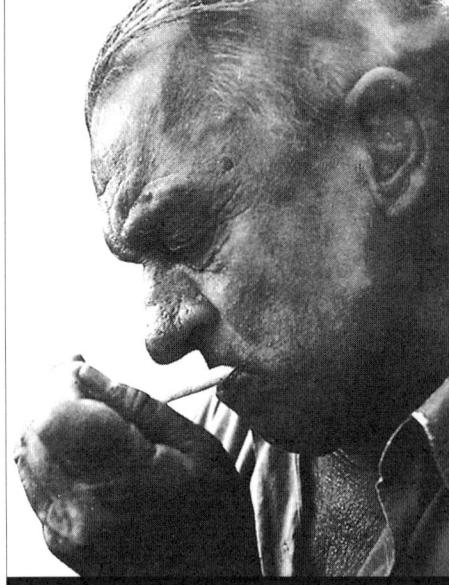

- 왼쪽 | 로베르 두아노가 찍은 상드라르.
- 오른쪽 | 1947년 9월 첫째 주 레이몬느와 함께 한 상드라르. 그 해 그들은 결혼식을 올린다.

● 그의 문학은 점차 시에서 방향을 돌려 소설 쪽으로 나아갔다. 그는 자신의 체험에 근거한 준(準)자전적 소설들, 「황금」 「럼주(酒)」 「단약(Dan Yack)의 고백록」 등을 발표했으며, 1924년경부터 다시 여행길에 올라 중국, 남미, 미국을 여행한다. "사실 1924년부터 1936년 사이에는 1년에 한 달, 석 달 혹은 아홉 달을 아메리카 특히 남미에서 보내지 않고 넘어가는 해가 없을 정도로 나는 낡은 유럽에 지쳐 있었다." 미국에서 특파원으로 일하다 2차 세계대전이 터지자 종군 기자가 된 그는 영국군과 함께 전선을 누비다가 1940년부터 엑 상 프로방스에 은둔하며 소설 창작에 매진한다.

1945년 그는 소설 「감전된 인간」을 발표하고, 1947년 오랜 세월 그를 기다려온 연극 배우 레이몬느와 결혼식을 올린다. "오늘은 1947년 9월 1일 내 생일이다. 62세, 난 누구인가?" 1949년 파리에 정착한 후 「분할된 하늘」 같은 소설들을 집필하며 노년을 보내던 그는 1958년 반신이 마비되었으며, 1961년 1월 21일 그의 부인이 지켜보는 가운데 영면했다. 그의 운명이 명하는 그 기나긴 유랑에서조차도 마침내 그는 자유로워진 것이다.

● 현대는 체험이 부족한 시대다. 매스 미디어의 발달로 주체할 수 없을 정도로 많은 체험을 하고 있는 듯 보이지만 기실 그것은 허상에 불과하며, 그나마도 그 체험은 전달하는 자들에 의해 가공되거나 날조된 것일 뿐이다. 블레즈 상드라르는 한 인간의 삶이 얼마나 격정적이고 다채로울 수 있는가 그 극대치를 보여 주었다. 그가 가보지 않은 곳은 없었고, 그가 해보지 않은 일도 없었다. 국가, 민족, 문화, 언어, 관습, 그 어떤 것도 그의 발목을 낚아채지 못했고, 당나귀 같은 그의 귀를 잡아당기는 부조리한 삶에서 벗어나, 그는 그 위를 새처럼 자유롭게 날아다녔다. 그는 진정한 의미의 세계인이었다. "세상에서 가장 자유로운 인간", 그가 자신에 대해 한 말이다.

파리에서 뉴욕까지
지금까지, 나는 살아오는 동안 내내 기차들과 경주했다
마드리드에서 스톡홀름까지
그리고는 내깃돈을 모두 잃어
이제 남은 것이라곤, 파타고니아, 내 거대한
슬픔에 어울릴 파타고니아,
파타고니아와 남부 대양을 향한 여정뿐
나는 길에 있다
나는 언제나 길에 있었다
장시 「프랑스의 소녀 잔느와 시베리아 횡단 철도의 산문」 중에서

블레즈 상드라르 연보

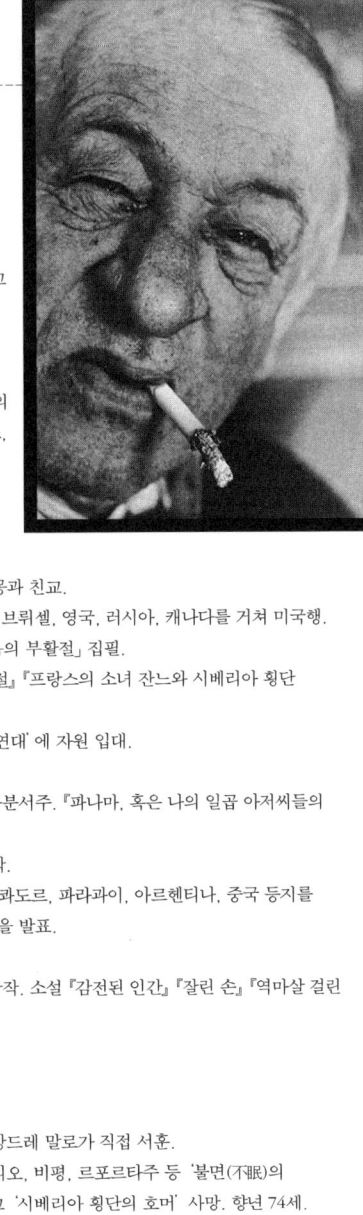

1887년—00세	스위스의 라쇼드퐁에서 출생. 건축가인 부친을 따라 이집트, 이탈리아, 영국 등지를 떠돌며 어린 시절을 보냄.
1896년—09세	나폴리에서 학교를 다니며 네르발의 『불의 딸』과 발자크의 작품을 탐독.
1901년—14세	뇌샤텔 상업학교에 입학.
1902년—15세	모친과 누이의 돈과 부친의 담배 몇 갑을 들고 출가. 뮌헨에서 떠돌이 보석 상인 로고빈을 만나 이후 5년간 그를 따라 페르시아, 인도, 아르메니아, 시베리아, 중국 등지를 주유. "아시아의 콜레라, 시베리아의 추위, 창부들의 관능적 사랑, 피지의 영원한 봄, 교수대, 들소, 배 밑창의 화물칸, 상드라르는 이미 이 모든 걸 보았다." (폴 모랑)
1907년—20세	스위스로 돌아와 베른 의과대학에 등록.
1908년—21세	파리 교외에 거처를 정하고 잠시 양봉을 함. 그에게 심대한 영향을 준 시인 레미 드 구르몽과 친교.
1909년—22세	다시 방랑길에 올라 다양한 직업을 전전하며 브뤼셀, 영국, 러시아, 캐나다를 거쳐 미국행.
1912년—25세	고독과 추위와 굶주림에 시달리며 장시 「뉴욕의 부활절」 집필.
1913년—26세	파리에서 신인간 출판사 설립. 『뉴욕의 부활절』『프랑스의 소녀 잔느와 시베리아 횡단 철도의 산문』 출간.
1914년—27세	1차 세계대전 발발. 프랑스 '제1외국인 보병연대'에 자원 입대.
1915년—28세	부상으로 오른손 절단.
1916년—29세	장 콕토와 함께 사이렌 출판사를 설립하고 동분서주. 『파나마, 혹은 나의 일곱 아저씨들의 모험』 등 출간.
1921년—34세	영화 감독 아벨 강스와 함께 영화 「바퀴」 제작.
1924년—37세	이 해를 시작으로 이후 10여 년간 브라질, 에콰도르, 파라과이, 아르헨티나, 중국 등지를 정기적으로 여행. 소설 「황금」「럼주(酒)」 등을 발표.
1939년—52세	종군 기자로 2차 세계대전에 참전.
1940년—53세	프랑스의 엑 상 프로방스에 은둔하며 소설 창작. 소설 『감전된 인간』『잘린 손』『역마살 걸린 남자』 등 출간.
1947년—60세	연극 배우 레이몬느와 결혼.
1949년—62세	파리에 정착.
1958년—71세	반신이 마비됨.
1959년—72세	'레지옹 도뇌르 대십자 훈장' 수여. 문화상 앙드레 말로가 직접 서훈.
1961년—74세	파리 시(市) 문학 대상 수상. 시, 소설, 시나리오, 비평, 르포르타주 등 '불면(不眠)'의 군도에 바쳐진 빛나는 언어의 산맥'을 남기고 '시베리아 횡단의 호머' 사망. 향년 74세.

●그의 공식적 나이와 자전적 기록에 기술된 나이 사이에는 늘 두 살의 편차가 존재하는데,
이 착오의 원인이 무엇인지는 알 길이 없다.

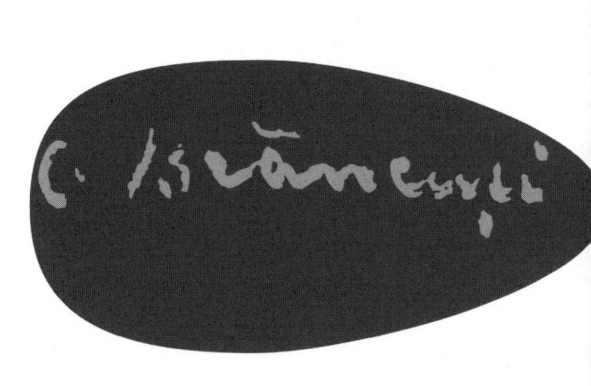

콘스탄틴 브랑쿠시가
서쪽으로
간
까닭은?

(09) Constantin Brancusi(1876~1957)

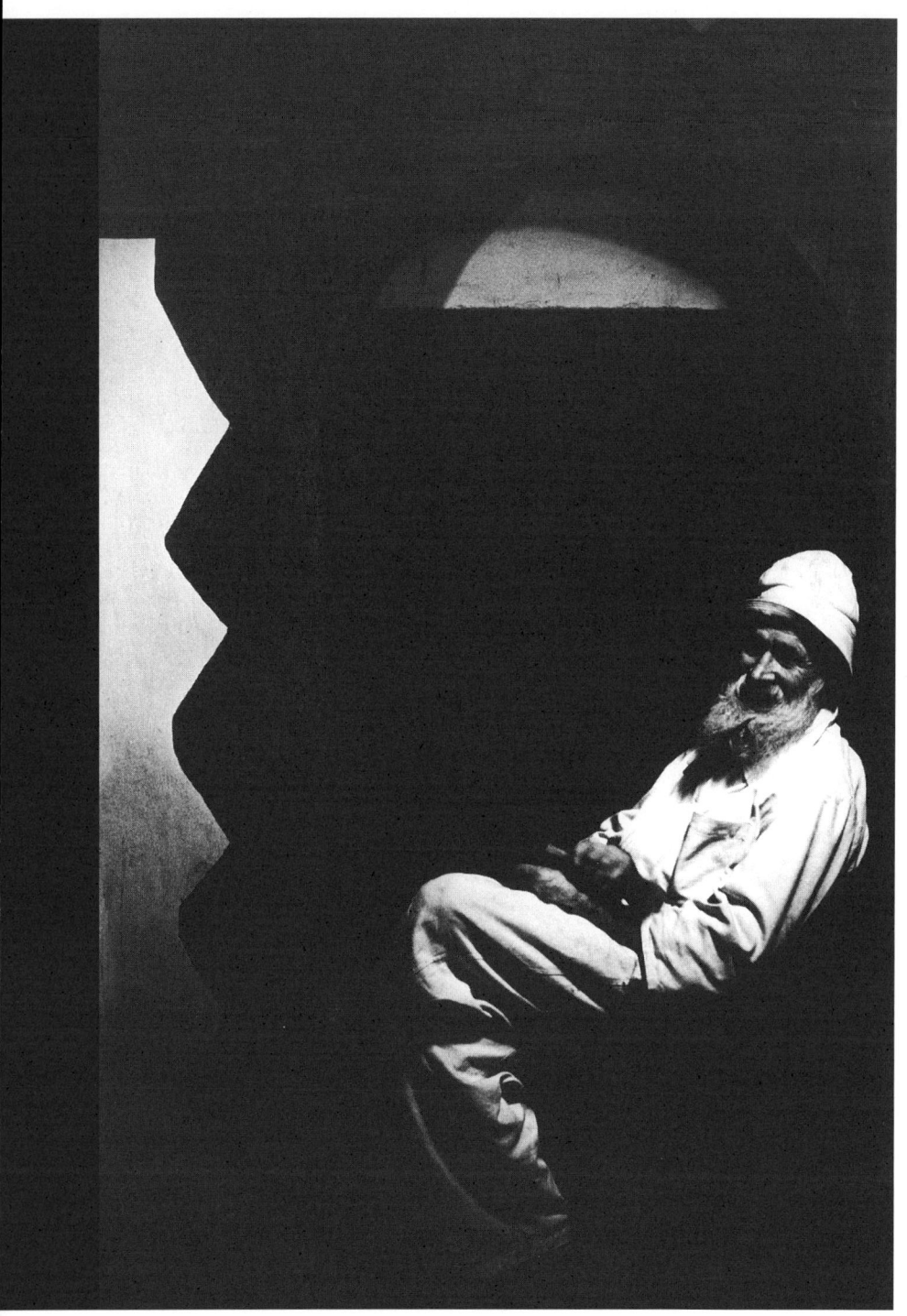

1946년 7월 16일 작업실에서의 브랑쿠시. 에드워드 스타이켄 사진.

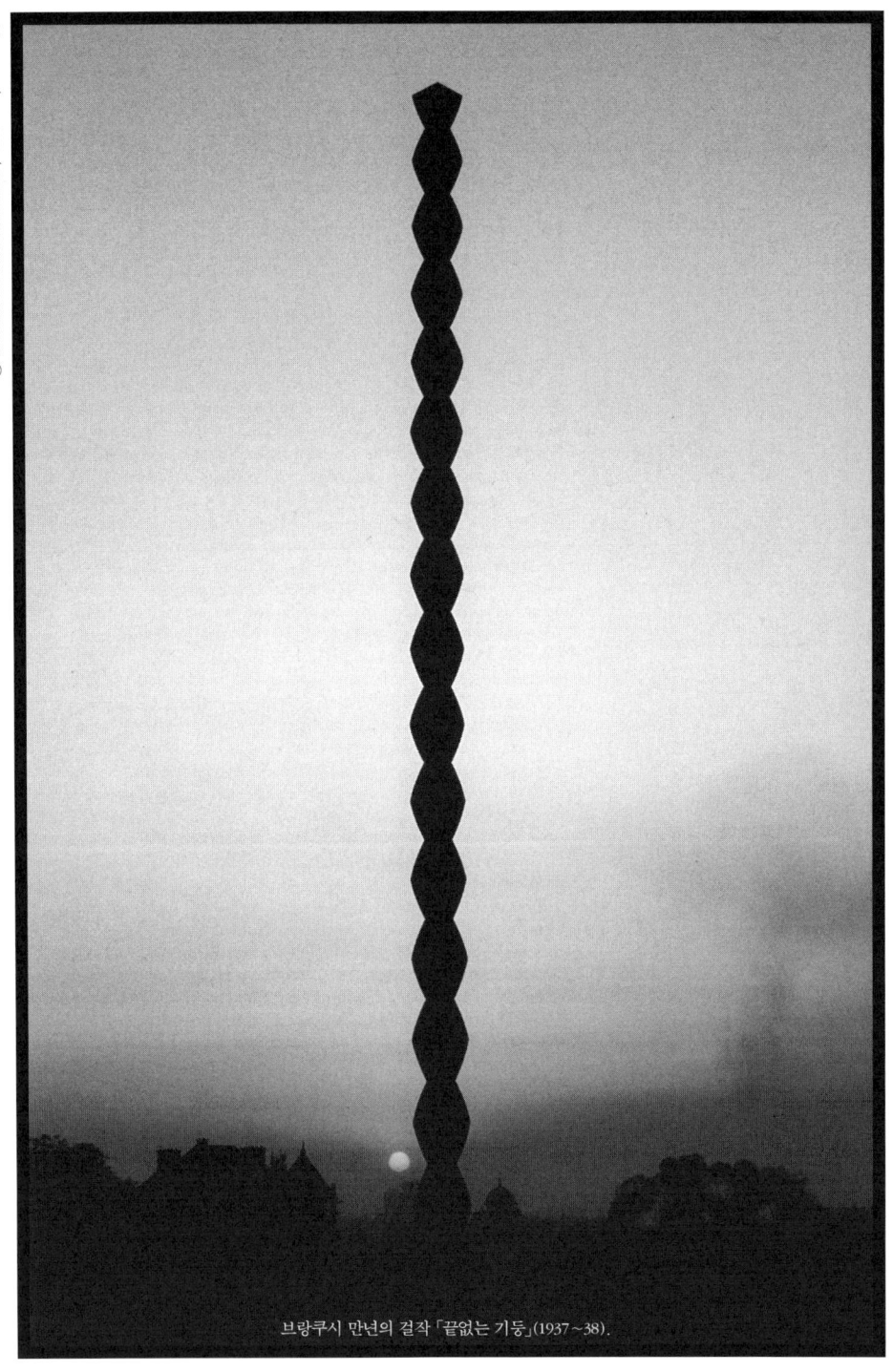

브랑쿠시 만년의 걸작 「끝없는 기둥」(1937~38).

너 무 낡 은 시 대 에 너 무 젊 게 이 세 상 에 오 다

● 이 세계의 변화무쌍함과 다채로움, 유동과 가변이 어떤 사람들에게는 즉물적인 기쁨을 안겨 줄 수 있으나, 근원과 본질에 목말라하는 또 어떤 사람들에게는 심각한 고통의 원인이 될 수 있다. 기쁨 대신에 고통을 선택한 사람들은 따라서, '여기'가 아닌 '다른 곳'을 향해, '이것'이 아닌 '다른 것'을 찾아 고독하고도 기약 없는 순례를 시작할 수밖에 없다. 마치 말라르메가 현상 너머의 세계를 표현해 줄 수 있는 새로운 언어, 우주적 언어를 찾아 저 메마른 언어의 사막을 헤매었듯이 말이다. 언어의 사막이 아니라 형태의 밀림을 헤매야 하는 조각가의 경우, 이 순례는 훨씬 더 가혹해진다. 그는 한 번도 존재한 적이 없고 누구도 본 적이 없는 그 무엇을 형상으로 빚어내 보여 주어야 하기 때문이다. 그러나 모든 조각가들이 이런 어려움을 공유하는 건 아니다. 왜냐하면 현상의 모방과 정확한 재현을 추구하는 조각가들도 있기 때문이다. 그리고 사실, 그것은 조각의 오랜 전통이었다.

루마니아의 조각가, 아니 프랑스의 조각가라고 해야 마땅할 콘스탄틴 브랑쿠시(Constantin Brancusi, 1876~1957)는, 고대로부터 미켈란젤로를 경유하여 오귀스트 로댕으로 이어지는 이 오랜 구상 조각의 전통과 결별하고 새로운 조각 개념을 제시한 혁명적인 조각가였다. 그는 모든 형태 너머의 원형, 현상 너머의 본질을 움켜쥐기를 꿈꾸었고, 그 꿈에 값하는 작품들을 빚어낼 수 있는 열정과 재능이 있었다. "그는 고대를 현대로 바꿔 놓았다"(앙리 두아니에 루소), "그의 작품은 하나하나가 발효중인 철학이다"(도로시 대들로우), "내 눈에 비친 그는 성자였다"(에즈라 파운드). 그의 꿈과 열정과 재능이 낳은 평가들이다.

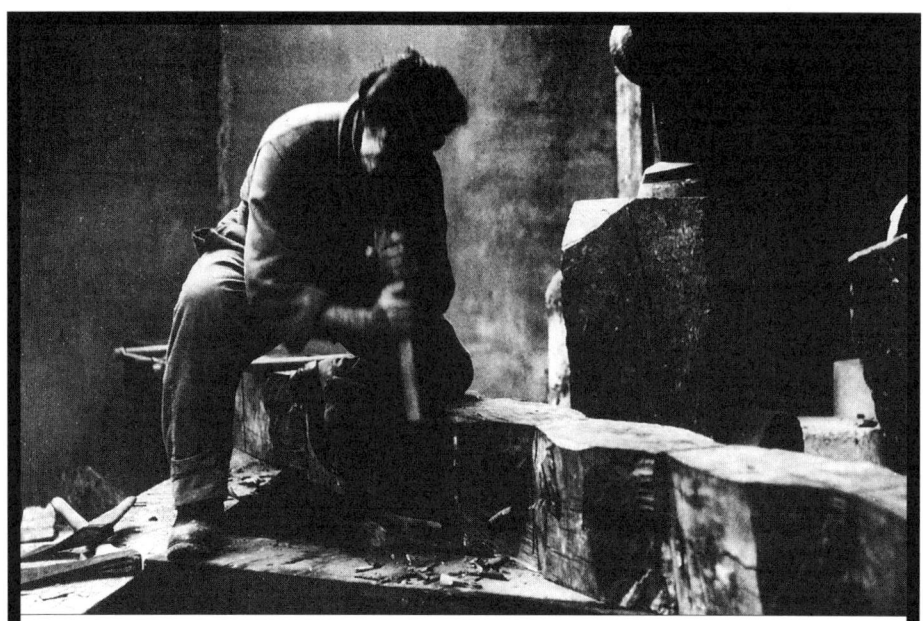

• 위 | 1924년 「끝없는 기둥」을 작업하고 있는 브랑쿠시.
• 아래 | 1905년 파리 루마니아 교회에서의 브랑쿠시.

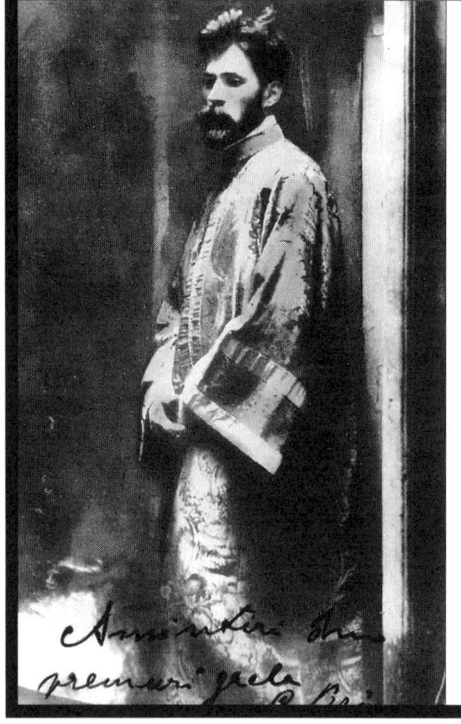

● 브랑쿠시는 1876년 2월 19일, 카르파티아 산맥과 다뉴브 강에 둘러싸인 루마니아의 한촌(閑村) 호비타에서 부농 니콜라스 브랑쿠시의 6남으로 태어났다. 그의 어린 시절은 이복형들의 학대, 카르파티아 산맥 기슭에서의 목동 생활, 대책 없는 무단 결석 등으로 수놓아졌다. 일곱 살 때 더 넓은 세상에 대한 동경 때문에 가출했다가 모친한테 붙잡혀 집으로 끌려오기도 했던 그는, 1885년 부친이 사망한 후 이복형들의 학대가 한층 더 심해지자 1889년 13세 되던 해 다시 집을 나선다. 그것은 유럽 변방의 한 조그만 마을의 농부로 예정된 삶을 뿌리치고, 그가 자신의 운명에 내민 첫번째 도전장이었다. 슬라티나를 거쳐 크라이오바로 간 그는 이후 6~7년 동안 술집 종업원, 식료품점 점원 등으로 일하며 독립적이긴 하지만 궁핍하고 위태로운 삶을 영위한다. 그러던 어느날 그가 심심풀이로 나무 상자를 뜯어 만든 바이올린이 식료품점 주인의 눈에 띈다. 그의 손재주가 예사롭지 않음을 간파한 주인은 여기 저기서 돈을 모금하여 1894년 그를 크라이오바 공예학교에 입학시킨다. 이론과 실기 모두에서 발군의 실력을 보이며 우등으로 공예학교를 졸업한 그는, 다시 부쿠레슈티 예술학교에 입학하여 4년간 수학하고, 1902년 졸업과 동시에 일종의 기술병으로 징집되어 2년 동안 티르구-지우와 인근 마을에서 목수로 일한다.

1904년 이제 스물여덟의 나이가 된 그는 자신의 운명에 두번째 승부수를 던진다. 좁게만 느껴지는 부쿠레슈티를 떠나 새로운 문화의 기운이 꿈틀거리고 있는 파리로 가자는 계획이 바로 그것이었다. 그것은 유럽의 동쪽 끝에서 서쪽 끝으로 가는 기나긴 여정이었다. 부다페스트, 비엔나, 잘츠부르크를 거쳐 뮌헨에 도착하자 여비가 떨어진다. 그러자 그는 파리까지 걸어가기로 결심한다. "나는 시골길들을 따라 걸었다. 나는 환희와 행복을 노래하며 숲을 가로질러 걸어갔다. 마을이 나오면 먹을 것과 마실 것을 구했고, 농부들은 두 팔 벌려 나를 맞아 주었다. 그들은 내게 식량을 주었고, 나의 여행이 쾌적한 여행이 되기를 기원해 주었다. 그들은 나를 자신들과 동류로 여겼다. …… 그 도보 여행 내내 나는 말할 수 없이 행복했다. 사람들은 모르리라. 살아 있다는 게 얼마나 유쾌한 일이며, 자연이 얼마나 경이로운가를."

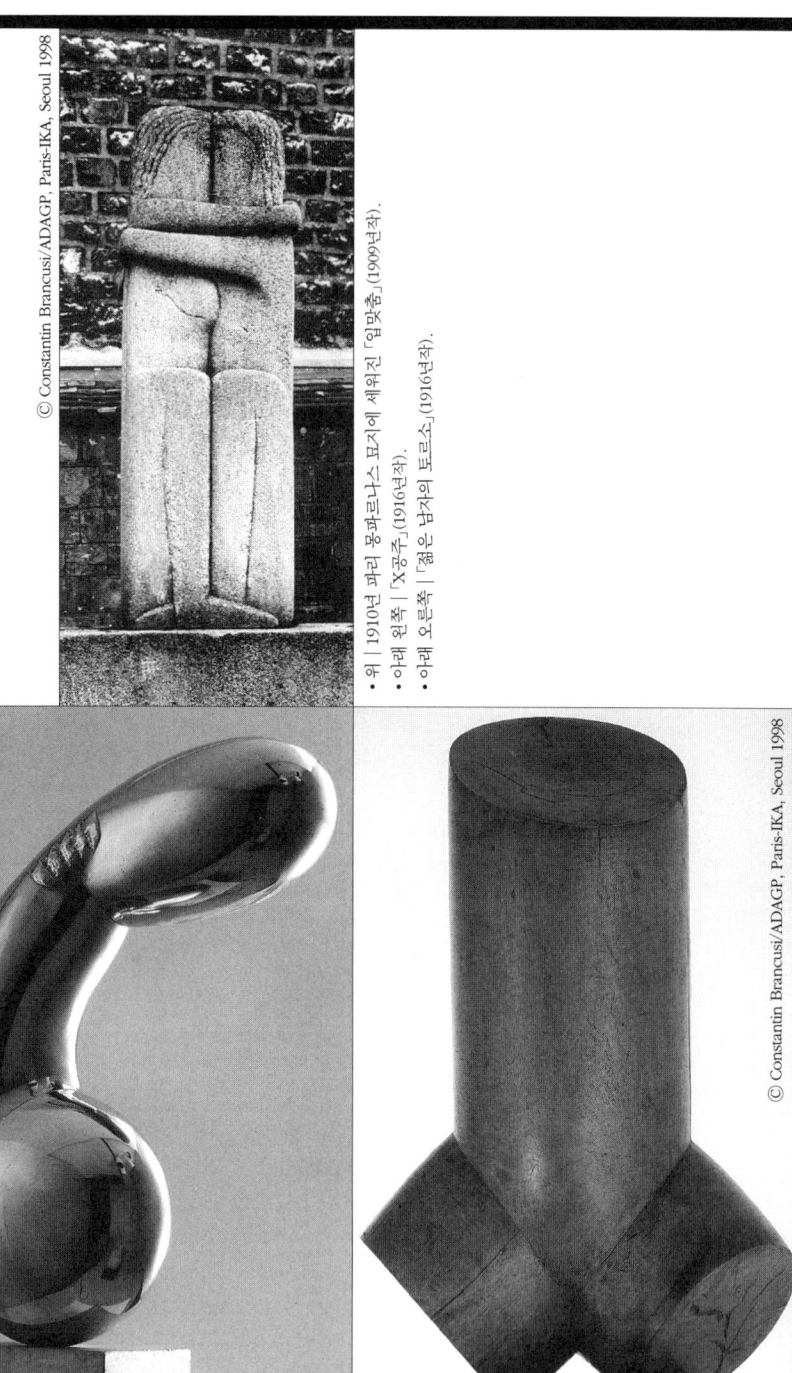

- 위 | 1910년 파리 몽파르나스 묘지에 세워진 「입맞춤」(1909년작).
- 아래 왼쪽 | 「X공주」(1916년작).
- 아래 오른쪽 | 「젊은 남자의 토르소」(1916년작).

너 무 낡 은 시 대 에 너 무 젊 게 이 세 상 에 오 다

● 그러나 이 행복한 도보 여행은 랑그르에서 중단되고, 완전히 탈진한 그는 파리에 사는 포이아나라는 루마니아 친구에게 도움을 청하는 편지를 쓴다. 그리고 그의 도움으로 마침내 그 해 7월 14일 브랑쿠시는, 이후의 그의 남은 생 전부를 먹감을 파리에 안착한다. 일단 친구집에 거처를 정한 그는, 레스토랑이나 선술집의 접시닦이, 교회지기 등의 일을 해서 어렵게 생계를 이어나가야 했지만, 자신이 파리에 온 이유를 결코 잊지 않았다. 1905년 그는 루마니아 교육성의 장학금 지원을 받아 프랑스 국립 예술학교에 입학하여 앙토넹 메르시에의 문하로 들어간다. 그리고 이듬해 「금지」등 몇 점의 작품을 그룹전에 출품한다. 당시 그는 도핀느 광장 16번지의 6층 건물 꼭대기에 있는 자신의 다락방 벽에 다음과 같은 글귀를 붙여 놓고 스스로를 격려했다. "네가 예술가임을 잊지 말라. 용기를 잃지 않고 두려워하지 않으면 넌 성공할 것이다. 신처럼 창조하고, 왕처럼 명령하고, 노예처럼 일하라."

1907년은 그의 작업의 방향을 결정적으로 돌려 놓은 매우 중요한 해였다. 루마니아 출신 여성 작가들의 주선으로 1월부터 3월까지 파리 근교 뫼동에 있는 로댕의 작업실에서 일한 그는, 자신의 조수가 되어 달라는 이 대선배의 요청을 일언지하에 거절한다. "큰 나무 밑에서는 아무것도 자랄 수 없다"는 당차고 다부진 생각 때문이기도 했지만, 이미 플라톤과 11세기의 티베트 승려 밀라레파와 노자에 심취해 있는 그에게 로댕의 조각은 무의미해 보였기 때문이었다. 플라톤에 의하면 우주 안의 만물은 이데아의 모방·재현이었고, 따라서 로댕의 구상 조각은 그가 보기에, 그 재현의 재현에 불과했다. "사실에 접근할수록 시체를 만들 뿐이다"고 그는 말했다. 그가 원하는 건 재현된 사실 그 너머로 거슬러 올라가는 거였다. 그러므로 이제 그의 조각의 사실적 형태는 무너지기 시작한다. 그 해에 그가 루마니아의 유력 인사였던 스타네스쿠의 미망인의 주문을 받아 제작한 「기도」나 불행한 정사 후에 자살한 한 러시아 여인을 추모하기 위해 만든 「입맞춤」은, 로댕과 로댕이 구현하고 있는 전통의 무게를 털어 버리고 그가 독자적인 걸음을 내딛기 시작했음을 여실히 보여 준다.

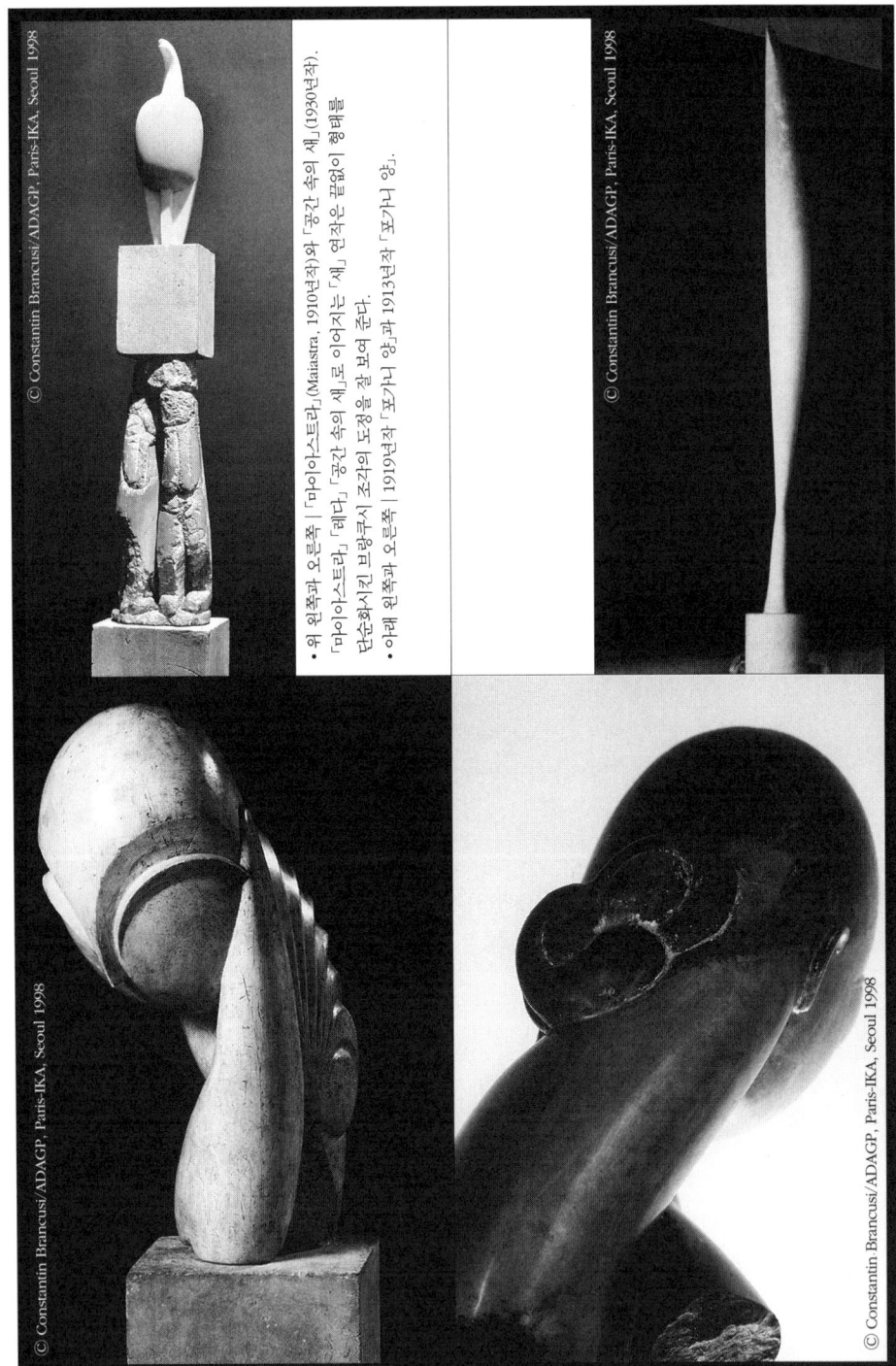

© Constantin Brancusi/ADAGP, Paris-IKA, Seoul 1998

© Constantin Brancusi/ADAGP, Paris-IKA, Seoul 1998

© Constantin Brancusi/ADAGP, Paris-IKA, Seoul 1998

© Constantin Brancusi/ADAGP, Paris-IKA, Seoul 1998

• 위 왼쪽과 오른쪽 | 「마이아스트라」(Maiastra, 1910년작)와 「공간 속의 새」(1930년작). 「마이아스트라」, 「레다」, 「공간 속의 새」로 이어지는 「새」 연작은 끝없이 형태를 단순화시킨 브랑쿠시 조각의 도정을 잘 보여 준다.
• 아래 왼쪽과 오른쪽 | 1919년작 「포가니 양」과 1913년작 「포가니 양」.

● 1910년 그는 40여 년에 걸쳐 28점으로 이어질 「새」 연작의 첫번째 작품인 「마이아스트라」(Maiastra)를 제작한다. 인간 초월성의 선언이자 지고한 정신성의 표현인 이 작품은, 그 파격적인 형태의 단순함으로 세상을 놀라게 했다. 추상 조각에 익숙해 있는 지금의 눈으로 보자면 그 파격성이 대수롭지 않게 보일지 모르나, 당시로서는 그것은 반란이었다. 모든 새로운 것이 그러하듯 그의 작품은 우선 거부감을 불러일으켰다. 1913년 뉴욕에서 열린 '아모리 쇼'에 출품된 그의 작품들이 순회 전시에 나섰을 때, 시카고 미술대학의 학생들이 그의 초상에 불을 지른 사건은 그의 작품을 보는 세상의 눈이 어떠했는가를 단적으로 보여 준다. 그리고 1920년 '앙데팡당 전'에 「X공주」가 전시되었을 때는 그것이 남성의 음경을 연상시킨다 하여 전시를 주최한 측에서 철거를 요구하는 소동이 벌어지기도 했다. 브랑쿠시는 한 신문과의 인터뷰에서 이렇게 말했다.

"이 작품은 여성을 다룬 것입니다. 나는 모든 여성을 하나로 응축하려 했고, 괴테의 영원한 여성의 본질을 포착하려 했습니다. …… 기자 양반, 나는 이 주제를 다룬 첫 작품을 내 손으로 파괴했습니다. 그리고 나서 5년 동안 나는 단순화시키고 또 단순화시켜서 마침내 물질로 하여금 표현 불가능한 것을 토하게 한 것입니다. 여성이란 정확히 뭘까요? 뺨은 발그레하고 입가엔 미소가 감도는 그 무엇일까요? 천만에요, 그건 여성이 아닙니다."

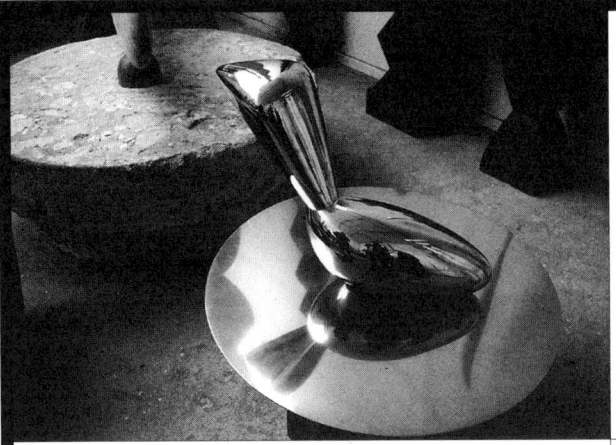

- 위 |「레다」(1926년작).
- 아래 |「수탉」들(1924~45년).

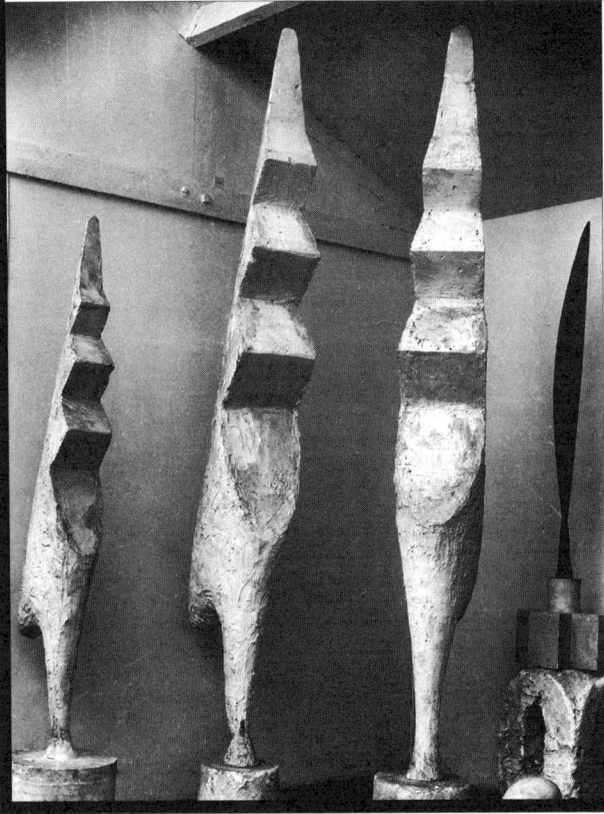

● 「마이아스트라」 이후 「잠자는 여신」 「포가니 양(孃)」 「탕아」 「신생」 등을 속속 발표해 보수적인 대중과 여론의 비난을 잠재우고, 주문이 밀려들면서 어느 정도 경제적 어려움에서도 벗어나게 된 그는, 1916년 엥파스 롱상 거리로 작업실을 옮긴다. 손수 만든 가구들과 작업대가 놓인 천장이 높고 채광이 잘 되는 밝고 환한 방에서, 그는 머리끝에서 발끝까지 하얗게 차려 입고 어떤 절대적인 평정과 조화 속에 잠긴 채 수도자적인 엄격함으로 작업에 몰두한다.

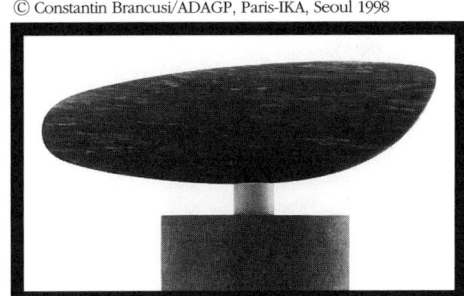

「물고기」(1930년작).

그러나 검소하고 근면한, 턱수염을 길게 기른 이 현자는 초췌한 내면주의나 경직된 엄숙주의에 빠지지 않고, 삶의 기쁨을 제대로 즐길 줄 아는 사람이었다. 그는 술과 요리와 노래하기를 즐겼고, 극장과 댄스 홀을 자주 드나들었으며, 다변가에다 셀프-포트레이트(self-portrait) 사진가였고, 음악광이었다. 그리고 비록 깊고 지속적인 관계를 맺지는 않았지만, 젊고 아름다운 여성들과 어울리기를 좋아했다. 한 번은 대녀(代女)가 그에게 결혼하지 않는 이유를 묻자 그는 말했다. "가족들과 함께 있는 내 모습이 상상이 되니? 아이들이 내 수염을 잡아당기며 '아빠, 이거 하지마, 저거 하지마' 하는 모습이?" 「공간의 새」 「레다」로 이어지는 「새」 연작과 「포가니 양」 연작, 그리고 아프리카와 루마니아의 민속 예술과 불교 예술의 영향을 받은 「소크라테스」 「왕중왕」, 이런 작품들이 1920～30년대 내내 그가 매달려 작업한 작품들이다.

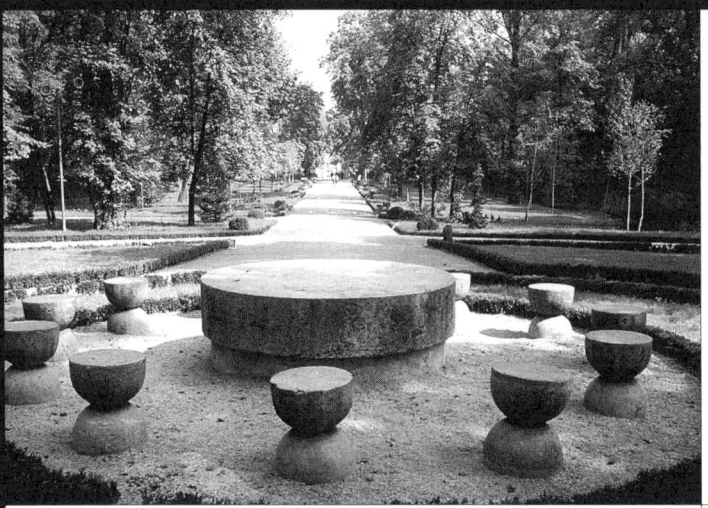

• 위 | 1938년에 완성된 「침묵의 테이블」.
• 아래 | 「침묵의 테이블」과 같은 해에 완성된 「입맞춤의 문」.

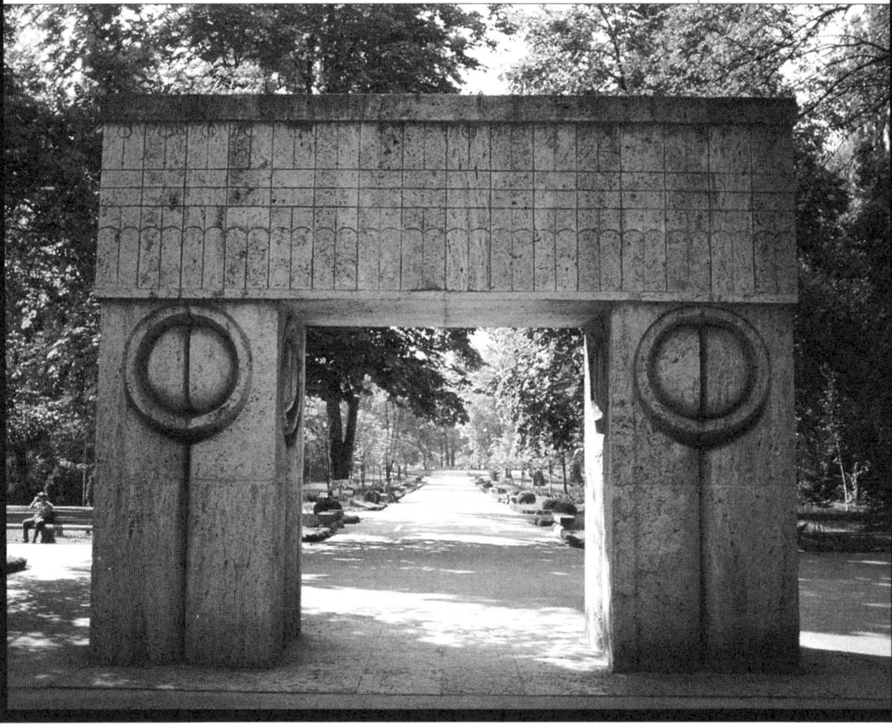

너 무 낡 은 시 대 에 너 무 젊 게 이 세 상 에 오 다

● 1916년 10월 14일은 루마니아인들에게는 잊을 수 없는 날이었다. 그날 아이들과 여자들과 노인들까지 가담한 루마니아 민병대는 지우 강 연안에서 독일군과 치열한 전투를 벌였고, 루마니아 정규군이 투입되어 독일군이 퇴각하기까지 만 하루 동안 1천여 명의 민간인 사상자가 발생했다. 1935년 〈고리 주(洲) 국가 여성동맹〉은 이 사상자들을 추모하는 전쟁 기념 단지를 조성하기로 결정하고, 파리에서 활동 중인 브랑쿠시에게 이 일을 의뢰한다. 그는 자신의 모국이 요청한 이 제의를 흔쾌히 수락하고 무보수로 수년간의 검토와 작업을 통해 마침내 1938년 「침묵의 테이블」「입맞춤의 문」 그리고 「끝없는 기둥」을 완성한다. 높이가 30미터나 되는 「끝없는 기둥」은 20세기 조각의 정점이자, 루마니아인들의 가슴과 조각사에 브랑쿠시라는 이름을 깊게 새긴 그의 불후의 걸작이었다.

「끝없는 기둥」을 끝낸 이후, 그의 손은 점차 느려졌다. 독일 점령하에서 전시를 거부하고 레지스탕스 대원들을 자신의 작업실에 숨겨 주기도 했던 그는, 1945년 거의 그의 마지막 작품이 된 「날으는 거북이」(Flying Turtle)를 제작한다. '지상성에 발 묶인 초월성'으로 읽히기도 하고 '초월성을 향해 날아오르는 지상성'으로 읽히기도 하는 「날으는 거북이」는, 한없이 불편하고 불완전한 지상에서의 삶과, 비상과 초월에의 의지 사이를 부단히 왕복해야 하는 인간의 모습 바로 그것이었다.

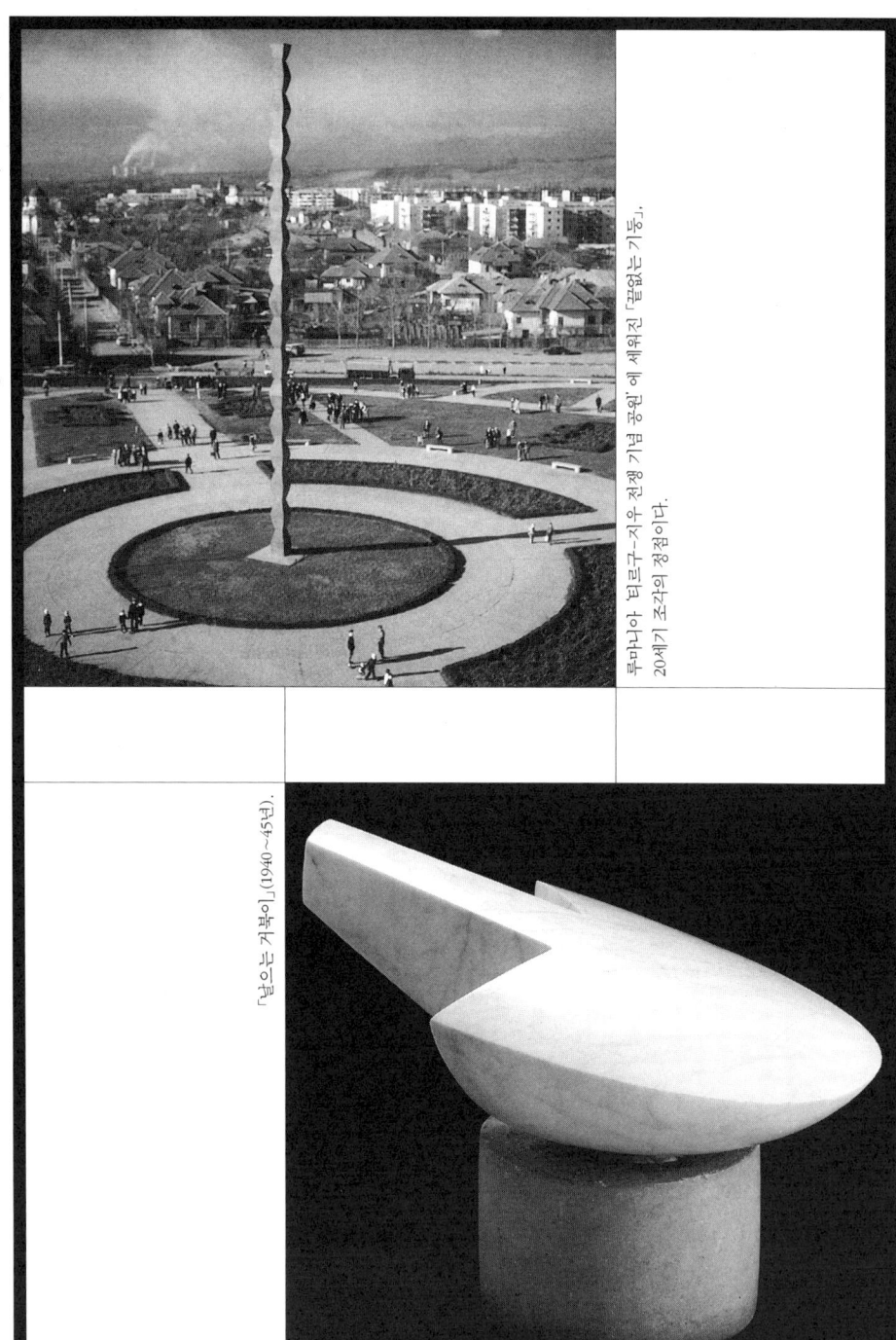

루마니아 '티르구-지우 전쟁 기념 공원'에 세워진 「끝없는 기둥」.
20세기 조각의 정점이다.

「날으는 거북이」(1940~45년).

너 무 낡 은 시 대 에 너 무 젊 게 이 세 상 에 오 다

● 「날으는 거북이」를 끝으로 그는 사실상 작업을 중단했지만, 그의 조각에 대한 평가는 날로 부풀어 뉴욕, 필라델피아, 부쿠레슈티 등지에서 연이어 회고전이 열렸다. 1952년 그는 53년 동안 자신을 보듬어 준 프랑스로 귀화하여, 자신의 아틀리에와 자신이 쓰던 연장들, 그리고 자신이 소장 중이던 작품 전부를 프랑스 정부에 기증하고, 1957년 3월 16일 자다가 영면했다. 헨리 무어와 함께 20세기 추상 조각을 양분했던 큰 별이 지는 순간이었다.

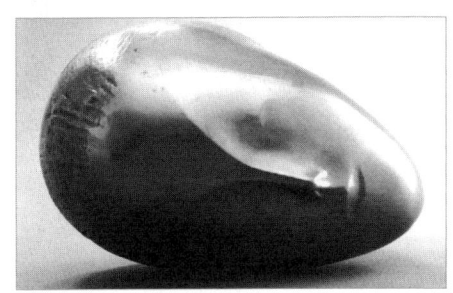

「잠자는 여신」(1910년작).
© Constantin Brancusi/ADAGP, Paris-IKA, Seoul 1998

"당신은 물고기를 볼 때 그 비늘을 생각합니까? 그렇진 않을 겁니다. 당신은 그것의 빠른 몸놀림, 그것의 유영, 물 속으로 언뜻 보이는 그 반짝이는 몸을 생각할 것입니다. 내가 표현하고자 했던 것이 바로 그것입니다. 만약 내가 지느러미와 눈과 비늘을 만든다면, 나는 물고기의 움직임을 억류하고 유형화된 하나의 패턴에 당신을 붙잡아 놓는 셈이 됩니다. 내가 원하는 건 오직 정신의 섬광일 뿐입니다." 1922년에서 1930년에 걸쳐 「물고기」 연작을 만들면서 그가 한 말이다. 조각가로서의 그의 일생은 그 '정신의 섬광' 을 포착하려는 지난한 도전과 실험의 역사였다. 그는 그것을 위해 끝없이 형태를 단순화시켰고, 그리고 마침내는 형태를 지워 버렸다. 1910년작 「잠자는 여신」(Sleeping Muse)은 그저 달걀처럼 생긴 둥근 타원 형체일 뿐이다. 혹시 만년의 그의 조각적 침묵 속에는 형태의 끝에서 맛보는 어떤 현기증 같은 것이 숨어 있진 않았을까, 모든 형태는 기화되어 버리고, 그만 남아 출구 없는 무력감과 절망감을 곱씹진 않았을까? 아니었기를, 그가 행복했기를 빈다.

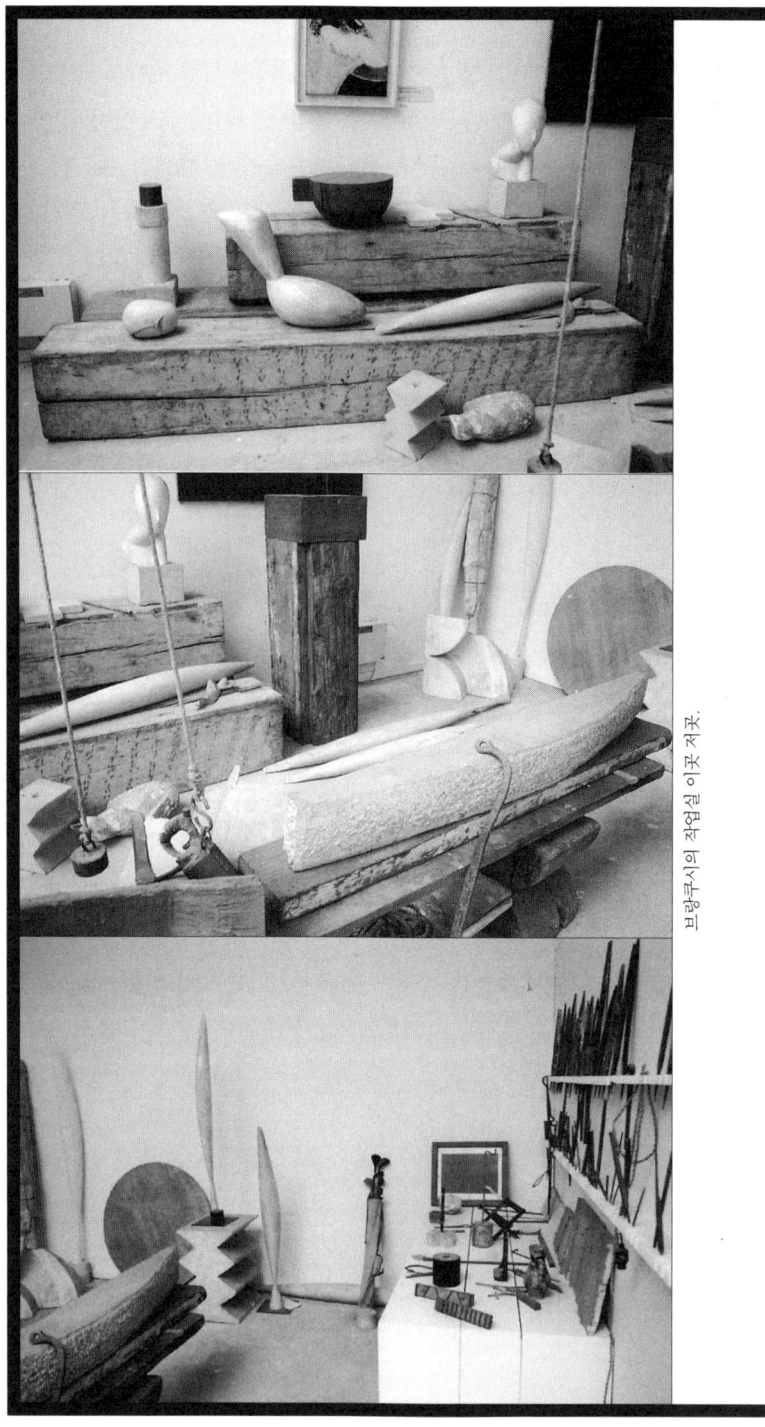

브랑쿠시의 작업실 이곳 저곳.

콘스탄틴 브랑쿠시 연보

1876년—00세	루마니아 남부의 페스티사니 근처 호비타에서 부농 니콜라스 브랑쿠시의 6남으로 출생.
1883년—07세	첫번째 가출. 티르구-지우에서 모친에게 붙잡혀 집으로 끌려옴.
1887년—11세	두번째 가출. 이번에도 강제로 집으로 끌려옴.
1889년—13세	세번째, 그리고 영원한 가출. 크라이오바에 정착. 술집 종업원, 식료품점 점원으로 생계 유지.
1894년—18세	크라이오바 공예학교에 입학. 4년간 수학.
1898년—22세	졸업과 동시에 루마니아 제일의 부쿠레슈티 예술학교에 입학. 다시 4년간 수학.
1902년—26세	부쿠레슈티 예술학교 졸업. 기술병으로 징집되어 2년간 복무.
1904년—28세	티르구-지우, 부다페스트, 빈, 잘츠부르크, 뮌헨, 취리히, 바젤, 뢴느빌을 거쳐 파리에 도착.
1905년—29세	루마니아 교육성의 장학금으로 프랑스 국립 예술학교 입학.
1906년—30세	살롱 도톤느에 「긍지」 출품.
1907년—31세	로댕의 초대를 받아 두 달 동안 그의 작업실에서 작업. 「고통」「기도」 제작. 「입맞춤」연작 시작.
1910년—34세	「새」 연작의 첫 작품 「마이아스트라」「잠자는 여신」 제작.
1912년—36세	「포가니 양」 연작 시작.
1913년—37세	미국에서 개최된 '아모리 쇼'에 5점 출품. 파격적인 단순성으로 대중과 여론의 비난을 받음.
1914년—38세	뉴욕의 〈사진 분리파 화랑〉에서 첫번째 개인전.
1915년—39세	「탕아」「신생」 제작.
1916년—40세	엥파스 롱상 가에 작업실 개설.
1920년—44세	'앙데팡당 전'에 「X공주」 출품. 요란한 스캔들 야기.
1921년—45세	사진 작가 만 레이에게 사진 사사. 루마니아, 이탈리아, 그리스, 터키 여행.
1922년—46세	「소크라테스」 제작. 「물고기」 연작 시작.
1924년—48세	베니스 비엔날레에 작품 전시.
1926년—50세	뉴욕 빌덴슈타인 화랑에서 개인전. 「공간 속의 새」 등 제작.
1931년—55세	루마니아 정부로부터 '문화 공로 훈장' 받음.
1935년—59세	루마니아의 '티르구-지우 전쟁 기념 공원'의 기념물 작업에 착수.
1938년—62세	「침묵의 테이블」「입맞춤의 문」「끝없는 기둥」 완성.
1944년—68세	레지스탕스와 연대.
1945년—69세	「날으는 거북이」 제작.
1952년—76세	프랑스로 귀화. 스튜디오와 작품 전부를 프랑스 정부에 기증.
1955년—79세	뉴욕 구겐하임 미술관에서 대규모 회고전 개최.
1957년—81세	"나의 일생은 기적의 연속이었다." 그 기적의 연속 중단. 파리 몽파르나스 묘지에 안장.

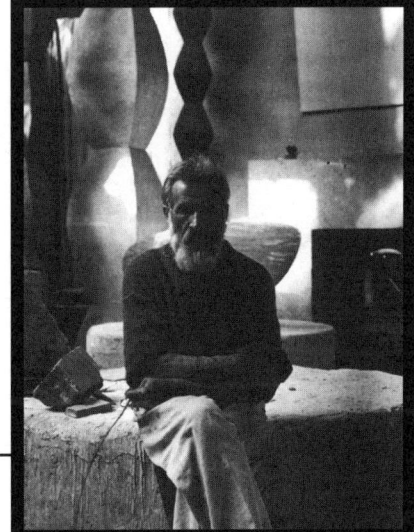

Federico Garcia Lorca

페데리코 가르시아 로르카,

스페인의

영광과

상처

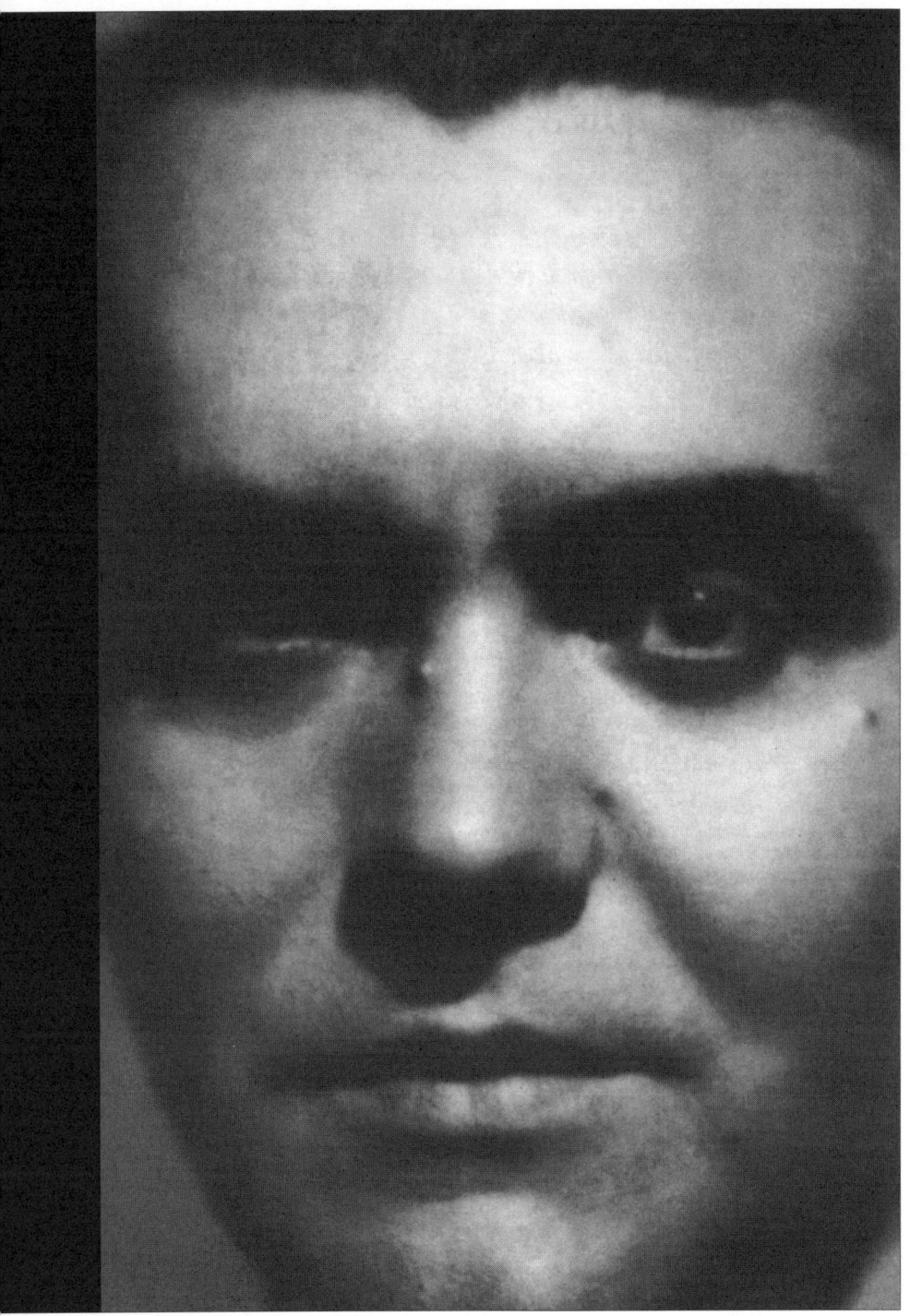

페데리코 가르시아 로르카.

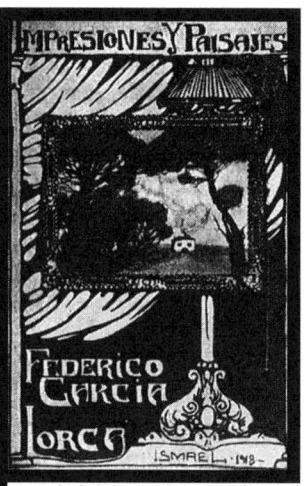

1918년 간행된 로르카의 첫 책인 산문집 『인상과 풍경』 초판본.

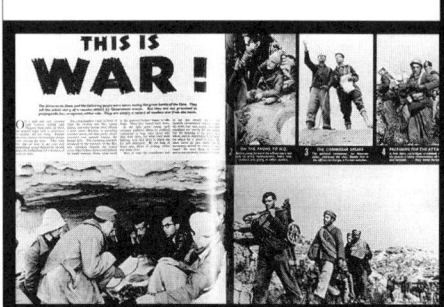

로버트 카파가 스페인 내전을 취재, 『픽처 포스트』지에 게재한 「이것이 전쟁이다」(1938년)의 일부.

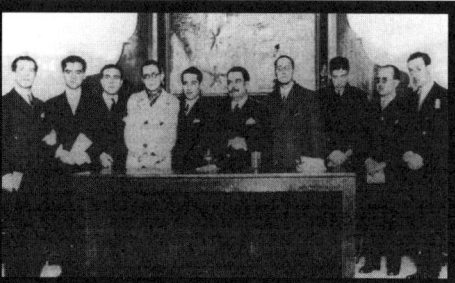

〈27세대〉 그룹 회원들. 왼쪽에서 두번째가 로르카이다.

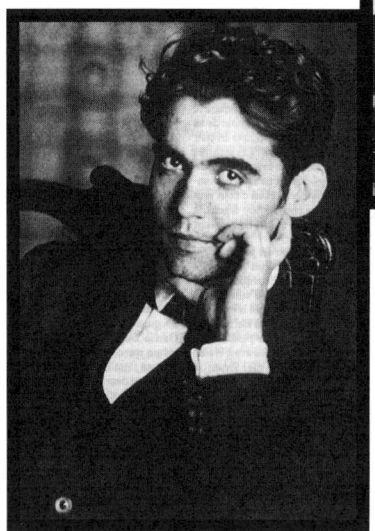

1918년 스무 살 때의 로르카.

● "울부짖는 소리가 사방을 휩쓸며 숲을 태우고 / 그 모든 순결한 마음들에 창상(創傷)을 내고 있다 / 바무장한 아이들의 피가 내(川)가 되어 흐른다 / 하늘을 보지 말아라, 마을을 보지 말아라 / …… / 변절한 사제의 제복에, / 아름드리 거목에, 추수한 곡식에, 쏟아지는 잠 속에, / 잡풀 마디마디에, / 허위(虛僞)의 긴 호각 소리에 영원히 달라붙어 있을, / 에스파냐 어미들의 그 끔찍한 침묵의 울부짖음."

1936년부터 3년간 스페인의 국토와 인민을 유린한, 프랑코의 〈팔랑헤당〉과 공화파의 〈인민전선〉 사이에 벌어진 격렬한 내전을 지켜보며 프랑스의 시인 앙드레 프레노는 자신의 시 「에스파냐」를 통해 이렇게 울부짖었다. '스페인 내란'이라고 불리는 이 전쟁, 헤밍웨이, 조지 오웰, 영국의 시인인 오든과 스티븐 스펜서, 페루의 시인 세사르 바예호 등이 공화군 편에 가담한 이 전쟁, 그래서 '시인들의 전쟁'이라는 다소 화사한 이름으로 불리기도 한 이 전쟁, 그러나 트리스탕 차라가 "단검처럼 시를 베었다"라고 비통하게 말한 이 전쟁, 이 골육 상쟁의 전쟁이 꺾어 쓰러뜨린 약 백만에 가까운 목숨들 중에는 페데리코 가르시아 로르카(Federico García Lorca, 1898~1936)라는 한 젊은 시인도 끼여 있었다. 정치와 시는 상호 삼투 가능할까? 대체로 정치는 시를 좋아하지 않고, 시는 정치를 경멸하는 경향이 있다. 그래서 정치는 잔인해지고, 시는 아둔해진다. 플라톤은 공화국에서의 시인의 추방을 역설함으로써 흔쾌히 정치의 손을 들어 주었고, 벤야민은 "정치적으로 옳아야 미학적으로도 옳다"는 저 유명한 금언을 통해 시가, 예술이 날카로운 정치 인식으로 무장할 것을 종용했다. 그렇다면 로르카는? "참된 사람이라면 누구도 이제 더이상 이 '예술을 위한 예술'이라는 허튼 소리를 믿지 않을 것입니다. 이러한 비극적인 시대에 예술가는 민중과 함께 울고 웃어야 합니다. 그는 자신의 백합다발을 던져 버리고, 백합을 찾고 있는 사람들을 돕기 위해 허리까지 잠기는 진흙탕 속으로 빠져 들어갈 줄 알아야 합니다."

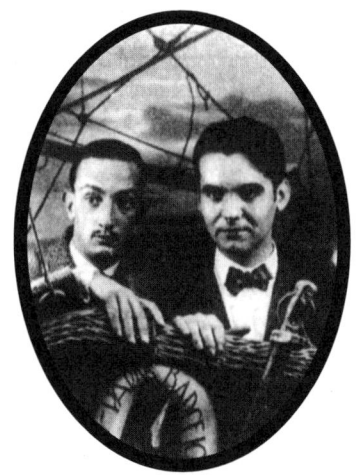

화가 살바도르 달리(왼쪽)와 함께.

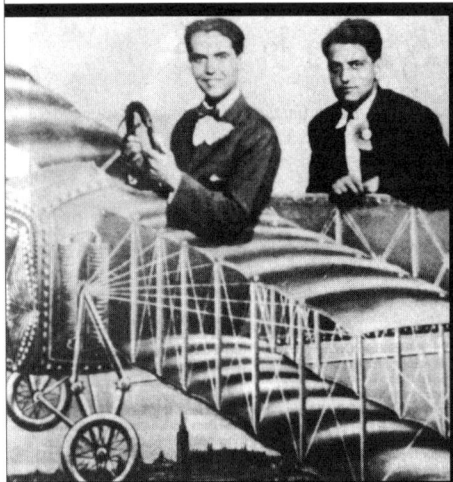

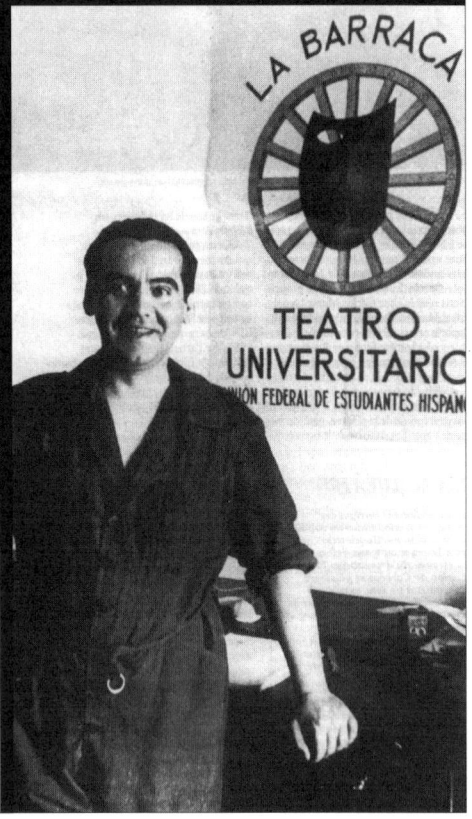

• 왼쪽 | 1925년 영화 감독 루이스 부뉴엘(오른쪽)과 함께.
• 오른쪽 | 〈라 바라카〉의 단장으로 순회 공연할 당시의
로르카.

●스페인의 아픈 역사를 더욱 아프게 하는 수치스런 상처, 그리고 동시에 역설적이게도 스페인의 긍지와 영광으로 각인된 가르시아 로르카는, 1898년 6월 그라나다 근처의 푸엔테 바케로스에서 대지주인 가르시아 로드리게스와 교사인 비센타 로르카 로메로 사이의 사남매 중의 장남으로 태어났다. "그라나다에서 태어났다는 것, 그것은 나에게 모든 박해받는 사람들, 즉 집시, 흑인, 유태인, 무어인 들의 고통을 이해하고 그들과 연대할 수 있는 계기를 제공해 주었습니다." 베가 평원에서 뒹굴며 대자연과 교감하는 풍요로운 어린 시절을 보낸 후 1908년 그는 알메리아 중학교에 입학한다. 그러나 병으로 부득이하게 학업을 중단한 그는 가족과 함께 그라나다 시로 이주하여 그곳에서 중·고등학교를 마친 후 1915년 그라나다 대학에 입학하여 철학, 문학, 법률 공부를 시작한다.

가족 대부분이 악기를 연주할 줄 아는 음악적 전통이 깊은 집안에서 태어난 로르카가 피아니스트가 되기를 꿈꾸었다는 것은 매우 자연스러운 일일 것이다. 1917년 그를 지도하던 음악 선생 안토니오 세구라가 사망하자 그는 파리 유학을 결심한다. 그러나 부친의 반대로 이 계획이 좌절되면서 그와 그의 부친 사이에는 미묘한 긴장이 싹튼다. 어쨌든 음악적 야심을 포기하고 문학으로 전향한 그는, 루벤 다리오와 프랑스 상징주의 시인들의 시를 탐독하고, 음악가 마누엘 데 화야를 예술적 모친으로, 시인 후안 라몬 히메네스를 예술적 부친으로 해서 시인으로 다시 태어난다. 그리고 1918년, 안달루시아, 카스티야, 스페인 북서부를 여행하며 쓴 산문들을 모아 『인상과 풍경』을 출판하고, 마침내 1921년 첫 시집 『시집』(Libro de poemas)을 발표한다. 1919년 마드리드로 상경한 그는 대학 기숙사에서 생활하며 살바도르 달리, 영화 감독 루이스 부뉴엘, 극작가 에두아르도 마르키니 등과의 교류를 통해 유럽의 새로운 예술적 대기를 마음껏 호흡하고, 희곡 「나비의 저주」로 극작가로도 데뷔한다. 그리고 1922년 그라나다에서 마누엘 데 화야와 함께 스페인의 민요인 '칸테 혼도'(Cante Jondo ; 깊은 노래) 축제를 개최하고, 1923년 그라나다 대학 법과와 문과를 동시에 수료한 후, 역사극 『마리아나 피네다』(Mariana Pineda)의 초판을 간행한다.

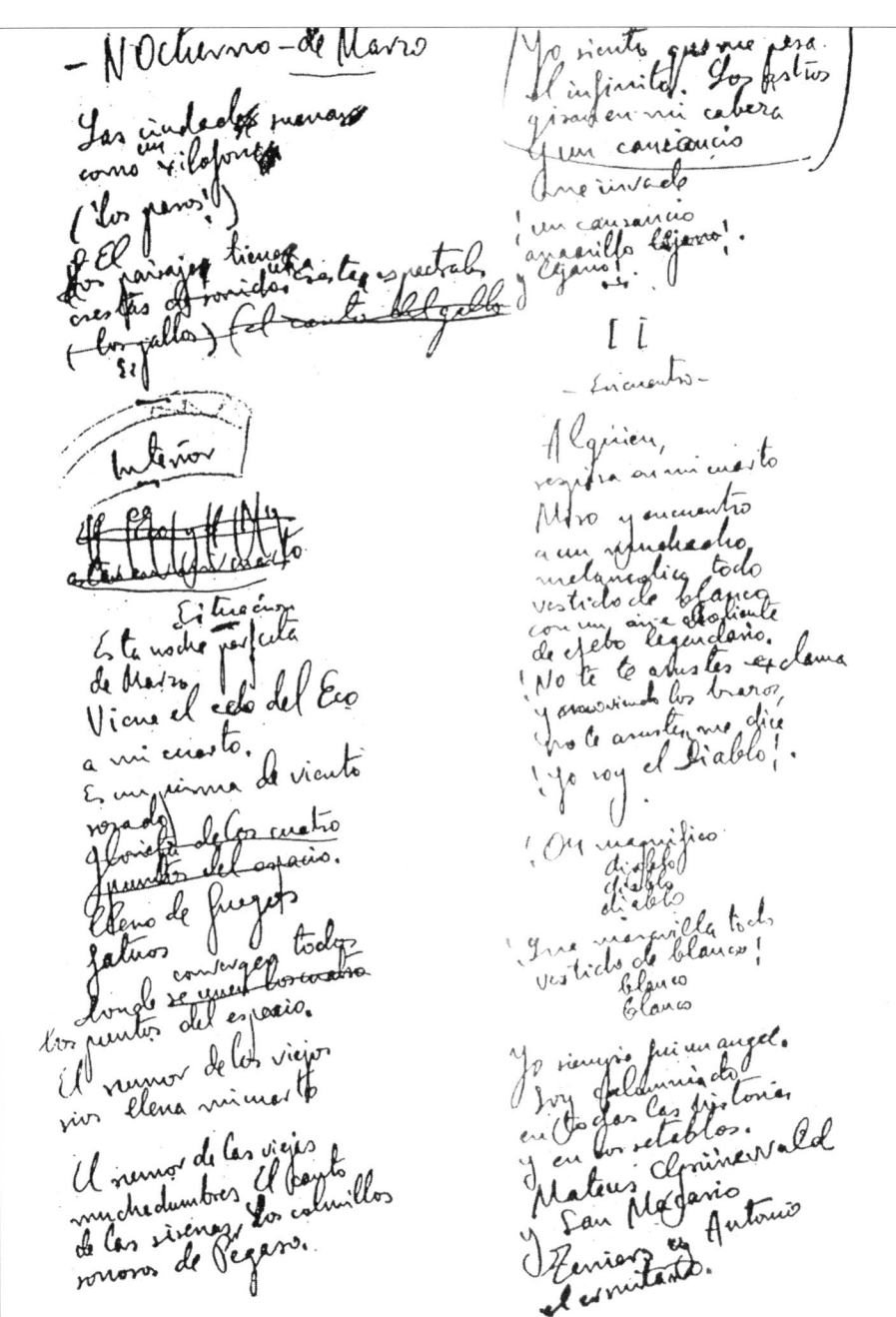

로르카 사후에 발견된 1,800여 장에 달하는 육필 원고 중의 일부인 시 「3월의 야상곡」.

● 1927년 12월 중순, 한 무리의 젊은 시인들이 세비아에 모여든다. 〈안달루시아 학술원〉이 초청하고 당대 최고의 투우사 메히아스가 후원하는, 17세기의 거장 공고라 300주기를 기념하기 위해서였다. 라파엘 알베르티, 호르헤 기옌, 헤라르도 디에고, 다마소 알론소, 그리고 가르시아 로르카, 이들은 대부분 무명이었으나 이미 스페인 시의 가장 아름다운 밭을 경작하고 있었다. 여기에 페드로 살리나스, 비센테 알레익산드레, 루이스 세르누다가 합세하여, 그들은 마침내 마드리드에서 스페인 문학의 제2의 황금 시대를 연 이른바 〈27세대〉 그룹을 결성한다. 이 그룹의 결성은 다른 시인들에게와 마찬가지로 로르카에게도 풍요로운 문학적 결실을 가져다 주었다. 그 이듬해 그는 동시대의 그리고 후대의 수많은 시인들에게 영향을 준, 스페인 사회에서 억압받는 집시와 여인들에 대한 깊은 연민과 연대, 저항과 죽음, 삶에 대한 뜨거운 열정을 노래한 그의 대표 시집, 『집시 민요집』(Romancero gitano)을 발표한다. 그리고 1929년 그는 이 시집이 가져다 준 문학적 성공을 뒤로 하고 뉴욕으로 향한다. 이미 그의 시집을 읽은 미국 문인들의 열렬한 환영을 받으며 뉴욕에 도착한 그는, 그곳 '꿈 없는 도시' 뉴욕에서 버려지고 소외된 또 다른 집시들, 즉 흑인들을 발견한다. 그는 컬럼비아 대학에 적을 두고 지체 없이 그들의 삶의 질곡과 한을 초현실주의풍의 놀라운 이미지의 비약으로 노래한 시집 『뉴욕의 시인』을 쓰기 시작한다.

1930년 쿠바에서 보낸 한 철은 그의 생애에서 가장 행복한 시기였다. 원시적 생명성이 넘실거리는 빛과 리듬의 섬 쿠바에서 그는 더할 나위 없는 만족감을 맛보면서 시 「월트 휘트먼에게 바치는 송가」와 희곡 「민중」을 집필한다. 그리고 그 해 여름 정치적 혼란이 가중되고 있는 '살아 있는 박제'와도 같은 조국으로 돌아온다. 1931년 총선거에서 공화파가 승리하면서 스페인에는 제2공화국이 들어선다. 이 의욕적인 정부 밑에서 문화적 부흥의 기운이 무르익어 가고 수많은 계획들이 기획되었으며, 스페인 문교부는 1932년 대학생으로 구성된 순회 연극단인 〈라 바라카〉(La Baraca)를 설립하고 로르카에게 그 단장직을 맡아 줄 것을 의뢰한다. 이후 그는 1935년까지 이 극단을 이끌고 전국을 구석구석 누비며 칼데론, 로페 데 베가, 세르반테스 같은 스페인의 고전적인 극작가들의 작품을 상연하여 스페인 연극의 발흥의 발판을 마련한다.

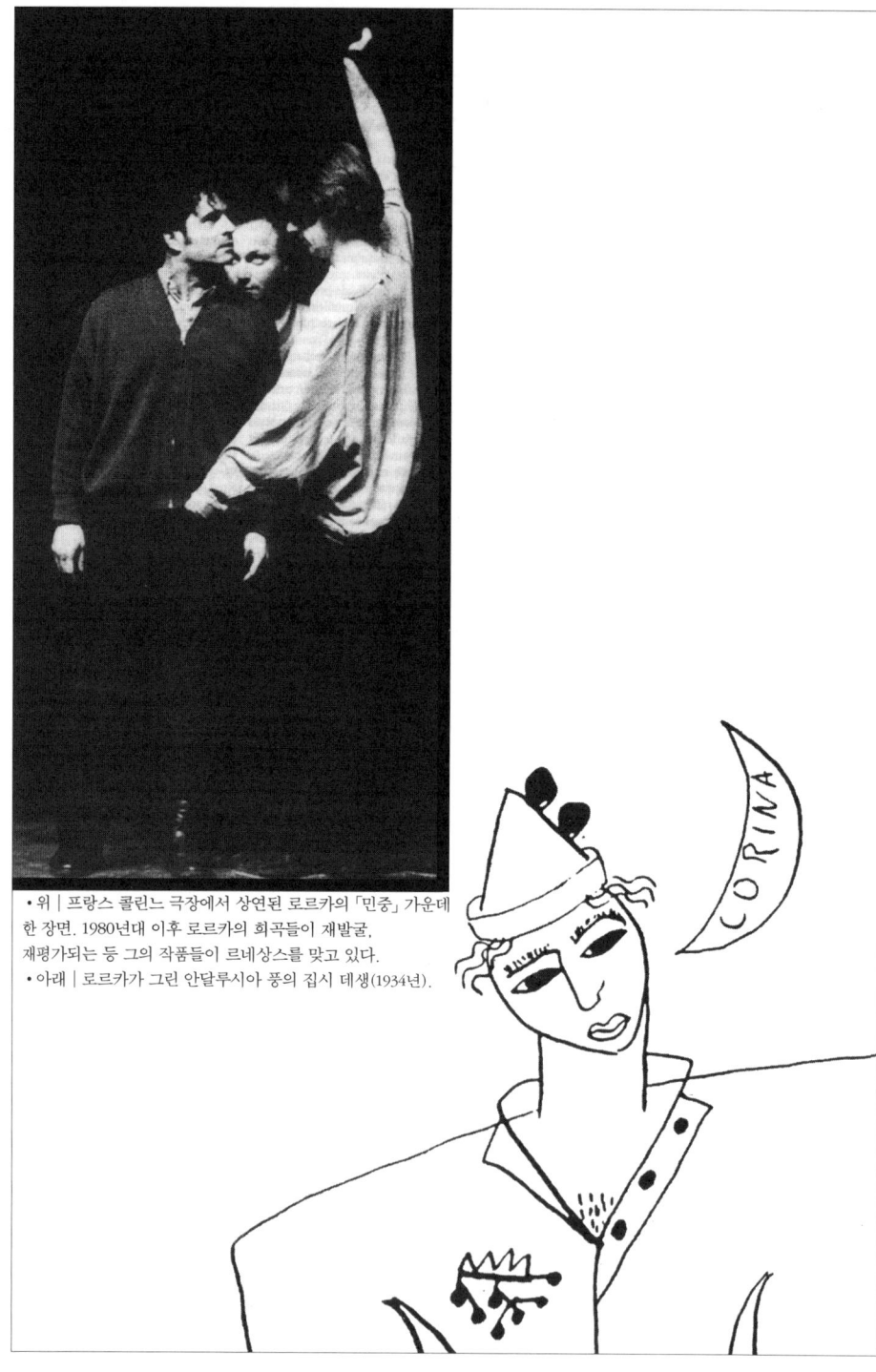

• 위 | 프랑스 콜린느 극장에서 상연된 로르카의 「민중」 가운데
한 장면. 1980년대 이후 로르카의 희곡들이 재발굴,
재평가되는 등 그의 작품들이 르네상스를 맞고 있다.
• 아래 | 로르카가 그린 안달루시아 풍의 집시 데생(1934년).

● 1933년 부에노스 아이레스에서 그의 희곡 「피의 결혼식」(Bodas de sangre)이 초연된다. 이 연극에 출연한 여배우 롤라 멤브리베스의 남편이자 극단주인 후앙 레포르조는 로르카에게 이렇게 편지를 썼다. "관객들은 모두 기립하여 당신과 당신 작품에 우레와 같은 박수를 보냈습니다. 전 지금까지 그와 같은 광경은 한 번도 본 적이 없습니다. 매 막마다 박수 갈채가 터져 나왔고 찬탄의 속삭임 때문에 대사가 잘 들리지 않을 정도였습니다. 모든 사람들의 입에 당신 이름이 오르내리고 있고, 당신은 아르헨티나 문단의 숭고한 귀감이 되었습니다. 당신은 불과 몇 시간 만에 부에노스 아이레스를 정복한 것입니다." 극장은 연일 사람들로 만원을 이루었고 유력 일간지들은 '가르시아 로르카의 승리!' 같은 제하의 기사들로 그의 연극에 찬사를 보냈고 시 전체가 그의 연극으로 술렁거렸다. 그것은 놀라운 성공이었다. 이후 그의 명성은 나날이 부풀어 갔고 1934년 스페인에서 「예르마」(Yerma)가 상연되면서 그의 극작가로서의 명성은 절정에 달한다.

반면 스페인의 정치적 상황은 점점 더 암울해지고 있었다. 〈팔랑헤당〉의 창설로 파시즘의 위협이 증대되고 있었고 그라나다의 선거에선 우파가 승리했으며 수도 마드리드에선 좌우의 크고 작은 충돌이 끊이지 않고 있었다. 한 마디로 스페인은 폭발 직전의 '화산'과도 같았다. 이러한 암울한 시대상과 더불어 그의 삶에도 개인적인 슬픔과 공포가 깃들기 시작했다. 막역한 우정을 나누었던 투우사 이그나시오 산체스 메히아스가 투우 도중 사망했고, 스페인 민병대를 '납빛 두개골'과 '에나멜 영혼'을 가진 자들이라고 묘사한 시 등이 우파에게 그를 비난할 수 있는 빌미를 제공했다.

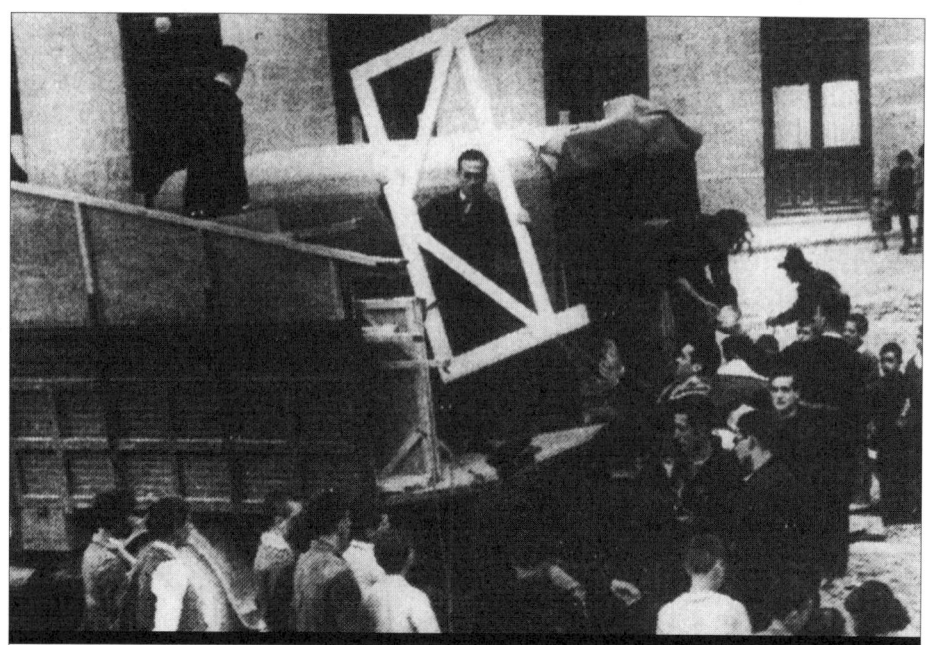

극단 〈라 바라카〉는 4년 동안 스페인 전국을 돌며 수많은 연극을 공연한다. 이동 차량에서 무대 장비를 내리는 장면.

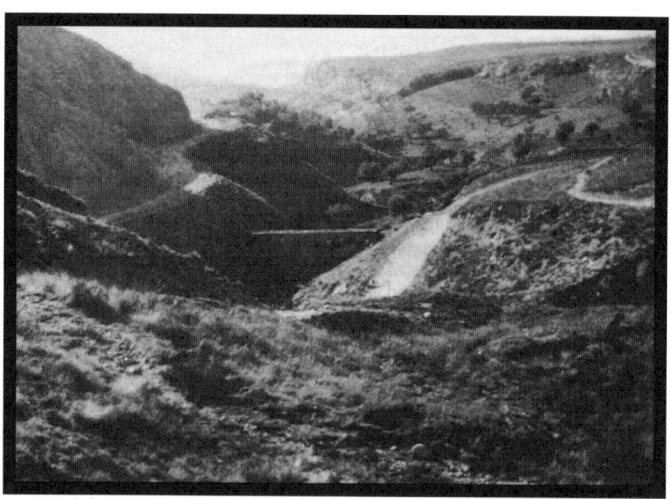

로르카가 총살되어 매장된 곳. 1947년 찍은 사진으로, 매장된 지점을 은폐하기 위해 곧바로 피네드(Pinéde : 소나무)가 심어졌다.

● 그러나 1936년으로 접어들면서 로르카의 정치적 · 예술적 활동은 한결 더 가열 찬 양상으로 나타났다. 그는 선거에서의 〈인민전선〉의 승리를 위한 선언문을 기초했고 〈인민전선〉이 승리한 후에는 국제적인 연대의 움직임을 보이고 있는 파시즘에 대한 투쟁을 전개했다. 그는 당에 가입하지는 않았지만 '인간의 얼굴을 한 사회주의'의 실현을 믿고 있었다. 그리고 그는 혹독하리만치 가혹한 남성 우위의 봉건적 가치 체계 밑에서 신음하는 여인들의 비극을 형상화한 유작 희곡「베르나르다 알바가(家)」(La casa de Bernarda Alba)를 완성한다. 4월 그는 일간지 『여론』과 인터뷰를 한다. "나의 연극은 사회적, 종교적인 전망에서만 의미를 지닙니다. 두 남자가 강변을 걷고 있습니다. 한 남자는 부유하고 한 남자는 가난합니다. 한 남자는 배가 불러 죽을 지경이고 한 남자는 배가 고파서 계속 하품만 하고 있습니다. 부유한 남자가 말합니다. '강 위의 저 아름다운 배 좀 봐, 저것도 좀 봐, 뚝 위에 핀 저 아름다운 백합 말야.' 가난한 남자는 중얼거립니다. '난 배가 고파서 아무것도 보이지 않아, 배가 고파, 그것도 몹시.' 이 남자의 말은 너무나 당연합니다. 배고픔이 이 세계에서 사라지는 날, 인간이 지금까지 한 번도 경험해 본 적이 없는 놀라운 정신의 분출이 있을 것입니다. 위대한 혁명의 날 터져 나올 기쁨을 상상해 보십시오."

그 해 7월 14일 그는 멕시코에 있는 여배우 마르가리타 크시르구를 잠시 만나러 갈 계획을 세우고 멕시코행 비행기표를 몸에 지니고 양친에게 작별 인사를 하러 고향 그라나다로 돌아온다. 그리고 7월 18일 모로코의 스페인군 기지에서 프랑코에 의해 군이 봉기한다. 이내 그라나다는 프랑코의 수중에 떨어져 불과 수개월 만에 13만 인구 중에서 약 2만 3천 명이 학살되는 끔찍한 야만이 지배하는 지옥의 도시로 변했다. 벗어날 수 없는 죽음의 마수를 예감하고 있던 그에게 프랑코의 친구이자 어용 시인이며 〈팔랑헤당〉 당원인 루이스 로살레스가 서한을 보낸다. 그는 로르카의 시(詩) 제자였으며 집안끼리도 잘 알고 지내는 사이였다. "제 집에서 일을 하십시오. 이렇게 피비린내가 날 때, 여기 같으면 다른 어디보다도 조용하게 지내실 수 있고 글도 맘 놓고 쓰실 수 있을 겁니다."

● 1936년 8월 16일 저녁 루이스 로살레스의 집에서 민병대에 의해 체포된 그는 19일 새벽 비스나르에서 서둘러 총살되어 산기슭의 구덩이 속에 던져졌다. 그것은 20세기 스페인 문학이 지닌 가장 탁월한 정치 시인이자, 가장 뛰어난 서정 시인에게 찾아든 끔찍하고 비극적인 최후가 아닐 수 없다. "소총 사이로 걸어가는 그를 / 모든 사람들은 보았다 / 길게 이어진 길을 따라 / 그는 차갑게 별들이 반짝이고 있는 / 새벽 들판으로 나갔다 / 동이 틀 무렵 / 그들은 페데리코를 죽였다 / …… / 페데리코는 죽어 넘어졌다 / 이마의 피, 복부의 탄환 / 그라나다에서 범죄가 행해졌다 / 그대는 아는가? 가엾은 그라나다 / 그의 그라나다를." 안토니오 마차도, 「그라나다에서 범죄가 행해졌다」 중에서

시인이 죽지 않은 혁명은 어쩐지 쓸쓸하다고 한 시인은 말했다. 억압과 폭력과 야만이 인간 위에 드리워질 때 그것을 제일 먼저 감지하고 제일 먼저 달려나가 소리치는 순연한 인간으로서의 시인의 모습을 그는 상정했으리라. 도대체 얼마나 더 많은 포탄이 날아야 포성이 멈출까, 도대체 얼마나 더 많은 비명이 울려 퍼져야 비명이 잦아들까. 인간의 숲에 가득 고인 핏물이 보이는 5월이다.

페데리코 가르시아 로르카 연보

1898년—00세	스페인 그라나다 근처의 푸엔테 바케로스에서 지주의 아들로 출생.
1908년—10세	알메리아 중학교 입학. 병으로 학업 중단. 전 가족이 그라나다 시로 이주.
1915년—17세	그라나다 대학 입학. 법률, 문학 공부와 기타, 피아노 레슨.
1916년—18세	안달루시아, 카스티야, 스페인 북서부 여행.
1917년—19세	음악을 공부하기 위해 파리 유학을 계획하나 부친의 반대로 좌절. 문학으로 방향 전환.
1918년—20세	산문집 『인상과 풍경』 출간.
1919년—21세	마드리드에서 기숙사 생활. 살바도르 달리, 루이스 부뉴엘 등과 친교.
1920년—22세	첫 희곡 「나비의 저주」 상연.
1921년—23세	첫 시집 『시집』 출간.
1922년—24세	그라나다에서 작곡가 마누엘 데 화야와 함께 '칸테 혼도' 축제 개최.
1923년—25세	그라나다 대학 법과 졸업. 문과 수료.
1924년—26세	시집 『민요집』 간행.
1925년—27세	역사극 「마리아나 피네다」 완성.
1927년—29세	「마리아나 피네다」 바르셀로나에서 초연, 대성공. 마드리드에서 〈27세대〉 결성.
1928년—30세	시집 『집시 민요집』 출간.
1929년—31세	미국행. 「뉴욕의 시인」 집필.
1930년—32세	쿠바 여행. 시 「월트 휘트먼에게 바치는 송가」, 희곡 「민중」 집필.
1931년—33세	시집 『칸테 혼도의 시』 출간.
1932년—34세	대학생 지방 순회 연극단 〈라 바라카〉의 단장에 임명됨.
1933년—35세	부에노스 아이레스에서 희곡 「피의 결혼식」 초연. 칠레의 시인 파블로 네루다와 교유.
1934년—36세	우루과이 여행. 희곡 「예르마」 상연.
1935년—37세	〈라 바라카〉의 순회 공연 중지.
1936년—38세	시집 『최초의 노래』 출간. 희곡 「베르나르다 알바 가(家)」 완성. 그라나다에 돌아와 있던 중 민병대에 체포되어 처형됨.

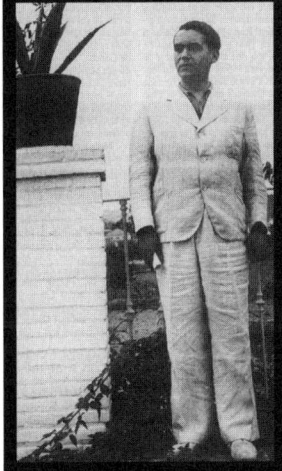

죽기 1년 전인 1935년,
후에르타 산 비센테의
테라스에 서 있는 로르카.

다이안 아버스,

현대 사진의 불길한 '신화'

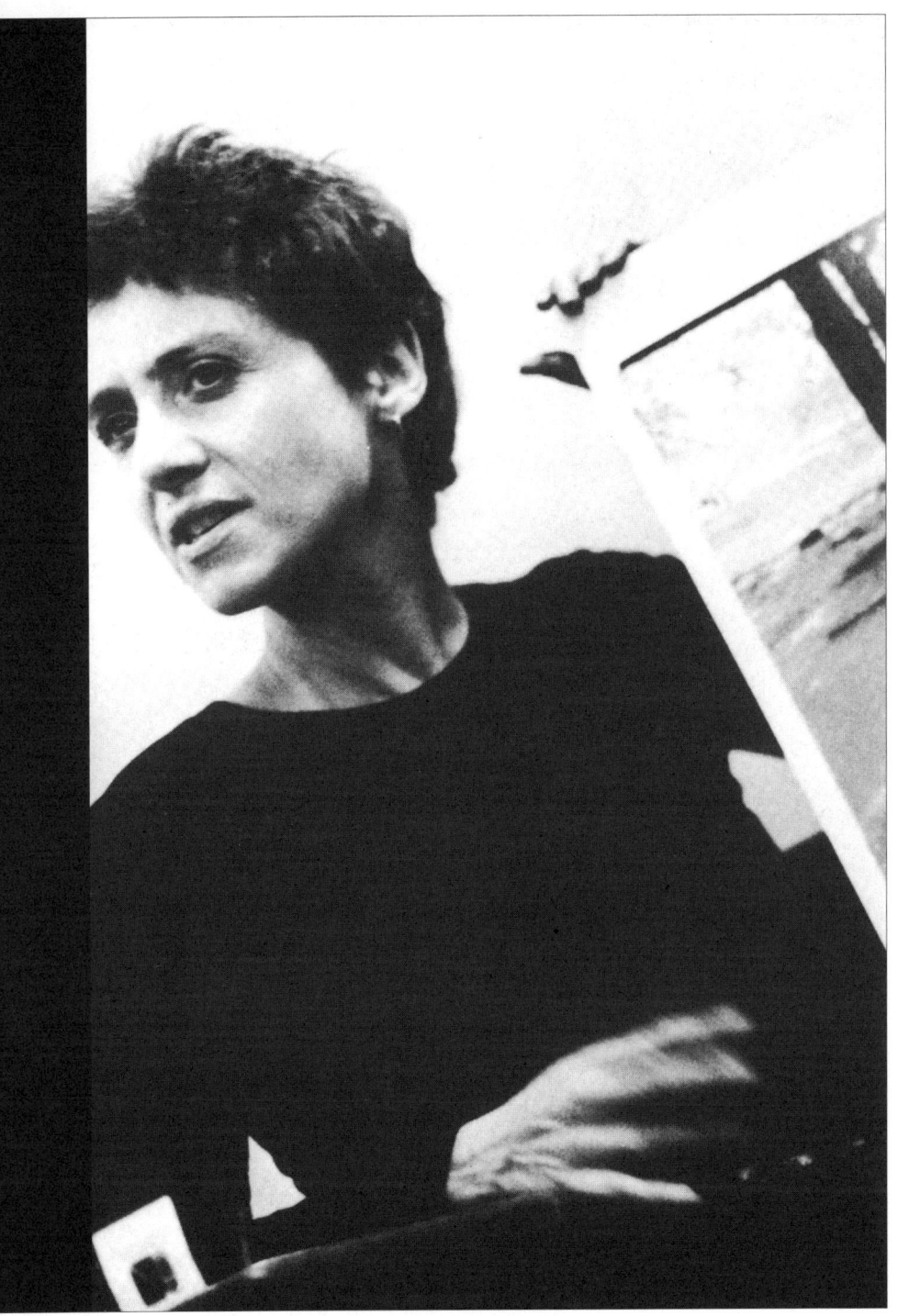

1970년 '로드 아일랜드 디자인스쿨' 에서 강의하고 있는 다이안 아버스.

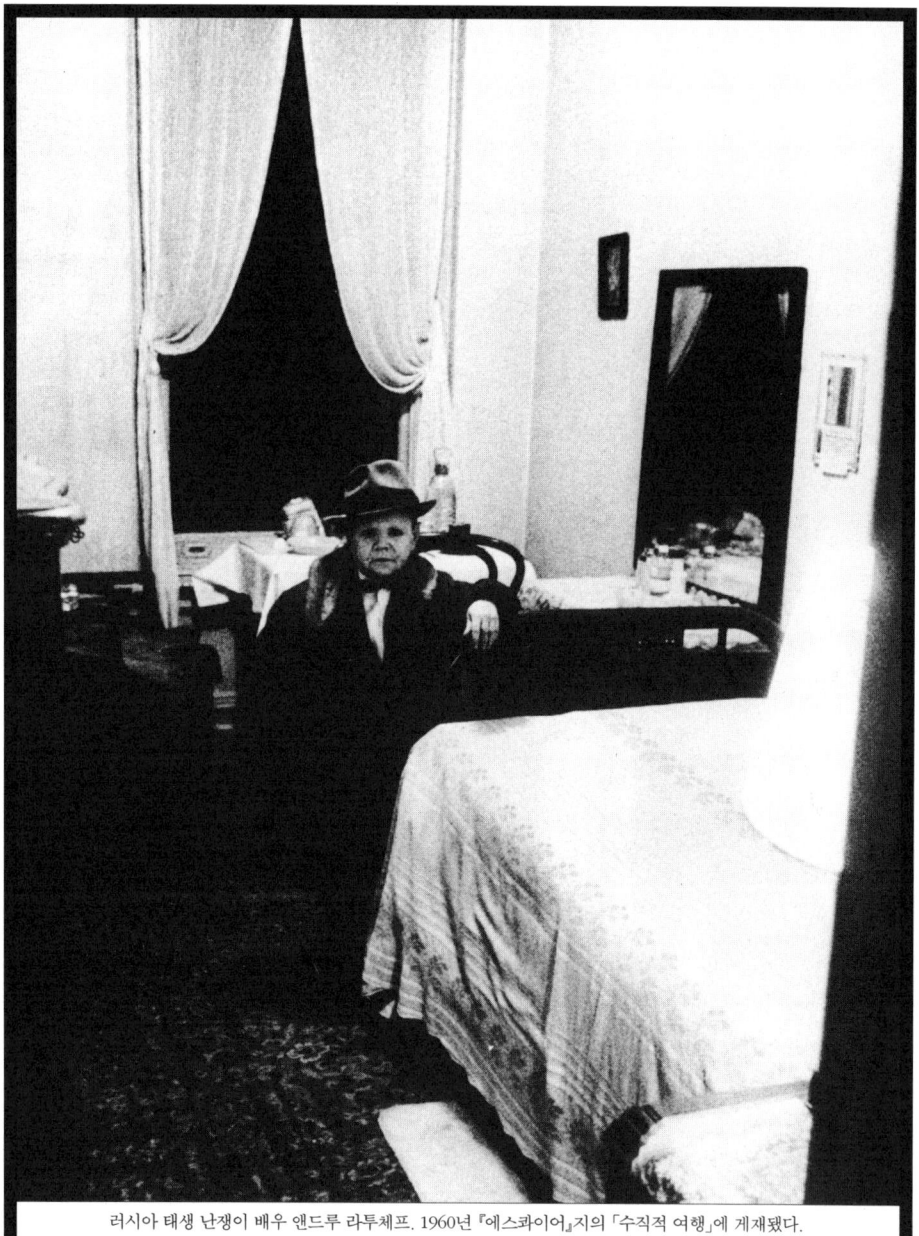

러시아 태생 난쟁이 배우 앤드루 라투체프. 1960년 『에스콰이어』지의 「수직적 여행」에 게재됐다.

● 미국인들에게 1960년대는 장밋빛 희망으로 시작해 실망과 환멸로 끝난 고통스러운 10년이었다. 공민권 운동, 흑인 폭동, 베트남 전의 장기화, 반전 운동, 히피와 비트 세대의 출현, 여권 신장 운동 등으로 '빛나는 이상과 꿈으로 가득찬 시대'는 혼란의 시대로 화했고, '아메리칸 드림'은 악몽으로 변했으며, 미국의 전통적인 가치 체계는 무참하게 무너져 내렸다. 그리고 당연히 이러한 혼란과 붕괴는 사진가들에게도 영향을 주었다. 그들은 이제 앞선 세대의 작가들이 건네 준 공론적인 관점을 폐기 처분하고 독자적이고 개인적인 관점으로 세계를 바라보기 시작했던 것이다. 이러한 '주관적 사진'의 대두에는 당시의 미국적 상황 외에도, 전체주의에 의해 억눌려 있던 개인적 표현 욕구의 분출, 내내 회의에 찬 시선을 받았던 피카소를 위시한 아방가르드 회화의 결정적 승리 등이 그 동인으로 작용했다.

기념비적인 사진집 『현대 사진가들 : 사회적 풍경을 향하여』에 수록된 다섯 명의 사진가들 곧, 브루스 데이비드슨, 대니 라이언, 리 프리들랜더, 게리 위노그랜드, 듀안 마이클은 이러한 '주관적 사진'의 영역을 개척하며 1960년대 미국 사진계를 선도했던 작가들이다. 그리고 1960년대 미국 사진을 거론할 때 빼놓아서는 안 되는 또 한 명의 작가가 있다. 섬짓하기까지 한 그 유례 없는 강렬한 개성으로 사진사에 뚜렷한 족적을 남기고, 이미 현대 사진의 '신화'가 되어 버린 다이안 아버스(Diane Arbus, 1923~71)가 바로 그녀다.

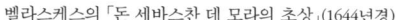
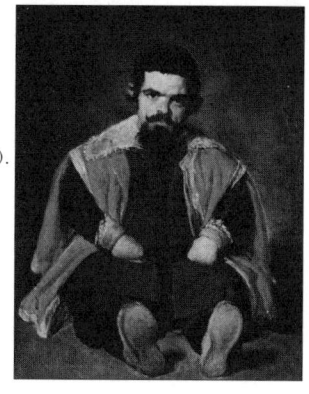

벨라스케스의 「돈 세바스찬 데 모라의 초상」(1644년경).

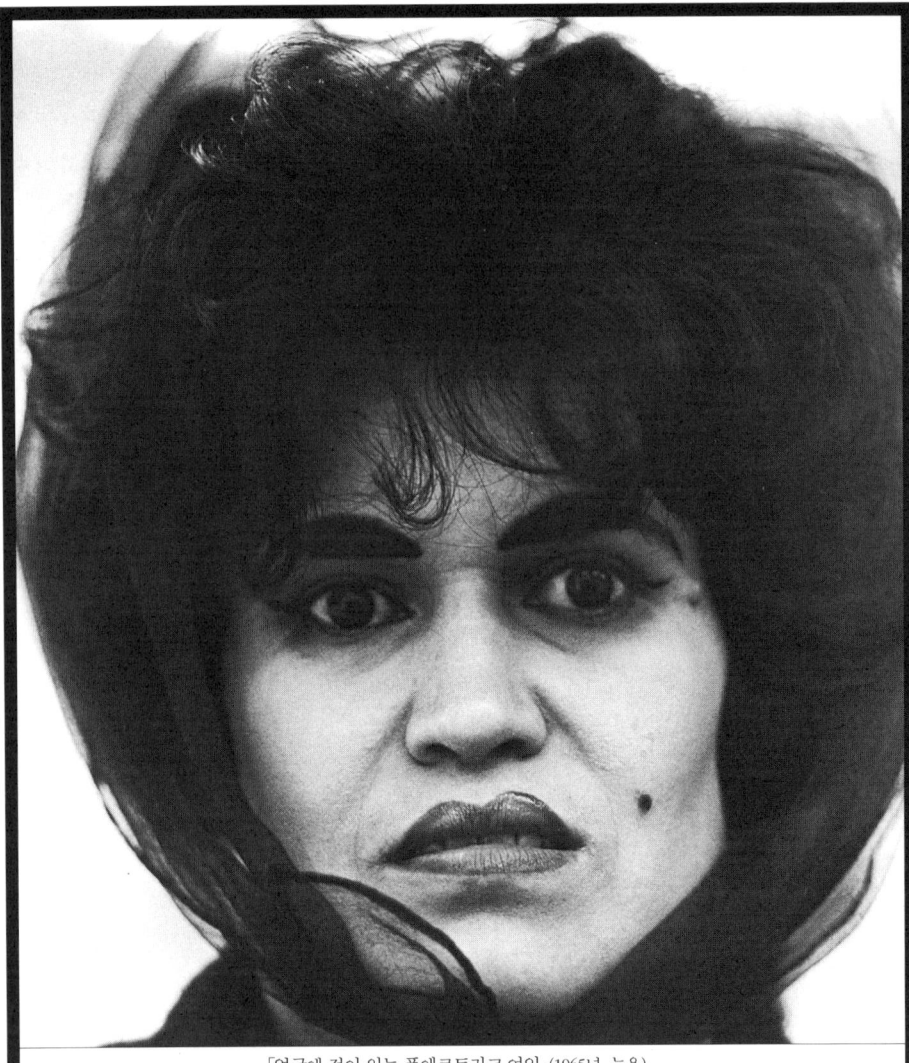

「얼굴에 점이 있는 푸에르토리코 여인」(1965년, 뉴욕).

● 유복하고 근심 없는 삶을 영위했던 17세기 스페인의 궁정 화가 벨라스케스는, 특이하게도 「궁정의 시녀들」 「돈 세바스찬 데 모라의 초상」 등 난쟁이를 그린 그림을 여러 점 남겼다. 그들은 몰락해 가는 스페인 제국 왕후 귀족들의 미래에 대한 불안을 달래기 위해 노리갯감으로 궁정에 배속된 비참한 존재들이었다. 그러나 두 다리를 쭉 펴고 앉아서 정면을 응시하고 있는 돈 세바스찬 데 모라의 견인적인 깊고 음울한 시선은, 자신의 운명이 지닌 굴욕과 수치를 전복하는 힘과 존재에 대한 깊은 성찰의 빛을 띠고 있다. 그리고 그는 수세기의 격절을 뛰어넘어 돌연 1960년대의 미국에서 부활한다. 앤드루 라투체프라는 러시아 태생의 난쟁이 배우로, 그리고 이번에는 그림이 아닌 사진을 통해, 그래서 조금도 의심할 여지가 없는 사실성으로.

난쟁이, 거인, 호모, 레스비언, 히피, 정신 지체아, 누디스트, 원숭이를 아기처럼 안고 있는 여자……. 아버스는 일관되게 이러한 비정상적인(?) 인간들, 기형인들을 카메라에 담았다. 그녀는 말했다. "나에게는 언제나 사진의 주제가 사진보다 더 중요하다. 실존적인 것은 촬영되는 대상이며, 사진이란 일련의 피사체를 다루는 것이어야 한다. 피사체란 사진 자체보다 더욱 주목할 만한 것이다." 육신이 병들었을 때 비로소 인간은 자신의 내면을 들여다볼 수 있다고 프랑스의 철학자 멘 드 비랑(Maine de Biran, 1766~1824)은 말했다. 아버스의 생각도 다르지 않다. 아버스가 보기에 기형인들은 그들 육신의 기형을 통해 그들의 내면에 침잠해 있는 우월한 인간들이었다.

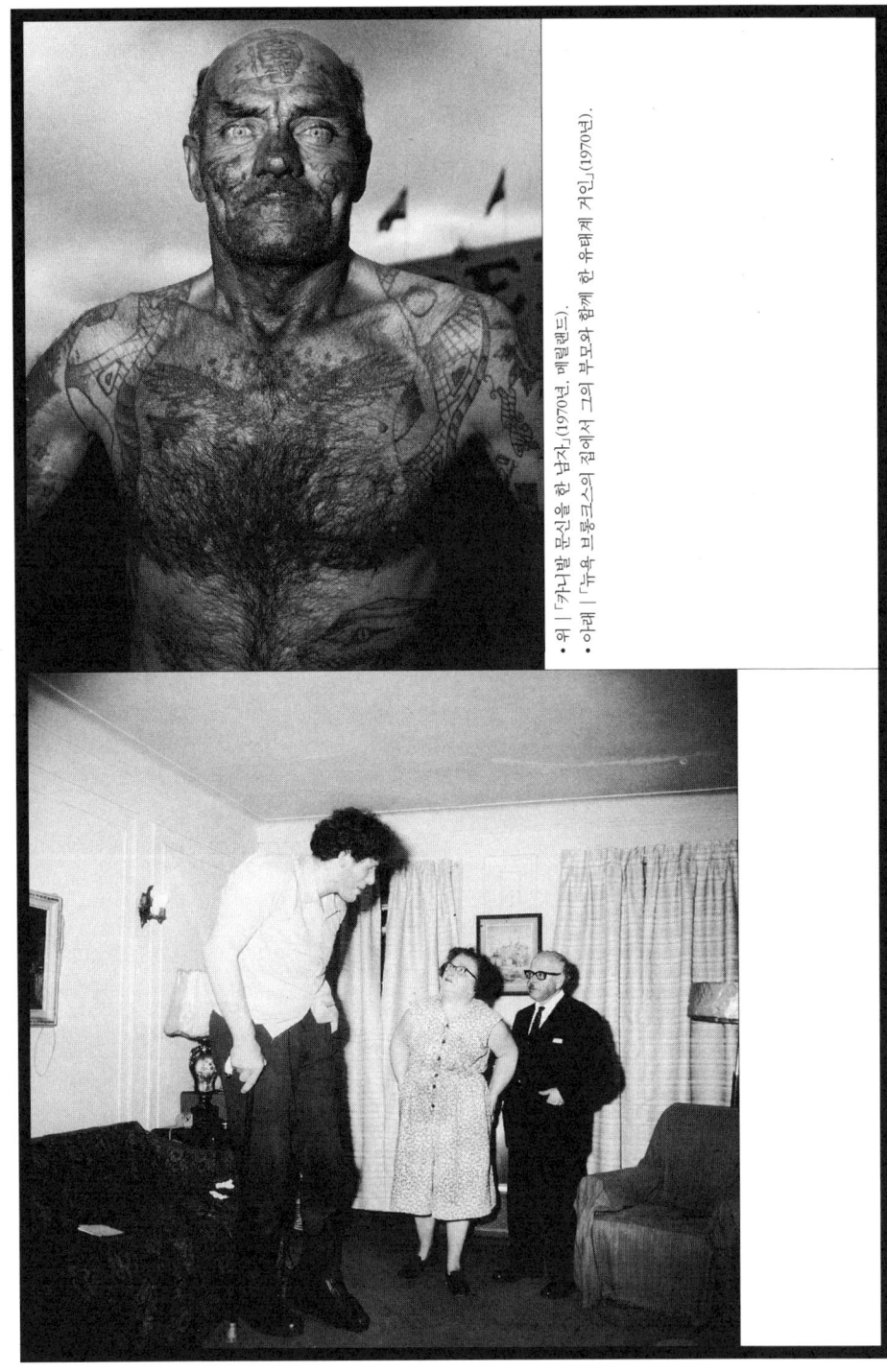

너 무 낡 은 시 대 에 너 무 젊 게 이 세 상 에 오 다

● "내가 많은 사진을 찍은 서커스단의 기형인들은 내게 있어서 최초의 테마들 중의 하나였었고, 내게 엄청난 흥분을 가져다 주었다. 나는 정말로 그들을 존경했으며, 그리고 그것은 지금도 변함이 없다. 그들은 마치 느닷없이 당신을 불러 세우고는 수수께끼를 풀라고 요구하는 신화 속의 인물과도 같다. 대부분의 사람들은 일생을 통하여 외상(外傷)의 경험에 대한 끊임없는 불안을 안고 살아간다. 그러나 기형인들은 외상과 함께 태어난다. 그들은 이미 삶의 시험을 통과한 사람들이다. 그들은 귀족이다."

육신이 온전한, 보는 이의 안온한 존재 의식을 뒤흔드는 아버스의 사진이 주는 충격과 전율은, 그러나 단지 대상의 그로테스크함에만 기인하지 않는다. 그녀는 어떠한 이미지도 날조하지 않고, 어떠한 왜곡도 가하지 않고, 대상과 냉정한 거리를 유지하며, 아주 단순하고 엄격한 기법을 구사한다. 대상의 기묘함과 비일상성은 보는 이를 비현실로 유도하지만, 인물들로 하여금 부동 자세로 정면을 응시하게 하는, 마치 기념 사진을 찍는 듯한 기법은 비현실로부터 현실로의 귀환을 요청한다. 말하자면 그녀의 사진이 지닌 강렬함은, 내용과 형식의 완벽한 조화, 그것이 획득하고 있는 현실과 비현실 사이에서의 아슬아슬하고 절묘한 균형에서 연유하는 것이다. 이렇게 해서 그녀는 주제의 특이함과 그 주제와 밀착된 독특한 표현 방식으로 다큐멘터리 사진의 새로운 경지를 열었고, 로잘린드 살로몬, 래리 핑크 같은 후배 사진가들에게 전범을 제공했다. 그녀의 사후에 그녀의 회고전을 기획했던 뉴욕 현대 미술관의 사진 부장 존 자르코우스키는 그녀의 사진사적 업적을 다음과 같이 평했다. "다이안 아버스는 이론가가 아니라 예술가다. 그녀의 사진은 종래의 이른바 다큐멘터리 사진의 기본적인 전제들을 송두리째 뒤흔들어 놓았다. 그녀의 사진은 사회적이라기보다는 사적이고, 시각적 응집보다는 심리적 환기를 중시하며, 국부적이고 당대적이라기보다는 원형적이고 신화적이다."

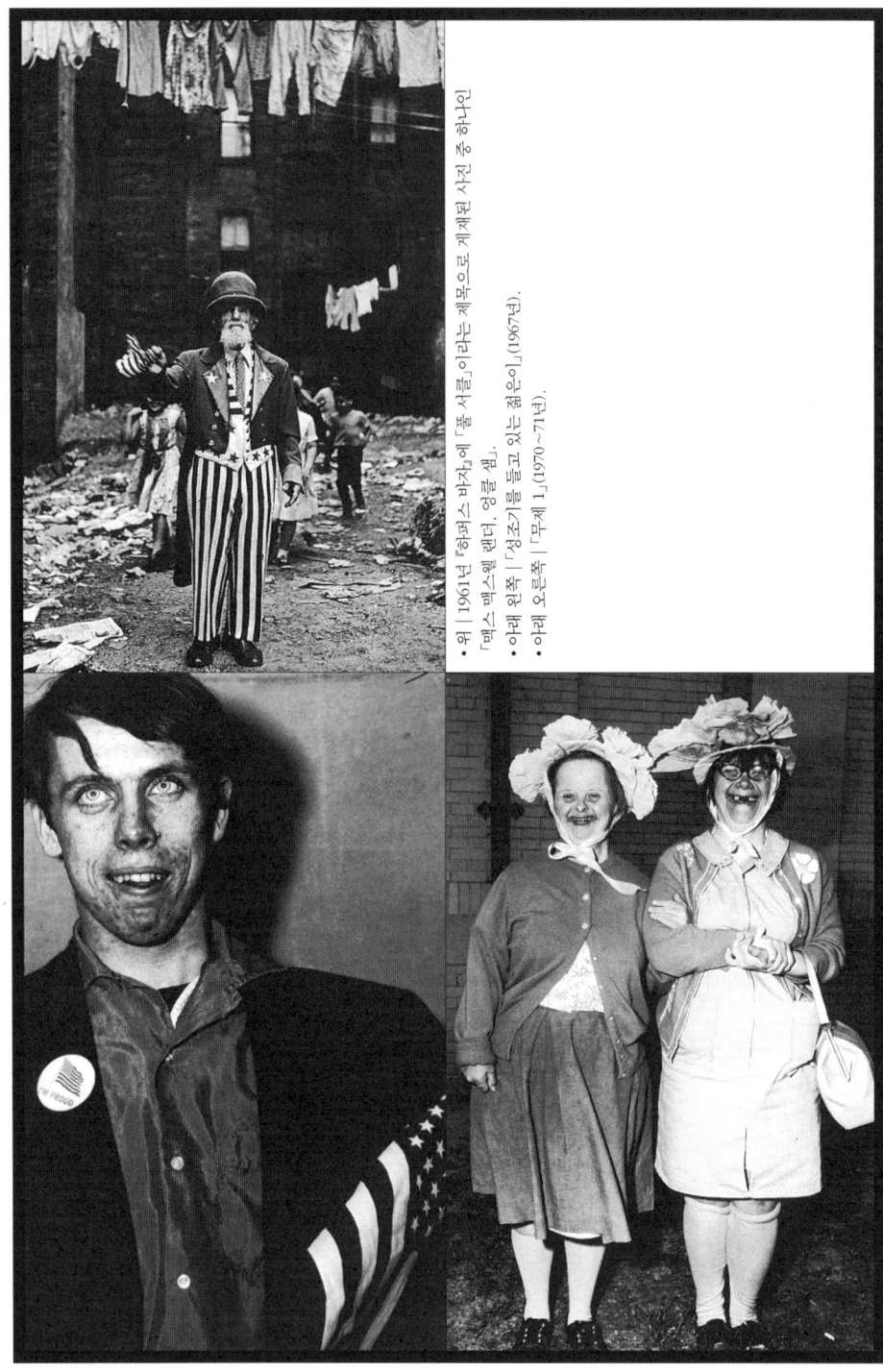

• 위 1961년 『햄프셔 바지』에 「풀 서름」이라는 제목으로 게재된 사진 중 하나인 「매스 베스웰 렌디, 영글 섬」.
• 아래 왼쪽 「성조기를 들고 있는 젊은이」(1967년).
• 아래 오른쪽 「무제 」(1970~71년).

● 본명이 다이안 네메로브(Diane Nemerov)인 다이안 아버스는 1923년 3월 14일 뉴욕에서 한 부유한 유태인 집안의 둘째로 태어났다. 백화점을 경영하는 부친 덕분에 부족한 것 없는 성장기를 보낸 그녀는, 그러나 어른들의 기대에 부응하고 주위 사람들과의 정서적 유대를 희구하는 그런 아이가 아니라 자신의 차별성과 독자성을 당당하게 청원하는 남다른 면모를 지닌 아이였다. "나는 무엇인가를 동경하는 그런 아이가 아니었다. 나는 어떤 영웅도 존경하지 않았으며, 피아노나 혹은 다른 어떤 악기를 연주할 수 있게 되기를 갈망하지도 않았다. 난 그림을 그렸으나, 그림을 싫어했으며, 사람들이 끊임없이 내가 그린 그림을 멋지다고 칭찬했기 때문에 난 고등학교를 졸업하자 마자 그림을 그만두었다."

사립학교인 에디컬 컬처 스쿨과 필드스톤 스쿨을 졸업한 그녀는 1941년, 4년간의 교제 끝에 18세의 나이로 패션 사진가인 앨런 아버스와 결혼한다. 그리고 남편을 통해 사진에 입문한다. 그러나 그녀가 비로소 그녀만의 독특한 시각과 힘을 갖추게 되는 것은, 『하퍼스 바자』(Harper's Bazaar)지의 아트 디렉터 알렉세이 브로도비치의 사진 강의를 거쳐, 1955년부터 1957년까지 리제트 모델(Lisette Model)에게 사진을 사사받으면서부터이다. 모델은 이미 비만증 환자, 폐인, 기형인들을 찍고 있었으며, 아버스에게 특수한 것을 잘 이해하면 이해할수록 보편성에 접근할 수 있다는 것을, 사실을 생생하게 포착하는 방법을 가르쳐 주었다. 그리고 아버스는 그녀의 가르침에 충분한 보상을 했다. 사후에 눈덩이처럼 부푼 그녀의 명성이, 그녀의 스승인 모델마저 세계적인 사진가로 부각시켰던 것이다. 위지(Weegee)는 그녀의 사진에 영향을 준 또 한 사람의 사진가였다. 사진집 『벌거벗은 도시』와 『벌거벗은 헐리우드』의 작가인 그는, 경찰서 옆에 살면서 자신의 차의 무전기 주파수를 경찰의 주파수에 맞춰 놓고는 피와 폭력이 난무하는 범죄 현장을 쫓아다니며 사진을 찍은 매우 독특한 사진가였다. 아버스는 '살인회사의 공인 사진사' 라는 별명의 위지에게서 비정할 정도로 냉철하게 현실에 접근하는 방법과 대담한 힘을 유산으로 물려받는다.

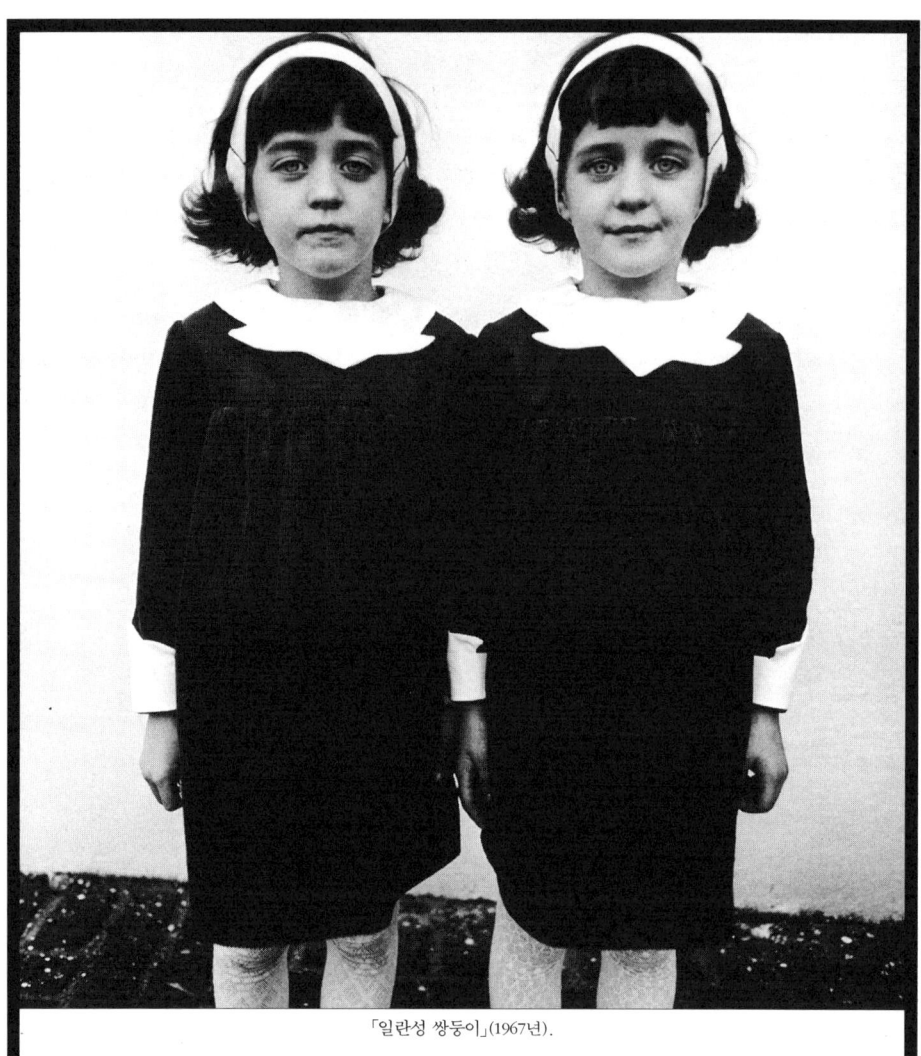

「일란성 쌍둥이」(1967년).

● 모델과 위지, 이 두 사람의 결정적 영향을 받아 완전한 사진 작가로 태어난 아버스는 마침내 그녀의 1960년대를 연다. 그녀 작품의 대부분은 1960년대에 양산된 것들이었다. 1960년 『에스콰이어』(Esquire)지에 「수직적 여행」(The Vertical Journey)을 발표하면서 잡지 일을 하기 시작한 그녀는, 마찰이 잦았던 결혼 생활을 청산하고, 이후 10여 년 동안 『하퍼스 바자』, 런던의 『선데이 타임스 매거진』 등에, 윌리엄 골딩, 호르헤 루이스 보르헤스 같은 작가들, 마르첼로 마스트로이안니 같은 영화 배우들, 상류 사회의 명사들에서부터 스트리퍼, 매춘부, 벽지의 가난한 사람들에 이르기까지 각계 각층의 인물들을 다룬 사진들을 게재한다. 그녀는 잡지의 편집 의도에 끌려다니지 않고 스스로 기획하고 추진하는 독자적인 작업 방식을 고수했으며, 잡지 사진과 함께 자신의 개인적인 작업도 병행했다.

그녀의 사진은 곧, 비록 소수이긴 했지만 열렬한 지지자들을 그녀 주위에 끌어들였고, 사진계의 주목과 인정을 받기 시작했다. 그녀는 1963년과 1966년 '미국의 의식, 관습, 풍속 계획' 과 연관되어 구겐하임 예술기금을 받았고, 파슨즈 디자인스쿨, 로드 아일랜드 디자인스쿨, 쿠퍼 유니언스쿨에서 사진 강의를 하기도 했으며, 1967년에는 뉴욕 현대 미술관이 개최한 3인 합동전인 '뉴 다큐멘트 전'에 리 프리들랜더, 게리 위노그랜드와 함께 초대되기도 한다. 그리고 1971년 7월 28일, 자신의 사진을 통해 보여 주었던 그 현실과 비현실 사이의 팽팽한 긴장과 균형이 갑자기 무너져 버린 걸까, 그녀는 사진가로서의 생애의 절정에서 손목의 동맥을 끊었다. 뉴욕의 그리니치 빌리지 부근의 예술가촌(村) 사우스 베스에 있는 그녀의 아파트 욕조 속에 그녀는 누워 있었다. 48세였다.

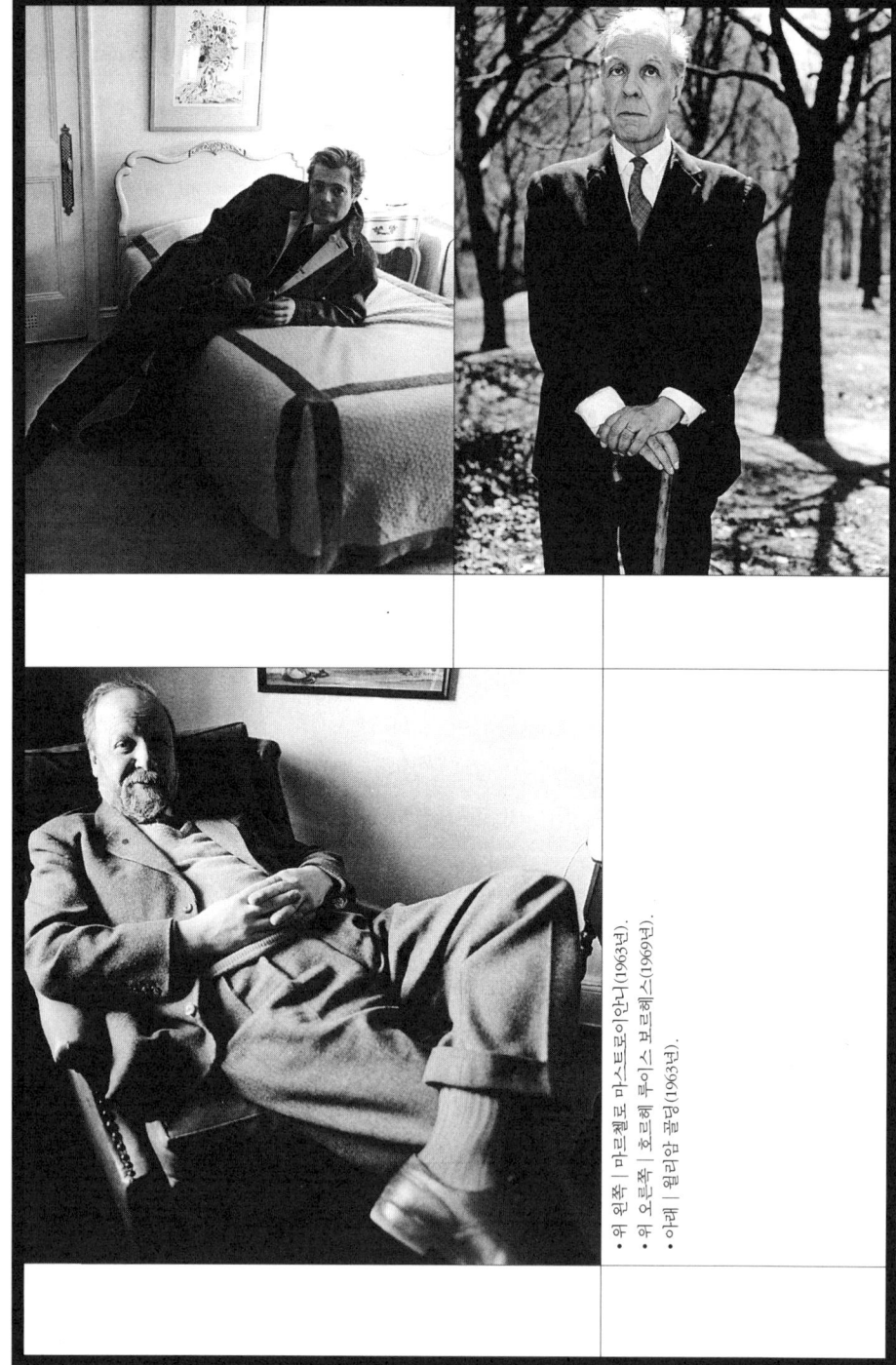

- 위 왼쪽 | 마르첼로 마스트로이안니(1963년).
- 위 오른쪽 | 호르헤 루이스 보르헤스(1969년).
- 아래 | 윌리엄 폴딩(1963년).

● 그러나 아버스의 죽음은 신화의 끝이 아니라 신화의 시작이었다. 이 돌연한 죽음에 의해 촉발된 그녀의 신화화는, 그 이듬해 뉴욕 현대 미술관이 개최한 그녀의 회고전이 엄청난 관객들을 불러 모으며 이후 7년 동안에 걸쳐 캐나다, 유럽, 아시아, 호주 등지로의 순회 전시에 나서 세계적인 반향을 불러일으킴으로써, 그리고 사진가로서는 처음으로 베니스 비엔날레에 공식 초대됨으로써 완결되었다.

　　　　잭슨 폴록, 아쉴 고르키, 케네디, 마릴린 먼로, 제임스 딘 같은 다른 미국의 신화들이 사고사나 자살을 통해 창출되었듯이, '아버스 신화'가 구축되기 위해서도 자살이라는 극적이고 최종적인 계기가 필요했다. 그러나 다이안 아버스라는 이 신화는 어딘지 모르게 찜찜하고 불길하다. 그것은 제단 위에 올려 놓고 감탄의 눈길로 안전하고 편안하게 바라볼 수 있는 죽은 신화가 아니라, 문득문득 살아나 우리를 불편하고 거북한 의식으로 이끄는 신화다. 마치 뭔지 정확히 알 수는 없지만 사람의 마음을 기묘한 불안으로 이끄는 부적처럼 말이다. 그리고 그 신화는 우리에게 끊임없이 발언한다. 자, 고개 돌리지 말고 이 사진들을 똑똑히 들여다봐, 보란 말야, 그럼 어쩌면 너의 정신의 기형이 보일지도 몰라, 괴물은 바로 너야, 라고.

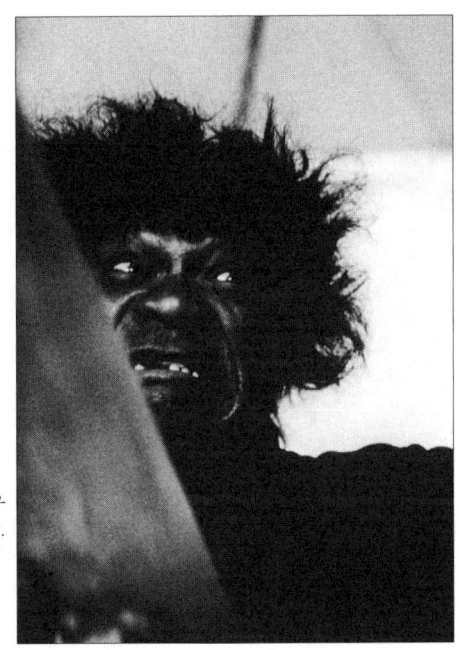

「수직적 여행」 가운데 한 작품인 자메이카 배우
헤즈키아 트램블즈의 초상.

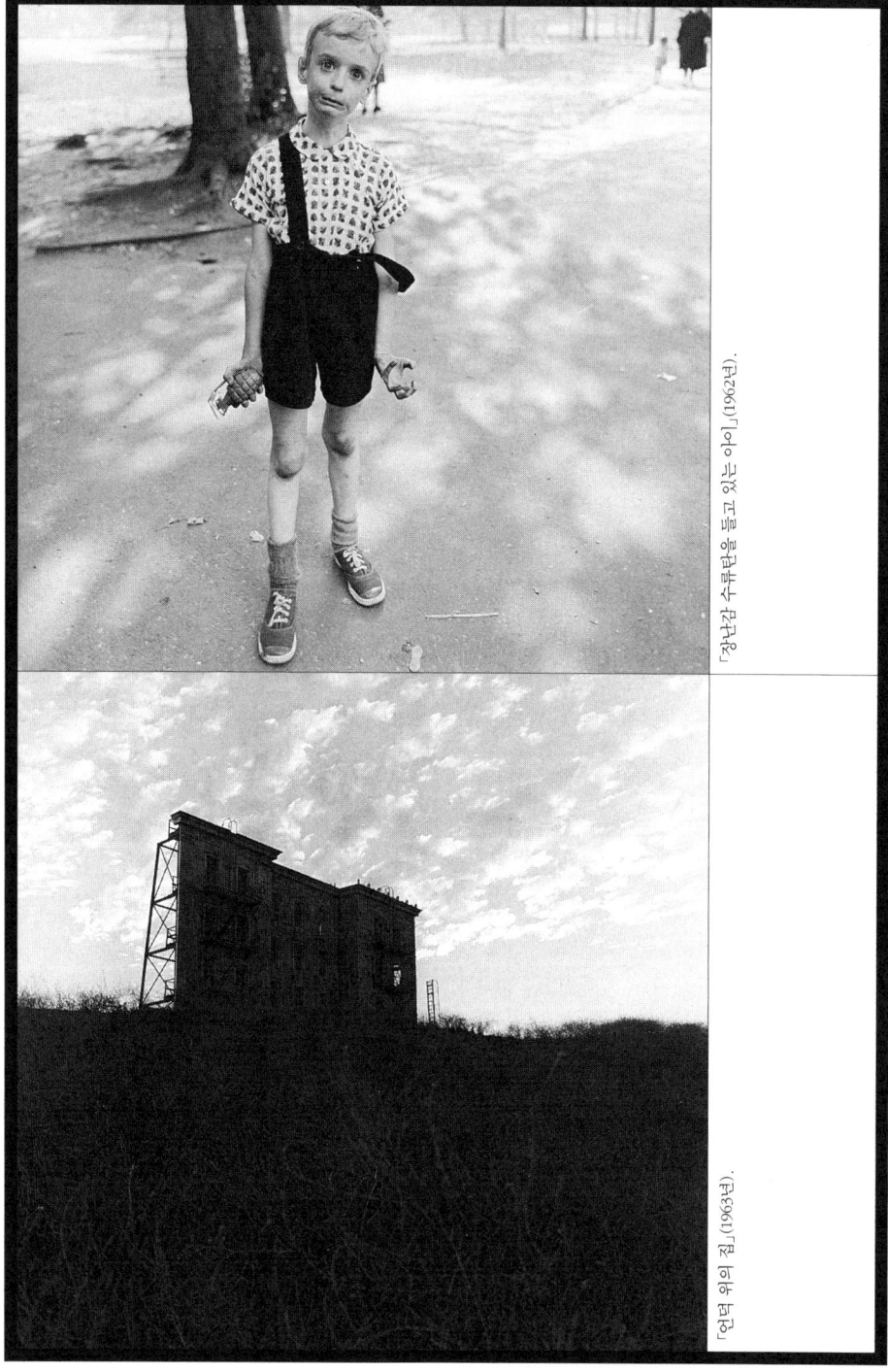

「장난감 수류탄을 들고 있는 아이」(1962년).

「언덕 위의 집」(1963년).

너 무 낡 은 시 대 에 너 무 젊 게 이 세 상 에 오 다

다이안 아버스 연보

1923년—00세	미국 뉴욕에서 백화점을 경영하는 부유한 유태인 집안의 삼남매 중 둘째로 출생. 본명은 다이안 네메로브. 에디컬 컬처 스쿨과 필드스톤 스쿨 졸업.
1941년—18세	사진가인 앨런 아버스와 결혼. 남편의 패션 사진 작업을 내조하며 사진에 입문.
1954년—31세	『하퍼스 바자』지의 아트 디렉터인 알렉세이 브로도비치의 사진 코스에 등록.
1955년—32세	리제트 모델의 사진 워크숍에 참가.
1960년—37세	『에스콰이어』지에 「수직적 여행」을 발표하면서 정식으로 사진가로 데뷔. 이후 11년 동안 70여 종의 잡지에 250여 장의 사진 발표.
1961년—38세	직접 기사도 쓴 「풀 서클」이 『하퍼스 바자』에 게재됨으로써 인물 사진가, 작가로 부각되는 계기 마련.
1962년—39세	앨런 아버스와 이혼.
1963년—40세	『하퍼스 바자』에 「순수의 조짐들」 게재. 소설가 윌리엄 골딩, 노먼 메일러 등 촬영. '구겐하임 예술기금' 수상.
1964년—41세	「점쟁이들」을 찍고 써서 『글래머』지에 발표. 「비숍의 카리스마」 찍고 씀.
1965년—42세	『에스콰이어』지에 「가족의 대화」 게재. 「누드촌 보고」 찍고 씀. 파슨즈 디자인스쿨에서 사진 강의.
1966년—43세	'구겐하임 예술기금' 수상.
1967년—44세	뉴욕 현대 미술관이 기획한 '뉴 다큐멘트 전'에 초대됨.
1968년—45세	「두 미국인 가족」을 찍고 써서 런던의 『선데이 타임스 매거진』에 게재. 『에스콰이어』지에 「이제 개취 박사를 찬양합시다」 게재. 쿠퍼 유니언스쿨에서 사진 강의.
1969년—46세	뉴욕 현대 미술관 사진부의 편집 위원에 임명됨. 로드 아일랜드 디자인스쿨에서 사진 강의.
1971년—48세	자살.
1972년	뉴욕 현대 미술관에서 회고전 개최. 사진집 『다이안 아버스, 어떤 렌즈의 집필자』 출간됨.

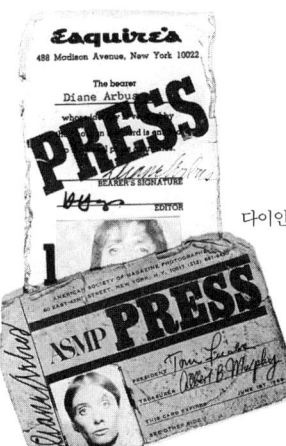

다이안 아버스의 기자증들.

Maurice Utrillo

모리스 위트릴로,

몽마르트르 언덕의

병든

꽃

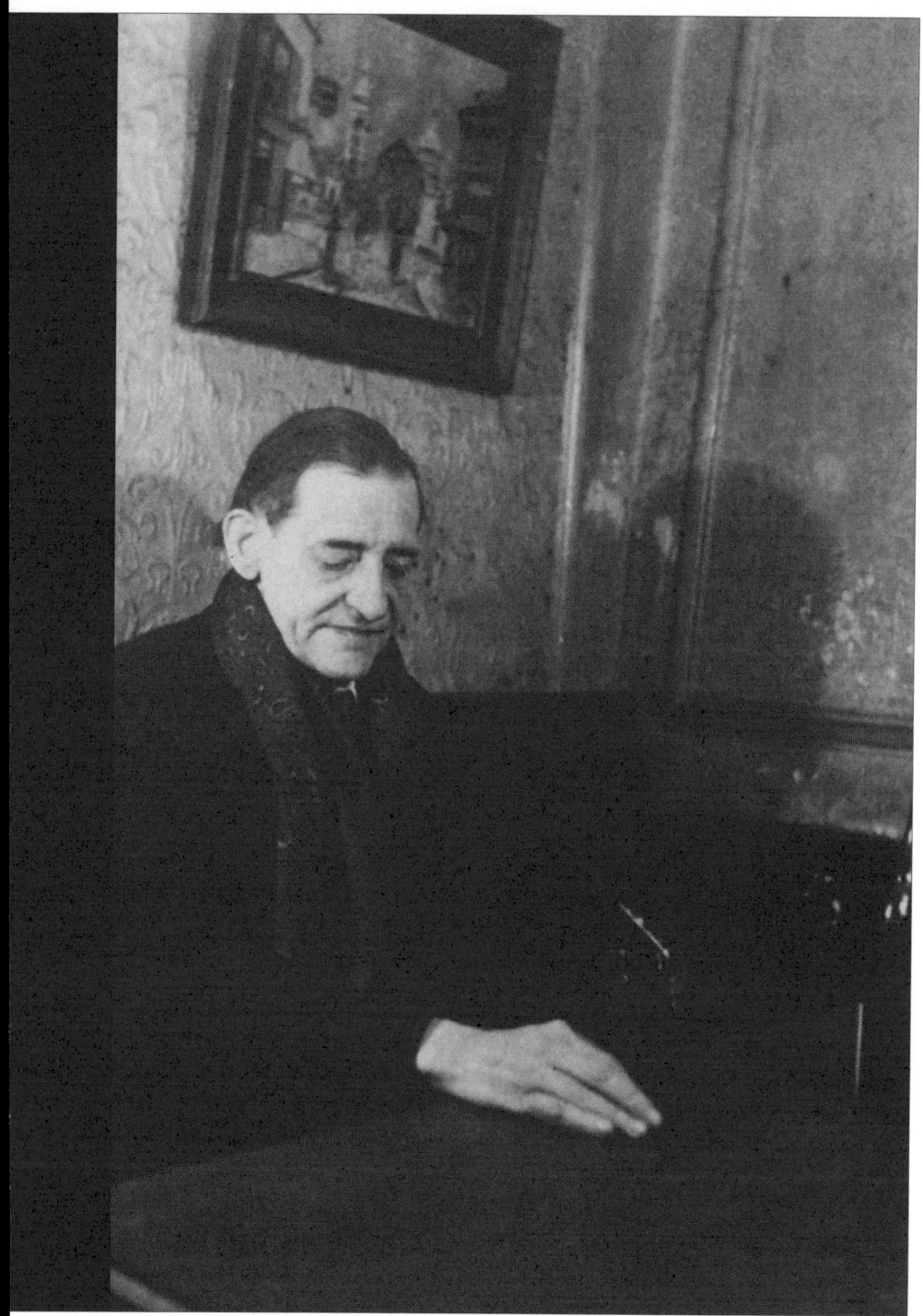

카페 '물랭 즈와이외'에서의 위트릴로.

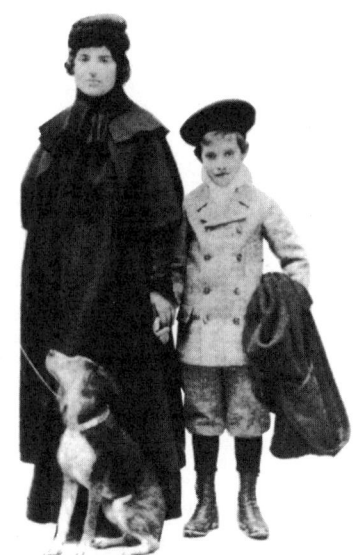

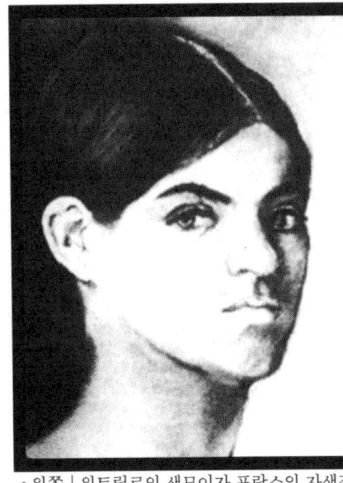

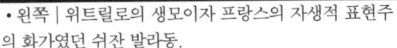

• 왼쪽 | 위트릴로의 생모이자 프랑스의 자생적 표현주
의 화가였던 쉬잔 발라동.
• 오른쪽 위 | 일곱 살 때의 위트릴로와 쉬잔 발라동.
• 오른쪽 아래 | 발라동의 데생 「발가벗고 서 있는
위트릴로와 앉아 있는 할머니」(1894년).

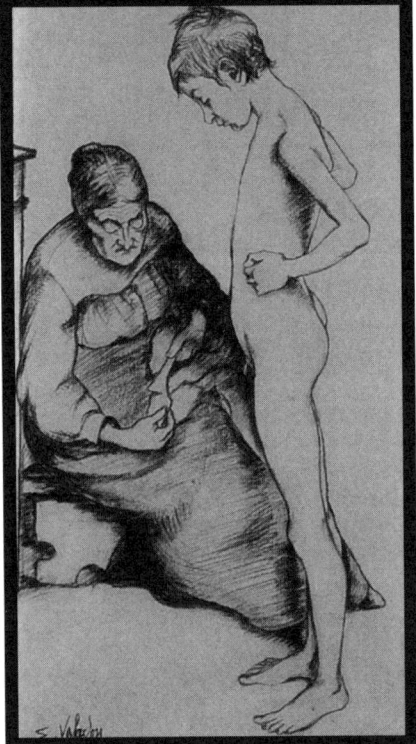

너 무 낡 은 시 대 에 너 무 젊 게 이 세 상 에 오 다

● 쉬잔 발라동(Suzanne Valadon, 1867~1938)이라는 프랑스 여류 화가가 있었다. 한 세탁부의 사생아로 애매하고 쓸쓸하게 이 지상 위에 던져진 그녀는, 일찍이 고향인 리모주를 등지고 파리로 상경하여 잔심부름꾼, 애보기 하녀, 식당 종업원, 야채 장사 등 닥치는 대로 일을 해서 아주 일찍부터 제 손으로 힘겹게 자신의 삶을 꾸려야 했다. 여러 직업을 거쳐 순회 서커스단으로 흘러든 그녀는 그곳에서 곡예사로 일하다가 어느날 그네에서 추락하는 바람에 그나마 그 일도 못 하게 되자 타고난 밉지 않은 외모를 발판 삼아 툴루즈 로트렉, 드가, 샤반느, 르누아르 같은 대가들의 모델로 나서 단번에 모델로서의 인기와 명성을 얻는다. 이 사랑스럽고 삶에 대한 열정으로 불타는 여인에게서 번득이는 재능을 발견한 화가들은 그에게 그림을 그려 보라고 권유한다. 그녀는 독학으로 열심히, 그리고 빨리 그림을 익혔으며, 당대 프랑스의 어떤 유파에도 속하지 않는 자기만의 독특한 세계를 구축해 나갔다. 드가는 말했다. "이 마녀는 데생에 천부적인 소질을 지녔다"라고.

세인들은 수많은 염문을 뿌리며 자신보다 스물한 살이나 아래인 앙드레 위테르라는 젊은 화가와 결혼한 그녀의 애정 행각을 주목했고, 미술사는 그녀를 프랑스에서의 최초의 표현주의 작가의 한 사람으로 평가했다. 그리고 그녀는 열여섯 살 때, 자신의 운명을 대물림이라도 하듯 애매하고 쓸쓸하게 한 사생아를 몽마르트르 언덕에 던져 놓는다. 몽마르트르에서 태어나 몽마르트르의 구석구석을 화폭에 담고 몽마르트르에 묻힌 몽마르트르의 병든 꽃, 알코올의 망령, 저주받은 화가, 모리스 위트릴로(Maurice Utrillo, 1883~1955)가 바로 그였다.

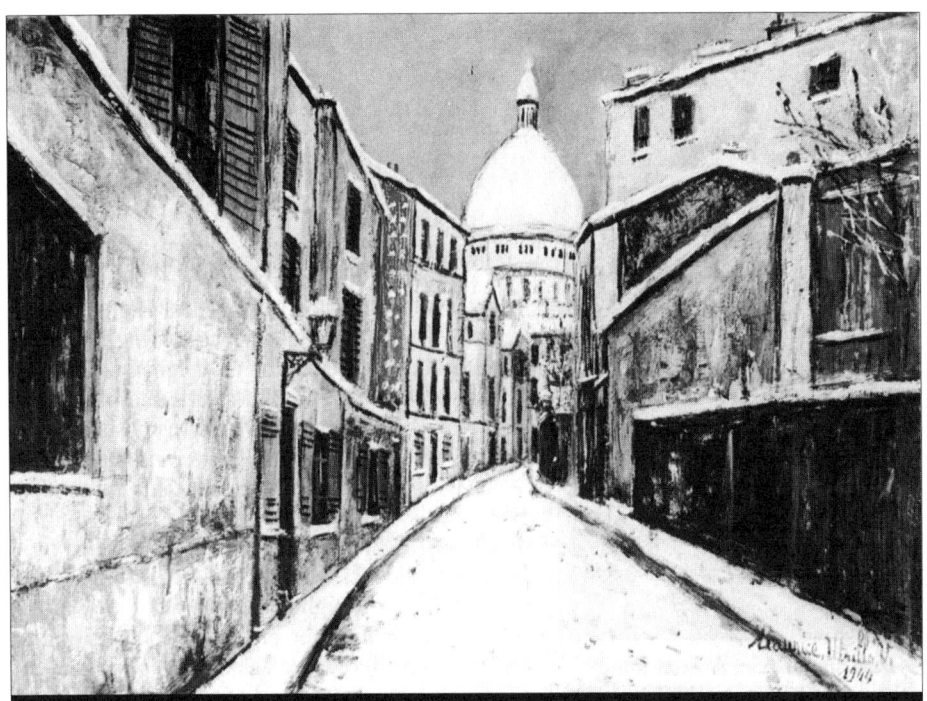

「몽마르트르의 생 뤼스티크 거리」(1944년).

● 출생이 모호했던 만큼 그가 모리스라는 이름 뒤에 위트릴로라는 성을 달기 위해서는 태어나서도 한참을 기다려야 했다. 여덟 살 되던 해, 몽마르트르를 거점으로 활동하던 스페인의 화가이자 미술 비평가인 미구엘 위트릴로가 그를 자신의 호적에 입적시킴으로써 비로소 그는 공식적으로 '세계-내-존재'가 된다. 모친은 화가 일과 모델 일을 겸업하느라고 늘 바빠서 그를 돌볼 겨를이 없었으므로 그는 외할머니 품에서 클 수밖에 없었다. 노인과 함께 사는 아이는 노인이 되는 법이다. 그는 어린 나이에 이미 삶의 권태와 허무 속으로 깊숙이 빠져들었으며, 그 권태와 허무를 이겨내기 위해 열네 살 때부터 마시기 시작한 술이 알코올 중독으로 깊어져 열여덟 살 되던 해에는 정신병원에 입원하는 지경에 이르기까지 한다. 학교에서 퇴학당하고 간신히 취직한 은행에서도 주벽과 동료와의 불화로 해고당한다. 그러자 그의 담당 의사는 모친에게 그에게 그림을 가르쳐 보라고 권한다. 그림, 그것은 대책 없이 망가져 가는 그의 암울한 삶을 비추는 한 줄기 서광이었다.

이렇게 해서 자칫 술주정뱅이로 인생을 마감할 뻔한 한 청년이 탁월한 도시 풍경 화가로 새롭게 태어난다. 그는 그의 어머니와 마찬가지로 남다른 재능을 보이며 그림에 몰두하여 어둡고 무거운 색채와 두툼한 덧칠, 숨막힐 듯한 긴장된 조화를 특징으로 하는 그의 미술의 태동기 '몽마니(montmagny) 시대'(1901~07)를 지나고, 잠시 인상파풍의 화법을 연습한 '인상파 시대'(1907~08)를 지나, 1908년부터 그의 미술의 절정기인 이른바 '백색 시대'(1908~12)를 연다.

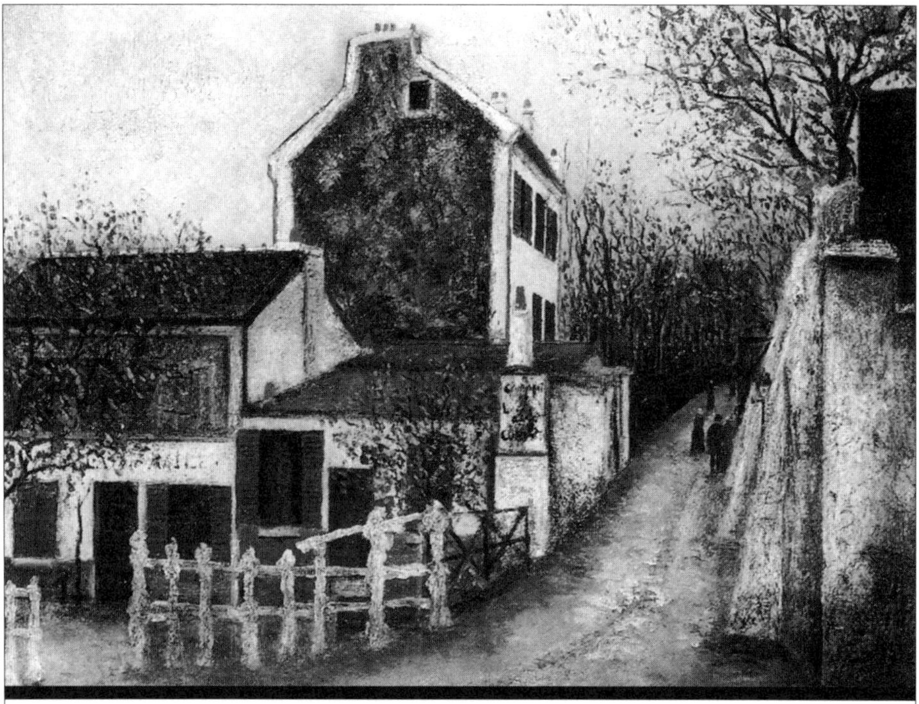

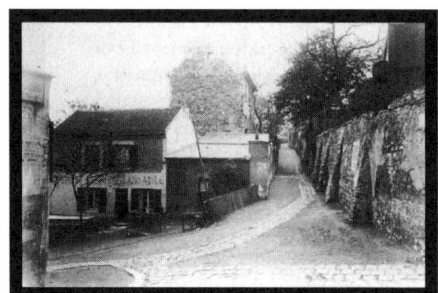

• 위 | 위트릴로가 그린 「라팽 아질」(Lapin Agile, 1910년).

• 아래 | 몽마르트르 언덕 사크레 쾨르 성당 뒤쪽에 자리잡은 카페 '라팽 아질'의 전경 사진. 위트릴로뿐만 아니라 피카소, 브라크 같은 화가들이 자주 드나들던 몽마르트르의 명소였다.

● 그는 때로는 경쾌하고 눈부시며 때로는 흐리고 탁한 흰색을 주로 사용하여 몽마르트르의 누추한 거리들과 을씨년스런 파리 교외, 교회 건물 등을 그려냈다. 그의 대표작들인 「라팽 아질」「코탱 골목」「몽마르트르 풍경」「뒈이유 교회」 등이 이 시기에 양산된 작품들이었다. 흐릿한 하늘을 배경으로 정적에 싸인 거리들, 뒷모습뿐으로 사물화된 몇 안 되는 보행자들, 초라한 가옥들의 곰팡이 슨 벽들, 그것은 '사인'(死人, ivre mort) ── 주벽 때문에 생긴 그의 별명 ──의 고독한 내면 풍경, 바로 그것에 다름 아니었다.

　　　"나는 '사인'(死人)이 되면서부터 백(白)으로 칠해야 한다는 사실을 깨달았다. 교회당에 있는 침묵의 색, 병원과 형무소의 색, 나는 그러한 보잘것없는 백의 한가운데서 살아왔다. …… 나는 나의 작품에서 시들은 꽃의 내음이 풍겼으면 좋겠고, 황폐해진 사원의 꺼져버린 초의 냄새가 풍겼으면 좋겠다." 그의 예술은 불꽃처럼 눈부시게 타오르고 있었지만 그의 폭음과 발작과 기행(奇行)은 극을 향해 치달아 그의 정신과 육체는 나날이 피폐해져 갔다. 술 한 병과 그림을 맞바꾸기는 예사였고, 주사가 심해 경찰서를 제집 드나들 듯 드나들었으며, 부르스 광장 한가운데서 백주에 소변을 보다가 체포되어 투옥되기도 했으며, 알코올 중독을 치료하기 위해 여러 번 병원에 입원했고, 광인 지구(狂人地區)에 구금되기까지 했다. 『위트릴로 평전』을 쓴 칼코는 당시의 그를 이렇게 묘사한다. "술집에 가면 틀림없이 위트릴로를 만날 수 있었다. 그는 카운터 옆에 서 있거나 그렇지 않으면 벌써 고주망태가 되어 문 밖의 시궁창에 드러누워 이따끔 '쌍' 하고 소리를 지르곤 했다. 사람들은 매정하게도 그를 쫓아냈고 그는 쓰러져서 신음하며 울었다."

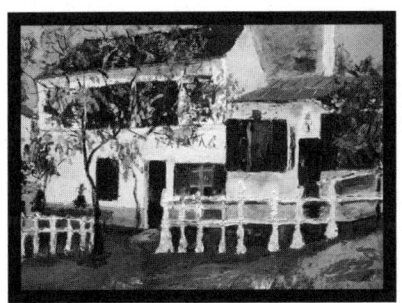

또 하나의 「라팽 아질」(1911년).

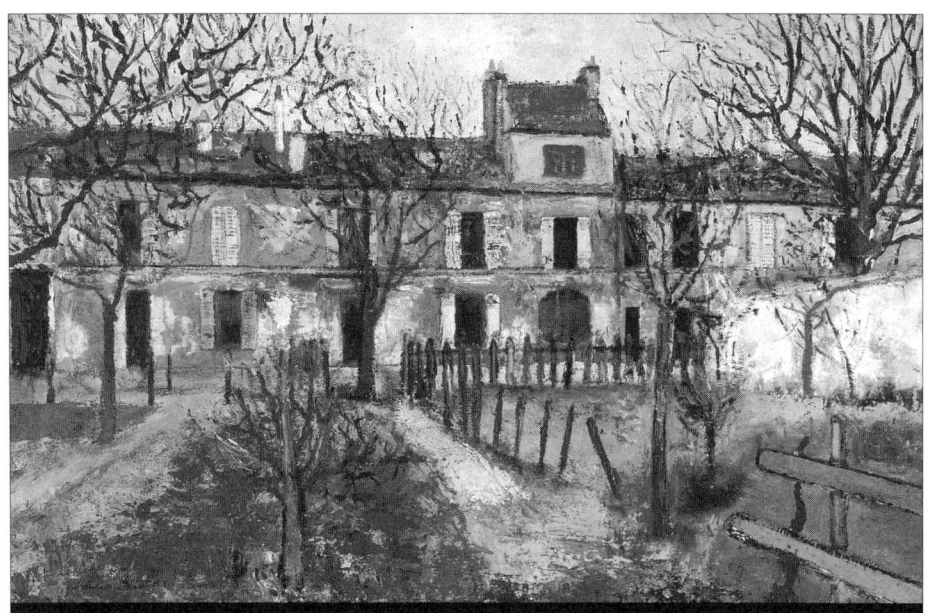

• 위 | 「몽마니의 뜰」(1908~10년).
• 아래 | 「몽-스니(Mont-Cenis) 거리」(1910년).

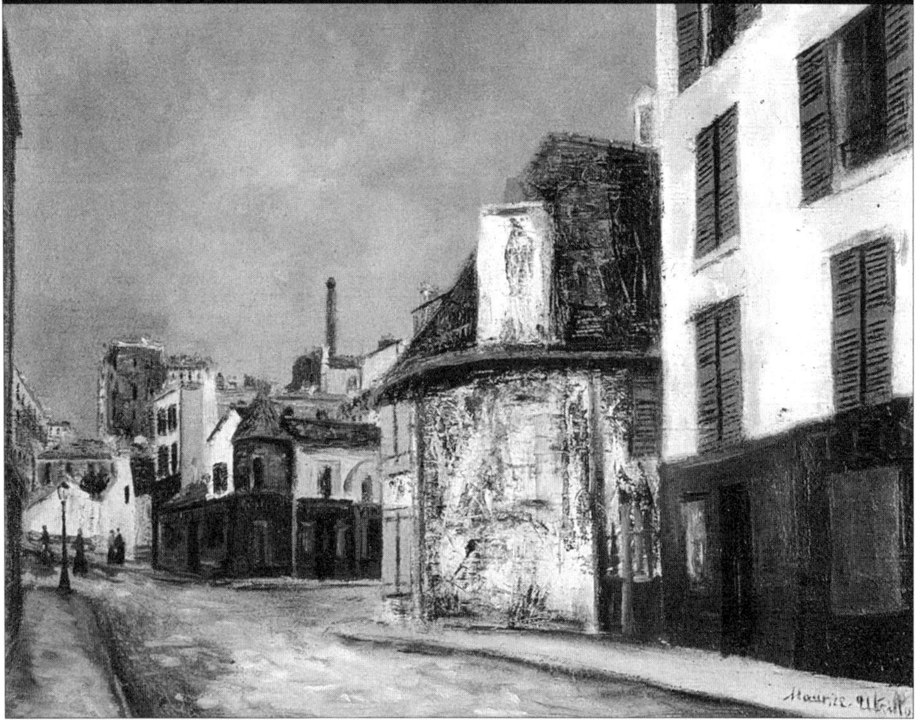

● 자학과 자해로 자신을 불태워야 겨우 그 존재 이유가 확인되는 이 무지막지한 실존, 이 광적인 생명력에서 도출된 것들은 그러나 우수에 찬 시정(詩情)이 넘쳐 흐르는 극도로 절제된 고요한 풍경들이었다. 그리고 그 풍경들은 이내 사람들의 마음을 사로잡았다. 1913년 으젠느 블로 화랑에서의 첫 개인전으로 화단의 주목을 받기 시작한 그는 1919년 르푸트르 화랑에서의 전시를 통해 일약 화단의 기린아로 부상한다. 한때 그를 비참하게 만들었던 평론가들이 그의 그림에 찬사를 퍼붓기 시작했으며, 전시와 경매가 빈번해졌고, 그림 값도 뛰고 수요도 늘어 경제적 어려움에서도 벗어났다. 그뿐만 아니라 1928년 프랑스 정부로부터 그간의 예술적 업적을 치하하는 레지옹 도뇌르 훈장을 받기도 한다.

거리에서 작업할 때면 번번이 호기심에 차 몰려드는 구경꾼들과 싸움이 붙어 하루를 경찰서에서 마감하곤 했던 그는, '백색 시대'를 지나면서부터는 거리 작업을 중단하고 그 대신에 사진이나 그림 엽서를 보고 작업하기 시작한다. 그가 죽고수한 이러한 작업 형태는 많은 논란을 불러일으켰다. 1939년 뉴욕에서 그의 개인전이 열렸을 때에 미국 세관은 그의 그림들이 그림 엽서를 모사한 것들이므로 예술품으로 인정할 수 없다 하여 관세 처리하기도 한다. 이러한 소동을 보다 못한 발라동은 다음과 같이 아들을 옹호하고 나선다. "내 아들은 우편 엽서로부터 영감을 받아 걸작을 만들고 있다. 하지만 다른 사람들은 걸작을 그리고 있다고 스스로 상상하고 있지만 실제로는 우편 엽서나 그려대고 있을 뿐이다."

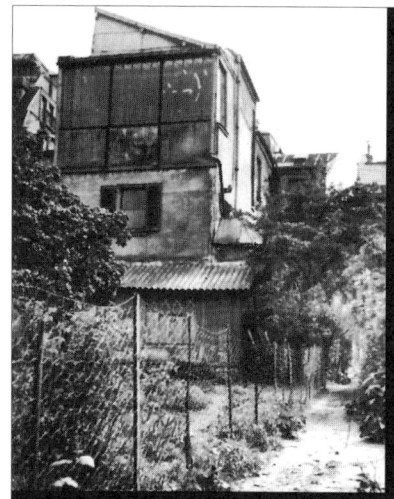

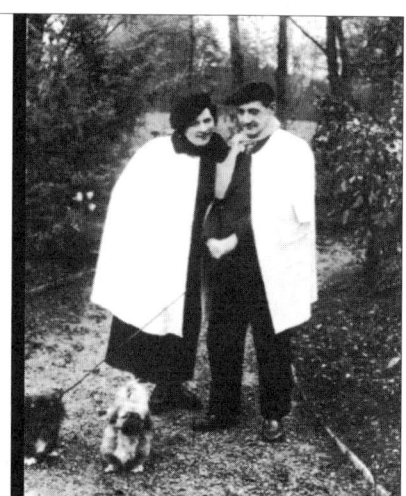

• 왼쪽 | 발라동과 위트릴로의 첫번째 공동 아틀리에.
• 오른쪽 | 위트릴로와 부인 뤼시 발로르.

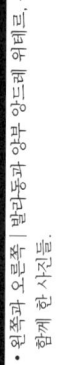

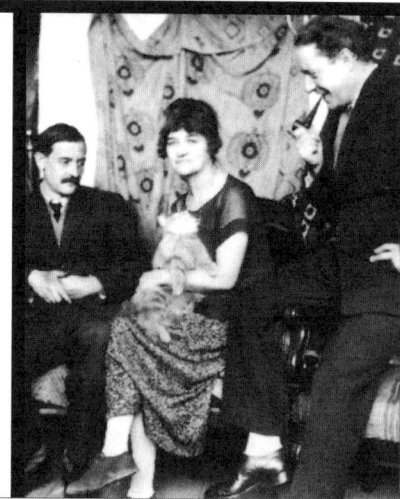

• 왼쪽과 오른쪽 | 발라동과 앙부 앙드레 위테르, 위트릴로가 함께 한 사진들.

● 그의 말년은 평화롭고 유순했다. 1935년 부유한 미망인 뤼시 발로르와 결혼한 그는 1955년 폐충혈로 사망할 때까지 경제적 여유와 명성을 누리며 일과 신앙 생활에만 전념하는 안정된 삶을 영위했다. 그것은 삶과의 격전 뒤에 온, 나름대로 대가를 치를 만큼 치르고 얻은 안온함이긴 했으나 또 한편으로는 위트릴로적인 생명력을 상실하고 모작(模作)과 남작(濫作)으로 일관한 무기력한 말년이기도 했다.

위트릴로에게 있어서 삶은 처음부터 어떤 선물이나 축복 같은 것이 아니라, 굴욕이고 수치였으며 들지 않으면 안 되는 쓰디 쓴 술잔 같은 것이었다. 그 막막하고 희망 없는 삶에 그림은 유일한 구원이자 생명이었다. 예술이 최소한의 감동조차도 상실해 가는 작금에 그의 작품이 주는 감동도 깊지만, 삶을 삶이게 하는 힘이 갈수록 스러져 가는 이 시대에 그의 삶이 주는 감동은 더 깊고 도발적이다. 사실 곰곰이 생각해 보면 위트릴로의 삶뿐만이 아니라 삶은, 언제나 어떤 예술보다도 감동적이다. 아무리 작고 소리 없는 삶조차도 말이다.

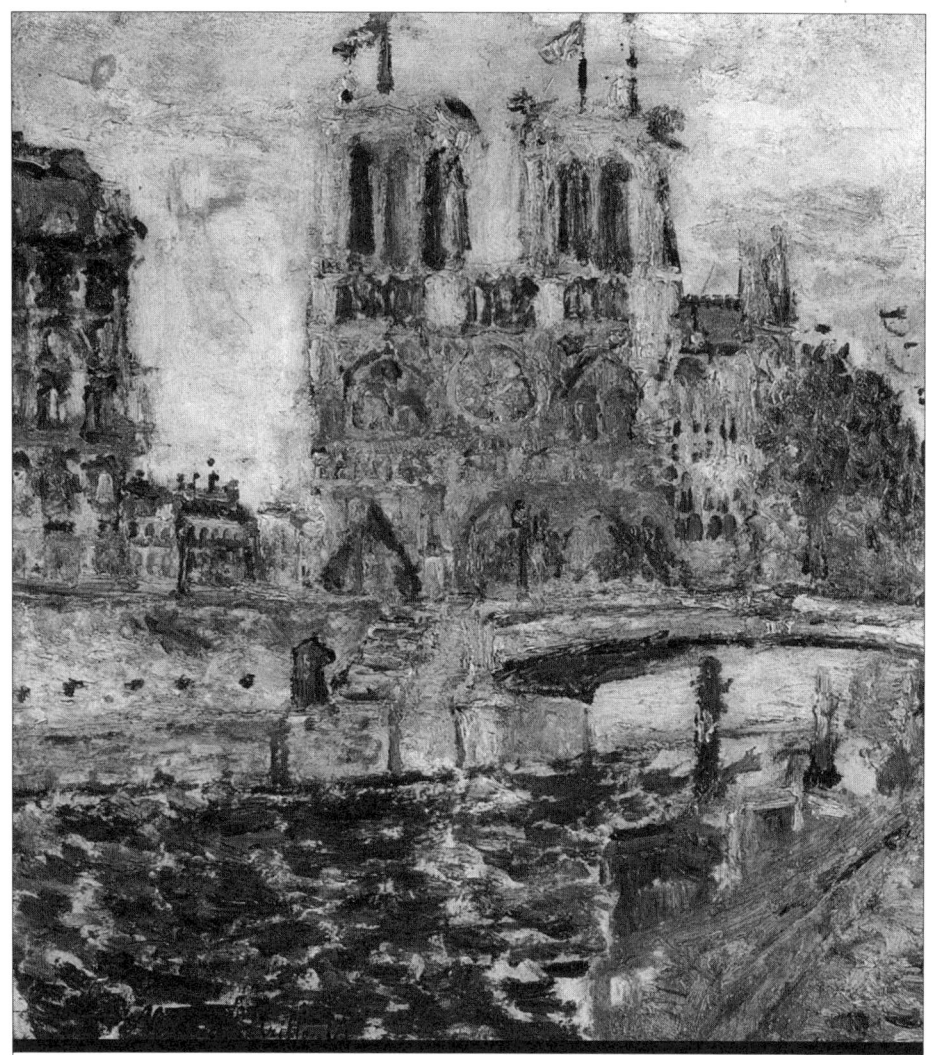

「깃발로 장식된 파리의 노트르담 사원」(1907~14년).

모리스 위트릴로 연보

1883년—00세	프랑스 파리 몽마르트르의 포토 가에서 여류 화가 쉬잔느 발라동의 사생아로 출생.
1891년—08세	몽마르트르의 저명 인사인 미구엘 위트릴로의 호적에 입적. 모친이 폴 무지와 재혼한 후 외할머니와 함께 파리 교외 몽마니로 이주.
1893년—10세	몽마르트르의 앙베르 광장에 면한 롤랭 중등학교로 전학. 기차 통학. 자주 학교를 빼먹고 선술집에 드나듦.
1899년—16세	양부의 주선으로 프랑스 부동산 은행에 취직. 그러나 석 달 만에 주벽과 정서적 불안정으로 해고당함.
1901년—18세	생 탄느 정신병원에 입원. 퇴원 후 의사의 권유로 그림을 그리기 시작함.
1903년—20세	몽마니, 센 강변의 풍경 등을 그림. 다음해 말까지 약 150여 점의 유화 완성.
1907년—24세	인상파의 영향을 탈피한 '백색 시대' 시작. 성당과 교회 연작 시작.
1908년—25세	「페이이 역」 「생 드니 대성당」 그림.
1909년—26세	화상 루이 리보드와 전속 계약.
1910년—27세	상느와 요양원에서 알코올 중독 치료. 「몽마르트르 풍경」 「코탱 골목」 「라팽 아질」 그림.
1911년—28세	경범죄로 '라 상테 형무소'에 수감. 「블랑 망토 교회」 그림.
1912년—29세	자신의 친구이자 새로운 양부인 앙드레 위테르, 모친, 외할머니와 함께 코르토 가에 정착. 상느와 요양원에 재입원. 브르타뉴에서 전지 요양. 「코르시카 섬의 교회」 「뒈이유 교회」 「생 마르그리트 교회」 그림.
1913년—30세	으젠느 블로 화랑에서 첫 개인전. 처음으로 '앙데팡당 전'에 출품. 「미미 팽송의 집」 「코르테 거리」 그림.
1915년—32세	군에 소집되었으나 이내 퇴역. 「물랭 드 라 갈레트」 그림.
1916년—33세	알코올 중독이 심해져 요양소에 수용됨. 이 무렵을 전후해서 풍부한 색채를 특징으로 하는 '채색 시대' 시작. 야외 작업보다는 기억이나 그림 엽서로 작업.
1917년—34세	「성 베드로 교회」 「노트르담 사원」 그림.
1918년—35세	정신병원에 입원 가료 중 탈주.
1919년—36세	르푸트르 화랑에서 개인전.
1921년—38세	부르스 광장에서 스캔들을 일으켜 감옥에 수감됨.
1922년—39세	폴 기욤 화랑에서 '백색 시대'의 작품 35점 전시.
1928년—45세	레지옹 도뇌르 훈장 받음.
1935년—52세	벨기에 은행가의 미망인 뤼시 발로르와 결혼. 런던에서 '백색 시대전' 개최.
1939년—56세	뉴욕과 런던에서 개인전.
1948년—65세	오페라 「루이즈」의 무대 장치를 맡음.
1950년—67세	베니스 비엔날레 출품. 카네기 상 수상.
1955년—72세	사망. 몽마르트르에 안장됨.

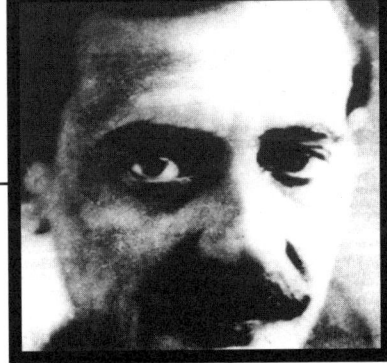

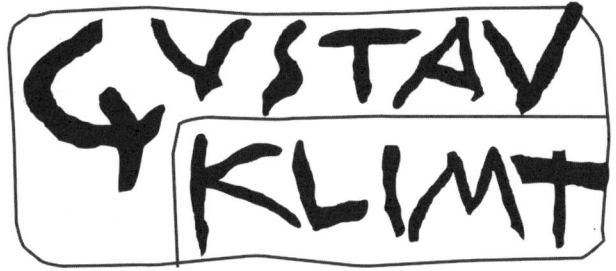

구스타프

클림트,

젖과

꿀이 흐르는

지옥의

연금술사

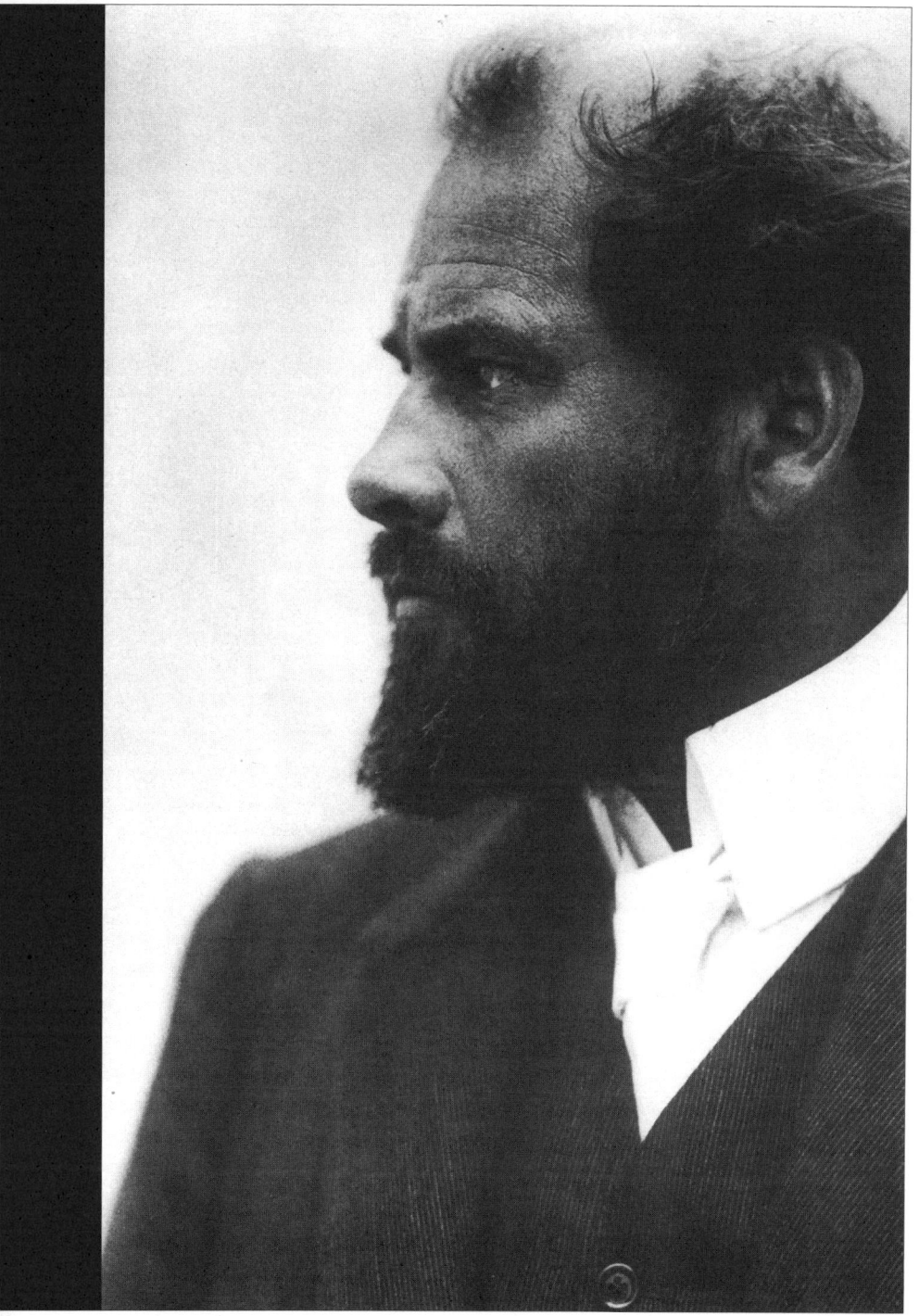

구스타프 클림트.

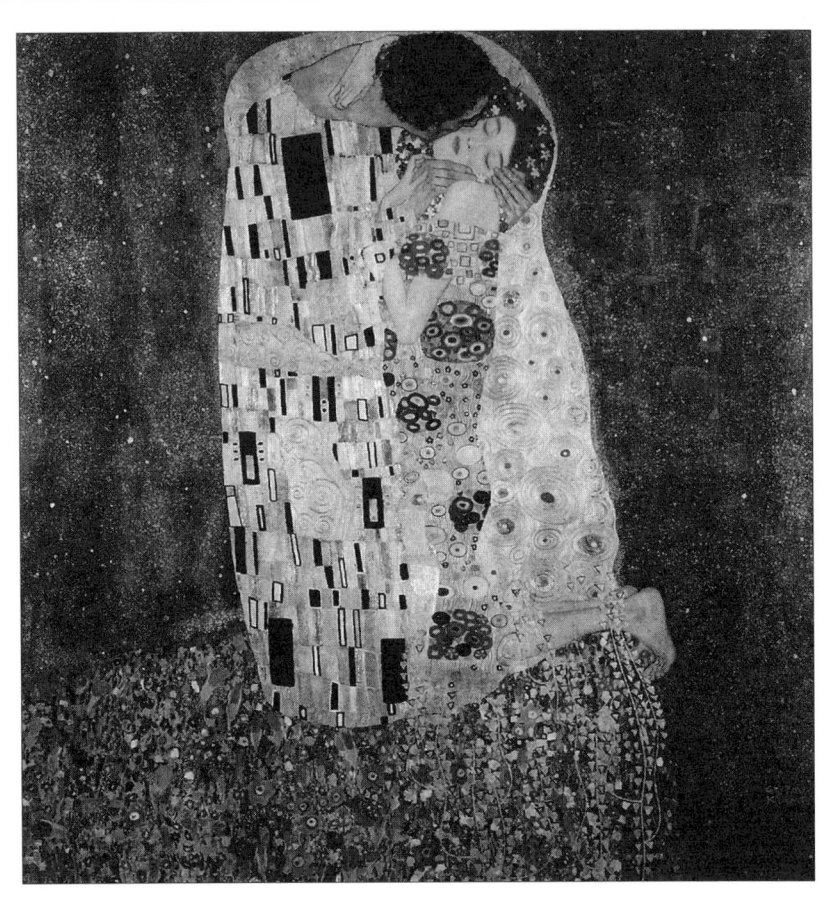

클림트 예술적 힘의 절정기인 '황금 시대'의 대표작 「키스」(1907~08년).

● 우리는 누구나 태어나면서부터 끊임없이 타인과 관계를 맺으면서 살아간다. 우리가 머나먼 우주에서 홀로 반짝이는 별이나 끝없는 물의 사막 위를 표류하는 외로운 섬으로 살 수 없는 이상, 이러한 관계 맺음은 우리 삶에서 피할 수 없는 것이다. 그러나 우리가 살아가면서 맺는 그 수많은 관계들 속에는, 연대와 귀속에서 오는 충만한 기쁨도 내장되어 있지만 동시에 말할 수 없는 불편함과 거북함도 도사리고 있다. 그래서 우리는 저마다의 가슴 속에 고통 없는 관계에 대한 꿈을 키운다. 그 수많은 관계들 중에서 사랑은, 이러한 완전한 관계에 대한 열망이 극도로 치열하게 나타나는 장이다. 그러나 흔들리지 않는 확실성의 대지 위에 굳건히 뿌리를 내리고, 음습한 고통의 수액으로 자양을 삼지 않는 완전한 사랑, 그것은 과연 가능할까? 그것은 과연 인간의 손에 쥐어질 수 있는 것일까?

〈비엔나 분리파〉(Vienna Sezessin)를 창시하여 종래의 미술 개념의 지평을 넓히는 진보적인 미술 운동을 주도했으며, 에곤 실레, 오스카 코코슈카의 선배이자 스승으로 그들과 더불어 오스트리아 현대 화단을 대표하는 가장 탁월하고 혁신적인 화가로 평가되는 구스타프 클림트(Gustav Klimt, 1862~1918)는, 이 질문에 때로는 더할 나위 없는 최상의 긍정으로, 때로는 음울하고 고통스러운 회의로 답했다. 그의 이러한 혼란은 무엇보다도 그가 지닌 이중적인 여성관에서 기인한다. 그에게 있어서 여성이란, 빛나는 통찰력을 지닌 진리의 화신, 따스하고 풍요로운 대지모, 그윽하고 감미로운 미의 체현자인 동시에, 욕정의 환희에 몸을 떠는 음탕한 요부, 사랑의 묘약뿐만이 아니라 사랑의 독약까지도 조제할 줄 아는 마녀, 남자를 그리움으로 지치게 하고 거절로 절망에 빠뜨리며 끝없이 출구 없는 복속(服屬)으로 이끄는 교활한 유혹자, 자신의 유혹을 거절한 세례 요한의 목을 친 살로메였다.

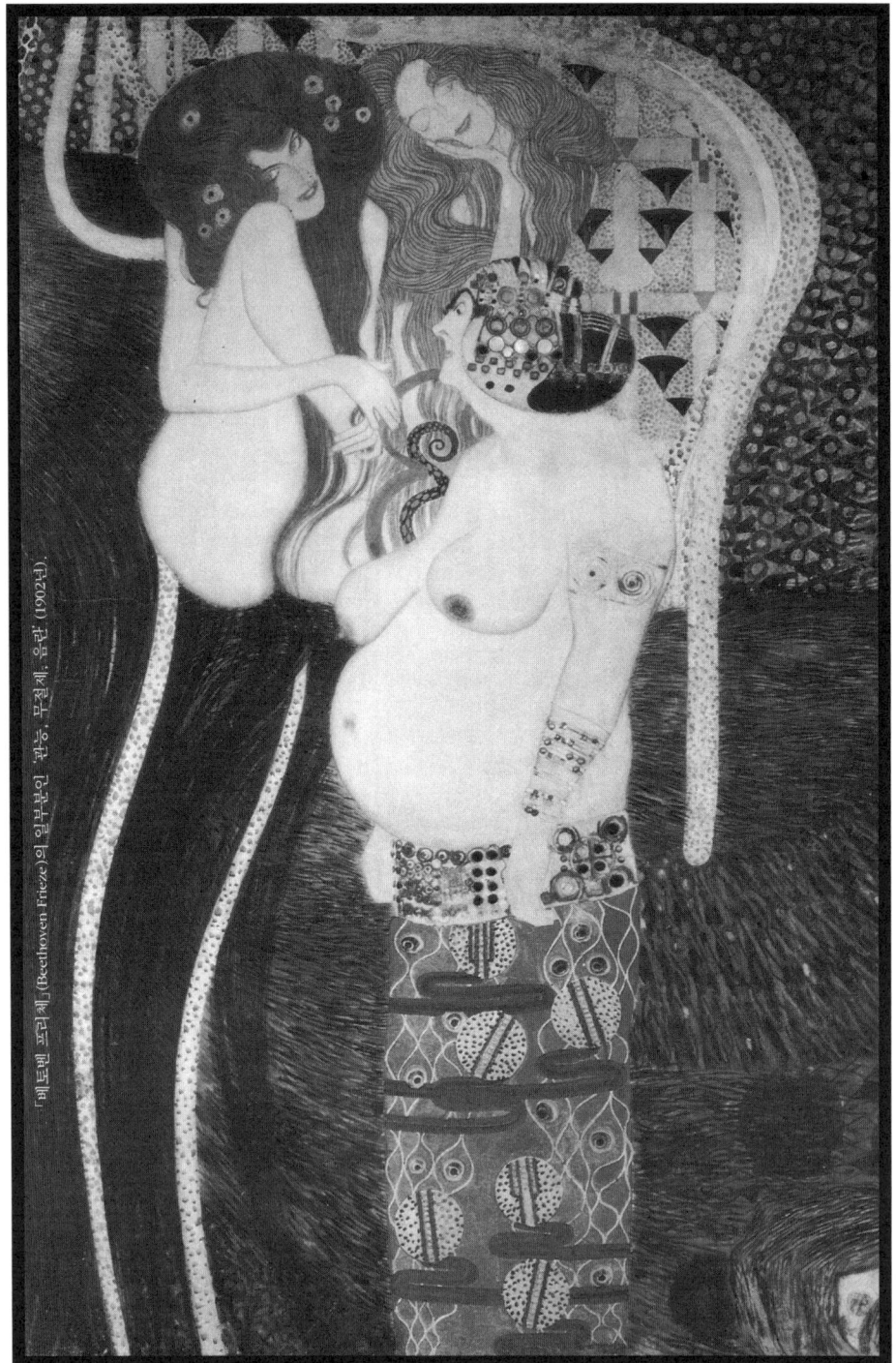

「베토벤 프리체」(Beethoven Frieze)의 일부분인 「won는 무절제」. 음판 (1902년).

너 무 낡 은 시 대 에 너 무 젊 게 이 세 상 에 오 다

● 그러나 이러한 혼란은 비단 클림트만의 것이 아니라 집단적이고 시대적인 것이기도 했다. 세기말을 거쳐 20세기 초로 접어들면서 호프만슈탈이나 쉬니츨러 같은 작가들에 의해 행해진 기존의 부르주아적 모럴에 대한 전면적인 문제제기, 19세기를 지배했던 청교도적이고 보수적인 가치의 몰락은, 여성들에게는 모든 도덕적·사회적 구속과 억압으로부터의 해방에의 의지와 함께 본능에의 자각과 '벌거벗은 진리'를 안겨 주었고, 남성들에게는 곤혹스러운 박탈감과 좀처럼 진정되기 힘든 두려움을 안겨 주었던 것이다. 세기말과 세기초, 청산과 기대, 낡은 전통과 새로운 도전이 혼재된 이 혼란스러운 시기의 풍경을 혹자는 '비엔나의 즐거운 묵시록'이라고 표현했으나, 당시의 여러 정황을 고려해볼 때 '즐거운'은 여성들에게 더 많이 속하고, '묵시록'은 남성들이 더 많이 감당해야 했던 것으로 보인다.

그러므로 이 이중적인 성격이 덧칠된 여성과의 공존이자 불화인 사랑은, 그리고 연민과 증오, 숭배와 저주, 환희와 공포가 차례로 교차되는 이 관계는, 눈부시게 만개한 꽃밭 옆에서 유황불의 혀가 날름거리는 지옥에 다름아닙니다. 확실성과 불확실성 사이에서, 믿음과 배반 사이에서, 희망과 절망 사이에서 날카롭게 반분된 채 어쩌지 못하고 그 양자 사이를 끝없이 왕복해야 한다면 그것이 지옥이 아니고 무엇이겠는가. 사랑이라는 이 젖과 꿀이 흐르는 지옥의 한복판에서, 잡다한 이물질들을 섞어 금을 추출해내는 연금술사처럼, 불멸하는 사랑의 금화(金花)를 피워내는 일, 그것은 클림트 화업(畵業)의 화두이자 그의 생업(生業), 즉 삶의 화두이기도 했다. 금방이라도 추락할 것 같은 아슬아슬한 심연의 가장자리에서 무릎을 꿇고 열렬한 포옹을 나누고 있는 두 남녀의 주위를 금빛 물감으로 칠하고 그것도 부족해서 금박으로까지 장식한 그의 대표작 「키스」에서, 그리고 그의 사후에 스무 명에 가까운 사람들이 나타나 친자임을 주장할 정도로 비엔나의 상류층 부인들이나 자신의 모델들과 분방한 관계를 가졌음에도 불구하고 그가 평생을 독신으로 지내며 남동생의 처제인 에밀리에 플뢰게(Emilie Flöge)와 지속한 내밀하고 육체 없는 지순한 애정 관계에서, 우리는 그림과 삶 모두를 향해 투사된 그의 간절한 염원의 일단을 엿볼 수 있다.

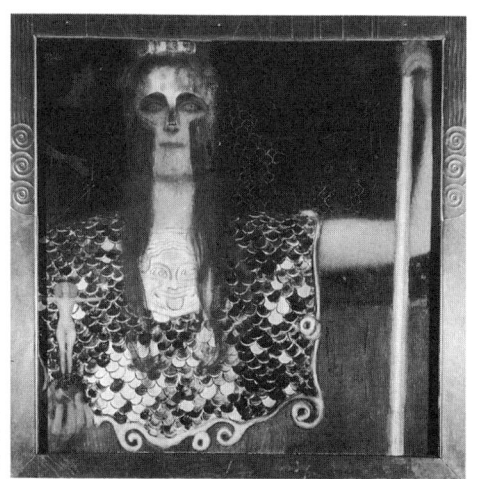

「팔라스 아테네」(Pallas Athene, 1898년).
〈비엔나 분리파〉의 상징인 이 액자의 문양은
동생 게오르그가 새긴 것이다.

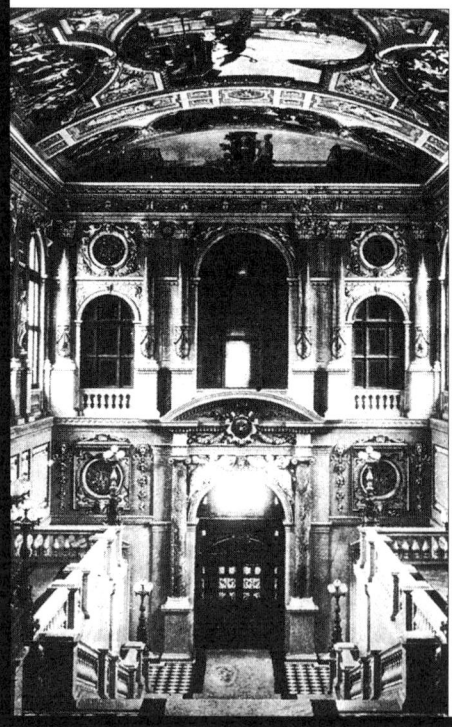

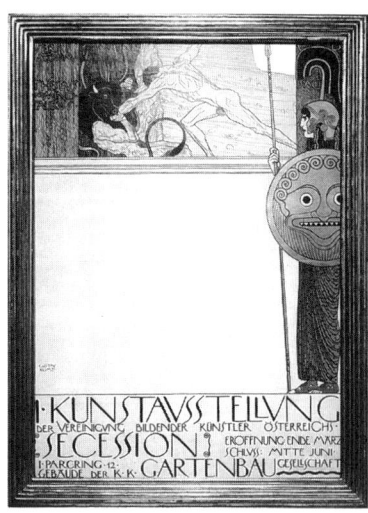

• 왼쪽 | 클림트가 동생 에른스트와 프란츠 마츠와
함께 작업한 천장화가 있는 부르크테아터의 계단실.
• 오른쪽 | 제1회 〈비엔나 분리파〉 전시회 포스터
(1898년).

● 그는 1862년 7월 14일 오스트리아 비엔나의 남서쪽 도시인 바움가르텐에서, 보헤미아에서 이주해온 금세공사 에른스트 클림트의 7형제 중 둘째로 태어났다. 대부분의 보헤미아 이주민들과 마찬가지로 그의 집 또한 근근하고 신산스런 살림에서 벗어날 수 없었다. 부친이 실직하는 경우가 잦아 더 싼 집을 찾아 자주 이사를 다니며, 그는 여섯 형제와 더불어 궁핍으로 점철된 어린 시절을 보낸다. "어느 해인가는 크리스마스 때인데도 집에 빵 한 조각 없었다"는 여동생의 술회가 말해 주듯 극심한 가난 때문에, 장녀를 광적인 종교에 잃고 막내딸마저 병으로 잃은 뒤 남은 다섯 아이는 무슨 일이 있어도 잘 키워 보겠다는 양친의 강한 집념에도 불구하고, 그는 김나지움에 입학하지 못하고 공장 노동자나 장인으로 예정된 미래를 짊어진 채 고등 공민학교인 뷔르거슐레에 입학한다.

그러나 그의 남다른 데생 솜씨를 눈여겨본 친지의 도움으로 1876년 비엔나 장식미술학교에 입학하면서 그는 화가로서의 훗날을 예비하는 첫걸음을 내딛는다. 비엔나 장식미술학교의 교사로 재직 중이던 페르디난트 라우프베르거, 그리고 당시 '회화의 왕자'로 군림하고 있던 한스 마카르트 같은 당대의 저명한 화가들의 주목을 받으며 미술 수업을 시작한 그는, 그의 뒤를 이어 진학한 동생 에른스트, 그리고 그와 마찬가지로 뛰어난 학생으로 인정받고 있던 프란츠 마츠(Franz Matsch)와 함께 동인을 결성하여 예술적 이상을 교류하면서, 아울러 링 거리에 있는 교회 창문 디자인이나 체코슬로바키아의 칼스바트 온천장의 천장화, 라이헨베르크 국립극장의 천장화 제작 같은 일들을 주문받아 학비를 조달하고 아울러 화가로서의 경력도 쌓아 나간다.

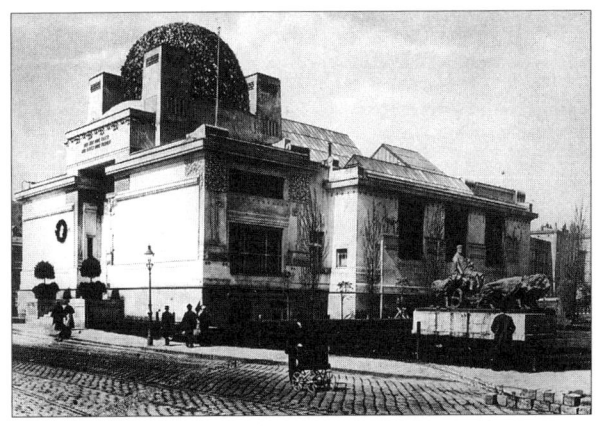

요제프 마리아 올브리히(Joseph Maria Olbrich)가 설계한 〈비엔나 분리파〉 전당 건물.

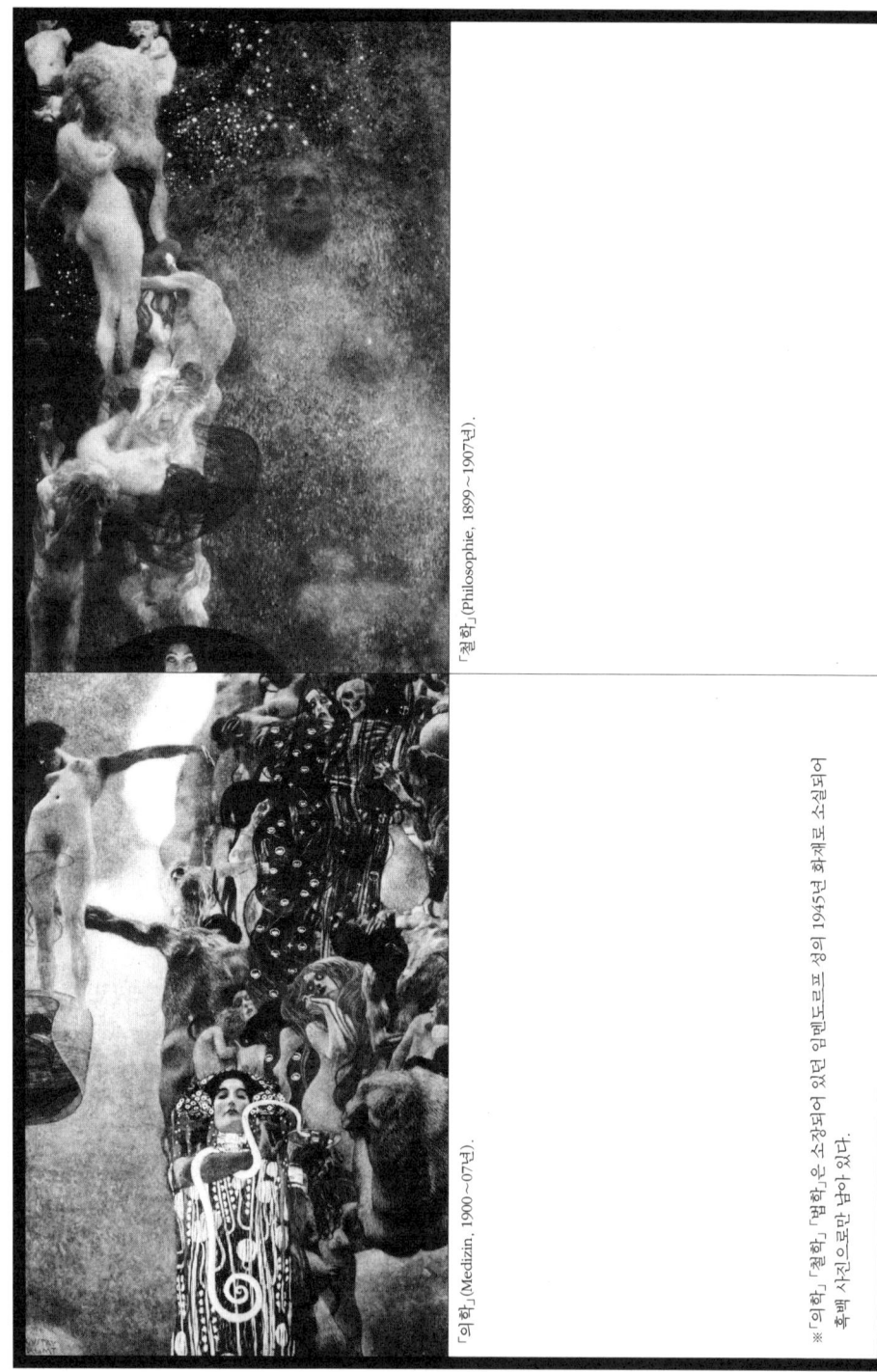

「철학」(Philosophie, 1899~1907년).

「의학」(Medizin, 1900~07년).

※ 「의학」「철학」「법학」은 소장되어 있던 임멘도르프 성이 1945년 화재로 소실되어 흑백 사진으로만 남아 있다.

●1883년 학교를 졸업한 그는 에른스트, 마츠와 함께 '쿤스틀러(Künstler) 콩파니'라는 회사를 설립하고 본격적인 활동에 나선다. 부쿠레슈티 국립극장 장식, 피우메에 있는 리예카 국립극장 장식, 비엔나 미술사 박물관의 대계단 장식 등이 이 세 젊은 예술가의 공동작업의 소산이었다. 1890년에는 비엔나 구(舊) 국립극장의 실내장식 작업으로 그 해 처음 제정된 '황제 대상'의 첫 수상자가 되기도 하는 등 그는 점차 뛰어난 장식 화가로 비엔나 문화계의 전면에 도드라졌으나, 1892년 그의 둘도 없는 예술적 동지였던 동생 에른스트가 젊은 나이로 사망하고 그 뒤를 이어 부친마저 유명을 달리하면서 그는 심한 정신적 위기와 함께 남은 가족과 동생 가족 전부의 생계를 책임져야 하는 어려운 상황에 처하기도 한다.

그러나 경제적 어려움도 또 내면적 위기도 그의 화가로서의 성장을 가로막을 수는 없었다. 바야흐로 그의 앞에는 그의 생애의 가장 열정적이고 소란스러운 시기, 영광도 많았으나 비난 또한 적지 않았던 한바탕의 난투극 같은 시기가 전개되려 하고 있었다. 당시 비엔나의 미술계는 현대 예술의 새로운 흐름에서 소외된 채 길고 나른한 동면에 빠져 있었다. 늙고 고루한 예술가들의 횡포와 과도한 상업적 배려에 짓눌려 답보 상태를 벗어나지 못하고 있는 화단을 바라보며 진작부터 새로운 미술의 기운을 고취시킬 수 있는 어떤 운동의 필요성을 절감하고 있던 그는, 1897년 '동떨어진 등받이 없는 의자'에 앉아 자신들의 독점적 위치를 이용하여 악화를 구축(構築)하고 있던 비엔나의 보수적인 예술가 집단인 〈쿤스틀러 하우스〉를 탈퇴하고 요제프 호프만, 콜로만 모저 등과 함께 〈비엔나 분리파〉를 창설, 초대 회장에 선임된다.

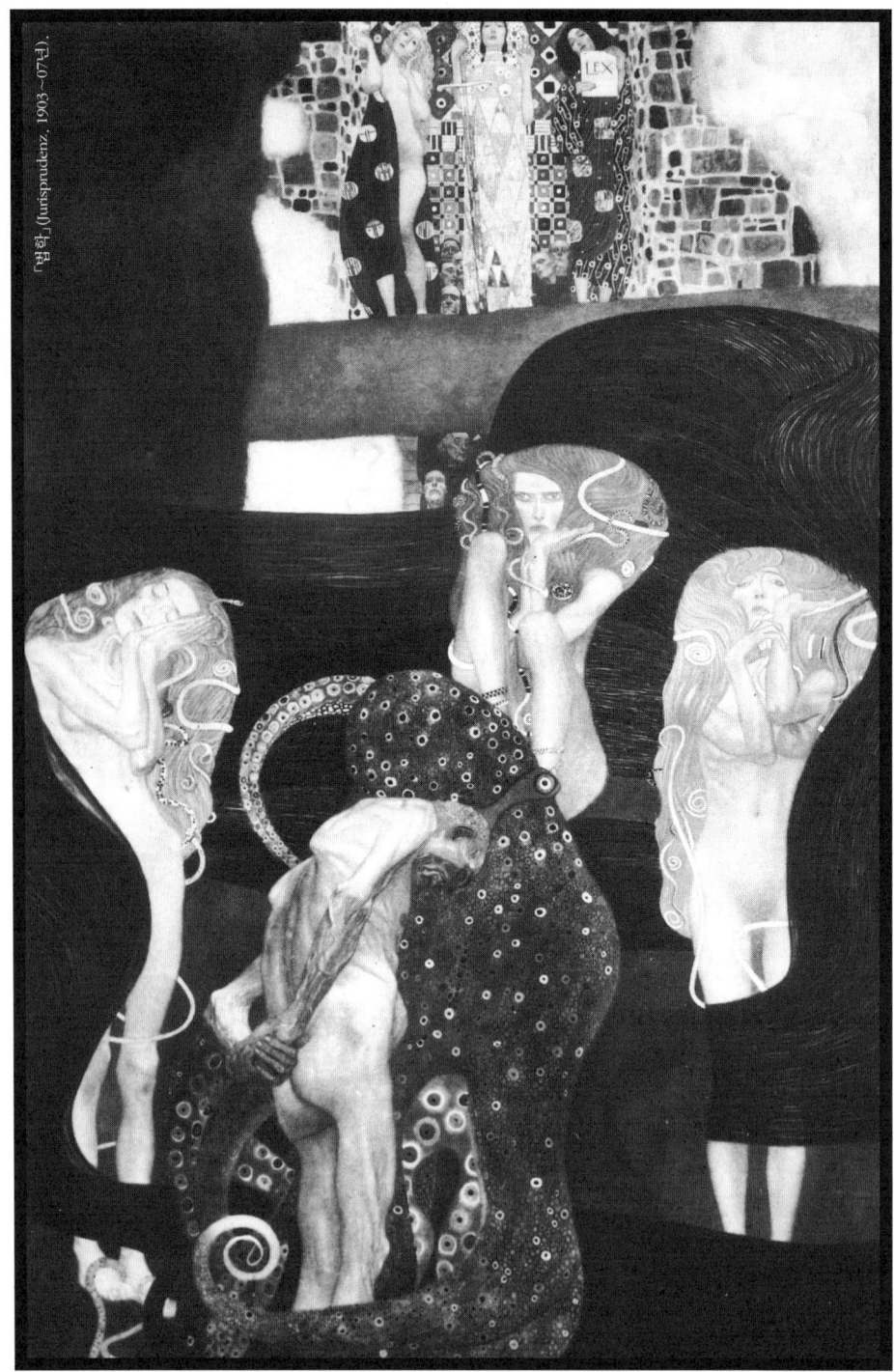

「법학」(Jurisprudenz, 1903~07년).

너 무 늙 은 시 대 에 너 무 젊 게 이 세 상 에 오 다

● 〈비엔나 분리파〉의 정신적 수원(水源)이었던 헤르만 바르(Hermann Bahr, 1863~1934 ; 오스트리아의 작가)는 "우리는 삭막한 일상과 너절하고 하찮은 것에의 집착, 그리고 모든 형태의 악취미에 대해 선전 포고를 하련다"고 외쳤고, "오스트리아를 아름다움으로 덮어 버리자!"고 촉구했다. "각 세기마다 고유한 예술을, 예술에는 자유를!"이란 슬로건을 내세운 〈비엔나 분리파〉의 야심은, 예술로부터 상업성의 비계를 걷어내고, 외국의 탁월한 예술 작품들을 소개하여 비엔나를 문화적 고립으로부터 구출하며, 위대한 예술과 부수적 예술, 부자들의 예술과 빈자들의 예술을 가르는 구분을 철폐하고 도시 계획, 건축, 가구, 생활 필수품 등 생활의 모든 국면에서 예술을 창조하겠다는, 말하자면 '총체 예술'을 확립하겠다는 것이었다. 지체없이 기관지 『성스러운 봄』(Ver Sacrum)을 창간하고, 기금을 모금하여 '분리파 전당'을 건설한 클림트는, 이후 8년간 일본 미술전, 인상파 미술전 등 스물세 번의 분리파 전시회를 기획, 추진하면서 오스트리아에 새로운 예술의 씨를 파종한다.

그가 1894년 오스트리아 문교부의 의뢰를 받아 제작한 비엔나 대학 강당의 천장화 「철학」 「의학」 「법학」이 발표된 것도 바로 이 분리파 전시회를 통해서였다. 이미 서서히 그리고 노골적으로 강렬한 에로티시즘을 누설하고 있던 클림트는, 앞의 두 작품에 대해 쏟아진 과도하게 그리고 병적으로 관능적이라는 비난은 그런 대로 받아넘겼으나, 1903년 발표된 「법학」에 대해 문교부와 비평가들은 물론이고 일반 여론까지 들고 일어나 '춘화' 혹은 '변태 성욕자의 무절제'라고 비난하자, 그를 후원하는 한 실업가의 도움을 받아 문교부로부터 받았던 사례금을 돌려 주고 자신의 작품들을 비엔나 대학에서 철수시킨다. 외설적이라는 비난은 비단 이 작품들에만 국한된 것이 아니었다. 1902년 거장 베토벤을 기념해 만든 30여 미터에 이르는 대작 벽화 「베토벤 프리체」도 여론의 격렬한 분노에서 벗어날 수는 없었다. 비록 자국 내에서는 그의 작품이 이렇듯 경원되고 혐오되었으나 바깥에서 바라보는 시선은 그와는 사뭇 다른 것이었다. 1900년 파리 만국박람회는 「철학」에 금상을 안겨 주었으며, 로댕은 벽화 「베토벤 프리체」에 대해 "너무나 비극적이고 너무나 성스러운 작품"이라는 찬사를 던짐으로써 그를 격려하고 그의 예술의 진가를 확인해 주었다.

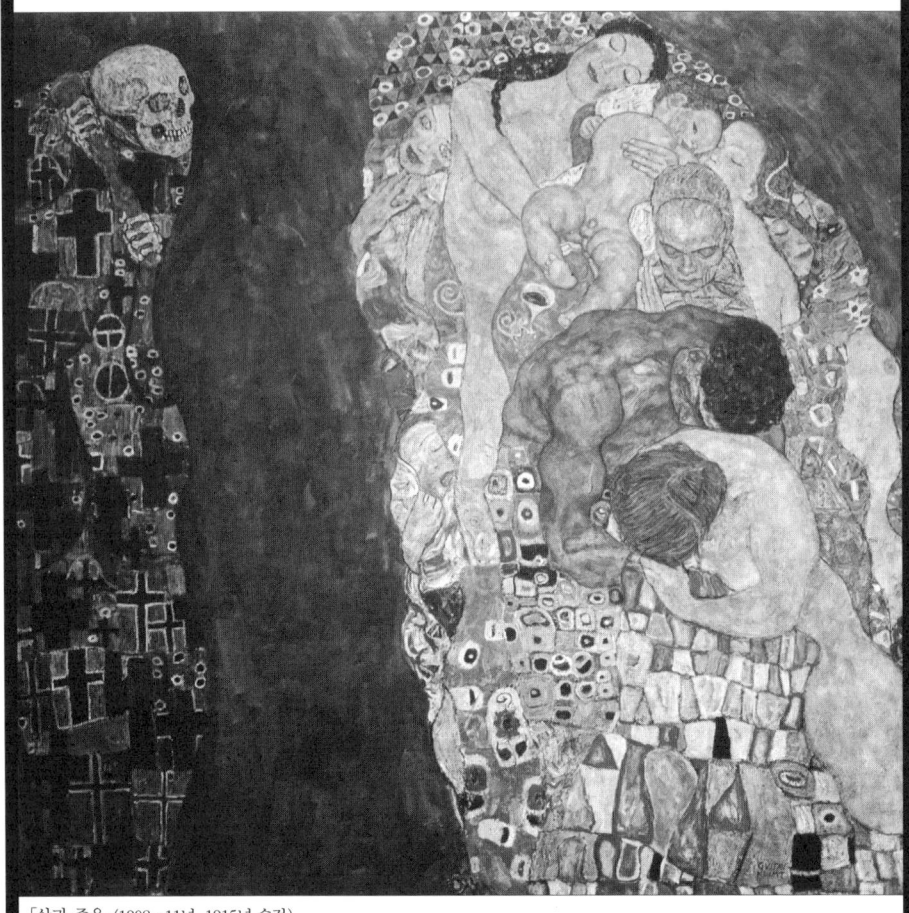

「삶과 죽음」(1908~11년, 1915년 수정).

● 〈비엔나 분리파〉는 클림트의 지휘 아래 속속 젊고 재능 있는 화가들을 발굴하여 전시 기회를 제공하고 모네, 샤반느, 막스 클링거, 맥도널드, 매킨토시 같은 외국의 뛰어난 화가들의 작품을 소개하는 등 활발한 활동을 전개하면서 오스트리아에 모더니즘의 씨를 뿌리고 다시 그 영향을 유럽 전역으로 파급한다. 그러나 1900년대로 접어들면서 〈비엔나 분리파〉의 지나치게 장식적인 경향과 계급적 모호성에 대한 비난이 안팎으로 제기되면서 분열의 조짐을 보이자, 자신의 작품에 대한 집요하고도 잔인한 비난에 지쳐 있기도 했던 클림트는, 1905년 돌연 회장직을 사임하고 독자적인 예술 세계로 침잠한다. 난장판 같은 소란에서 어느 정도 벗어난 그는, 1902년 이탈리아 여행에서 접한 비잔틴 예술의 영향으로 금빛 물감과 금박이 등장하는, 그의 예술의 가장 중요한 시기, 이른바 '황금 시대'의 경작에 매달린다. 「다나에」「여자의 세 시기」「물뱀」「희망 2」 등이 이 시기, 그의 주요한 소출들이었다. 그리고 대표작이자 '황금 시대'의 절정인 「키스」가 발표된 1908년을 기점으로 그의 그림은 새로운 국면으로 접어든다.

비엔나 장식미술학교 시절, 처음엔 부업이 그리고 나중엔 본업이 되다시피 한 여러 극장의 실내 장식 작업, 「스토클레 저택 벽화」 같은 분리파 시절의 건축과 연관된 작업들에서도 내내 장식성은 그의 공기였다. 그것은 그의 그림의 알파요 오메가였다. 그런데 '황금 시대'를 종료하면서 그는 다음과 같이 말한다. 분리파 내의 반분리파였던 아돌프 로스(Adolf Loos, 1870~1933 ; 오스트리아의 건축가)의 논문 「장식과 죄악」의 영향도 약간은 작용했을 것으로 짐작되는 발언이다. "장식은 이제 우리 문화와 아무런 유기적 관련을 맺지 못한다. 장식은 더이상 진보할 수 없고, 그러므로 지진아적, 비정상적 현상에 속하는 것이다." 그러나 그의 그림이 그 자신의 말대로 과연 장식성에서 벗어났는지는 의심스럽다. 그의 그림의 중요한 상수인 관능성과 마찬가지로 장식성은 그의 최후의 그림들에까지도 짙게 남아 있는 것으로 보여지기 때문이다. 장식성과 관능성, 아름답지만 부패하기 쉬운 이 '살아 있는 송장'들을 그는 최후까지 끌고 갔던 것이다. 어쨌거나 그의 그림은 1908년을 넘어가면서 새로운 양상을 보이기 시작한다. 예전에 비해 색채가 많은 의미를 전달하는 독립된 구성 요소로 등장하게 되었고, 간간이 나타나던 화면의 정사각형 형태가 거의 고정되었으며, 무엇보다도 소재 면에서 풍경과 초상이 그의 그림의 주류를 이루게 된 것이다.

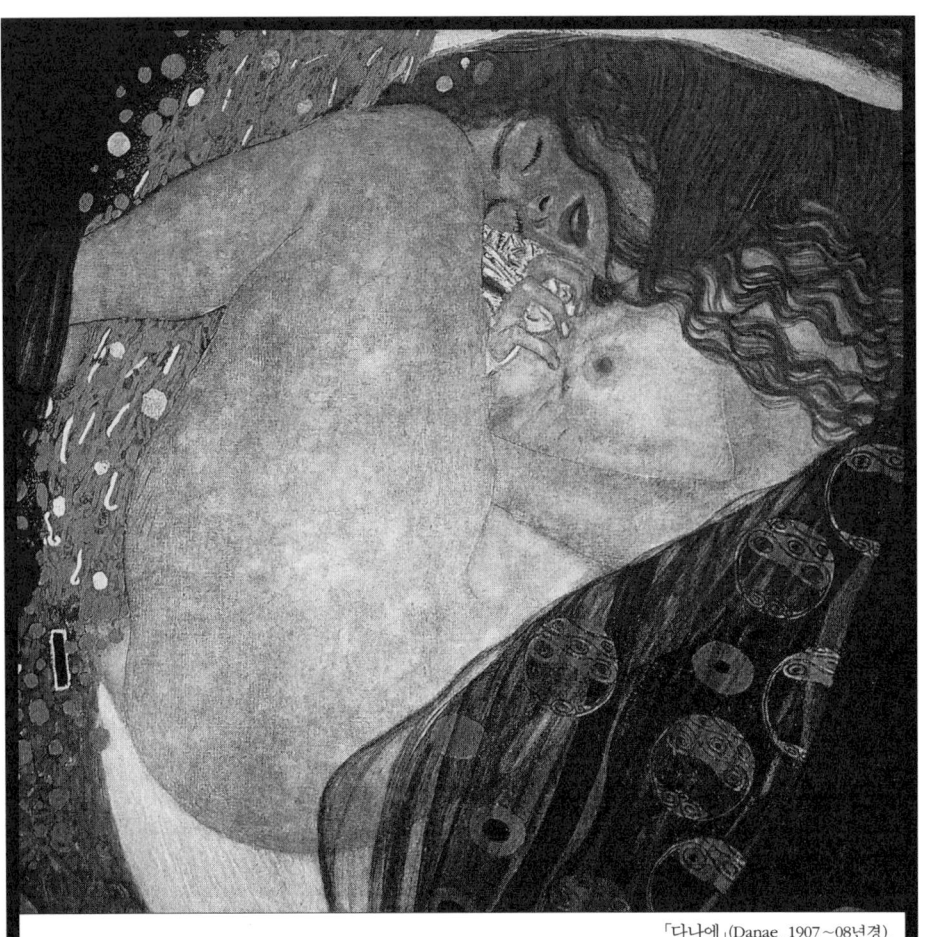

「다나에」(Danae, 1907~08년경).

● 말년의 그는 일 년을 둘로 나누어 살았다. 저 유명한 아프리카풍의 긴 장옷을 걸치고 그는 일 년의 반은 비엔나의 작업실에서 아침부터 밤까지 작업에 몰두하고, 나머지 반은 그와는 사돈지간인 의상 디자이너 에밀리에 플뢰게와 함께 아터 호반에서 고요한 휴식과 명상을 즐기곤 했다. 「자작나무가 있는 농가」 「언덕 위의 정원」 「스클로스 캄머 정원의 길」 「아터 호수의 길」 「아터 호수 근처의 운터아크 교회」 같은 그의 대부분의 풍경화들은 바로 아터 호수 주위의 풍광을 대상으로 한 것이었다. 고흐와 모네, 일본 판화의 영향을 부분적으로 받은 그의 아름다운 풍경화들을 베르타 주커칸들은 '채색된 슈베르트의 선율'이라고 표현하기도 했다.

초상화 또한 그가 풍경화와 더불어 말년에 즐겨 한 작업이었다. 「프리차 리들러 부인의 초상」 「아델레 블로흐바우어 부인의 초상」 「마르가레트 스톤브로우 비트겐슈타인 부인의 초상」 「메다 프리마페지의 초상」 「요한나 슈타우데 부인의 초상」 등 그는 화려하고 현란한 장식과 색채로 비엔나의 부녀자들을 즐겁게 해주었다. 당시 그에게서 초상화를 그려 받는 것은 비엔나 상류층 부인들의 긍지이자 영광이었다. 어느날 유명한 카바레와 의상실의 소유주인 프리데리케 마리아 베어가 찾아와 초상화를 그려 달라고 하자 그가 물었다고 한다. "무엇 때문에 날 찾아왔죠? 당신은 이미 매우 유명한 어떤 화가(에곤 실레를 의미함)로부터 초상화를 그려 받았을 텐데요?" "그래요, 그건 사실이에요. 그렇지만 전 클림트라는 화가를 통해서 영원히 살고 싶어요." 그림을 통한 그녀의 '영생'에의 꿈이 이루어졌음을 지금 우리는 안다.

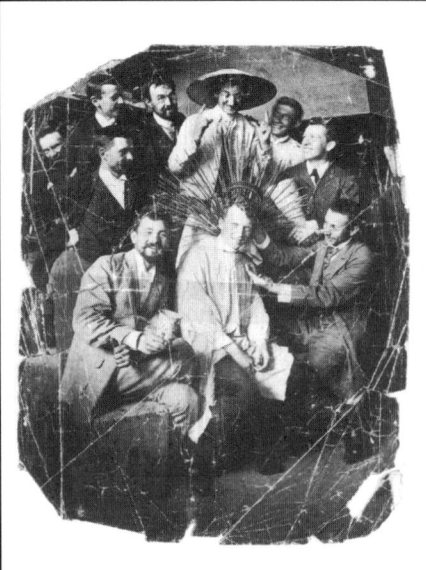

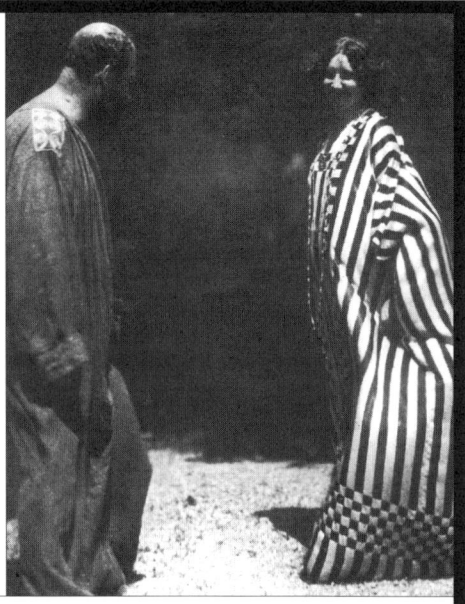

• 위 왼쪽 | 클림트의 학창 시절 사진. 윗줄 왼쪽에서 세번째가 클림트, 가운데 줄에 있는 이가 프란츠 마츠, 아랫줄에 컵을 들고 있는 이가 동생 에른스트 클림트다. • 위 오른쪽 | 긴 장옷을 걸치고 있는 클림트와 그가 디자인한 옷을 입고 있는 에밀리에 플뢰게. • 아래 | 클림트가 죽기 직전까지 작업하고 있던 그림들이 그대로 남아 있는 그의 아틀리에.

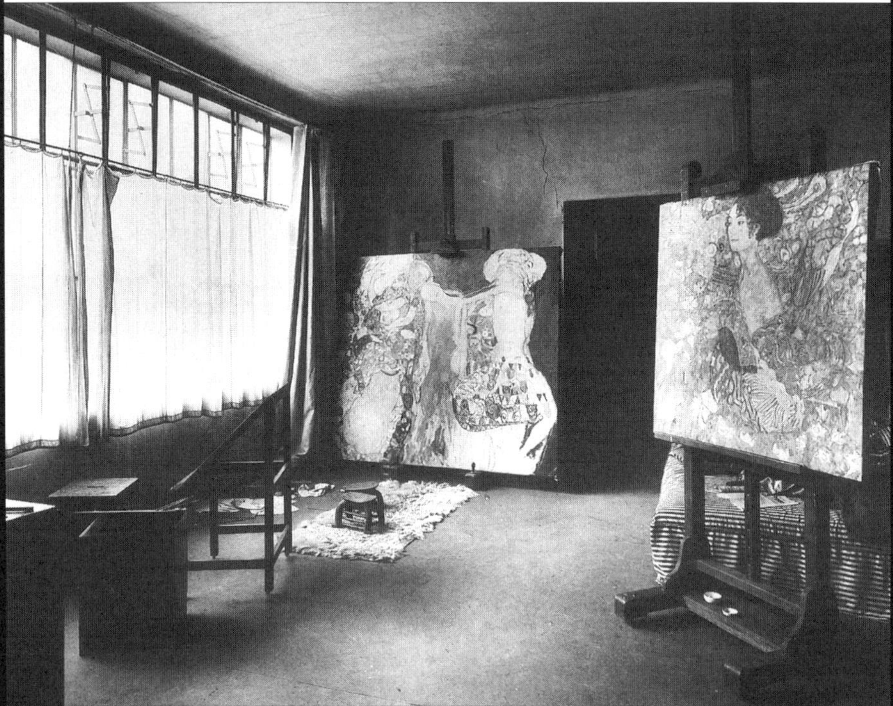

너 무 낡 은 시 대 에 너 무 젊 게 이 세 상 에 오 다

● 자신의 삶과 그림을 둘러싼 그 모든 소음에서 벗어나, 가슴을 벌레처럼 파먹어 대는 그 집요한 금전적 번민에서도 벗어나 자연 속에 파묻혀 관조와 명상의 나날을 보내며, 1910년 베니스 비엔날레에서 쿠르베, 르누아르와 더불어 개인 전시실을 갖는 영광을 누리기도 하고 〈오스트리아 예술가협회〉 회장으로, 〈비엔나 예술 아카데미〉 회원으로 추대되기도 한 그의 말년은 분명 평화롭고 복된 것이었다. 1918년은 당시 마치 흑사병과도 같은 맹위를 떨치며 전 유럽을 강타해 수백만의 목숨을 앗아간 스페인 독감이 비엔나를 기습해 분리파 예술가들을 몰살시킨 해였다. 클림트는 1월 18일 뇌졸중으로 갑자기 쓰러져 신체 일부가 마비된 채 투병하다 결국 스페인 독감에 걸려 2월 6일 평생의 연인 에밀리에 플뢰게가 지켜보는 가운데 56세의 나이로 영면한다. 그리고 그 뒤를 이어 건축가 오토 바그너도, 〈비엔나 공방〉의 창설자인 디자이너 콜로만 모저도, 임종의 클림트를 스케치했던 28세의 청년 에곤 실레도 갔다. 〈비엔나 분리파〉라는 '성스러운 봄'이 장엄하게 저무는 순간이었다.

클림트의 삶과 그림을 관류했던 것은 사랑이라는 고전적인, 그리고 언제나 현재적인 테마였다. 그가 과연 자신의 화두를 풀었는지 못 풀었는지는 알 길이 없다. 풍경화에 몰두한 그의 말년의 모습에서 그저 어렴풋이 뭔가를 헤아려 볼 뿐이다. 완전한 사랑이란 영원히 인간의 손에 쥐어지지 않으며, 우리가 가질 수 있는 건 낡고 흠 많고 남루한 집 같은 사랑일지도 모른다.
그러나, 흠 없는 거처가 어디 있으랴.

에밀리에 플뢰게에게 보낸 엽서.
"꽃이 없어서 이것으로
대신합니다"는 문구가 써 있다.

구스타프 클림트 연보

1862년—00세	오스트리아 비엔나 근처 바움가르텐에서 에른스트 클림트의 일곱 자녀 중 둘째로 출생.
1876년—14세	비엔나 장식미술학교 입학.
1879년—17세	동생 에른스트, 동급생 프란츠 마츠와 함께 공동 작업 시작. 라우프베르거의 비엔나 미술사 박물관 벽화 작업에 참여.
1883년—21세	비엔나 장식미술학교 졸업. 에른스트, 마츠와 '쿤스틀러 콩파니' 설립.
1885년—23세	부쿠레슈티 국립극장, 유고슬라비아의 리예카 국립극장 장식 작업.
1886년—24세	비엔나 국립극장의 계단 장식 작업.
1888년—26세	시의회로부터 의뢰받은 구(舊) 국립극장의 실내 장식 작업 완료. 금십자 공로상 받음.
1890년—28세	비엔나 미술사 박물관 계단 장식 작업. 황제 대상 수상.
1891년—29세	〈비엔나 미술가 협회〉(쿤스틀러 하우스)에 가입.
1892년—30세	동생 에른스트, 부친 뇌일혈로 사망.
1893년—31세	헝가리 여행. 토티스 극장 장식 작업.
1894년—32세	문교부로부터 비엔나 대학 강당의 천장화 의뢰받음.
1897년—35세	요제프 마리아 올브리히, 요제프 호프만 등과 함께 〈비엔나 분리파〉 결성.
1898년—36세	첫번째 분리파 전시회 개최. 런던의 〈국제 화가 조각가 협회〉, 〈뮌헨 분리파〉 회원으로 가입.
1900년—38세	「철학」으로 파리 만국박람회에서 금상 수상. 〈베를린 분리파〉 회원으로 가입.
1902년—40세	벽화 「베토벤 프리체」 「황금 물고기」 「에밀리에 플뢰게의 초상」 완성.
1904년—42세	브뤼셀의 스토클레 저택의 벽화 작업 시작.
1905년—43세	〈비엔나 분리파〉 탈퇴. 베를린 여행. '라 로마나 상' 수상. 「여자의 세 시기」 완성.
1906년—44세	브뤼셀, 런던, 피렌체 여행.
1907년—45세	「해바라기」 완성.
1908년—46세	대표작 「키스」 「다나에」 「희망 2」 완성.
1909년—47세	프라하, 파리, 스페인 여행. 「유디트 2」 「가족」 완성.
1910년—48세	베니스 비엔날레에 초대.
1911년—49세	「여자의 세 시기」로 '로마 국제미술전'에서 금상 수상.
1912년—50세	〈오스트리아 예술가협회〉 회장으로 추대됨. 비엔나 서쪽 농촌 지역인 히칭으로 작업실 이전.
1913년—51세	뮌헨, 부다페스트, 만하임에서 작품 전시. 「처녀」 「가르데 호수 주위의 말세진느」 완성.
1916년—54세	「삶과 죽음」 「프리데리케 마리아 베어 부인의 초상」 「아터 호수 근처의 운터아크 교회」 완성.
1917년—55세	〈뮌헨 예술 아카데미〉, 〈비엔나 예술 아카데미〉 명예 회원으로 선출됨.
1918년—56세	비엔나의 자택에서 스페인 독감으로 사망. 미완성 유작으로 「요람」 「신부」 「아담과 이브」를 남김.

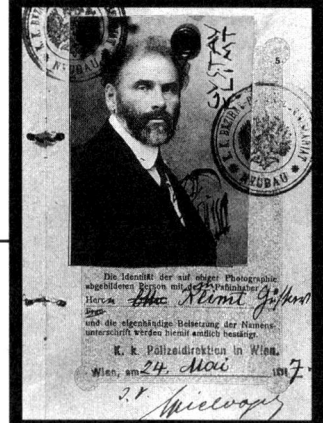

클림트의 여권.

Vaslav
Nijinski

(14)Vaslav Nijinsky(1889~1950)

바슬라프 니진스키,

내면으로 망명한

'무용의 신'

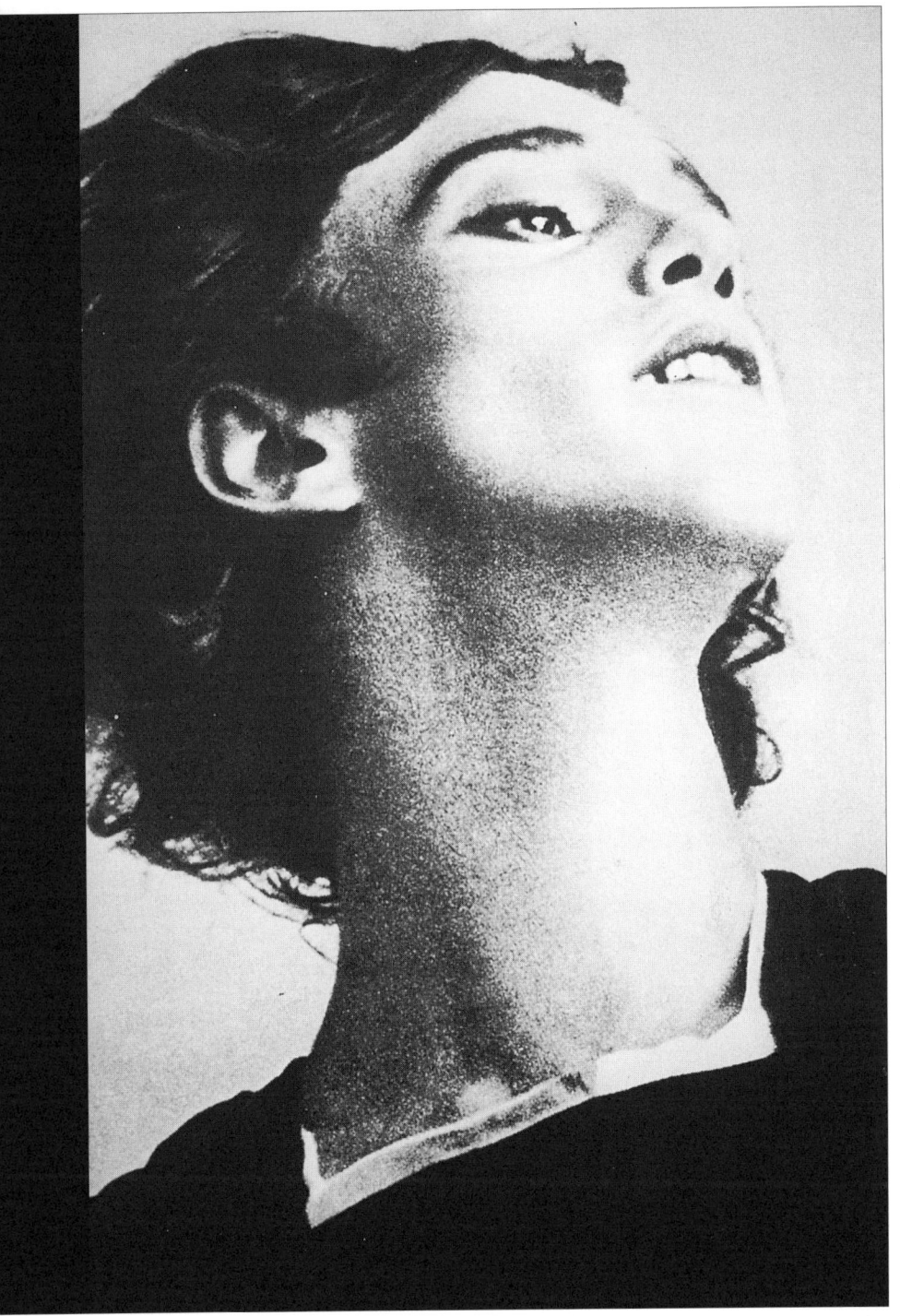

「지젤」에 출연했을 때의 니진스키.

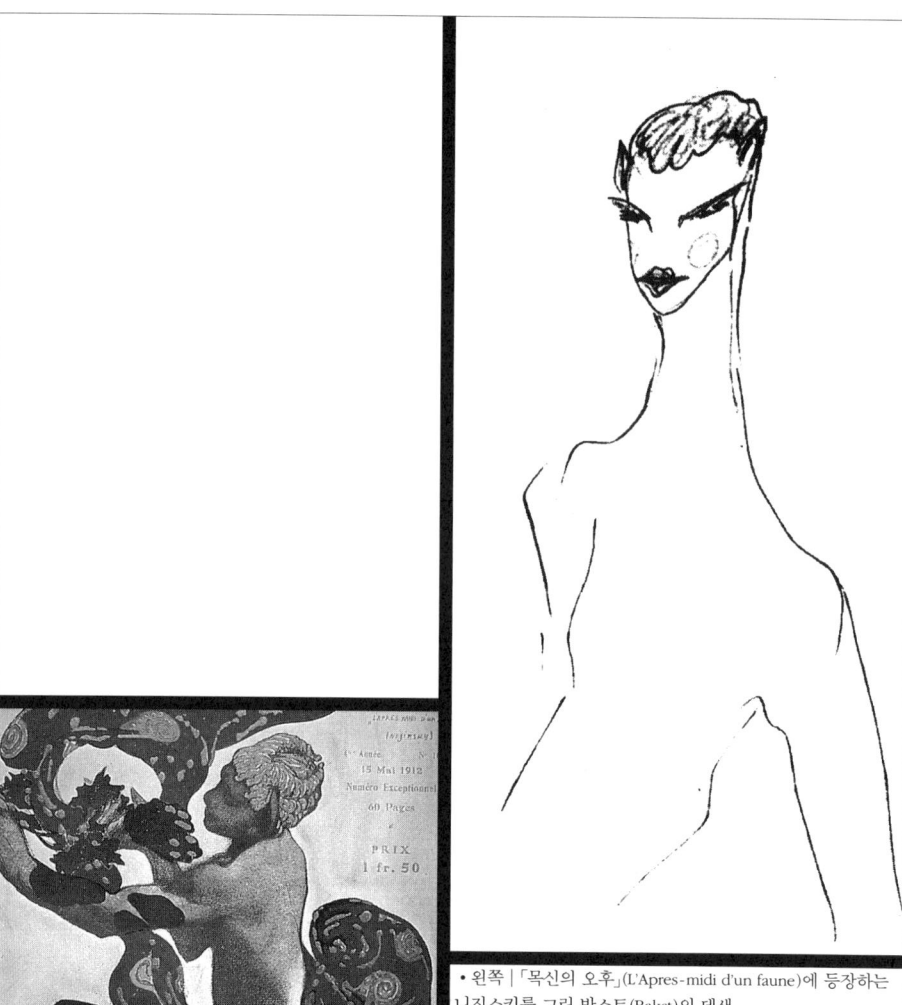

• 왼쪽 | 「목신의 오후」(L'Apres-midi d'un faune)에 등장하는
니진스키를 그린 박스트(Bakst)의 데생.
• 오른쪽 | 「전함 포템킨」으로 잘 알려진 러시아의 영화 감독
에이젠슈타인이 그린 니진스키의 초상.

● 귀신이 아닌 이상, 우리는 누구나 100킬로그램 미만의(그 이상은 왠지 생각하기 싫다), 그리고 2미터 이하의(그 이상은 좀 과한 느낌이 든다) 육체 하나씩을 거느리고 살아간다. 육체에 대해 눈뜨는 음습한 사춘기를 혼란스럽게 통과한 이후, 우리는 종종 육체가 병들거나 시들거나 해서 혹은 느닷없이, 육체에 대해 숙고할 때가 있는데, 그때마다 그것은 늘 우리를 기어이 어떤 종류의 우울로 이끌고야 만다. 육체는 그 안에서 아귀처럼 들끓어 대는 욕망들로 인해서 추하고, 그것이 언젠가는 반드시 소멸하고 만다는 사실로 인해서 절망적인 것이기 때문이다. 고대 인도 석가족의 샤프하고 고민 많은 젊은 왕자 싯다르타의 위대한 각성도, 따지고 보면 이러한 육체의 한계와 취약함에 대한 자각에서 비롯된 것에 다름 아니다. 게다가 끊임없이 먹이고, 입히고, 재워야 하는 그것은 성가시기는 또 얼마나 성가신가……. 시와 더불어, 인간이 이 지상 위에 존재한 이래로 쉬임없이 해온 유희 중의 하나인 무용은, 이 부실하기 짝이 없는 육체를 영적인 것으로, 아름다운 것으로 변화시키려는 부단하고 오랜 인간 의지의 산물이다. 그것은 추하고 절망적인 육체가 공간 위에 그리는 아름다운 선이다. 인간의 육체는 아름답지도 않고 반드시 멸하는 것이지만, 무용이라는, 아름다움을 향한 이 인간 육체의 지고한 노력을 통할 때, 아름다워질 수도 불멸의 것으로 화할 수도 있는 것이다.

춤의 역사는 꼭 인간의 역사만큼이지만, 거기서 춤이 제의(祭儀)와 진하게 결탁되었던 시기를 빼고 그 무대를 서구로 한정한다면, 그리고 다시 우리가 오늘날 발레라고 부르는 춤에 국한한다면, 그 역사는 불과 4세기 남짓으로 좁혀진다. 이 4세기 남짓한 시간 동안에 '무용의 신'이라 불리웠던 오귀스트 베스트리스(Auguste Vestris), 마리 탈리오니(Marie Taglioni), 안나 파블로바(Anna Pavlova), 루돌프 누레예프(Rudolf Nureyev), 마고트 폰테인(Margot Fonteyn), 마사 그래이엄(Martha Graham), 이사도라 던컨(Isadora Duncan) 같은 많은 무용가들이 뛰고, 돌고, 날아오르며 발레의 역사를 창조하고 양육한 후 무대 뒤로 사라져 갔다. 그리고 또 한 명의 '무용의 신', 발레사(史)의 페이지 위에 떨어진 붉디 붉은 한 점의 피 같은 이름 바슬라프 니진스키(Vaslav Nijinsky, 1889~1950)가 있다.

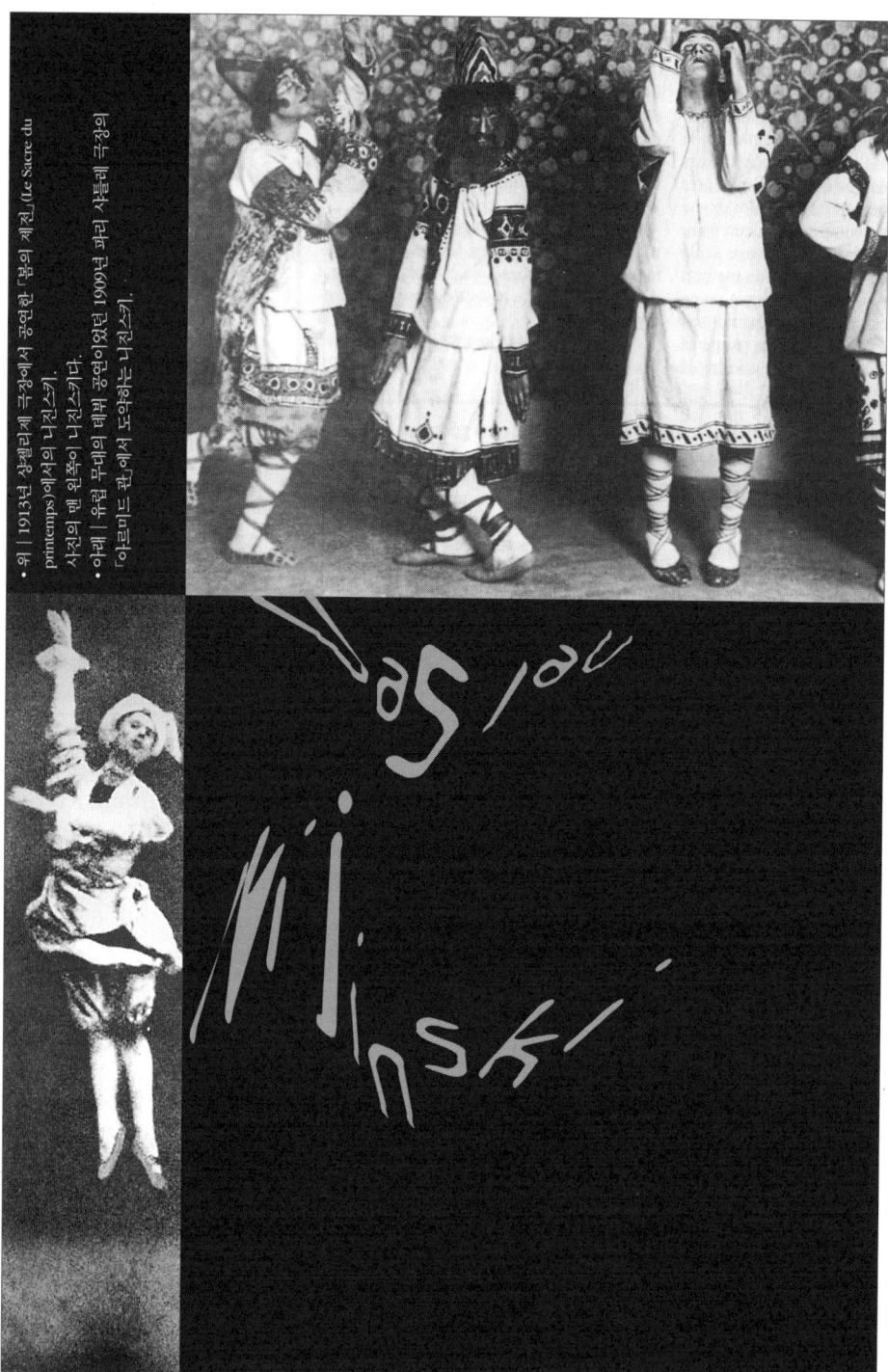

너 무 낡 은 시 대 에 너 무 젊 게 이 세 상 에 오 다

● 니진스키는 어린 나이로 무용에 입문해 일찌감치 신동으로 러시아 전역을 기대와 흥분으로 술렁이게 했으며, 황실 무용학교를 졸업한 후 마린스키 극장, 뒤이어 디아길레프(Sergey Diaghilev, 1872~1959)가 이끄는 러시아 발레단의 주도 댄서로 활약하며 스무 살 안팎에 무용가로서의 불후의 명성을 쌓은 불세출의 무용가였다. 그는 강인하면서도 부드러운 몸놀림, 발레사에 길이 회자되고 있는 엄청난 도약 등으로 요약될 수 있는 놀라운 테크닉으로 19세기의 고상하고 엄격한 무용가 상(像) 대신에 이국적이고, 조형적이며, 나르시스적인 새로운 무용가 상을 제시했다. 새로움에 목말라하던 대중과 비평가들이 열렬한 환호와 갈채로 그의 재능에 답했음은 물론이다. 또한 그는 탁월한 안무가였다. 그가 안무한 「목신의 오후」 「봄의 제전」, 「틸 예울렌스피에겔」(Till Eulenspiegel)은 그 대담하고 혁신적인 독창성으로 20세기 발레 안무의 새로운 스타일을 개진했다는 평가를 받으며, 그를 무용가로서뿐만이 아니라 안무가로서도 발레사에 지워지지 않는 이름을 남기게 해주었다. 60년 남짓 되는 그의 생애의 전반부는 이렇게 화려한 조명과 갈채를 받는 조숙한 천재의 삶 그것이었지만, 그 생애의 후반부는 마치 길고 어두운 터널과도 같은 것이었다. 부와 권력과 처자식을 등지고 젊은 왕자 싯다르타가 출가한 바로 그 나이 스물아홉에 정신병 발작을 일으킨 그는, 이후 30여 년 동안 요양원을 전전하며 비참한 삶을 영위했다. 외계의 사물에는 어떠한 관심도 보이지 않은 채, 자신의 내면으로 물러나 말없이 허공만을 응시하며. 무용과 광기, 그것은 그가 살아낸 두 가지 삶의 이름이었다.

어떤 비상한 재능에 다소 유전적인 요소가 있다면, 니진스키의 경우가 바로 여기에 해당될 것이다. 그의 부친 토마스 니진스키와 모친 엘레오노라 베레다는 비록 황실 극장의 전속 무용가는 아니었지만 러시아에서 꽤 이름 높은 무용가들이었으며, 니진스키는 1889년 3월 12일 우크라이나의 키예프에서 이 둘 사이의 둘째 아들로 태어났다. 그의 형 스타니슬라브는 어린 시절의 추락 사고로 백치가 되어 정신병원에 수감되어 있던 중 1905년 혁명의 와중에서 사망했으며, 그의 누이 브로니슬라바 니진스카는 오빠와 마찬가지로 뛰어난 무용가와 안무가로서의 삶을 살았다.

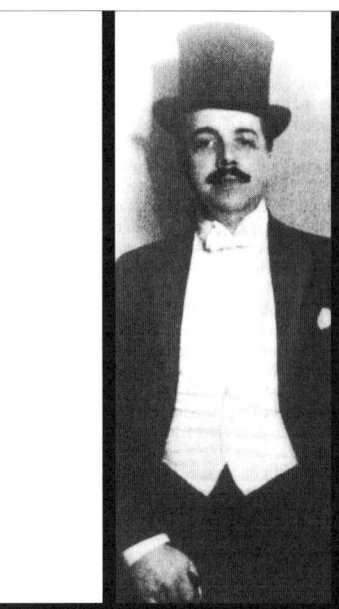

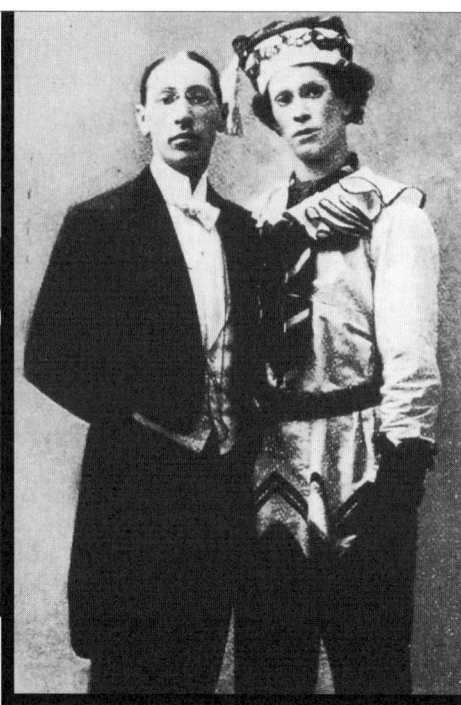

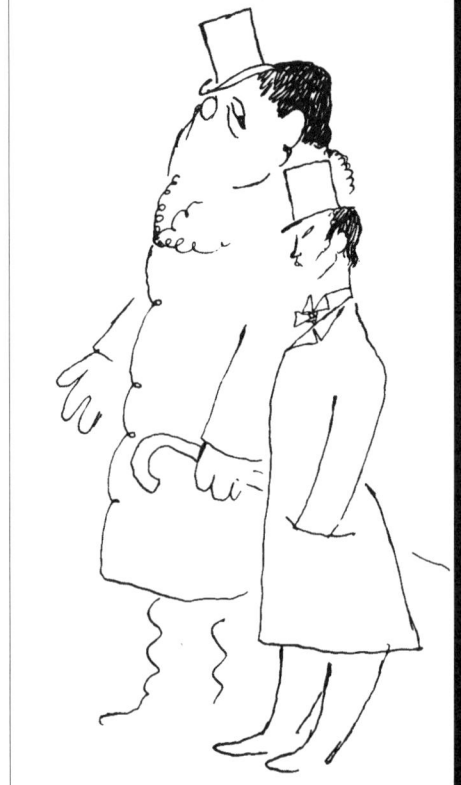

• 위 왼쪽 | 니진스키와 함께 종합 예술가로서의 새로운 발레를 창조한 세르게이 디아길레프.
• 위 오른쪽 | 1911년 파리 샤틀레 극장에서 러시아 발레단 공연 당시 스트라빈스키와 니진스키(오른쪽).
• 아래 | 장 콕토가 그린 디아길레프와 니진스키.

● 양친의 순회 공연을 따라 이곳 저곳을 떠돌며 보낸 잠깐 동안의 단란하고 행복했던 어린 시절은 끝나고, 부친이 한 댄서와 정분이 나 가족을 방기함으로써, 오랜 세월 그의 가족을 괴롭힐 가난이 시작된다. 이제 전적으로 가족의 생계를 책임지게 된 모친은 서커스단에서 일하기도 하는 등 무진 애를 썼으나 별 신통치 않아 그들은 여러 번 아사 직전에 놓이곤 했다. "우리에겐 빵이 없었다. 어머니는 얼마 안 되는 돈을 벌기 위해 기니젤리스 서커스단에 나갔다. 러시아에서 잘 알려진 무용가로서 이같은 일이 어머니에겐 참으로 수치스러운 일이었을 것이다. 나는 어린 아이일 때에 이미 삶의 모든 것을 이해했다. 그리고 내 영혼 깊숙한 곳에서 오열했다." 그러나 어려운 형편이었음에도 불구하고 모친은 남매를 훌륭한 무용가로 키우려는 꿈을 포기하지 않았다. 그리고 두 아이 모두 춤에 남다른 재능을 보이며 황실에서 운영하는 무용학교에 수월히 입학함으로써 모친의 바람에 부응했다.

1900년 그는 11세의 나이로 상트 페테르부르크에 있는 황실 무용학교에 입학한다. 그것은 니진스키 전설의 시작을 알리는 서곡이었다. 그는 모래가 물을 빨아들이듯 세르게이 레가트 같은 일급 교사들의 가르침을 흡수하며 재학 시절부터 '마린스키 극장'에 출연하면서 이내 학교 안팎의 비상한 주목을 받기 시작한다. '세계의 8번째 불가사의' '새로운 재능의 발견' '무용의 경이' ── 이 병아리 무용가에게 퍼부어진 찬사들이다. 그리고 아울러 그의 무용가로서의 삶을 단명하게 하고, 그의 정신을 파탄으로 몰고 가는 데 상당한 영향을 끼친 주위의 시기와 질투, 음해와 음모도 시작된다. "발레 공연은 연 8회였는데 나는 불과 4번밖에 춤추지 못했다. 상트 페테르부르크의 대중은 나를 그렇게도 사랑했건만. 이것이 다른 댄서들의 음모의 결과였음을 나는 알게 되었다. 나는 더이상 즐겁지 않았다. 나는 죽음을 느꼈고 사람들이 무서웠다. 그리하여 나는 내 자신의 방에다 나를 가두었다."

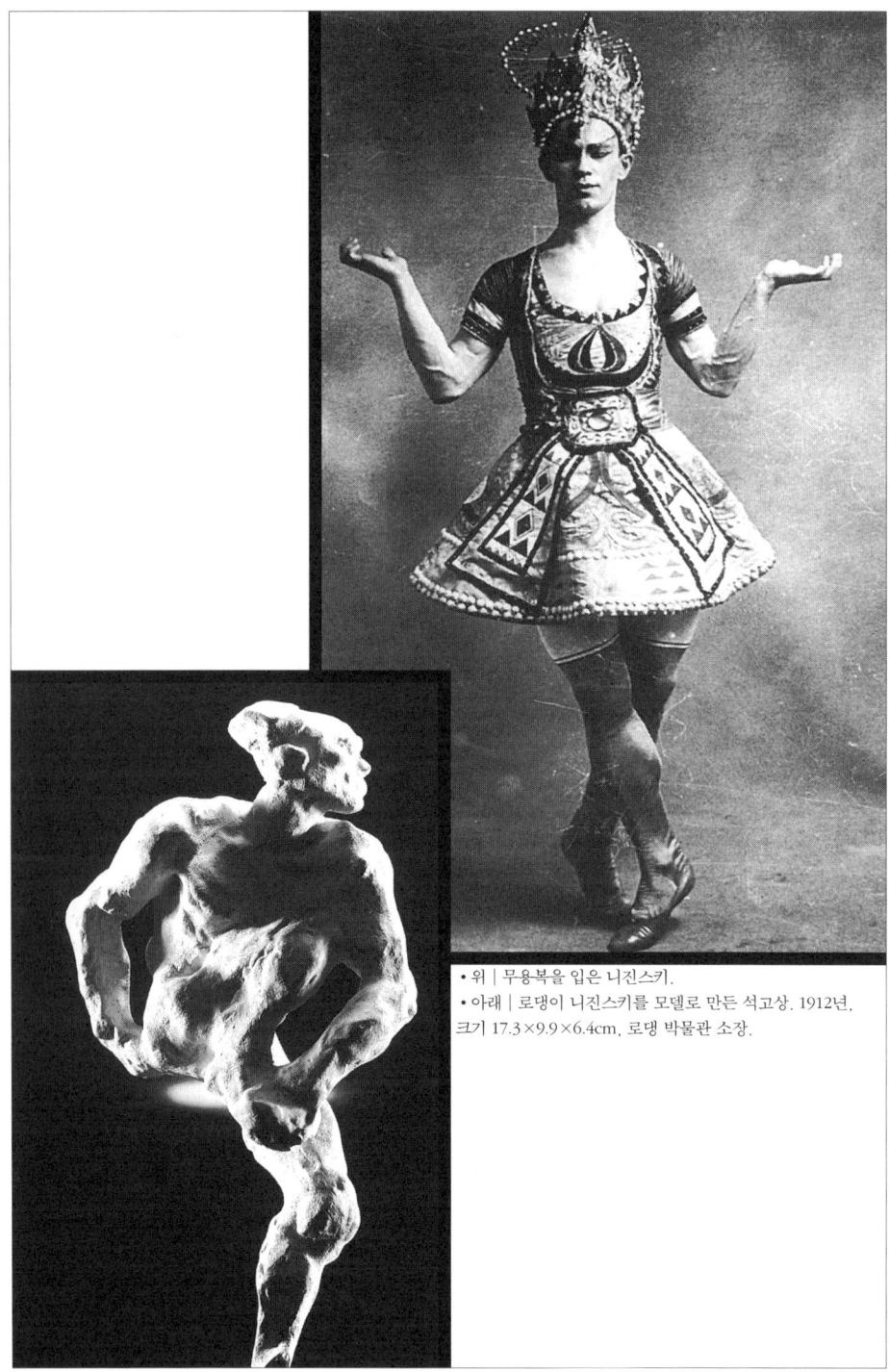

• 위 | 무용복을 입은 니진스키.
• 아래 | 로댕이 니진스키를 모델로 만든 석고상. 1912년, 크기 17.3×9.9×6.4cm, 로댕 박물관 소장.

●1907년 8년간의 무용 수업을 마치고 높은 보수와 명예가 보장되는 황실 직속의 마린스키 극장에 입단한 그는, 4년여 동안 안나 파블로바, 마리아 카르사비나, 마틸데 크셰신스카 같은 당대 최고의 발레리나들과 짝을 맞춰 「지젤」 「백조의 호수」 「잠자는 숲 속의 미녀」 등에서 주도 댄서로 자신의 재능을 유감없이 발휘한다. 그가 무대에 설 때마다 언론은 격찬했고, 대중은 열광했다. 이제 안락하고 빛나는 삶은 그의 손 안에 있었고, 그는 그냥 그것을 꽉 움켜쥐기만 하면 되었다.

그러나 그는 손 안의 안락한 삶을 움켜쥐는 대신에 불확실하고 위험하지만 도전하고 창조하는 삶을 선택한다. 1909년 여름 휴가 기간에 디아길레프의 발레단과 함께 파리의 샤틀레 극장에서 공연을 가진 그는, 자신의 춤에 환호하는 자유분방하고 새로운 것에 민감한 유럽의 대중에 신선한 자극을 받는다. 그는 마린스키 극장의 고루하고 관료적인 분위기에 환멸을 느끼고 있었고, 동료 댄서들의 그에 대한 견제와 경원도 점차 노골적인 양상을 띠어 가고 있던 터였다. 파리에서 돌아온 후 가진 「지젤」 공연에서 음란한 코스튬을 입었다는 구실로 그에게 해고 압박이 가해지자, 그는 미련 없이 마린스키 극장을 하직한다. 그것이 그를 시기하는 무리들의 공작의 결과였음이 밝혀지고, 뒤이어 극장측의 간곡한 만류와 모친의 읍소가 뒤따랐지만 그는 뒤돌아보지 않았다. 그리고는 지체 없이 '러시아 발레단'의 창설을 준비하고 있던 디아길레프와 합류한다. 디아길레프는 예술에 대한 탁월한 식견과 놀라운 사업 수완을 지닌 매력적인 제작자로 많은 젊은 예술가들의 지지를 받고 있던 인물이었다. 디아길레프가 없었다면 니진스키 전설은 완성되지 못했을 것이고, 반대로 니진스키가 없었다면 러시아 발레단의 창설은 종내 지지 부진했을 것이다. 디아길레프와 니진스키의 만남, 그것은 발레사의 새로운 장을 여는 행복하고 역사적인 결합이었다. 그러나 동시에 그 속에는 디아길레프의 남색가적인 기질, 지나친 이해 타산, 허영심 많고 이기적인 성격으로 인한 불행의 씨앗도 숨어 있었다.

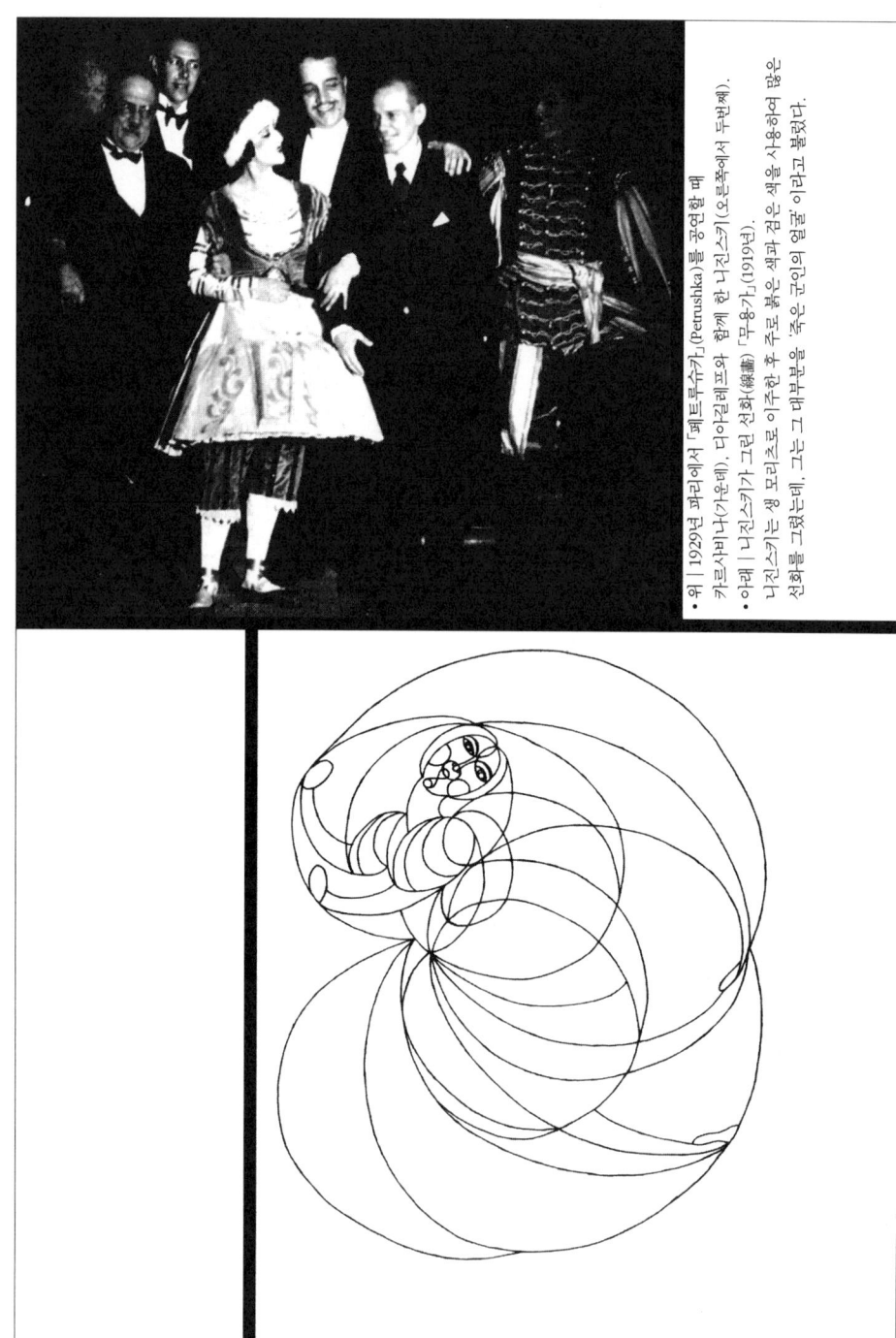

• 위 | 1929년 파리에서 「페트루슈카」(Petrushka)를 공연할 때 가르샤베나(가운데), 디아길레프와 함께 한 니진스키(오른쪽에서 두번째).

• 아래 | 니진스키가 그린 선화(線畵) 「무용가」(1919년). 니진스키는 생 모리츠로 이주한 후 주로 붉은 색과 색을 사용하여 많은 선화를 그렸는데, 그는 그 대부분을 '죽은 군인의 얼굴'이라고 불렀다.

● "디아길레프는 나 보고 그가 묵고 있는 호텔 유럽에 와달라고 청했다. 나는 그의 지나치게 자기 만족에 찬 목소리가 마음에 들지 않았다. 그러나 나는 행운을 찾아 그에게로 갔다. 나는 나의 행운을 발견했다. 그 자리에서 난 그가 내 몸을 사랑하는 걸 허락했다. 나는 마치 나뭇잎사귀처럼 온몸을 떨었다. 나는 그를 증오했지만 그걸 나타내진 않았다. 그렇지 않으면 어머니와 내가 굶어 죽게 될 것임을 나는 알고 있었기 때문이었다." 어쨌거나 그는 이후 러시아 발레단의 주도 댄서로 수석 안무가 미하일 포킨과 함께 「장미의 정령」「세헤라자데」(Schéhérazade) 「푸른 산」「레 실피드」(Les Sylphides) 같은 수많은 걸작들을 창조한다. 그리고 1912년부터는 안무에도 손을 대 '초(超)천재의 작품'으로 격찬을 받은 「목신의 오후」「유희」 등을 안무한다. 1913년 그는 순회 공연차 남미로 가는 여객선 아봉호에서 헝가리 백작의 영양 로몰라를 만나 서둘러 결혼식을 올린다. 점차 독자 노선을 걷기 시작하는 니진스키에게 위기감을 느끼고 있던 디아길레프는, 예의 그를 시기하는 무리들의 재정적 지원을 내세운 해고 종용에 넘어가, 단원들에게 그가 내린 결혼 금지령을 어겼다는 이유로 니진스키를 해고한다.

그 이후 니진스키는 몇 년간을 처와 함께 궁핍하고 어려운 삶을 영위하지 않으면 안 되었다. '니진스키 발레단'을 조직해 영국과 미국 등지에서 순회 공연을 하기도 했으나, 경영 미숙과 잇따른 병고 등으로 실패로 돌아가고 1차 세계대전마저 터지자, 그는 1917년 아내와 어린 딸 키라를 데리고 전화를 피해 스위스의 생 모리츠로 피신한다. 그는 독서와 데생에 몰두하고 새로운 발레의 제작에도 골몰하면서 일견 평온해 보이는 삶을 영위했지만, 그의 정신은 점점 파국으로 치닫고 있었다. 어느날 하인이 집으로 달려와 로몰라에게 주인이 셔츠에 십자가를 달고는 지나가는 마을 사람들을 붙잡고 교회에 다녀왔냐고 묻고 있더라고 전한다. 그것은 어둠과 침묵의 세월을 알리는 불길한 조짐이었다. 그리고 이내 발작을 일으킨 그는 이후 30여 년을 각처의 요양원을 전전하다가 1950년 4월 8일 런던의 정신병원에서 기나긴 실어와 자폐의 삶을 마감한다.

● 니진스키처럼 예술적 삶의 영광과 인간적 삶의 비참이 겹쳐진 삶을 산 예술가도 흔치 않을 것이다. 그는 생 모리츠에 있을 때 일기 도처에 "내 영혼은 앓고 있다"라고도 썼고, "나는 그리스도보다도 더 고통을 당했다"라고도 썼다. 그는 한때 가장 찬연한 빛 속에 있었으나 내면의 어둠 속으로 물러난 후 다시는 돌아오지 않았다.

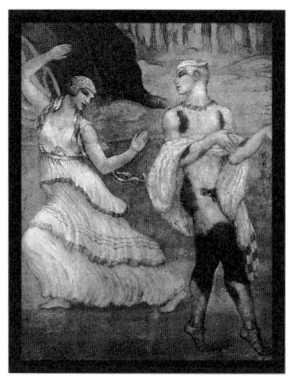

발랑틴 그로스가 그린 「목신의 오후」의 카르사비나와 니진스키.

무엇이 그를 그토록 가혹한 어둠 속으로 몰고 갔을까. 아마도 어린 시절부터 내내 그의 삶을 따라다녔던 가난과 비참, 혁명과 전쟁의 와중에서 그가 목도했던 끔찍한 살상, 주위의 끝없는 시기와 음해, 창조의 과정에 수반되는 과도한 긴장과 압박이 그의 섬세하고 민감한 정신을 조금씩 갉았을 것이다. 그러나 그가 남긴 일기를 보면, 무엇보다도 그의 정신을 절망과 파멸 속으로 밀어넣은 것은, 바로 세상의 '느낌 없음'이었음을 알 수 있다. 그는 자신을 '이치를 따지는 철학자가 아니라 느끼는 철학자'라고 표현했다. 타인의 고통과 슬픔에 대한 '느낌 없음', 태연히 인간의 목숨을 도륙하는 '느낌 없음', 그를 둘러싼 집요하고 싸늘한 '느낌 없음'에 그의 정신은 절망했던 것이다. 그러나 그는 거기에 분노로 답하지 않고 한없는 슬픔으로 답한다. 그의 일기에는 이런 구절도 보인다. "나의 아내는 많이 생각하지만 거의 느끼지 않는다. 이렇게 생각하고 나는 흐느끼기 시작했다. 내 목구멍은 눈물로 꽉 차올라 나는 손으로 얼굴을 가리고 흐느껴 울었다." 세상의 '느낌 없음'에 절망한 이 '느끼는 철학자'에게 무용은 어떠한 것이었을까. 그의 누이 브로니슬라바 니진스카는 말했다. "니진스키에게 무용은 신앙이요, 생명이요, 영혼이었다"고.

바슬라프 니진스키 연보

1889년—00세	우크라이나의 키예프에서 출생. 양친 모두 폴란드 태생의 저명한 무용가. 코카서스에서 어린 시절을 보냄.
1900년—11세	상트 페테르부르크의 황실 무용학교 입학. 신동으로 러시아 전역에 알려지며 '북방의 베스트리스'로 칭송됨. 전례 없이 재학 시절부터 마린스키 극장에 출연.
1905년—16세	상트 페테르부르크를 휩쓴 혁명의 와중에서 정신병원에 있던 형 스타니슬라브 사망. 끔찍한 살상 목도.
1907년—18세	황실 무용학교 졸업. 솔리스트로 마린스키 극장에 입단. 마린스키 극장의 주도 무용가와 모스크바 볼쇼이 극장의 객원 무용가로 활약. 파블로바, 카르사비나, 크셰신스카와 함께 「지젤」「백조의 호수」「잠자는 숲 속의 미녀」등 공연.
1909년—20세	디아길레프의 발레단과 함께 파리의 샤틀레 극장에서 「아르미드 관(館)」「레 실피드」등 공연. 이후 마린스키 극장을 사직하고 러시아 발레단에 합류.
1912년—23세	「목신의 오후」로 안무가로 데뷔.
1913년—24세	「봄의 제전」안무. 남미로 가는 여객선 아봉호에서 헝가리 백작의 영양 로몰라 드 풀츠키를 만나 부에노스 아이레스에서 결혼. 러시아 발레단에서 해고됨.
1914년—25세	니진스키 발레단 설립. 런던에서 공연. 1차 세계대전의 발발과 함께 헝가리로 건너가 2년간 은둔.
1917년—28세	니진스키 발레단을 이끌고 미국 순회 공연. 디아길레프와 재회. 「틸 예율렌스피에겔」안무. 10월 아내와 어린 딸 키라와 함께 스위스의 생 모리츠로 은둔.
1918년—29세	정신과 의사로부터 '불치의 정신병'이라는 진단이 내려짐. 이후 30여 년간 요양원을 전전하며 기나긴 실어와 자폐의 삶 영위. 2차 세계대전 당시에는 히틀러의 정신병자 말살 정책을 피해 스위스로 힘겨운 탈출을 하기도 함.
1950년—61세	런던의 정신병원에서 심장병으로 사망. 파리 몽마르트르 공동묘지에 있는 오귀스트 베스트리스의 무덤 바로 옆에 안장됨.

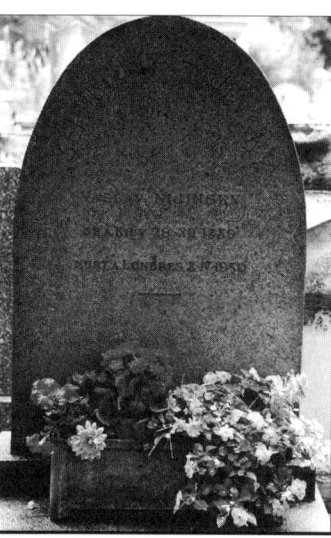

파리 몽마르트르 공동묘지에 있는 니진스키의 묘비.

Louis Ferdinand Céline

루이 페르디낭
셀린,

(15) Louis Ferdinand Céline(1894~1961)

밤의

끝으로

간

고독한 나그네

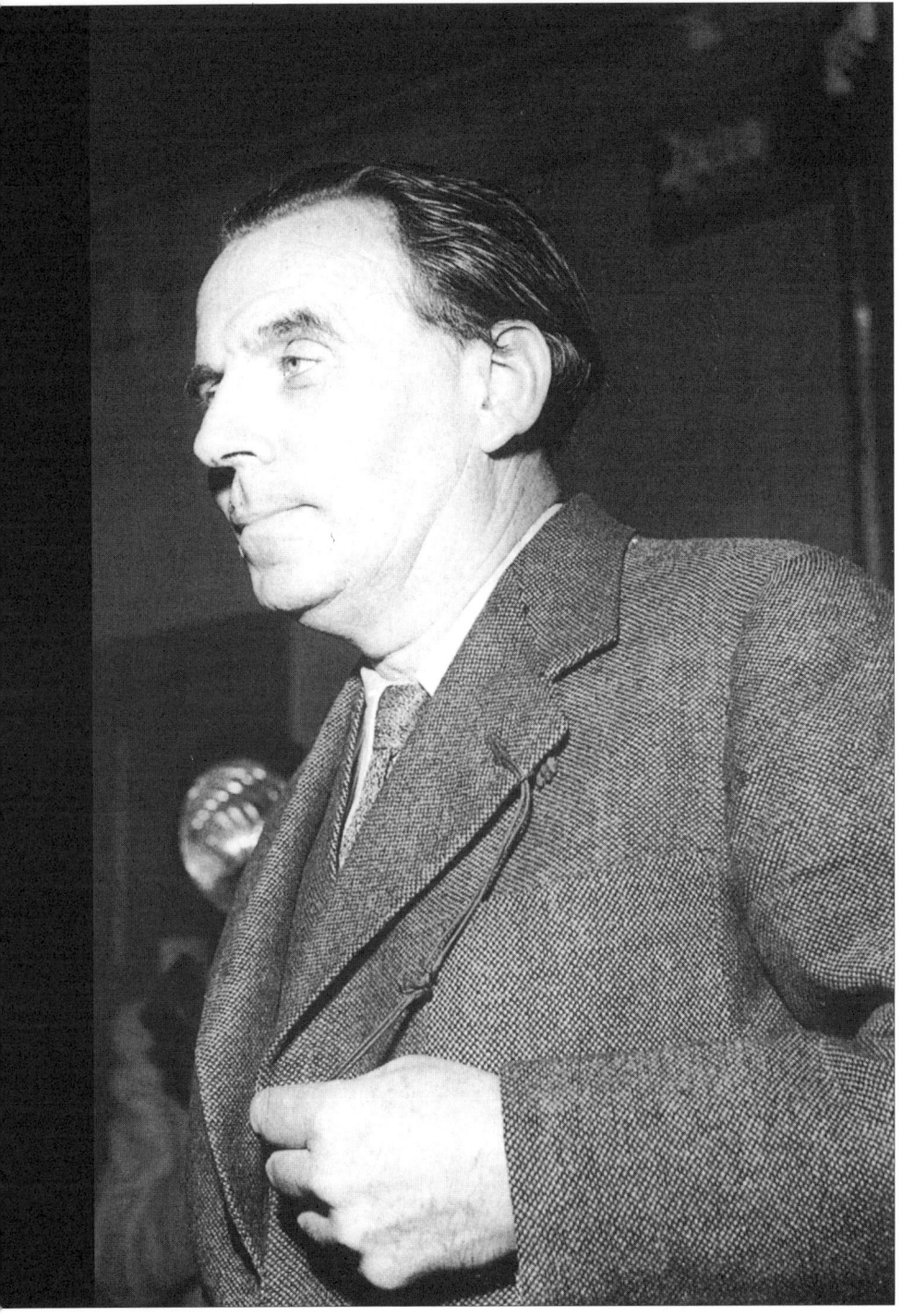

루이 페르디낭 셀린.

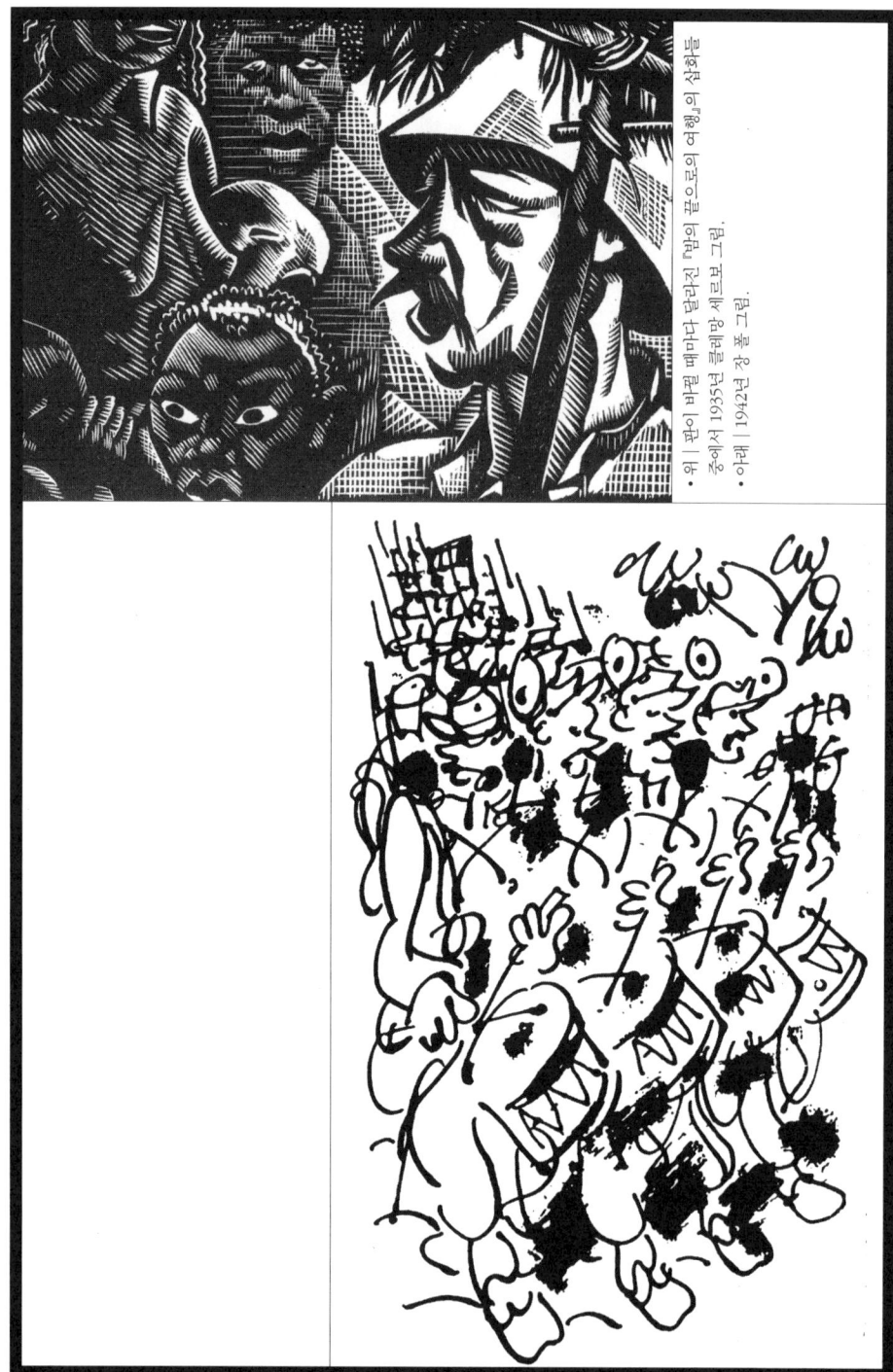

* 위 쪽이 비록 때마다 달라진 『밤의 끝으로의 여행』의 여행의 삽화들 중에서 1935년 들뢰양 세르보 그림.
* 아래 | 1942년 장 폴 그림.

너 무 낡 은 시 대 에 너 무 젊 게 이 세 상 에 오 다   (270 271)

● "죽느냐, 사느냐, 이것이 문제로다." 비정한 숙부의 음모에 의해 부친이 살해되었다는 사실과 부정한 모친의 묵인을 깨닫고 난 뒤, 잔인하고 출구 없는 운명 앞에서 고독한 결단을 내려야 하는 햄릿의 망설임이다. 그러나 이 괴로운 망설임조차도 프랑스의 소설가 루이 페르디낭 셀린(Louis Ferdinand Céline, 1894~1961)의 망설임에 비하면 매우 단순하고 가벼워 보인다. 그의 망설임은 훨씬 더 복잡하고 가혹한 것이다. 1932년 발표된 소설 『밤의 끝으로의 여행』(Voyage au bout de la nuit)에서 주인공 바르다뮈는 이렇게 자문한다. "죽느냐 거짓말 하느냐, 이것 외에 인간에게 열려진 다른 선택은 없다."

셀린의 자전적 소설이라고도 할 수 있는 이 소설 속에서, 바르다뮈는 자원 입대하여 전쟁터에 뛰어들고, 아프리카에 있는 프랑스의 식민지, 미국의 뉴욕과 디트로이트, 그리고 다시 본국으로의 기나긴 방랑을 거듭하면서 갖가지 종류, 갖가지 질의 삶을 경험한다. 그의 눈에 비친 세계는 증오와 살육과 사기와 협잡이 판을 치고, 인간은 단지 오물덩어리에 불과할 뿐이다. 이런 인간과 세계의 암흑 속을 여행하면서 그가 내린 결론은 자결하지 않는 이상, 거짓과 위선투성이인 이 세계 속에서의 삶 또한 거짓이 되어야 한다는 것이다. 자신의 피부를 지키기 위해 내주는 내장, 다시 말해서 거짓과 비굴까지도 용납되어야 한다는 것, 그것은 지금까지 인간에 의해 인간에게 내려진 그 수많은 결론들 중에서 가장 참담한 결론이 아닐 수 없다. 인간이 존중하고 키워온 모든 숭고한 가치들이 베어져 넘어진 자리에 불길하게 두 그루의 나무, 즉 죽음과 위선만이 번성하는 이 암울한 세계. 그러나 아주 희망이 없는 것은 아니다. 죽은 형 대신 조카를 번듯하게 양육하기 위해 식민지에서의 힘들고 고달픈 삶을 계속하는 아르시드 중사, 남동생의 사진 공부를 위해 매달 학비를 보내는 창녀 모리의 존재가 바로 그것이다. 전면적이고 난폭한 파괴 후에 이 지옥의 보고서를 통해 결국 셀린이 암시하고 요청하는 것은, 자기 희생 위에 기초하는 숭고한 인간애, 증오 없는 정의, 살육 없는 평화, 인간의 참된 삶에 봉사하는 체제인 것이다.

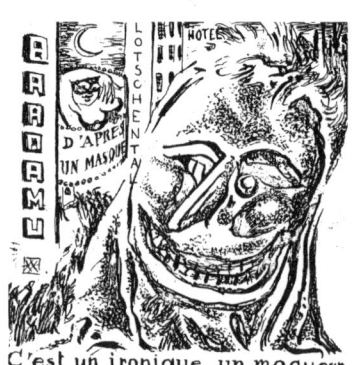

C'est un ironique, un moqueur
Mais l'énergie avec laquelle
Il peint le mal et sa séquelle
Prouve la beauté de son cœur.
(Baudelaire) sous un portrait de Daumier.
Leuri make

판이 바뀔 때마다 달라진 '젊어 붙으려'의 여행'의 산화들 중에서

• 원쪽 위 | 1962년 앙리 마케 그림.
• 원쪽 가운데 | 1966년 롤로드 보그라체프 그림.
• 원쪽 아래 | 1982년 고스부르터 그림.
• 오른쪽 아래 | 1988년 타르터 그림.

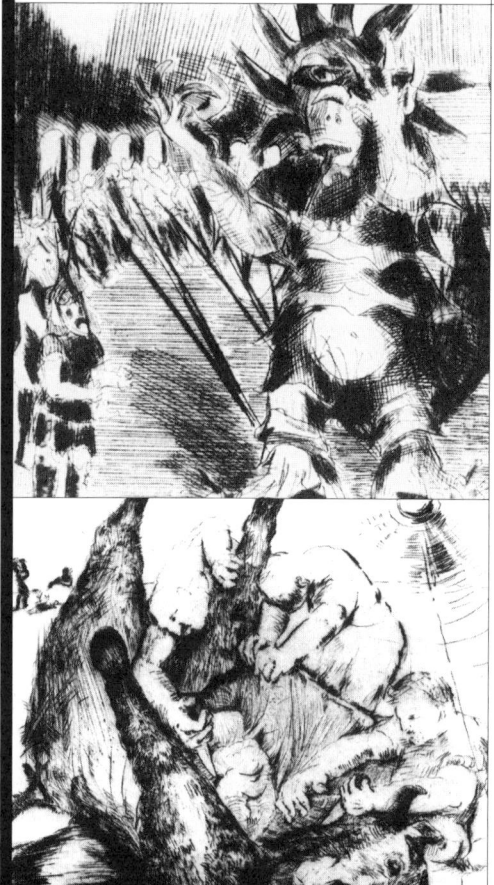

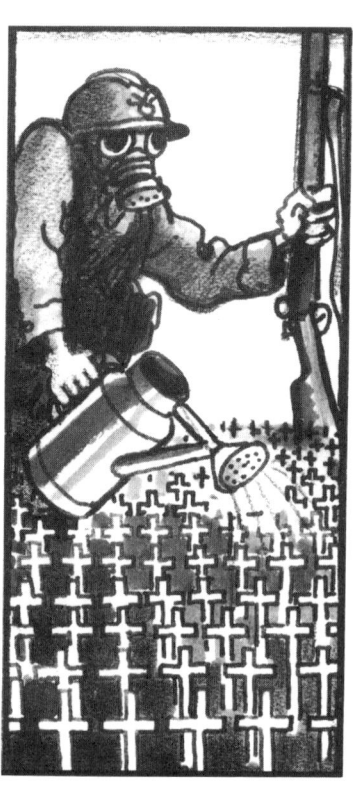

●인간의 삶을 감싸고 있는 어둠 속을 더듬어 그 어둠에 대한 생생하고 신랄한 기록을 남긴 밤의 나그네, 셀린은 1894년 5월 27일 파리 근교의 쿠르브부아에서 보험 회사의 통신 담당자인 페르낭 데투슈의 외아들로 태어났다. 모친이 옷가게, 골동품 가게 등을 경영해서 살림을 거드는 바람에 유복한 어린 시절을 보낸 그는 네 살 때까지 위탁 유모의 손에서 양육되다가 이후 가족과 합류하여 파리에서 성장한다. 초등교육을 마친 뒤 독일과 영국의 기숙학교에서 외국어를 습득하며 상인으로 예정된 미래를 위해 착실한 준비를 하던 그는 1910년부터는 직물 가게, 보석상에서 견습 점원으로 일하며 도제 생활을 시작한다. 그러나 전쟁은 그의 삶을 다른 방향으로 몰고 간다. 외아들인 탓에 병역이 면제되었음에도 불구하고 기갑 연대에 자원 입대한 그는, 1914년 자원한 연락 임무를 수행하던 중 오른팔에 독일군의 총탄을 맞는다. 십자 무공훈장이 뒤따랐지만, 전쟁은 그에게 심각한 정신적 혼란과 상처만을 남겨 놓은 채, 그로 하여금 상인으로서의 삶을 포기하게 만든다. 두 번의 수술을 받고 잠시 정양한 뒤 런던 주재 프랑스 영사관의 여권과로 파견된 그는 뻔질나게 뮤직 홀을 드나들고 도처의 사창가를 기웃거리며 유쾌하고도 방탕한 삶을 영위한다. 그 곳에서 한 여급과 동거하기도 한 그는 퇴역과 동시에 한몫 잡아 보겠다는 야심으로 프랑스의 식민 지배 하에 있는 카메룬으로 건너간다. 그곳에서 최초의 단편 소설「파도」를 쓰기는 했지만, 애초의 목적은 달성하지 못한 채 고생만 하다가 1917년 이질에 걸려 본국으로 송환된다.

마땅한 호구지책이 없어 한동안 신산스러운 생활을 하던 그는 1918년 〈록펠러 재단〉이 주최하는 결핵 예방 캠페인에 참여하면서 생계의 걱정도 덜고 아울러 의학도 접하게 된다. 그리고는 대학 입학 자격을 취득하고 훗날 렌느 의대의 학장이 된 폴레 교수의 딸 에디트 폴레와 결혼한 그 다음해, 재향 군인에 대한 특별 예우에 따라 렌느 의대에 입학한다. 3년 동안의 면학,「필립 이그나스 젬멜바이스의 삶과 업적」이라는 논문으로 의학 박사 학위 획득, 부인과 딸을 렌느에 남겨 둔 채 제네바 행, 〈국제연맹〉 위생국 소속으로 미국, 아프리카, 유럽 등지를 돌며 3년 동안 연구 수행, 부양 책임 소홀로 이혼 판결, 이러한 것들이 그 이후 그의 삶의 궤적들이다.

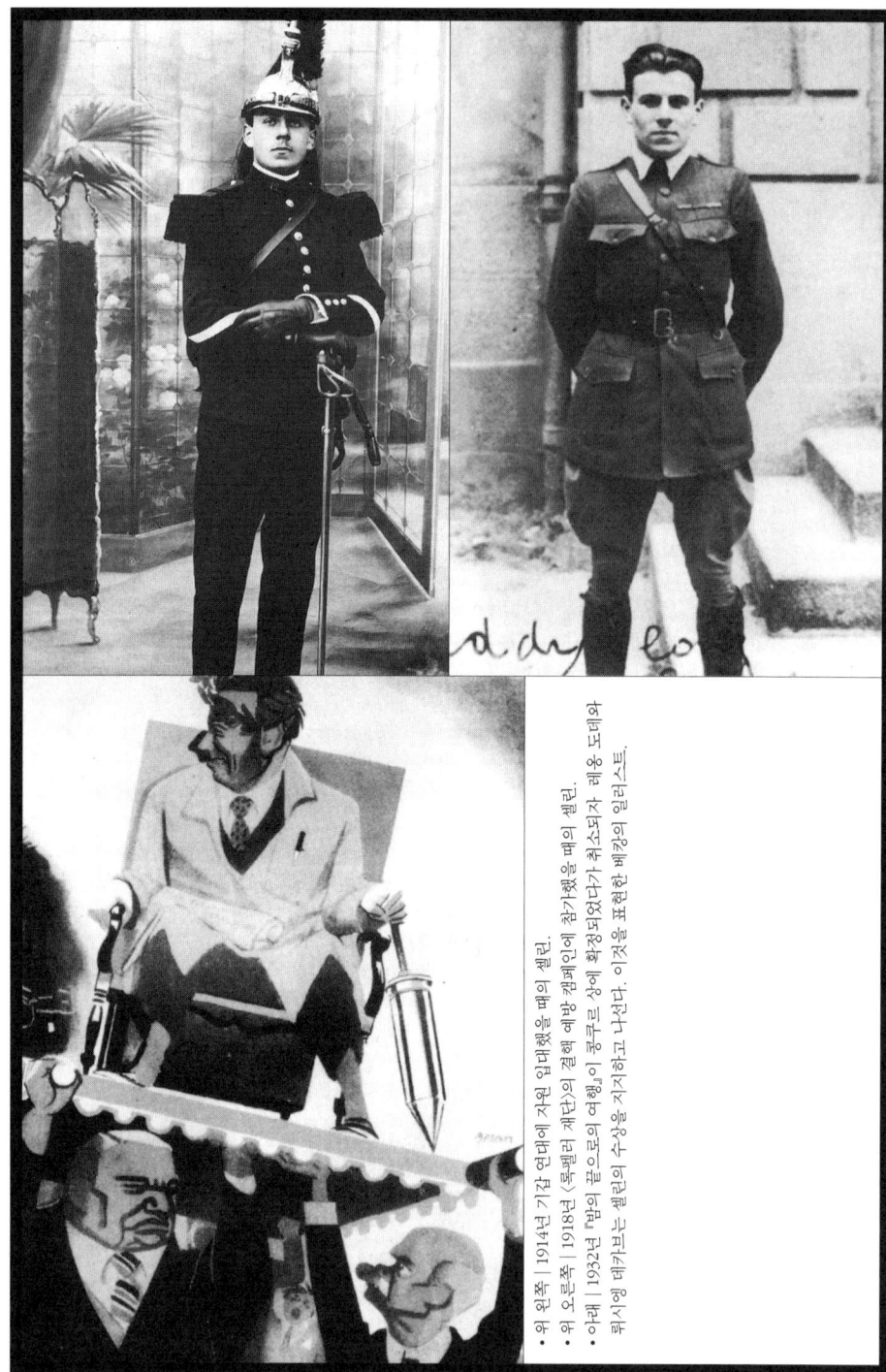

• 위 왼쪽 | 1914년 기갑 연대에 자원 입대했을 때의 셸린.
• 위 오른쪽 | 1918년 《독일리 재단》의 절에 예방 캠페인에 참가했을 때의 셸린.
• 아래 | 1932년 『함부르크의 여행』이 쿠르트 슈비터르 상에 확정되었다가 취소되자 레옹 드레와 루시엥 메카르트가 셸린의 수상을 지지하고 나선다. 이것을 표현한 베링의 일러스트.

●1928년부터 그는 파리 근교에 거주하며 낮에는 제약 연구실이나 무료 진료소에서 일하고 밤에는 집필에 몰두한다. 그리고 1932년 38세가 되던 해, 당대와 후대의 많은 작가들에게 영향을 주었으며 사르트르와 레비 스트로스의 극찬을 받은, 안온한 프랑스의 밤 하늘 위에 터진 폭죽 같은 소설 『밤의 끝으로의 여행』을 발표한다. 그것은 일대 문학적 사건이었다. 찬반 양론으로 나뉘어 여론은 들끓었고, 이 소설이 '콩쿠르 상' 수상작으로 선정되었다가 취소된 뒤 '르노도 상'을 수상하면서 소동은 절정에 이르렀다. 나중에는 콩쿠르 상 수상 취소를 둘러싸고 법정 공방이 벌어지기도 한다. 이탈리아, 독일, 미국, 영국의 신문에 서평이 실리고 각국에서 번역 요청이 쇄도하는 등 이 한 편의 소설로 단번에 작가로서의 명성을 획득한 그는, 이후 무료 진료소의 일과 〈국제연맹〉의 후원에 힘입은 세계 각처로의 여행을 병행하면서 틈틈이 창작에 매진하여 1933년 희곡 「교회」, 1936년 작가로서의 그의 위치를 공고히 해준 소설 「외상 죽음」(Mort à crédit)을 발표한다.

프랑스에서 〈인민전선〉이 승리하고 스페인에서 내전이 발발한 1936년은 또한 그의 정치적 발언이 강화되기 시작한 해이기도 하다. 이미 「밤의 끝으로의 여행」에서는 호전적인 민족주의와 식민주의를, 「외상 죽음」에서는 자본주의를 공격한 바 있는 그는, 그 해 12월 러시아를 여행하고 돌아온 뒤 발표한 「죄의 고백」(Mea Culpa)에서는 공산주의를 신랄하게 비난한다. 그리고 훗날 그를 인종 차별주의자, 대독 협력자, 전범 작가로 낙인 찍히게 하는 데 결정적인 기여를 한 「학살해 마땅한 것들」(Bagatelles pour un massacre, 1937년) 「시체들의 학교」(L'école des cadavres, 1938년)를 발표하여 유태주의에 대하여 맹공을 퍼붓는다. 잠시 마르세이유와 카사블랑카를 오가는 왕복선 셀라호의 선의(船醫)로 일하기도 한 그는, 이 배가 사고로 지브롤터 해협에서 침몰하자 파리로 돌아와 '사르트루빌 무료 진료소'의 소장직을 맡는다. 독일 점령 하에서의 그의 행적은, 〈유태인 문제 연구소〉의 창설에 관여하고, 반유태인 명사들의 당 창립을 위한 모임에 참석하여 연설하는 등 뒷날의 곤혹스러운 삶을 예비하는 것이었다.

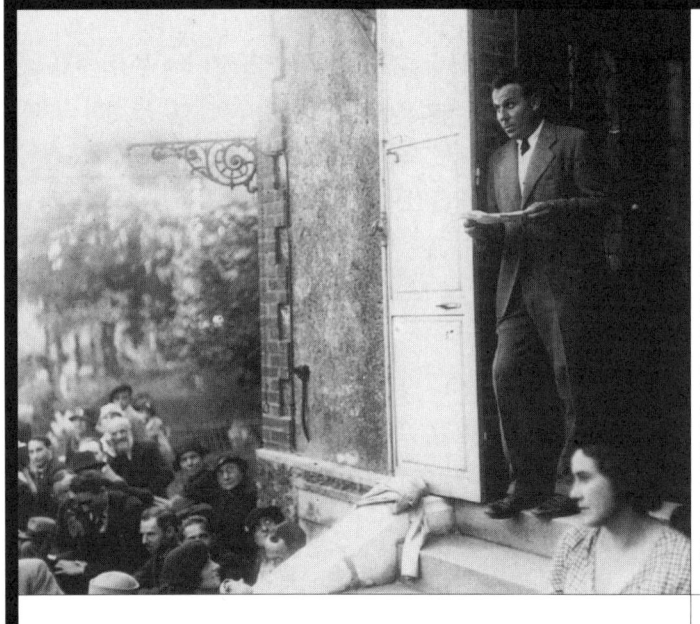

●1944년 연합군이 노르망디에 상륙하고 레지스탕스의 습격으로 신변에 위협을 느끼자 그는 1943년 7년 동안의 교제 끝에 결혼한 부인 뤼세트 알망소르와 함께 얼마간의 재산을 모아둔 덴마크로의 피난길에 오른다. 우여곡절 끝에 덴마크에 도착하지만 그에 대한 체포령이 떨어지고 프랑스 정부는 덴마크 정부에 그의 신병 인도를 요구한다. 덴마크 정부는 프랑스 정부의 요청을 거절하고 대신 그를 체포하여 코펜하겐 감옥에 수감한다. 그가 이 기간 동안 쓴 편지들에는 마녀 사냥에 광분하고 있는 모국으로의 송환에서 벗어나기 위한 그의 몸부림, 그의 병고와 부인에 대한 극진한 사랑이 구석구석 스며 있다. "사랑하는 뤼세트, 우리는 수수께끼와 혼란 속에 있고 마침내 사람들은 점점 미쳐 가고 있소. 수술을 받고 싶긴 하지만 내 나이에 개두 수술이 당키나 하오. 우선 기력을 좀 회복해야겠소. 난 여전히 자주 비틀거리오. 내가 덴마크에 온 것은 요양을 하기 위해서였건만, 아! 당신은 내가 얼마나 안락 의자와 전원과 네스카페를 그리고 있는지 잘 알거요. 그것들은 소박한 꿈들이 아니오? 이 무시무시한 폭풍 속에 그토록 굳세고 외롭게 혼자 있는 가엾은 당신. 매순간 내가 당신과 함께 있다는 것을 알아 주기 바라오. 우리는 지금 칼날 위에서 살고 있소. 산다는 게 몹시 불쾌하오."

1947년 2년 여의 수감 생활 끝에 감옥에서 석방된 그는 1948년 클라스 코브가르트에 있는 그의 덴마크 변호사 미켈센의 소유지에 정착하여 다시 창작에 착수한다. 「꼭두각시들」(Guignol's Band) 「다시 한 번 꿈의 세계로」 등이 이 시기에 쓰어진 작품이다. 그러나 파리에서는 그에 대한 전범 재판이 시작된다. 그리하여 1950년 파리 법정은 궐석 재판에서 그에게 징역 1년, 벌금 5만 프랑, 국적 박탈, 프랑스 내 재산 몰수 판결을 내린다.

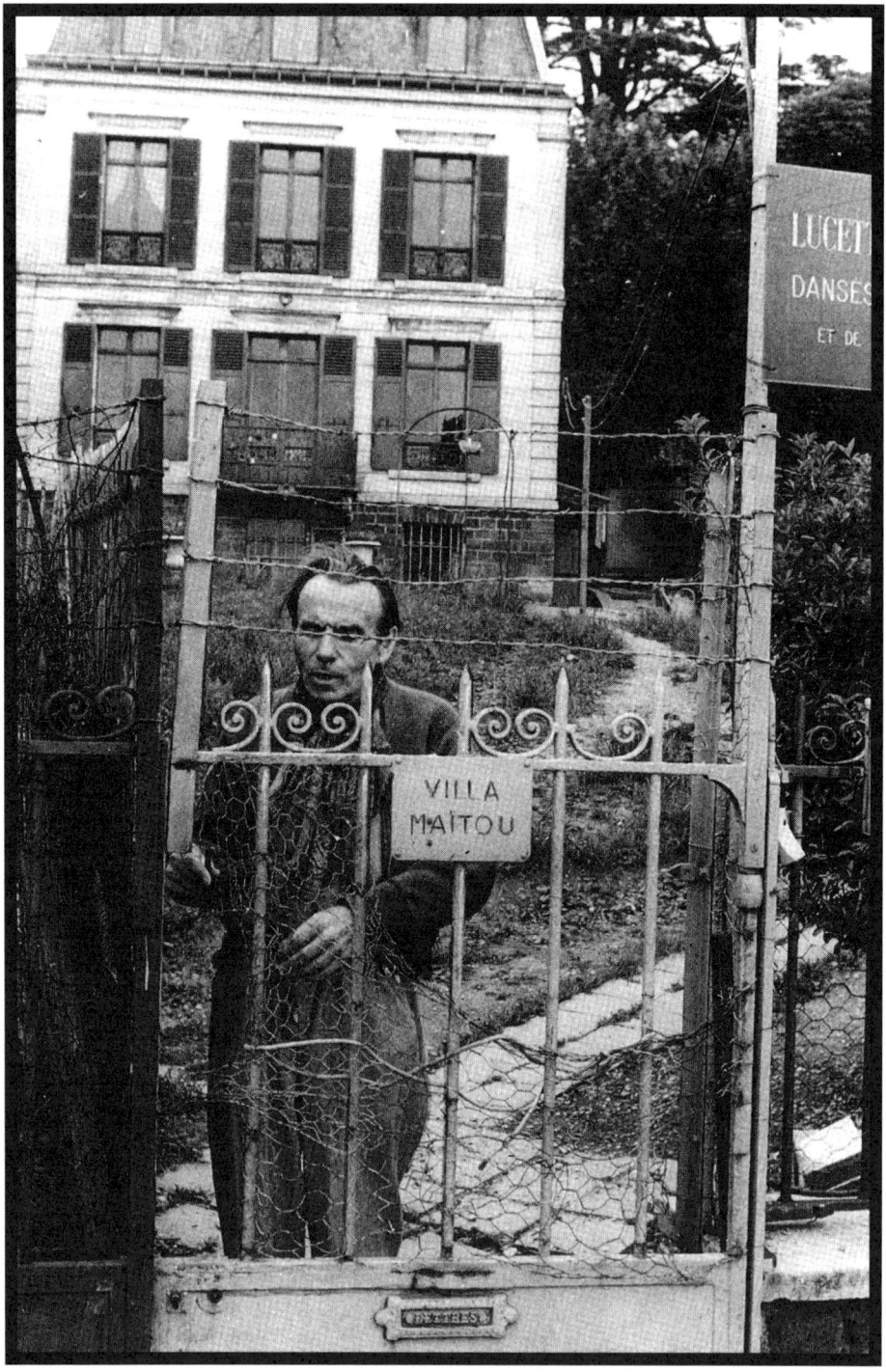

너 무 낡 은 시 대 에 너 무 젊 게 이 세 상 에 오 다

●1951년 군사 법정의 사면으로 그는 언론의 대대적인 주목을 받으며 부인과 함께 프랑스로 귀국한다. 이후 뫼동에 자리를 잡고 자택에 병원을 개설한 뒤 간간히 가까운 친구들의 방문만 허락할 뿐 일체 외부와 연을 끊은 채, 무용 강습을 하는 부인과 애완 동물들과 더불어 고립된 삶을 영위하며, 「Y교수와의 대담」 「한 성에서 또 다른 성으로」 「북방」 같은 소설의 집필에 몰두한다. 그리고 1961년 6월 30일 「리고동 춤」(Rigodon) 2부를 끝낸 뒤 다음 날 뇌출혈로 사망한다.

셀린에게 있어서 이 세계는 감옥이자 밤이고, 그의 삶은 수인의 삶이자 어둠 속을 유랑하는 나그네의 삶이었다. 그는 순응을 모르는 야성의 정신으로, 상처 입고 분노하며 인간의 삶을 위협하는 모든 전제적 체제들과 육탄전을 벌였다. 그에게 있어서 그 싸움은 언제나 혼자 할 수밖에 없는 것이었다. 그리고 그것을 그는 묵묵히 혼자 했다. 그러나 그는 그 싸움을 일그러진 얼굴로 수행하지 않았다. 그에게는 고통을 튕겨 버리는 기술, 가장 극심한 공포조차도 사소한 웃음거리로 만들어 버리는 절망적인 인간의 해학이 있었다. 감옥 저 깊은 곳에서, 혹은 어두운 길 저 편에서 들려오는 흐느끼는 듯한 웃음소리, 바로 그것이 그의 삶이자 문학이다.

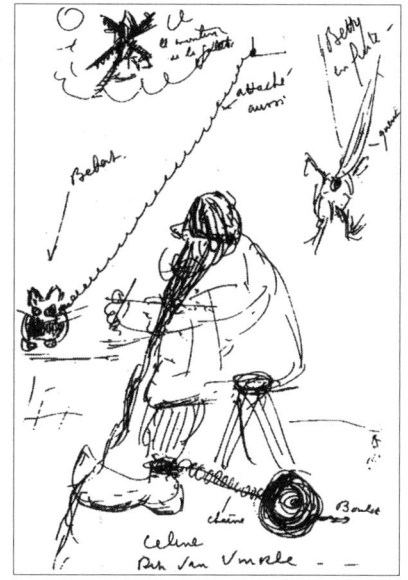

- 위 | 수감 생활을 하는 셀린 자신의 자화상.
- 왼쪽 면 | 1950년대 뫼동에 있는 자신의 자택에서 고립 생활을 하는 셀린.

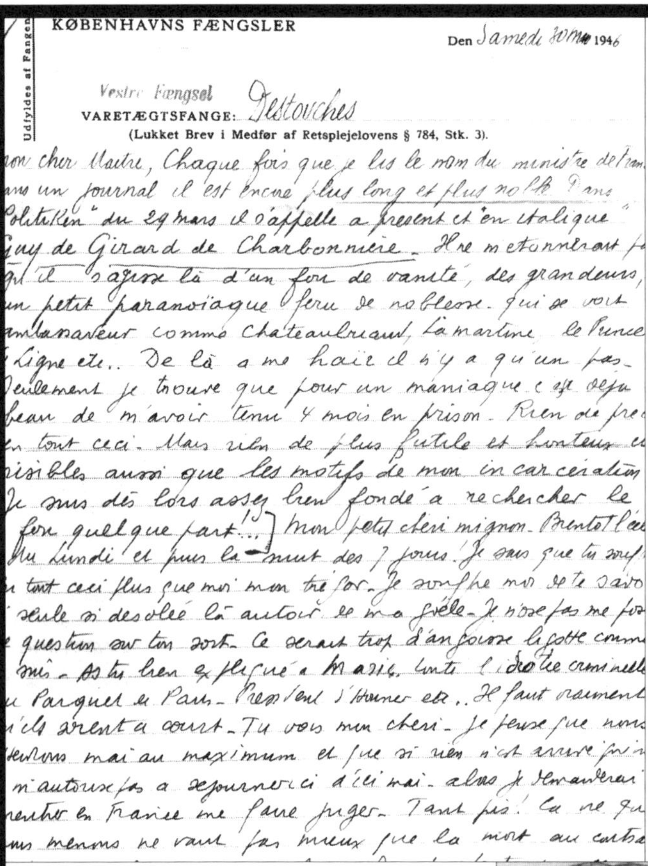
KØBENHAVNS FÆNGSLER

Den Samedi 30 mars 1946

Udfyldes af Fangen

Vestre Fængsel

VARETÆGTSFANGE: Destouches

(Lukket Brev i Medfør af Retsplejelovens § 784, Stk. 3).

on cher Maître, Chaque fois que je lis le nom du ministre de Fran
ans un journal il est encore plus long et plus noble. Dans
Politiken" du 29 mars il s'appelle à présent et "en italique"
Guy de Girard de Charbonnière. Il ne m'étonnerait pa
qu'il s'agisse là d'un fou de vanité, des grandeurs,
un petit paranoïaque féru de noblesse qui se voit
ambassadeur comme Chateaubriand, Lamartine, le Prince
Ligne etc.. De là à me haïr il n'y a qu'un pas.
Seulement je trouve que pour un maniaque c'est déjà
beau de m'avoir tenu 4 mois en prison. Rien de pré
en tout ceci. Mais rien de plus futile et honteux
visibles aussi que les motifs de mon incarcération
Je suis dès lors assez bien fondé à rechercher le
fou quelque part...] Mon petit chéri mignon. Bientôt l'ex
du Lundi et puis la nuit des 7 jours. Je sais que tu souf
tout ceci plus que moi mon trésor. Je souffre moi de te savo
seule si désolée là autour de ma geôle. Je n'ose pas me po
question sur ton sort. Ce serait trop d'angoisse ligotté comme
suis. As tu bien expliqué à Marie toute l'idiotie criminelle
Parquet de Paris. Président d'Honneur etc.. Il faut vraiment
ils aient à court. Tu vois mon chéri. Je pense que nous
serons mai au maximum et que si rien n'est arrivé qui n
m'autorise pas à séjourner ici d'ici mai. alors je demanderai
rentrer en France me faire juger. Tant pis! Ce que
nous menons ne vaut pas mieux que la mort au carton

• 위 | 1946년 셀린이 덴마크 코펜하겐 감옥에서 아내에게 쓴 편지.

• 아래 | 1985년 이브 트레므와가 그린 셀린의 초상.

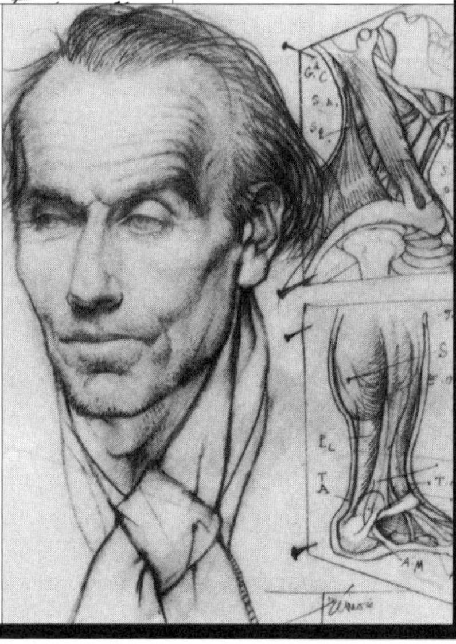

루이 페르디낭 셀린 연보

1894년—00세	프랑스 쿠르브부아에서 보험 통신원 페르낭 데투슈의 외아들로 출생. 양친과 떨어져 위탁 양육됨.
1899년—05세	전 가족이 파리 슈와젤 가로 이주.
1905년—11세	가톨릭계 성 요셉 학교에 입학.
1907년—13세	독일의 리폴츠에 있는 기숙학교에 입학.
1909년—15세	영국의 로체스터에 있는 기숙학교에서 언어 연수.
1910년—16세	직물 가게, 보석상에서 견습 점원으로 일함.
1912년—18세	랑부이에에 있는 기갑 연대에 자원 입대.
1914년—20세	연락 임무 수행 중 오른팔에 총상. 십자 무공 훈장 받음.
1915년—21세	런던 주재 프랑스 영사관에 배속. 넉 달 후 전역.
1916년—22세	카메룬에서 농장 지배인으로 근무. 단편 소설「파도」집필.
1920년—26세	렌느 의과대학에 입학.
1924년—30세	의학 박사 학위 취득. 〈국제연맹〉위생국에 취직. 임무 수행차 제네바행.
1925년—31세	쿠바, 미국, 캐나다, 유럽을 돌며 위생국 업무 수행.
1928년—34세	〈파리의학협회〉에 가입. 제약 연구실 연구원으로 활동 시작. 의학 논문「포드 공장의 위생 서비스 고찰」「공공 위생의 정치경제학과 사회보장제도」발표.
1932년—38세	첫 장편 소설『밤의 끝으로의 여행』발표. 르노도 상 수상.
1933년—39세	희곡「교회」발표. 에밀 졸라 서거 31주년을 기념하는「졸라에게 경의를」발표.
1936년—42세	두번째 장편 소설「외상 죽음」출간. 동유럽과 러시아 여행.『죄의 고백』출간.
1937년—43세	「학살해 마땅한 것들」발표.
1938년—44세	「시체들의 학교」발표.
1940년—46세	사르트루빌 무료 진료소 소장에 임명됨.
1941년—47세	반유태주의를 표방한 당의 창립에 연대 호소.
1942년—48세	영국 공군의 파리 공습에 항의하는「영국의 범죄에 항의하는 프랑스 지식인 선언」에 서명.
1945년—51세	덴마크로 피신. 전범으로 덴마크 정부에 의해 코펜하겐에서 체포 수감됨.
1947년—53세	석방.「격전지」「추문의 심연」등 집필.
1950년—56세	파리에서 궐석 재판. 징역 1년, 국적 박탈 등의 판결.
1951년—57세	군사 법정의 사면령. 프랑스로 귀국해 뫼동에 정착.「한 성(城)에서 또 다른 성으로」(1957),「북방」(1960) 등 집필.
1961년—67세	뇌출혈로 사망.

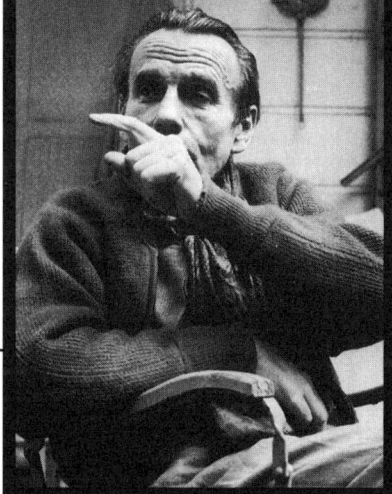

1950년대 말의 셀린.

ROBERT CAPA

로버트 카파,

전장에서 산화한

불굴의 보도 사진가

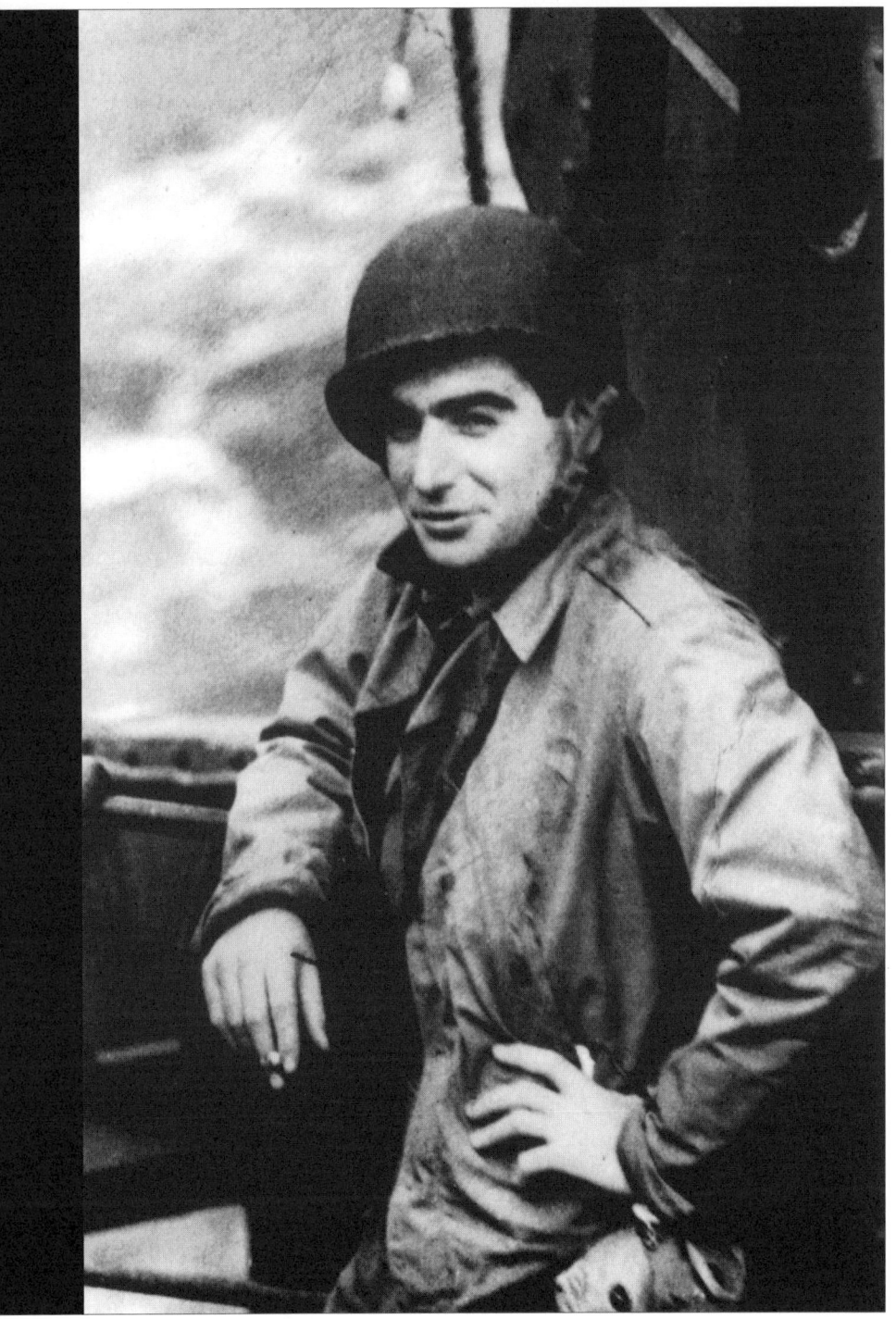

1944년 6월 4일 노르망디 상륙 작전 직전, 선상에서의 로버트 카파. 데이비드 셔먼 사진.

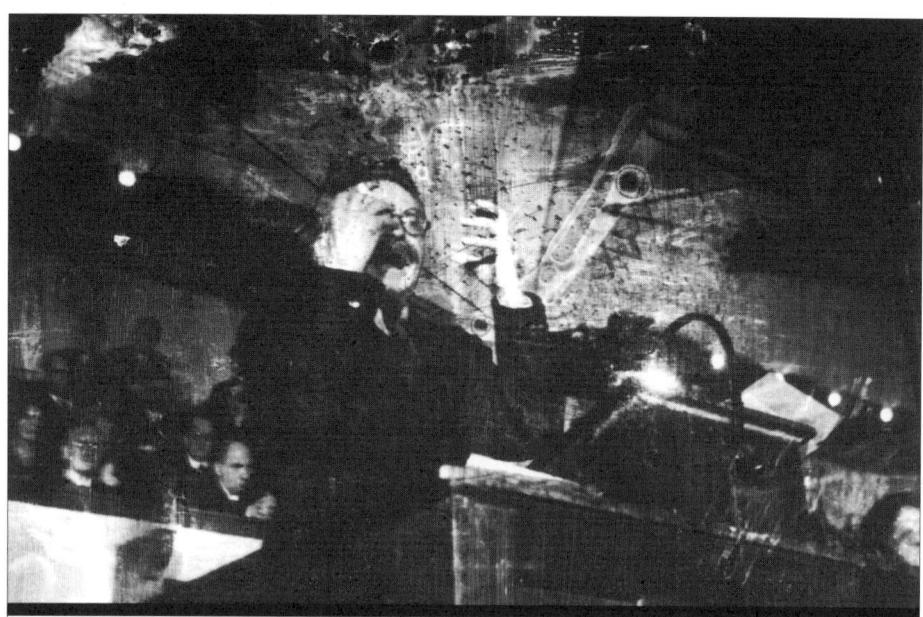

로버트 카파를 정식 사진기자로 만들어 준 특종 사진 「코펜하겐에서 연설하는 트로츠키」(1932년).

● 카파이즘(Capaism)이란 말이 있다. 그것은 로버트 카파라는 한 사진가가 자신의 장렬한 죽음으로 완성해 사진사와 언론사에 깊게 새겨 놓은 어떤 정신을 일컫는 말로, 보다 정확하고 생생한 사실의 보도를 위해서라면 그 앞에 어떠한 위험이 기다린다 해도 굴하지 않고 설령 그것이 죽음이라 해도 두려워하지 않고, 최전선으로 뛰어드는 맹렬한 기자 정신을 의미한다. 로버트 카파(Robert Capa, 1913~1954), 그는 유럽의 변방에서 태어나 마흔한 해라는 그리 길지 않은 삶을 살며, 다섯 번의 전쟁을 취재, 보도하고 〈매그넘〉(MAGNUM)이라는 세계적인 사진 통신사를 만들어 매체와 보도사진 간의 주종 관계를 역전시켜 놓았으며, 자신의 전생(全生)을 멱감은 전장의 포연 너머로 사라진 뒤, 보도 사진계의 신화적 존재가 되었다.

본명이 안드레 프리드만인 그는 1913년 10월 22일 헝가리의 가난한 유태인 양복 재단사의 아들로 태어났다. 춥고 배고픈 성장기를 보낸 뒤 1931년 18세가 되던 해, 독재자 홀티의 유태인 탄압 정책이 날로 심해지고 좌익 운동에 가담했다는 이유로 한 차례 체포되었다가 풀려난 뒤에도 계속 경찰의 감시를 받게 되자 그는 조국을 등지고 베를린으로 향한다. 서툴게나마 이미 사진기를 만지고 있던 그는 대학에 적을 두고 정치학을 공부하면서 '데포 통신사'에서 알프레드 아이젠스테트의 암실 조수로 일하며 학비를 조달한다. 그리고 1932년 스탈린에 의해 축출되어 망명길에 오른 트로츠키의 연설 장면을 대타로 나가 찍은 사진이 특종이 되면서 정식 사진 기자로 임명된다. 그러나 1933년 히틀러가 정권을 장악하면서 유태인에 대한 탄압의 기운이 무르익자 그는 또다시 보따리를 싸들고 파리로 향한다. 파리에 도착함으로써 비로소 유태인들에 대한 탄압의 손길에서 벗어난 그는 헝가리에서 건너온 모친과 형의 뒤를 이어 사진의 길로 들어서 훗날 〈매그넘〉의 회장이 된 동생 코넬 카파와 함께 생활하며 본격적인 보도 사진가로서의 활동을 시작한다. 포르투갈 태생의 여류 사진가 겔다 타로를 만나 결혼하고 자신의 이름을 로버트 카파로 개명한 것도 이 무렵의 일이었다. 로버트가 찍고 코넬이 현상, 인화한 사진들을 겔다가 들고 잡지사를 기웃거리는, 무명에 등이 시리고 궁핍에 배가 고픈 날들의 연속이었지만 그래도 이 시기는 그의 삶에서 가장 단란하고 행복한 시절이었다.

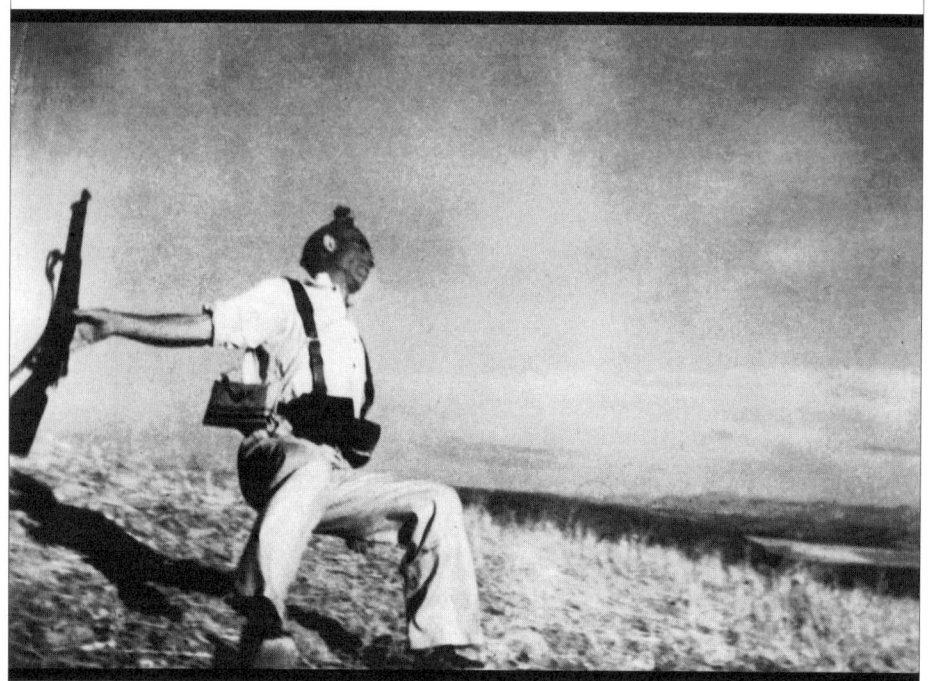

로버트 카파에게 세계적 명성을 안겨준 사진 「왕당파 병사의 죽음」(1936년).

●1936년 발발한 스페인 내전은 카파의 첫 전쟁이자 그에게 영광과 비통을 동시에 안겨준 전쟁이었다. 프랑코의 〈팔랑헤당〉에 맞서 유럽의 전 지식인들이 연대하여 〈인민전선〉파를 지지한 이 전쟁에 그는 지체없이 겔다와 함께 뛰어들어, 어느 날 참호를 박차고 튀어나오다가 머리에 총탄을 맞고 쓰러지는 한 병사의 극적인 모습을 카메라에 담는다. 『라이프』지에 게재되어 전세계로 알려진 이 「왕당파 병사의 죽음」으로 그는 단번에 무명의 설움을 털어내고 세계적인 보도 사진가로서의 명성을 획득한다. 그러나 이 전쟁에서 그는 사랑하는 여인 겔다를 잃는다. 후퇴하는 아군의 전차에 치여 그만 겔다가 어이없게 목숨을 잃고 만 것이다. 이때 그는 피카소, 아라공, 앙드레 말로 같은 〈인민전선〉파의 명사들과 함께 겔다의 장례식을 치른 뒤 호텔방에 엎드려 반 달 동안을 눈물로 지새며 단장의 아픔을 씻어낸다. 이후의 그의 삶은 전쟁을 찾아 전쟁 속으로 들어가 전쟁과 하나가 되는 삶이었다. 1938년 중·일 전쟁이 터지자 그는 중국으로 건너가 일본군의 침략상과 중국인들의 비참함을 담아 전세계에 알리고 2차 세계대전의 발발과 함께 미국으로 건너간다.

종군의 기회를 잡기 위하여 농업 전문가로 서류를 위조하면서까지 어렵게 건너온 미국이었지만 헝가리가 히틀러의 수중에 있었으므로 그는 미국 정부로부터 '적국인' 취급을 받아 카메라마저 압수당한 채 실의에 빠진 나날을 보낸다. 전쟁은 멀리서 그를 부르고 있었지만 꼼짝없이 발목이 묶인 채 뉴욕의 한 허름한 건물의 지붕 밑 다락방에서 전화와 전기 요금 독촉장만을 받으며 무망한 나날을 보낸다. 주머니에 단돈 25센트밖에 남아 있지 않음을 생각하며 침대에서 꼼지락거리던 어느날 아침, 고액의 수표가 동봉된 『콜리어즈』(Collier's)지의 특파원 채용 편지를 받는다. 그는 기지와 재치를 발휘하여 그의 운신을 가로막는 서류 문제를 해결하고 마침내 영국으로 가는 수송 선단에 몸을 싣고 그가 그토록 그리던 전장으로 향한다.

「D-DAY」(1944년, 6월 6일).
최초의 노르망디 상륙
부대원들과 함께 전진하며
찍은 사진.

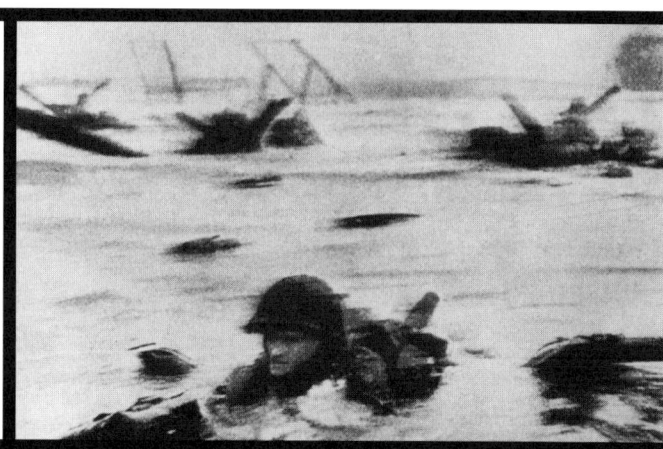

「노르망디 상륙」(1944년,
6월 6일).

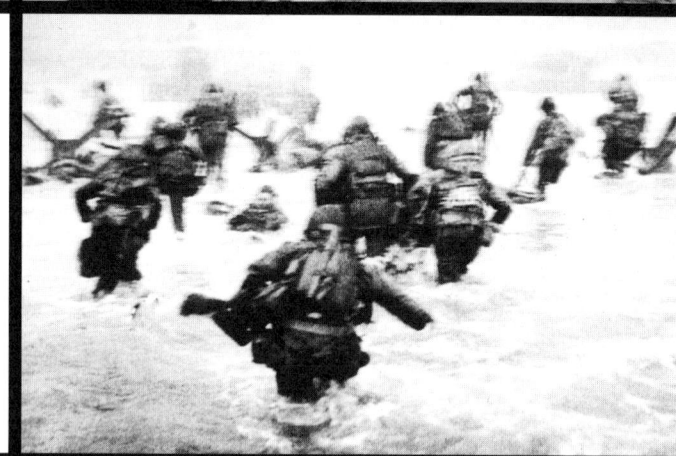

●런던에 도착한 카파는 이후 북아프리카 전선, 이탈리아 전선을 종횡무진으로 누비며 탁월한 보도 사진가로서의 역량을 마음껏 발휘한다. 전쟁이란 어쩔 수 없이 적과 아군이, 선과 악이 명확하게 구분될 수밖에 없는 상황이지만 카파에게 전쟁은 단지 살육과 야만과 고통일 뿐이었다. 그는 다른 보도 사진가들처럼 멀찌감치 물러서서 일방의 이익에 봉사하는 사진을 양산하는 게 아니라 생과 사가 엇갈리는 최전선에 서서 냉철하고 객관적인 시선으로 전쟁의 실체와 참상을 기록했다.

1944년 6월 6일의 노르망디 상륙 작전은 2차 세계대전의 분수령이 된 역사적인 전투였다. 생생한 전투 장면을 찍기 위해 훈련 한 번 없이 낙하산 부대와 함께 뛰어 내리는 대담성을 보이기도 했던 그는, 그날 새벽 보도 사진가로서는 유일하게 최초의 상륙 부대와 함께 해안으로 돌진하여, 2차 세계대전 기간 동안에 쏟아져 나온 보도 사진 중 최대의 걸작이라고 평가되는 「D-DAY」「노르망디 상륙」 등을 카메라에 담아낸다. 최초의 상륙 부대원 거의 전원이 사망한 격렬한 전투였던 만큼 그의 행동은 목숨을 건 무모한 도박이 아닐 수 없었지만 그렇게 해서 찍어낸 사진들은 그 처절한 박력과 박진감으로 전세계인들에게 흥분과 감동을 안겨 주었다. 도처에서 수많은 목숨들이 끝도 없이 죽어 넘어지는 광경을 카메라에 담는 일에 지쳐 "캘리포니아의 햇빛 속을 흰 구두와 흰 바지를 입고 걸어 보고 싶다"는 간절한 염원을 품어 보기도 하지만 그는 끝끝내 연합군과 함께 전진하며 2차 세계대전을 생생한 화면의 역사 속에 기록하는 일을 중단하지 않는다.

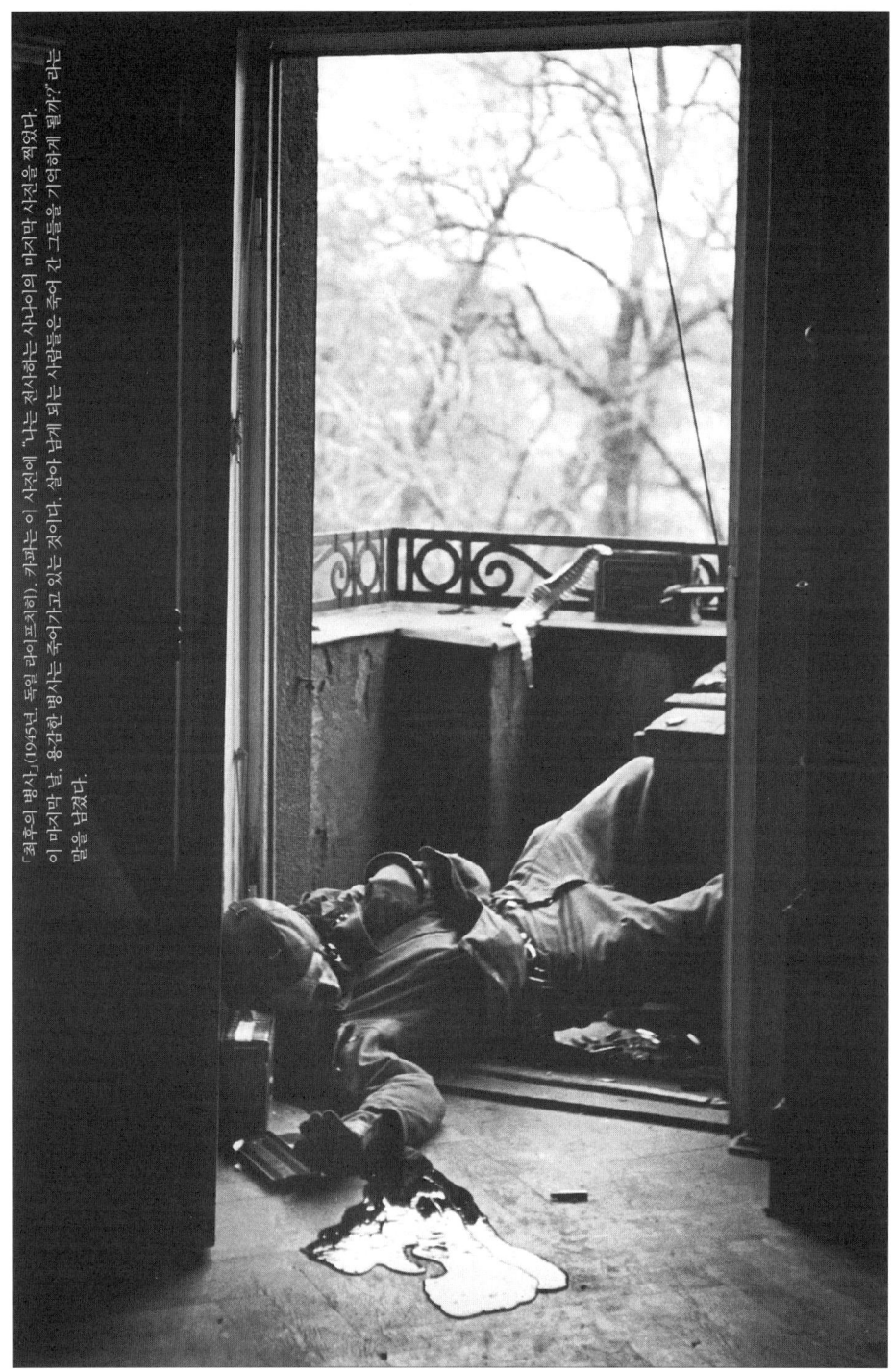

「최후의 병사」(1945년, 독일 라이프치히). 카파는 이 사진에 "나는 전사하는 사나이의 마지막 사진을 찍었다. 이 마지막 날, 용감한 병사는 죽어가고 있는 것이다. 살아 남게 되는 사람들은 죽어 간 그들을 기억하게 될까?"라는 말을 남겼다.

●1936년 봄, 아직 파리에 거주하던 그는 한 신문사의 사진 기자 모집에 응시했다가 낙방의 고배를 마신다. 자신의 재능을 몰라 주는 신문사측과 불합리한 보도 사진의 유통 과정을 개탄하며 카페에 앉아 포도주를 마시며 울화를 달래던 그는 자신과 마찬가지로 같은 신문사에 응시했다가 낙방한 두 명의 무명 사진가를 만난다. 프랑스 노르망디 출신의 앙리 카르티에 브레송과 폴란드 바르샤바 출신의 데이비드 시무어가 그들이었는데, 그는 그들과 의기 투합하여 포도주를 들이키며 훗날 좋은 시절이 오면 새로운 사진가 단체를 결성하여 웅지를 펴기로 약속하고 헤어진다. 이후 그들은 뿔뿔이 흩어져 10여 년 동안 전선을 누비며 경력과 명성을 쌓아 나간다. 그리고 1944년 파리 주재 미국 대사관이 종군 언론인과 사진가들을 위해 주최한 만찬 석상에서 극적인 재회를 갖는다. 그들은 영국 출신의 사진가 조지 로저, 마리아 아이스너 같은 몇 명의 사진가들을 더 규합하여 마침내 옛날의 약속을 실행에 옮긴다. 오늘까지도 그 명맥을 이어오며 세계적인 영향력을 행사하고 있는 일급의 보도 사진가 집단 〈매그넘〉의 설립이 바로 그것이었던 것이다.

2차 세계대전은 끝났지만 그의 전쟁은 아직도 남아 있었다. 소설가 존 스타인벡과 함께 러시아를 취재 여행한 그 다음해인 1948년부터 2년 동안 그는 이스라엘 독립 전쟁을 취재한다. 〈매그넘〉 회장으로 추대된 것은 1951년의 일, 그에게 설움과 기회를 동시에 안겨 주었던 미국 정부로부터 시민의 권리를 부여받은 것은 1954년의 일이었다.

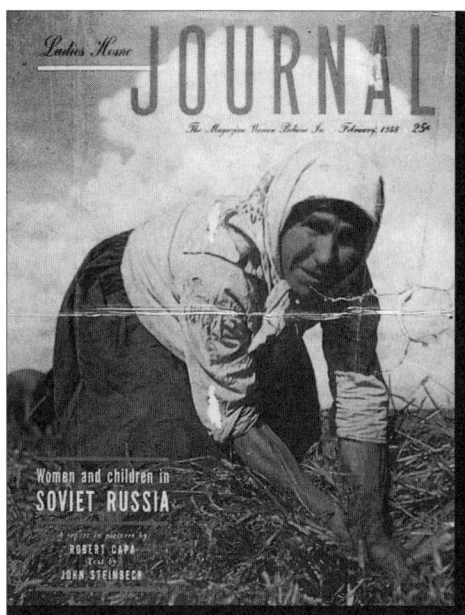

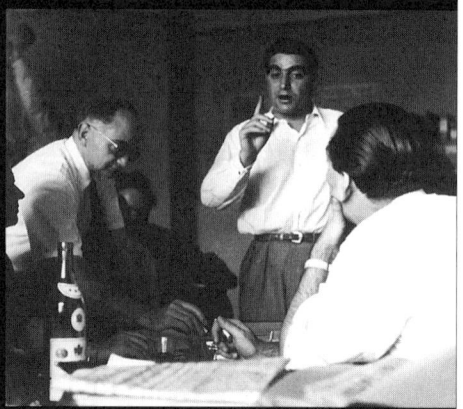

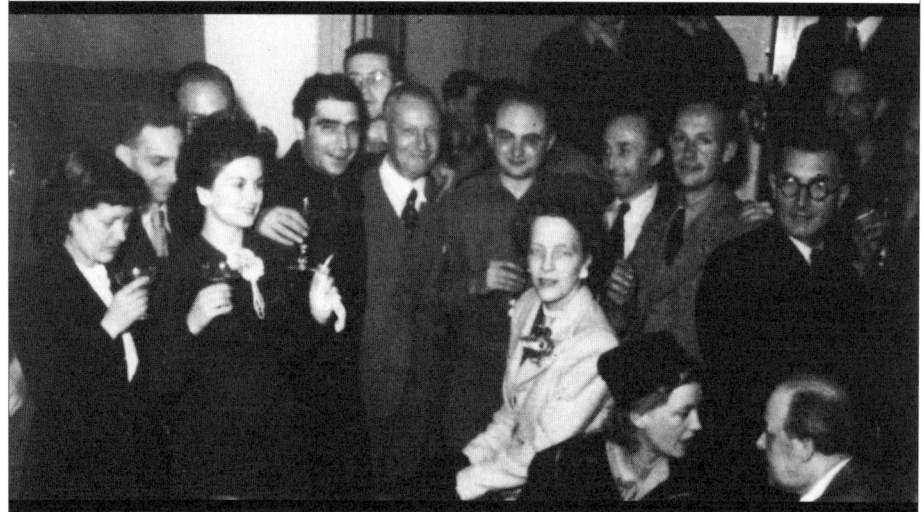

1944년 파리 해방 기념 연회에서 극적으로 재회한 카파, 브레송, 시무어. 이 만남은 1947년 일급 보도 사진가 집단 〈매그넘〉 설립의 계기가 된다.

●1954년 한 신문사의 요청으로 일본에 건너가 풍물 사진을 찍고 있던 그는 『라이프』지로부터 베트남 전을 취재해 달라는 화급한 요청을 받는다. 주위에서 만류했지만 뿌리치고 흔쾌히 전선으로 뛰어든 그는 그 해 5월 25일 프랑스군을 따라 이동하다가 타이-빈에서 그가 타고 있던 지프가 지뢰를 밟는 바람에 지프와 함께 폭사한다. 보도 사진계의 가장 위대한 별이 지는 순간이었다. 프랑스 정부는 군인 이상의 용맹함으로 전장을 누빈 그에게 무공훈장을 수여해 경의를 표했고 『라이프』지와 국제 언론인 클럽은 '로버트 카파 상'을 제정해 그의 업적과 정신을 영원히 꺼지지 않는 불길로 만들었다. 카파는 갔지만 카파이즘은 남았다.

그러나 카파이즘은 단지 기자 정신으로만 국한되지 않고 자기 앞의 삶을 사는 자세로도 읽힌다. 카파의 삶은 도전과 결단의 연속이었고, 그 유례를 찾아 보기 힘든 열정과 용기가 그것을 뒷받침해 주었다. 그의 삶은 자신이 원하는 일을 찾아내어 거기에 전부를 거는 삶이었다. 혹시 우리의 삶이 갈수록 용렬해지는 건 조금 내어주고 많이 얻으려는 경박함 때문이 아닐까. 담배를 꼬나문, 좀 오만하게까지 보이는 카파가 사진 속에서 빙긋이 웃는다.

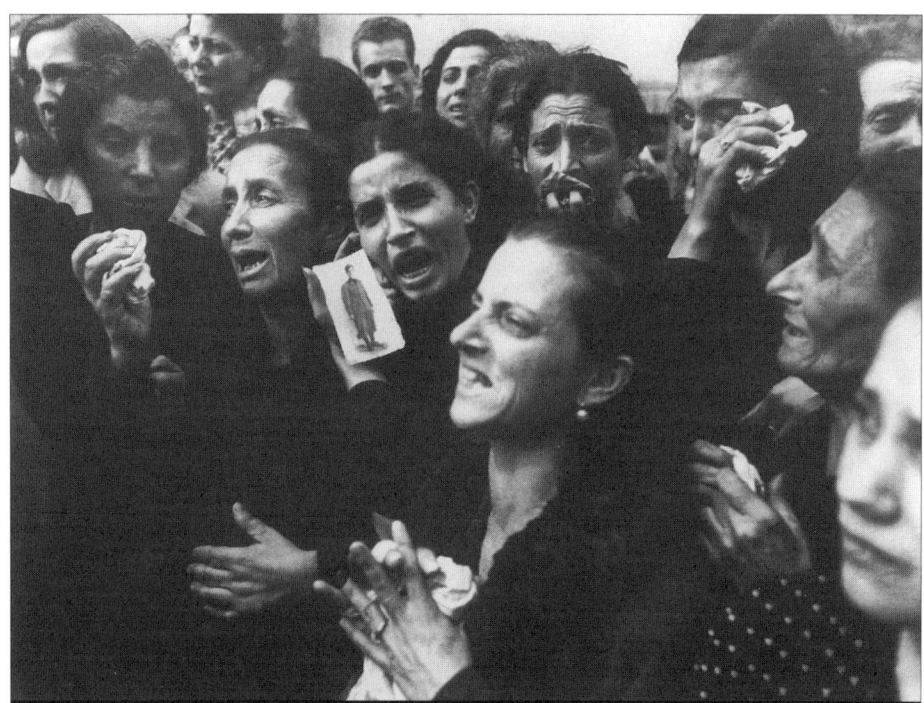

「아들을 잃고 울부짖는 나폴리 여인들」(1943년).

로버트 카파 연보

1913년—00세	헝가리 부다페스트에서 가난한 유태인 양복 재단사의 아들로 출생. 본명은 안드레 프리드만(Andrei Friedmann).
1930년—17세	사진 시작.
1931년—18세	독재자 홀티의 유태인 탄압 정책을 피해 베를린행. 독일 정치 전문학교에서 정치학 공부. 데포(Dephot) 통신사의 암실 조수로 취직.
1932년—19세	망명길의 트로츠키를 찍은 특종 사진으로 정식 기자로 채용됨.
1933년—20세	히틀러 정권 장악. 파리행. 에이전시 '알리앙스 포토'에 사진 기고.
1935년—22세	포르투갈 태생의 여류 사진가 겔다 타로와 공동 작업. 로버트 카파로 개명.
1936년—23세	앙리 카르티에 브레송, 데이비드 시무어와 상면. 스페인 내전 발발.『뷔』『르가르』 『스 스와르』지 등에 사진 기고.『라이프』지에「왕당파 병사의 죽음」게재.
1937년—24세	겔다 타로, 아군 전차에 치여 사망.
1938년—25세	중·일 전쟁 취재.『픽처 포스트』지에「이것이 전쟁이다」게재.
1939년—26세	뉴욕으로 이주.
1942년—29세	『콜리어즈』지의 특파원으로 채용되어 런던행. 뒤이어『라이프』지의 특파원으로 채용되어 2차 세계대전 취재.
1944년—31세	노르망디 상륙 작전.「D-Day」「상륙」등 촬영.
1947년—34세	앙리 카르티에 브레송, 데이비드 시무어, 마리아 아이스너, 조지 로저, 윌리엄 밴디버트, 리타 밴디버트와 함께 사진 통신사〈매그넘〉설립. 소설가 존 스타인백과 함께 러시아 취재 여행. 미 육군으로부터 자유 훈장 받음.
1948년—35세	이스라엘 독립 전쟁 취재.『레이디스 홈 저널』에「소비에트 러시아의 여인들과 아이들」게재.
1949년—36세	『홀리데이』지에 일련의 스토리 기사 기고.
1951년—38세	〈매그넘〉회장으로 추대됨.
1954년—41세	미국 시민권 획득.『라이프』지의 특파원으로 베트남 전을 취재하던 중 타이-빈에서 폭사. 프랑스 정부로부터 무공훈장을 수여 받음.
1955년	'로버트 카파 상' 제정됨.

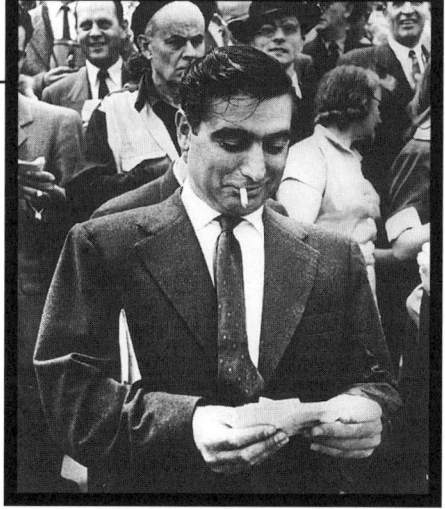

파리 '롱샹 경마장'에서의 카파.
1952년 앙리 카르티에 브레송 사진.

Jheronimus bosch

히에로니무스 보슈,

인간의
심연에

닻을 내리다

(17) Hiëronymus Bosch(1450?~1516)

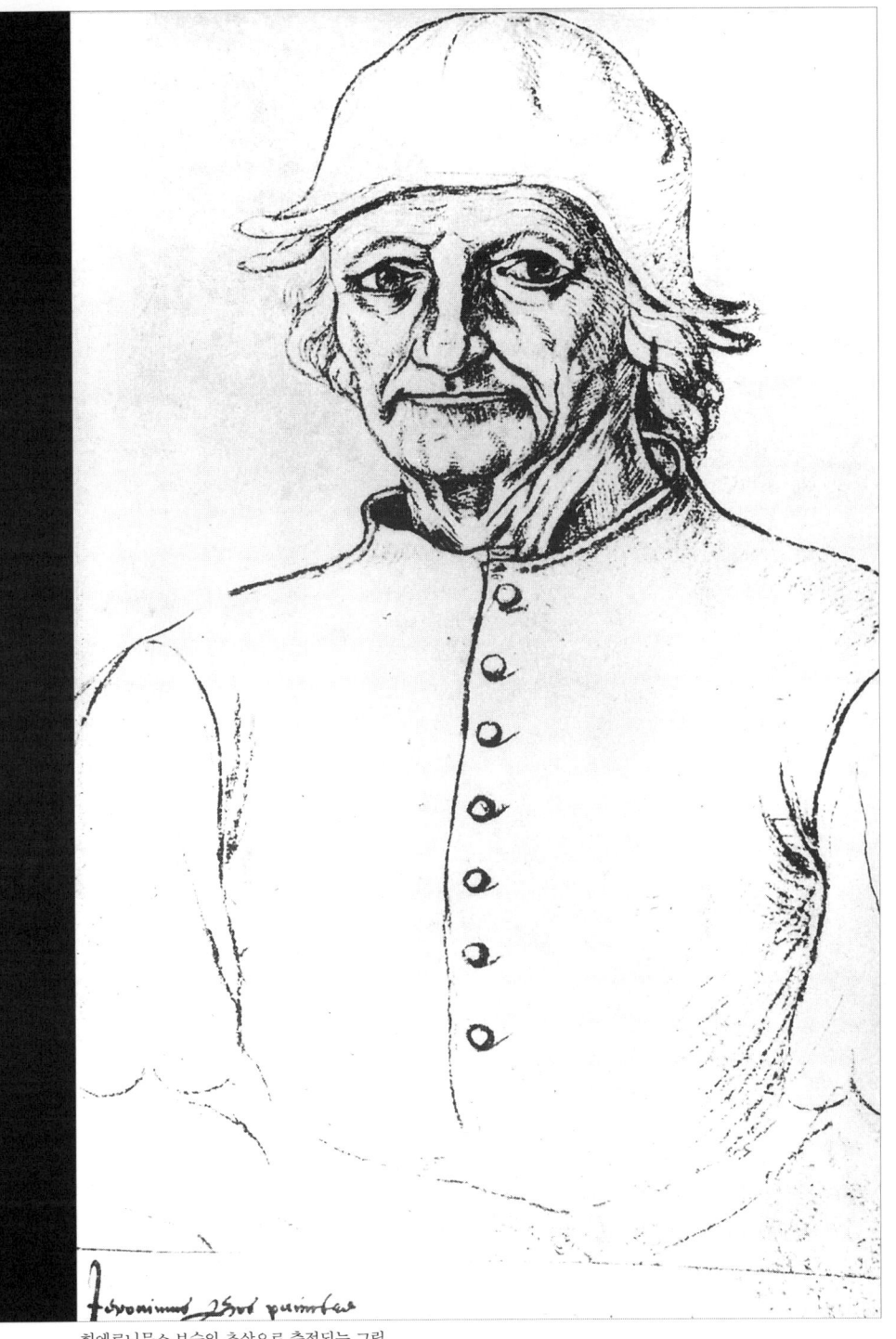

히에로니무스 보슈의 초상으로 추정되는 그림.

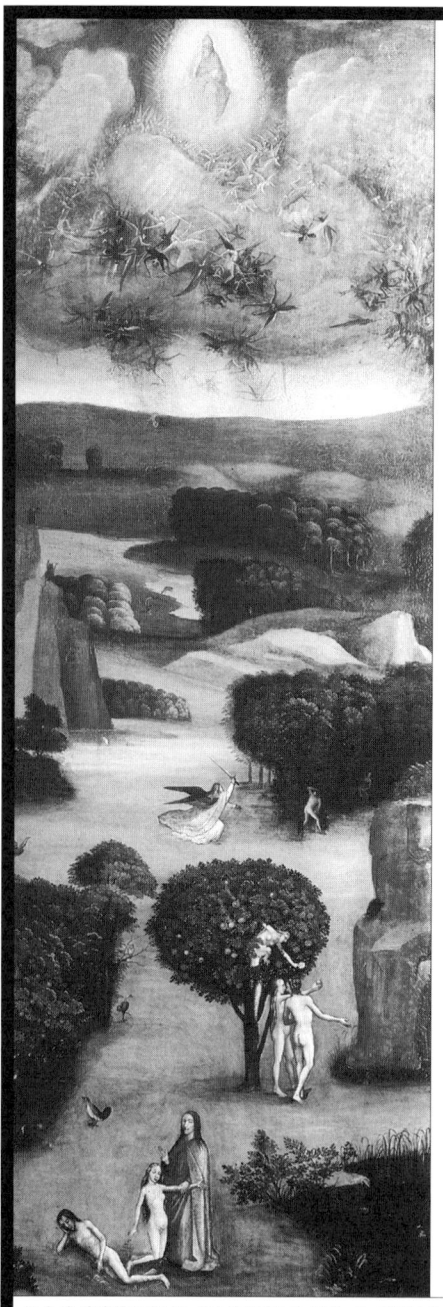

보슈의 삼연식(三連式) 제단화 「최후의 심판」 중 좌익도(左翼圖)인 「천국」(1485~1505. 비엔나 빌덴덴 아카데미 미술관 소장).

● 화면 맨 아래쪽에는 모로 누워 잠든 아담의 갈빗대를 뽑아 막 이브를 탄생시키고 있고, 그 위쪽에는 악마가 나무 위에서 아담과 이브에게 금단의 열매를 권하고 있으며, 화면 중간쯤에는 검을 든 천사가 아담과 이브를 에덴의 동산에서 쫓아내고 있다. 평화롭고 고요한 녹색 대지 위의 하늘에서는 마치 차후로 인간이 겪어야 할 선과 악의 영원한 투쟁을 상징하듯 천사와 악마가 무리를 지어 사투를 벌이고 있고, 이 모두를 후광에 둘러싸인 신이 굽어보고 있다.

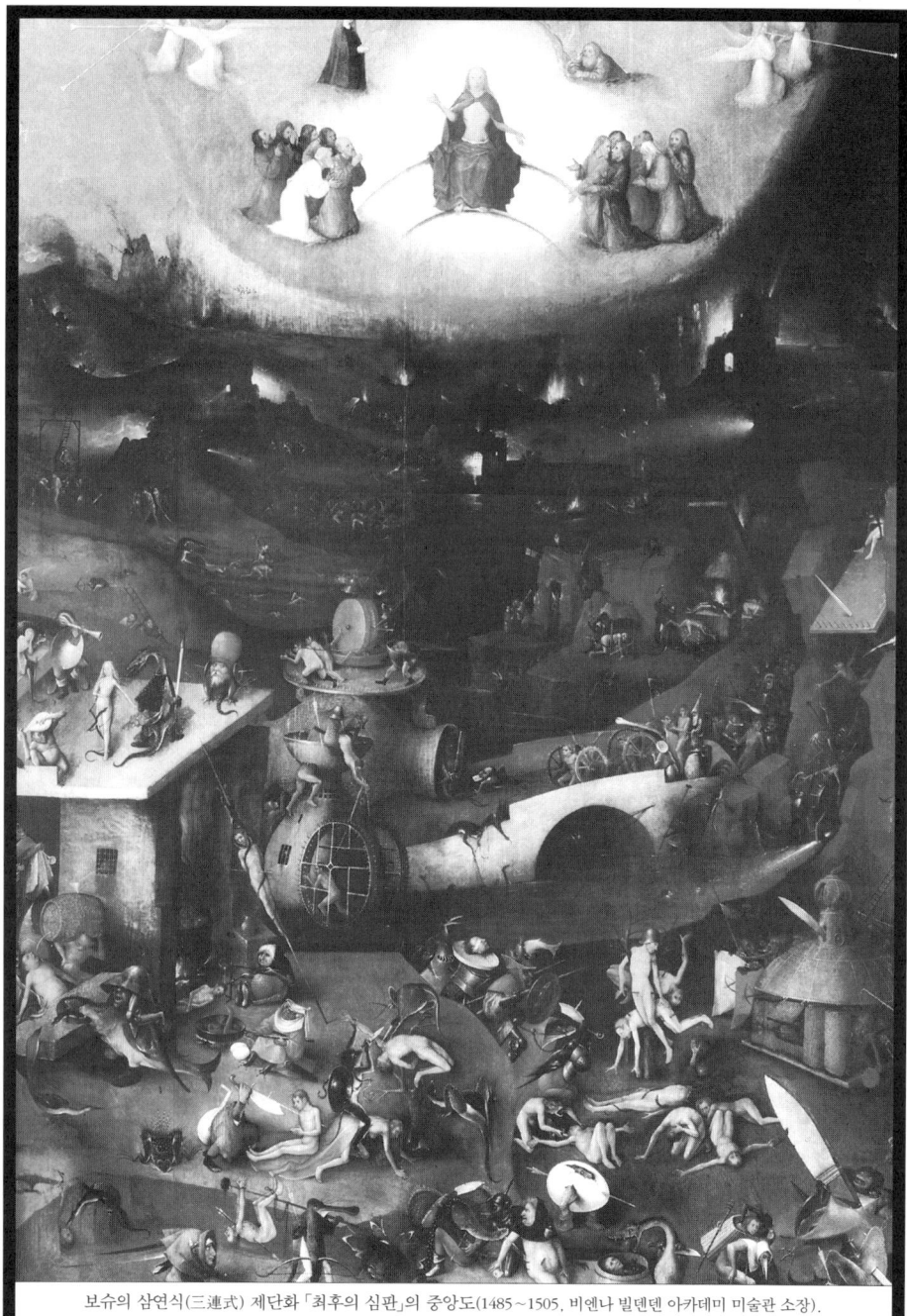

보슈의 삼연식(三連式) 제단화 「최후의 심판」의 중앙도(1485~1505, 비엔나 빌덴덴 아카데미 미술관 소장).

● 끔찍하다. 화면 가득 살육이 진행되고 있다. 물고기도 새도 아닌 기괴한 형태의 괴물들이 벌거벗은 사람들 사이에서 날뛰며 온갖 방법을 동원해서 무자비한 도륙을 자행하고 있다. 창이나 칼로 찌르고, 연자매나 맷돌로 갈고, 바퀴에 묶어 짓이기고, 푸줏간에 매달린 고기처럼 사람들을 주렁주렁 매달아 놓고는 끓는 물에 삶거나 기름에 튀기는 등 상상을 초월하는 처참한 장면이 전개되고 있고, 그 뒤로 불타는 마을들이 보인다. 천상에서는 천사들이 세상의 끝을 알리는 나팔을 불고, 부복한 채 구원을 간구하는 사도들 한 가운데에 좌정한 신이 두 팔을 벌려 심판을 준비하고 있다.

● 그리고 지옥. 이제 구원은 없다. 바위에 한 인간을 묶어 놓고 괴물이 화살을 날리고 있다. 지옥문 너머 원형의 건물 안에서 겁에 질린 사람들이 처절하고도 고통스러운 비명을 내지르고 있다. 멀리 어두운 지옥의 대지 위로 검붉은 유황불이 치솟고 있다.

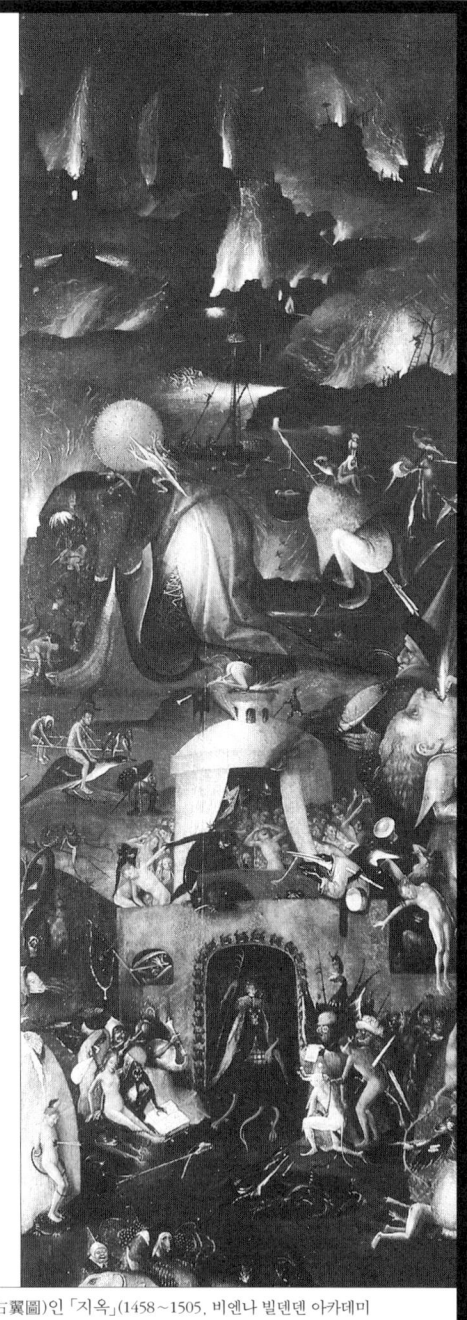

보슈의 삼연식(三連式) 제단화 「최후의 심판」 중 우익도(右翼圖)인 「지옥」(1458~1505, 비엔나 빌덴덴 아카데미 미술관 소장).

● 지옥을 본 인간이 있을까? 아마 있었던 듯하다. 그리고 그는 그것을 화폭에 옮길 줄 알았다. 종교화의 외양을 띠고 있는 그림들을 많이 그린 그가 본 것은, 그러나 성서에 입각한 내세의 지옥이 아니라 현세의 지옥이었다. 그는 요원의 불길처럼 지상을 휩쓰는 지옥의 화마를 보았고, 그 화마가 인간의 어두운 심연에서 올라온다는 것을 알고 있었다. 자, 이제 말하자. 그림을 글로 푸는 것처럼 맹랑한 짓도 없을 것이나 그 대강의 분위기는 전할 수 있지 싶어서 묘사해 본 이 광기와 부조리와 도착의 지옥도(地獄圖)인 삼연식 제단화(三連式 祭壇畵) 「최후의 심판」을 그린 화가는 바로 플랑드르(현재의 벨기에 서부, 네덜란드 남서부, 프랑스 북부를 포함하는 지방) 회화사(繪畵史)를 대표하는 15세기 네덜란드의 화가 히에로니무스 보슈(Hiëronymus Bosch, 1450 ? ~ 1516)다.

'제로니무스 보슈'라고도 하고 일명 '제롬 보슈'라고도 불리는, 성명 스펠링만 서너 개 되는 이 진기하고 놀라운 형태의 창조자, 환상적인 이미지의 화가는 오랜 세월 '고립의 신화' 속에 갇혀 있었다. 그는 회화사의 흐름에서 돌출한 존재였고, 후고 반 데르 구스(Hugo van der Goes, 1440 ?~82) 같은 동시대 화가들과 어떠한 관련도 맺지 않았다. 그는 일기도 편지도 남기지 않았고, 또한 그의 생애에 대한 기록도 매우 적다. 게다가 지금까지 남아 있는 그의 작품으로 추정되는 40여 점 가운데 친필 사인이 들어 있는 그림은 일곱 점뿐으로, 그가 당대에 반짝 누린 명성에 편승한 모작과 사본이 진품과 뒤섞여 있을 가능성도 배제할 수 없고 작품의 제작 연도도 확인이 불가능해, 그의 작품을 분류·연구하려는 연구자들의 접근 또한 어려울 수밖에 없었다. 그래서 '고립의 신화'는 망각으로 이어졌다.

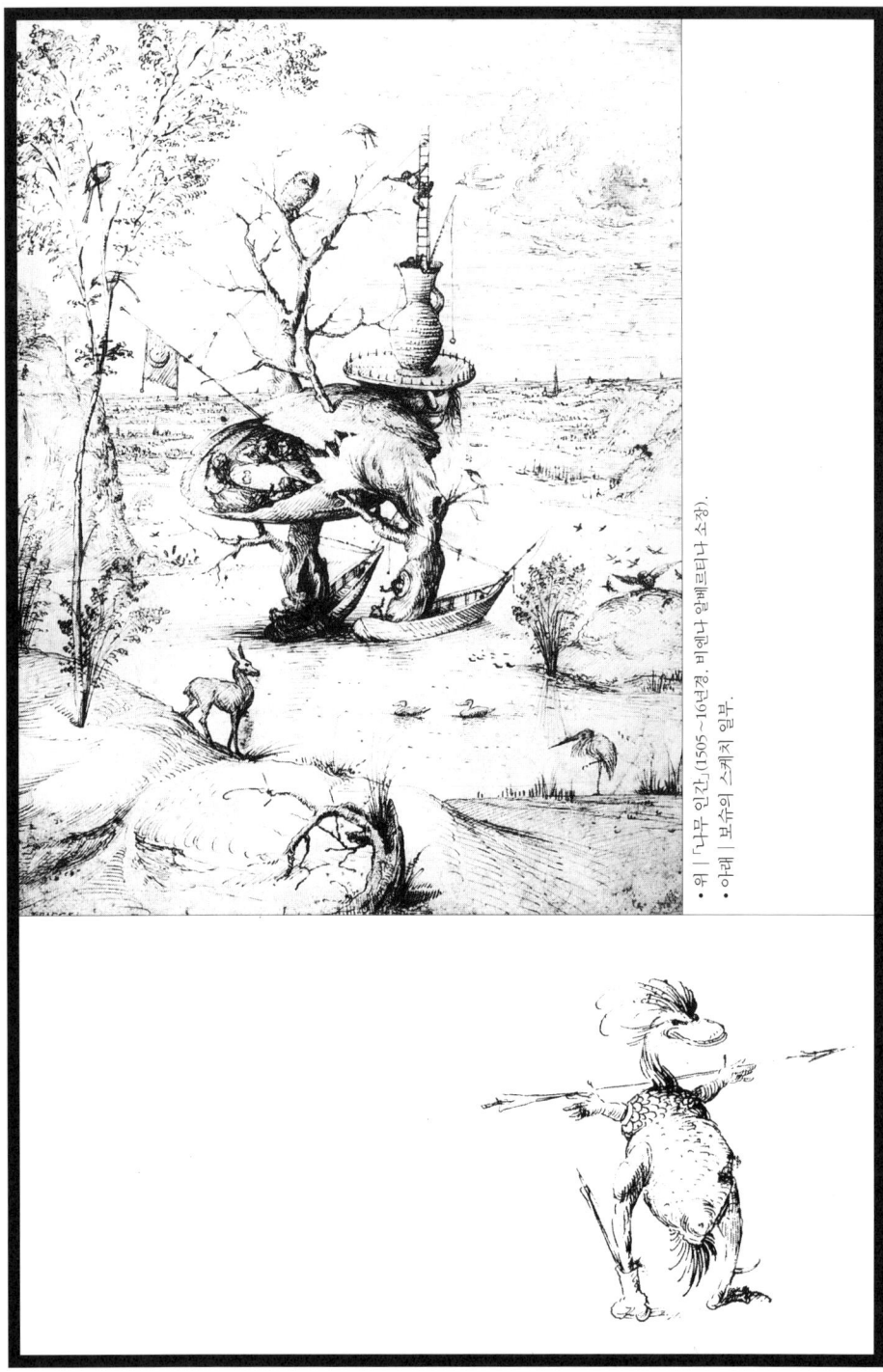

• 위 | '나무 인간' (1505~16년경, 비엔나 알베르티나 소장).
• 아래 | 보슈의 스케치 일부.

● 보슈가 그의 실존을 떠감았던 시대는 네덜란드의 사가(史家)인 호이징가(Johan Huizinga)가 이른바 '중세의 황혼기'라고 명명했던 시대였다. 중세를 지배했던 종교적 가치가 그 힘을 상실하고, 종말론이 횡행하고 도처에서 이단이 할거했으며, 악마에 대한 편집광적 광기가 기승을 부려 마녀 재판이 빈번하게 행해지던 시대였다. 페스트, 티푸스, 나병 같은 만성적 재앙이 대량으로 인명을 앗아가고, 크고 작은 폭동, 약탈, 방화가 다반사로 일어나 참으로 목숨 부지하기가 어렵던 혹독한 시대였다. 또한 이 시대는 믿을 수 없을 만큼 잔인한 시대였다. 정의라는 고귀한 단어는 적어도 15~16세기에는 기묘한 옷을 입고 있었다. 교수형은 가장 관대한 형벌이었고, 불에 서서히 태워 죽이거나 말을 이용해 사지를 찢어 죽이는 등 「최후의 심판」 중앙도가 보여 주는 참상은, 이 시기에는 지옥의 풍경이 아닌 현실 그 자체였다. 보슈 그림의 주된 양상 중의 하나가 사디즘이 가미된 잔인성인 것도 이러한 시대상을 반영한 것이었을 것이다. 그리고 인간에 대해 무지한 시대였다. 광인의 머리에는 돌이 들어 있다는 것이 당시의 믿음이었는데 환자를 의자에 묶어 놓고 머리에서 '광기의 돌'을 꺼내는 수술 장면을 그린 「돌 제거 수술」은 이러한 시대의 몽매함을 여실히 보여준다. 이 잔인하고 무지하며 광적인 시대의 한복판에서 보슈는 태어났던 것이다.

역사는 때로 망각을 즐겨해서 추억이 지워진 노인처럼 답답하기 이를 데 없을 때가 있는데, 보슈에 관한 한 역사의 기억력은 무정할 정도다. 보슈의 생애를 더듬어 볼 수 있는 자료는, 그가 나고 살았던 스헤르토헨보슈(s-Hertogenbosch) 시(市) 시청에 남아 있는 기록과 그가 반생을 몸 담았던 〈성모 마리아 형제회〉의 회계 장부가 전부다. 그나마 이 빈약한 자료들마저 없었다면 그는 영원히 역사 속의 미아가 되었을지도 모를 일이다.

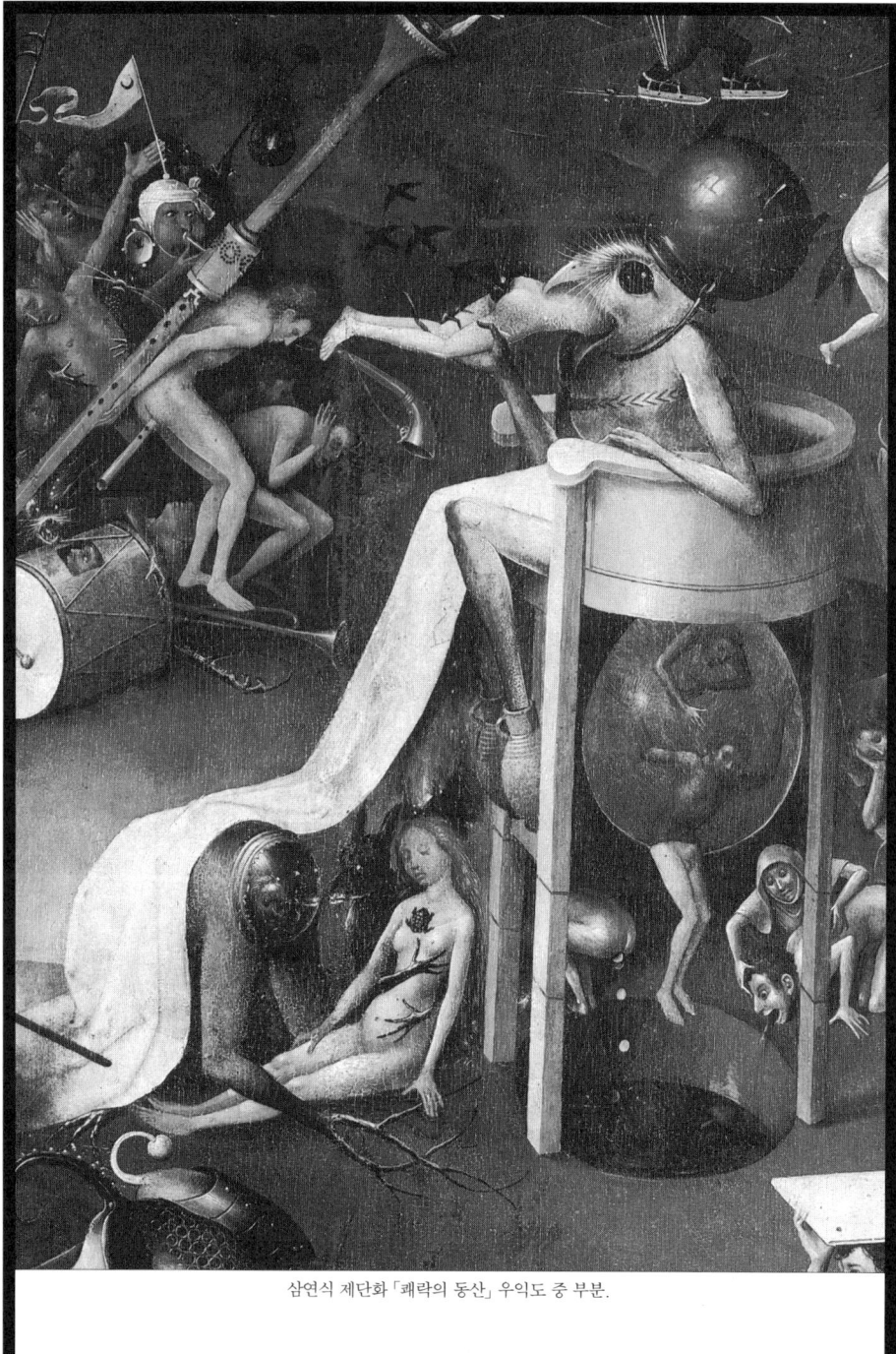

삼연식 제단화 「쾌락의 동산」 우익도 중 부분.

●그는 1450년경 오늘날의 벨기에 국경에서 멀지 않은 네덜란드의 소도시 스헤르 토헨보슈 시에서 안토니우스 반 아켄의 다섯 자녀 중 셋째로 태어났다. 보슈라는 그의 이름은 그가 일생을 보냈던 이 도시의 이름에서 따온 것이었다. 보슈의 선조는 아헨(Aachen)에서 이민 온 독일인이었고, 화가였던 조부와 부친에 이어 그의 형과 그가 화가가 됨으로써 '화업 삼대'를 이었다. 1481년경, 시의 명망가의 딸 알레이트와 결혼한 그는 시내 중심가에 신접 살림을 차리고 이후 유복하고 윤택한 삶을 영위했으나 아이는 얻지 못했다. 보슈 부처는 대대적으로 호밀 경작을 하기도 했는데, 자선 행위의 일환으로 소작료를 무료로 했다는 기록도 전해진다. 1516년 그는 칠십 세가 조금 못 된 나이로 사망했으며, 장례식은 성모 마리아 예배당에서 행해졌다고 한다.

그에 대한 기록에서 또 하나 주목해야 할 것은 〈성모 마리아 형제회〉와 그와의 관계이다. 14세기 초에 설립된, 에라스무스 등을 배출하기도 한 이 단체는 미사와 종교 축제에 음악을 제공하고 종교극 상연을 지휘하고 자선 사업을 실시하는 등 보슈 시의 종교적, 문화적 생활에 지대한 영향력을 행사했으며, 1486년경 회원으로 가입한 보슈는 이 단체가 주관하는 각종 성사(聖事)에 참여하면서 점차 이 단체가 표방하는 은둔과 명상을 중시하는 삶으로 서서히 인도됐을 것이다. 이 간결한 기록들은 보슈의 삶의 윤곽을 희미하게나마 그려 보일 수는 있어도 그의 정신이 밟아 나간 여정을 설명해 주기에는 역부족이다. 그러므로 그의 그림의 역사를 살펴본다는 것은 그의 정신의 진화 과정을 엿볼 수 있다는 각별한 의미를 지닌다. 그러나 이 또한 프랑스의 미술사가인 샤를르 드 톨네이와 자크 콩브 등에 의한 잠정적 분류에 의존할 수밖에 없다.

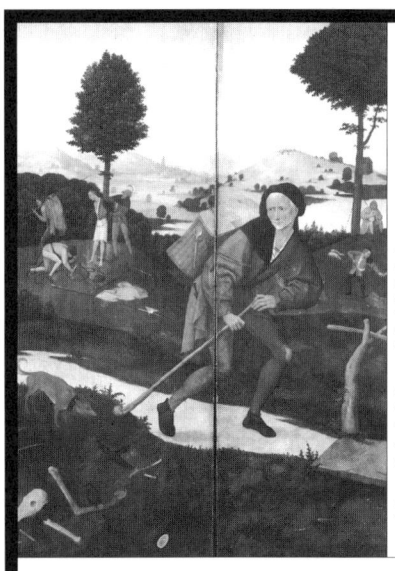

- 위 │ 두 편의 방랑자 중 첫번째 「방랑자」.
- 아래 │ 두 편의 방랑자 중 두번째 「방랑자」.

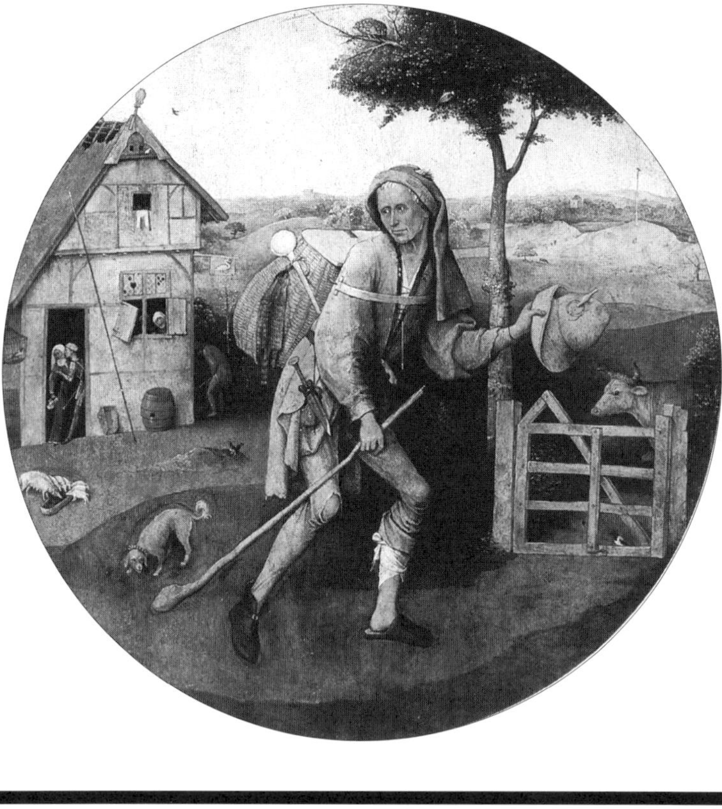

● 초기의 보슈는 도덕적이고 교훈적인 목적을 지닌 비(非)성서적 작품들을 그려냈다. 「수전노의 죽음」에서는 죽는 순간까지도 재물에 집착하는 인간의 탐욕을, 「요술쟁이」에서는 속임수의 손쉬운 먹이인 인간의 어리석음을 다소 해학적으로 풍자하고 있다. 그러나 인간의 내면을 응시하는 그의 시선에 강도가 더해지면서 그의 그림에선 해학이 사라지고 대신에 육욕과 탐욕과 위선에 물든 인간 군상에 대한 통렬한 비판이 전개된다. 그의 걸작인 「쾌락의 동산」은 훗날 그가 관능적 사랑을 찬양하는 이단 종파의 일원이었다는 설이 대두될 정도로 노골적인 육욕의 환희를 표현하고 있고, "세상은 건초의 산, 사람은 쥘 수 있을 만큼 쥔다"는 플랑드르 지방의 속담을 내용으로 하는 「건초의 수레」는 반인 반수가 이끄는, 건초가 가득 실린 수레를 따라가며 조금이라도 더 건초를 쥐려고 아우성치는 탐욕스런 인간 군상을 보여주고 있다.

그러므로 이제 이 타락한 지상의 무리에서 떨어져 나와 진정한 삶을 찾는 고독한 여정이 시작되어야 한다. 이러한 각성에 기초해 있는 듯한 두 점의 「방랑자」 가운데 하나는, 산적의 탐욕과 들판의 애욕을 용케 뿌리치고 험난한 구도의 여정을 계속하고 있는 한 초췌한 나그네의 모습을 담고 있다. 그러나 그의 머리는 희고, 그의 허리는 무거우며, 그의 옆에는 죽음이, 그의 앞에는 금이 간 돌다리가 그를 기다리고 있다. 몸 수고롭고 마음 괴로운 채 걸음마다 눈물 뿌리며 쓰라린 지상 위를 방랑했으나, 나락의 심연은 세상 도처에 있고, 죽음이 혹은 죽음 같은 절망이 구원보다 먼저 그를 찾아올지도 모른다. 그것을 이 그림은 암시한다. 그러니까 아직도 출구는 보이지 않는 셈이고 따라서 자연스럽게 이 여정은 신에게로 이어진다.

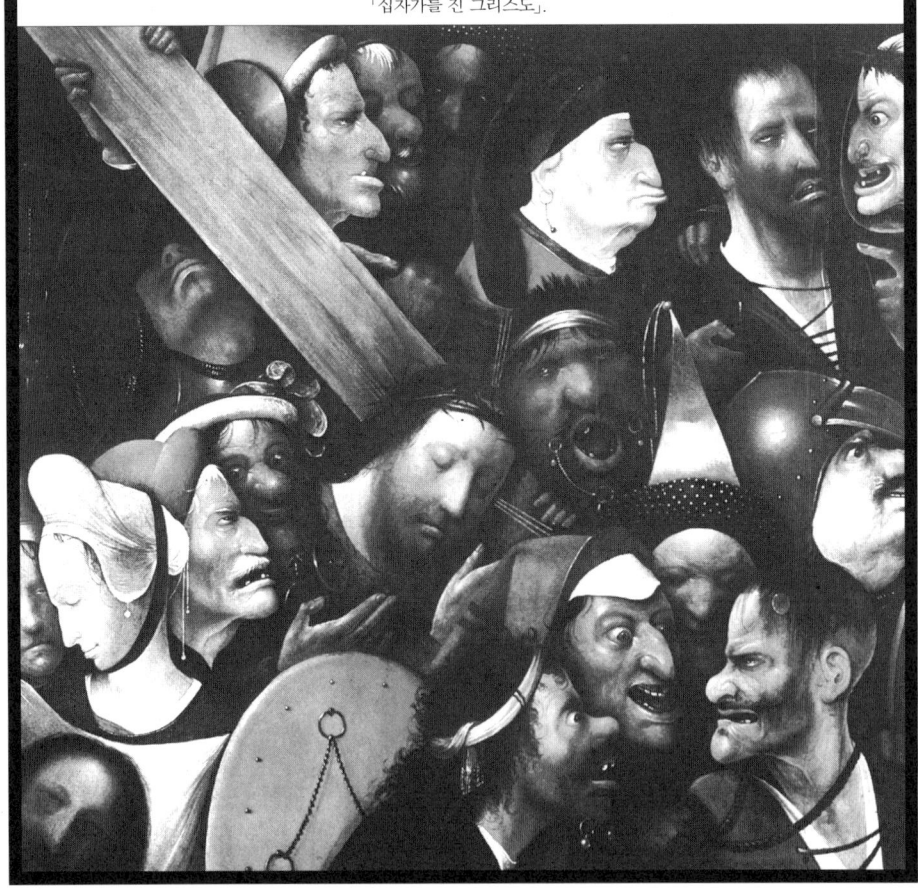

「십자가를 진 그리스도」.

●「십자가를 진 그리스도」는 화면을 대각선으로 가로지르는 십자가를 걸머지고 지난한 표정을 짓고 있는 그리스도의 주위를 섬쩍하고 악의에 찬 초상들이 둘러싸고 있는, 선악이 극명하게 대비를 이루는 장면을 보여준다. 세상에서 가장 악한 얼굴을 찾아 평생을 헤매고 다녔다는 어느 화가의 일화를 시시하게 만드는 이 전율에 가까운 감동을 주는 걸작은, 이전의 그림들처럼 마귀나 괴물들을 동원하지 않고도 현실을 충분히 마귀의 세계로 그려내는 데 성공하고 있다. 그러나 아직도 길은 끝나지 않았다. 신성(神性)이란 얼마나 멀고 아득한가. 그것은 그 완전함으로, 그 무류성(無謬性)으로 얼마나 인간을 절망하게 하는가. 그러므로 보슈의 마지막 노정은 지상에서 신성을 구현한 인간들, 즉 성자들에게로 이어진다. 「성 안토니우스의 유혹」 「세 수도자의 제단화」「파트모스 섬의 성 요한」 등 일련의 성자 연작은, 인간의 운명에 대한 총체적 숙고를 통해 마침내 보슈가 도달한 최후의 지점을 가리켜 주고 있다.

모든 시대를 통틀어 가장 독창적이고 동시에 가장 수수께끼 같은 예술가였던 보슈의 그림은, 당대에 확고한 명성을 누렸고, 브뢰겔 같은 화가들에 의해 연구·모방되었으며, 특히 스페인에서는 열광적인 반응을 얻었다. 스페인의 왕 펠리페 2세는 그의 전 작품을 수집하고 싶어했을 정도로 열렬한 애호가였으며, 그가 운명하기 직전에 마지막 시선을 보낸 곳도 침실 벽에 걸린 보슈의 그림 「일곱 가지 대죄」(대식, 나태, 사음, 허영, 분노, 질투, 탐욕)였다고 한다. 17세기 초 스페인의 수도승 시구엔자는 다음과 같이 보슈의 그림을 평했다. "내가 보기에 이 화가의 그림이 다른 화가들의 그림과 다른 점은, 후자가 대체로 외면적 인간을 그리려는 노력의 산물임에 비해 전자만이 내면적 인간 그대로를 그리겠다는 대담함의 소산이라는 점이다."

● 그러나 열광은 사라지고 보슈도, 그의 그림도 점차 잊혀져 갔다. 고전주의 시대도, 계몽의 시대도, 그의 그림이 기상천외하다는 것 이외에는 달리 생각하지 않았고, 19세기 말에는 미치광이의 악몽쯤으로 치부되었다. 그의 그림이 다시 세상의 주목을 받기 위해서는, 에조테리즘(Esotérisme) · 정신분석학 · 초현실주의, 이 세 무녀(巫女)의 수다를 기다려야만 했다. 앙드레 브르통은 보슈를 '완전한 견자(見者)'라고 극찬했고, 살바도르 달리와 막스 에른스트는 그들의 그림 위에 적극적으로 보슈의 그림자가 드리워지게 했다.

프랑스의 극작가 앙토넹 아르토는 '아름다움은 발작적이며 경련적'이라고 미에 대한 정의를 내린 바 있다. 그의 정의가 유효하다면 이러한 미학을 성취한 탁월한 예술가들의 대열 앞쪽 어디쯤에 보슈를 위치시켜야 할 것이다. 그는 인간의 심연에서 부글거리고 있는 어두운 힘의 실체를 통찰했고, 그 통찰의 결과를 그림으로 기록했다. 그의 그림을 매장했던 수 세기는, 인간의 야수성과 조포성 위에 기만적 휴머니즘이 덧칠된 세기였다. 그 화사한 물감의 더께를 벗겨 내고, 두렵고 싫은 일이지만 그 밑그림을 들여다보는 일, 그것은 가장 참되고 위대한 희망은 가장 위대한 절망과 자기 부정으로부터 솟구친다는 진실에 부합하는 일일 것이다.

"여기서부터 다시 시작하자, 꼭 다시 시작하자."
보슈의 그림을 볼 때마다 권유처럼, 결의처럼 들려 오는 음성이다.

히에로니무스 보슈 연보

1450년(?)—00세	네덜란드의 스헤르토헨보슈 시(市)에서 화가인 안토니우스 반 아켄의 5형제 중 셋째로 출생.
1474년—24세	시청 공문서에 그의 이름이 처음으로 출현.
1477년—27세	〈성모 마리아 형제회〉의 사제단(壇) 제작에 그의 부친과 함께 참여.
1478년—28세	보슈 시의 한 유력가의 딸과 결혼.
1486년—36세	〈성모 마리아 형제회〉 교원단에 가입.
1488년—38세	〈성모 마리아 형제회〉의 연회 비용을 지불한 기록이 남아 있는 것으로 보아 퍽 윤택한 생활을 영위했던 것으로 보이며, 화가로서도 어느 정도 기반을 잡은 것으로 추정됨.
1492년—42세	부인 소유의 땅에 대대적인 호밀 경작. 〈성모 마리아 형제회〉의 새 예배당 정문 도안.
1503년—53세	「최후의 심판」 제작을 의뢰받은 것으로 추정.
1512년—62세	〈성모 마리아 형제회〉 예배당의 샹들리에, 제복, 용기 등을 도안.
1516년—66세	사망. 〈성모 마리아 형제회〉 예배당에서 장례식 거행. 「일곱 가지 대죄」「광인들의 배」「최후의 심판」「쾌락의 동산」「건초의 수레」「방랑자」「저주받은 자의 추락」「수전노의 죽음」「성 안토니우스의 유혹」 등의 작품을 남김.

●보슈가 태어난 해는 정확히 알려져 있지 않으므로 위에 표기한 나이는 모두 추정에 불과하다.

너무 낡은 시대에 너무 젊게 이 세상에 오다

초판 1쇄 발행 _ 1998년 5월 6일
2판 5쇄 발행 _ 2012년 7월 15일

지은이 _ 박명욱

펴낸이 _ 유재건
펴낸곳 _ 도서출판 그린비 · 등록번호 제10-425호
주 소 _ 서울시 마포구 동교동 201-18 달리빌딩 2층
전 화 _ 702-2717 · 702-4791
팩 스 _ 703-0272

ISBN 89-7682-068-1

그린비 출판사 **나를 바꾸는 책, 세상을 바꾸는 책**
홈페이지 www.greenbee.co.kr
전자우편 editor@greenbee.co.kr